I0747597

Rough Ride

WEITERE TITEL VON HEATHER VAN FLEET

HEATHER VAN FLEET

Übersetzt von Wiebke Pilz

bookouture

Die Originalausgabe erschien 2019 unter dem Titel
„Her Rough Ride“
bei Storyfire Ltd. trading as Bookouture.

Deutsche Erstausgabe herausgegeben von Bookouture, 2023
1. Auflage Juli 2023

Ein Imprint von Storyfire Ltd.
Carmelite House
50 Victoria Embankment
London EC4Y 0DZ

deutschland.bookouture.com

Copyright der Originalausgabe © Heather Van Fleet, 2019
Copyright der deutschsprachigen Ausgabe © Wiebke Pilz, 2023

Heather Van Fleet hat ihr Recht geltend gemacht, als Autorin dieses Buches
genannt zu werden.

Alle Rechte vorbehalten.
Diese Veröffentlichung darf ohne vorherige schriftliche
Genehmigung der Herausgeber weder ganz noch auszugsweise in irgendeiner
Form oder mit irgendwelchen Mitteln (elektronisch, mechanisch, durch
Fotokopie oder Aufzeichnung oder auf andere Weise) reproduziert, in einem
Datenabrufsystem gespeichert oder weitergegeben werden.

ISBN: 978-1-83790-722-9
eBook ISBN: 978-1-83790-721-2

Dieses Buch ist ein belletristisches Werk. Namen, Charaktere, Unternehmen,
Organisationen, Orte und Ereignisse, die nicht eindeutig zum Gemeingut
gehören, sind entweder frei von der Autorin erfunden oder werden fiktiv
verwendet. Jede Ähnlichkeit mit tatsächlichen lebenden oder toten Personen
oder mit tatsächlichen Ereignissen oder Orten ist völlig zufällig.

PROLOG

SEBASTIAN

»Erzähl mir von einem anderen Gott, Story Boy.« Sie drehte sich auf die Seite, um mich anzusehen, und das Bett bewegte sich unter uns. Bei jedem Atemzug roch ich den Vanilleduft ihrer Haut. Ich war wohl süchtig nach ihrer Lotion, denn ich konnte an nichts anderes mehr denken.

»Von welchem?«

»Poseidon.«

Stirnrunzelnd sah ich zur Decke. »Den kennst du doch schon. Er ist der Gott des Meeres.«

»Ich liebe das Meer. Besonders den Pazifik.«

Ich hörte, dass sie lächelte, und schaute kurz auf ihren Mund, gerade lang genug, um mich zu quälen. Ich schloss die Augen, atmete kurz darauf aus und wünschte, ich hätte es mir verkniffen. Jetzt würde ich den ganzen Abend an ihren Lipgloss denken – und ob er genauso süß schmeckte, wie er roch.

»Eines Tages wohne ich dort. Garantiert«, fügte sie hinzu.

»Wo?«

»Am Meer. In Kalifornien.« Sie seufzte. »Nicht Malibu, aber vielleicht San Diego. Dort soll es ein paar echt tolle Strände geben.«

»Keine Ahnung.«

»Du könntest mich besuchen kommen, wenn ich hinziehe.«

Ich fragte mich, wie das funktionieren sollte, schließlich redete sie tagsüber kaum mit mir. Würde sie diese Regel brechen, wenn sie am Strand wohnte? Eher unwahrscheinlich, aber was wusste ich schon über Frauen?

»Vielleicht.« Ich zuckte mit den Schultern und fing wieder von Poseidon an. Es war sicherer für mich, über Mythologie und griechische Götter zu sprechen. Warum? Die Vergangenheit ist dokumentiert, sogar definierbar, aber die Zukunft ist unbestimmt und das jagte mir eine Heidenangst ein.

»Also, Poseidon ist der Gott des Meeres, der Erdbeben und der Pferde. Seine Geschwister sind Hades, Demeter, Hestia, Zeus ...« Ich fuhr fort und warf wie immer mit Fakten um mich. Flick, mein Vormund und Vice President des Motorradclubs Red Dragons, meinte, dass viele für mein Gehirn töten würden, aber ich war mir da nicht so sicher.

»Warst du schon immer so schlau?«, fragte sie, als ich fertig war.

Ich zuckte mit den Schultern, weil ich Komplimente nicht mochte. Sie gaben mir ein komisches Gefühl.

»Ich habe noch nie jemanden kennengelernt, der so viel erzählen kann wie du. Das ist ... cool.«

Mir wurde heiß, ich wandte mich ab und hoffte, dass ich nicht rot anlief. Schlau zu sein war gut und so, aber in meiner Welt bedeutete das nichts, wenn man nicht wusste, wie man jemanden tötet – zumindest hatte das mein Onkel Pops gesagt.

Beim Gedanken an den President der Red Dragons zog sich mir der Magen zusammen. Ich hatte echt Schiss vor dem Kerl, weil ich regelmäßig mitbekam, was seine Fäuste anrichten konnten. In der Regel bekam mein Cousin Niyol – sein Sohn – das meiste ab, aber Pops hatte auch gegen einige der anderen die Hand erhoben. Für gewöhnlich gegen die Jüngeren. Flick versuchte, mich von Pops Zorn fernzuhalten, aber da ich in ein paar Monaten achtzehn wurde, war ich mir ziemlich sicher, dass ich endgültig aus dem Club verschwinden oder als Prospect eintreten musste.

Ich hob die Arme und legte die Hände hinter den Kopf. Heute Abend wollte ich keine Zeit an diese Gedanken verschwenden. Meine Nächte gehörten ihr, ihr allein. Wenn wir zusammen waren, war alles andere egal.

»Schon mal darüber nachgedacht, dir ein Tattoo stechen zu lassen?«, fragte sie aus heiterem Himmel.

Ich schüttelte den Kopf und ließ ihn zur Seite fallen, um sie wieder anzusehen.

»Solltest du aber.« Sie musterte mich und zwischen ihren Augenbrauen erschien eine kleine Linie. »Wenn du willst, zeichne ich dir etwas. Eine Vorlage, genau hier, mit einem schwarzen Filzstift.« Sie beugte sich näher und legte ihre Hand auf mein Herz.

Ich erstarrte.

Sanfte Finger spreizten sich auf meinem Brustmuskel. Sie hob den Blick und ich hätte schwören können, dass ihre Augen blitzten, während sie mich forschend ansah. Meine Haut kribbelte unter ihrer weichen Handfläche. Warm und elektrisierend, irgendwie aufgeladen, aber heißer. Ich fragte mich, ob sie magische Kräfte hatte oder so – eine getarnte Göttin verborgen unter makelloser menschlicher Haut.

»Vielleicht.« Ich räusperte mich, schaute starr geradeaus auf meine Kommode und hätte fast den letzten Rest meiner Kontrolle verloren.

»Erzähl mir von einem anderen.« Sie ließ die Hand auf meiner Brust liegen. »Wie wäre es mit einer Göttin?«

Ich atmete langsam aus. »Persephone vielleicht? Soll ich von ihr erzählen?«

»Wer ist das?«

»Du hast noch nie von Persephone gehört?« Ich verengte die Augen.

»Nö. Was sind ihre Kräfte?«

Ich seufzte und machte mich auf eine lange Nacht gefasst. Bevor sie und ihre Mutter June vor ein paar Wochen zu mir und Flick gezogen waren, hatte ich geschlafen wie ein Baby. Jetzt bekam ich zwei Stunden Schlaf pro Nacht, wenn ich Glück hatte. Aber das machte mir nichts aus. Jedes Mal, wenn ich ihr eine neue mythologische Geschichte erzählte, wurde sie ganz aufgeregt und ihre schönen Augen funkelten wie Sterne.

Wenn ich ihr nichts erzählte, waren die besten Momente in unseren gemeinsamen Nächten, wenn sie ungefragt den Kopf auf meine Brust legte und mir sagte, dass mein Herzschlag ihre Albträume in Schach hielt. Da ich den Duft ihrer Lotion so gerne mochte und ihre Nähe sogar noch mehr, fand ich, wir hatten beide was davon.

»Okay. Persephones größte Stärken ...« Ich kramte in meinem Gedächtnis und mir fielen sofort zwei Sachen ein. »Sie kann gut Kompromisse schließen und sie ist anpassungsfähig.«

»Und ihre Schwächen?«

»Sie will es allen recht machen.«

Sie brummte und schloss die Augen. Die ich sofort vermisste. So braun und groß ... in der Sonne wirkten sie manchmal grün. Golden, wenn sie sich aufregte. Wenn es draußen regnete oder sie traurig war, schimmerten sie dunkelbraun. Eines wusste ich sicher: So schöne Augen wie ihre hatte ich noch nie gesehen.

Ich fragte mich immer, was sie wohl tun würde, wenn ich sie küssen würde. Den Lipgloss schmeckte und die Minze ihrer Zahnpasta. Wenn ich es versuchte, würde ich es wahrscheinlich irgendwie vermasseln, das zwischen uns kaputtmachen. Heimliche Freunde in der Nacht – ob sie uns so nannte?

Es war dumm. Ich wusste nicht, warum sie tagsüber nicht mit mir sprechen konnte. Aber ich fragte auch nie, aus Angst, sie würde mich dann nicht mehr zu sich ins Bett lassen. Sie hatte mein Zimmer bekommen, es zu ihrem gemacht, während ich auf dem Sofa schlief – zumindest bis vor ein paar Wochen.

»Persephone scheint wie ich zu sein«, flüsterte sie.

»Warum sagst du das?«

»Weil …« Sie hielt inne. »Ich will es immer allen recht machen.«

»Mir musst du es nicht recht machen.« Ich mochte sie so, wie sie war.

Ihre Lippen kräuselten sich auf einer Seite, doch dann beugte sie sich vor und lenkte mich ab, sodass ich nichts mehr sagen konnte.

Ich wurde ganz starr, wartete ab und wusste nicht, was ich erwarten sollte – so nah war sie meinem Mund noch nie gekommen. Sie drückte ihre Stirn an mein Kinn, und weil ich nicht anders konnte, wurde mein Schwanz ganz hart und presste sich pulsierend gegen meinen Reißverschluss. Ich schloss die Augen, wartete, spürte ihren warmen Mund an meinem Hals …

Dann fuhr sie mit den Fingern über den Puls an meinem Hals und jeder einzelne Nerv vibrierte. *Flehte.*

Vor und zurück.

Rauf und runter.

Immer und immer wieder …

Ich leckte mir über die trockenen Lippen, atmete schwer, wartete auf etwas.

Irgendetwas.

Alles.

Mann, ich wollte sie küssen. Ihr Kinn anheben, meine Lippen auf ihre drücken und es … einfach tun.

Doch dann seufzte sie und durchbrach die Stille. »Siehst du, das ist das Problem mit dir, Sebastian. Im Gegensatz zu allen anderen gibst du mir immer das Gefühl, dass ich dir etwas bedeute.«

Ich schluckte schwer, weil ich nicht damit gerechnet hatte, dass sie so ernst werden würde. Es passte nicht zu unserer

Situation – wie sich unsere Beine aneinanderpressten, wie meine Erektion gegen ihren Bauch drückte. Sie musste es spüren, aber sie sagte nichts dazu – und versuchte auch nicht, mich irgendwo anders zu berühren als am Hals und an der Brust. Das würde sie nie machen.

Wir waren Freunde, das war alles. Ich hätte es besser wissen sollen, als etwas anderes zu denken. Und trotzdem sagte ich den folgenden Satz. Warum? Weil ich mir verdammt sicher war, in diese Frau verliebt zu sein.

»Du bedeutest mir alles.«

Sie sagte nichts, drängte mich aber, mich auf den Rücken zu legen. Sie machte sich nicht die Mühe, mich anzusehen, sondern legte den Kopf auf meine Brust und drückte wie jede Nacht ihr Ohr an mein Herz.

Beim Versuch zu schlucken, schmerzte mein Hals. Die Enttäuschung, die ich nicht zugeben wollte, machte mir das Atmen fast unmöglich. Trotzdem wollte ich sie nicht fragen, was sie dachte, weil ich Angst vor ihrer Antwort hatte. Als sie schließlich antwortete, verletzten mich ihre Worte. Verursachten einen pochenden, brennenden Schmerz, über den ich nie hinwegkommen würde.

Den ich nie vergessen würde.

»Wenn du das glaubst, bist du unglaublich dumm, Story Boy.«

EINS

SLADE

Acht Jahre später

In all den Jahren bei den Red Dragons gab es eine Regel, die ich mit Hingabe befolgte: Der beste Bruder zu sein, der ich konnte.

Wenn das bedeutete, eine Stunde durch die Vororte zu fahren, um Hawk ein paar teure Nikotinkaugummis gegen seine Sucht zu besorgen, war das eben so. Wenn das hieß, einem brutalen Wichser das Licht auszupusten, weil er sich mit Flick, dem President des Clubs, angelegt hatte, oder in den Knast zu gehen, um meinem ältesten Freund Archer Ärger zu ersparen, würde ich nicht eine Sekunde zögern.

Aber bei einer Sache weigerte ich mich. Ich *konnte* es einfach nicht tun, selbst wenn es um Leben und Tod gegangen wäre. Und das war, nach Kalifornien zu fliegen, um Flicks Nichte zu holen und zum Club zurückzubringen, ohne dass ihr auch nur ein Haar gekrümmt wurde. Und warum? Weil ich Maya Davenport mehr hasste als irgendjemanden sonst.

»Auf keinen Fall«, entgegnete ich meinem President. »Schick Chop. Oder was ist mit *Hawk*?« Immerhin war er mal ihr Fuck-Buddy gewesen.

Ich sah meinen Cousin Niyol – Hawk – Lattimore extra finster an. Dunkle Augen wie meine schauten von seinem Platz am Tisch bei der Versammlung zurück. Wusste er, was ich dachte? Ich hoffte es jedenfalls. Ich hatte keinen Bock, mehr zu sagen als unbedingt nötig.

Hawk hatte die Füße auf die Stuhlkante gestützt und rieb sich wütend über das Kinn. Hätte ich ihn nicht schon mein Leben lang gekannt, hätte ich mir bei seinem Anblick wahrscheinlich in die Hose gemacht. Meine Boxershorts hatten Glück, dass ich dagegen immun war.

Viele Leute meinten, wir sähen eher wie Brüder als wie Cousins aus. Die gleichen dunklen Haare, dunkle Augen, gebräunte Haut. Ich gab nicht viel darauf, denn innerlich hätten wir kaum unterschiedlicher sein können.

»Summer und ich bringen gerade unseren Scheiß in Ordnung«, hielt Hawk dagegen. »Ich lasse sie nicht länger allein als unbedingt nötig.«

Letzten Juli hatte Hawk einen kleinen Roadtrip gemacht, war nach seinem Gefängnisaufenthalt vom Club abgehauen. Summer, die beste Freundin seiner Schwester, hatte ihn mitgenommen. Er war auf dem Weg zu Maya gewesen, bei der er sich in San Diego vor dem Club verstecken wollte – denn er hatte geglaubt, wir seien hinter ihm her. Aber wegen eines Angriffs unseres Ex-President Pops und weil er sich in seine blonde Begleiterin verliebt hatte, hatte Niyol seine Meinung geändert und war nach Rockford zurückgekommen – diesmal für immer.

Trotzdem. Brauchten sie wirklich noch mehr Zeit, um ihren Scheiß zu regeln? Auf keinen Fall. »Es ist sieben Monate her. Wie lange soll das denn noch dauern?«

»Du hast ja keine Ahnung«, sagte Hawk höhnisch, wobei sein rechtes Auge zuckte. »Und solange du keine findest, die dir dauerhaft nachts das Bett wärmt, wirst du es auch nicht verstehen.«

Mich an eine Old Lady binden? Scheiß darauf. Vor einem Jahr hätte Hawk mir noch zugestimmt.

Aber egal. Im Endeffekt hatten die beiden genug Zeit gehabt, um sich einzuleben. Hawk und Summer waren bloß zu beschäftigt damit, es wie die Karnickel zu treiben und in ihrem neuen perfekten Haus in der Nähe des Clubs ihr unbeschwertes Leben zu führen, als sich um wichtige Clubangelegenheiten zu kümmern.

Flick beugte sich vor und stützte die Ellenbogen auf den Tisch. Überraschenderweise war er heute die Ruhe selbst. »Du bist der Road Captain, Slade. Runs sind dein Job.«

»Runs sind das eine, aber Babysitting? Auf keinen Fall.« Und schon gar nicht, wenn es um *sie* ging.

»Meine Nichte braucht keinen Babysitter.« Flick lachte. »Sie ist eine erwachsene Frau, die nur zufällig einen Bodyguard braucht, und du bist *der Einzige*, der gerade Zeit hat.«

»Und wer beschützt die anderen, während ich weg bin?« Ich sollte das Kommando übernehmen, wenn es um den Schutz der Red Dragons ging. Besonders jetzt. Ein Prospect war gerade umgebracht worden. *Mein* Prospect. Ich sollte Carlos' Mörder finden, verdammt.

Carlos war erst achtzehn gewesen, mit großen Augen und war bereit, die Welt als Bruder bei den Red Dragons zu sehen. Vor zwei Wochen hatte er mit auf einen Run kommen wollen. Damit hätte er bewiesen, dass er bereit war, sein Patch zu bekommen. Er meinte, ich könne ruhig zu Hause bleiben, er käme allein zurecht. Und weil ich zu sehr mit einer Flasche Jack Daniels beschäftigt war, hatte ich zugestimmt. Weil ich ihn mochte, hatte ich ihm sogar die Schlüssel für mein Motorrad gegeben. Ich vertraute ihm. Wusste, dass er auf meine Harley stand. Ihn allein gehen zu lassen verstieß gegen die Clubregeln, aber sogar Flick hatte nichts dagegen gehabt, dass er ein paar Ersatzteile in die Stadt brachte. Als er am selben Abend nicht zu einer Party im Club gekommen war, waren Arch und ich losgezogen, um ihn zu suchen. Wir hatten gedacht, er sei zu seiner Freundin gefahren oder so. Ich war sauer gewesen – immerhin hatte er mein Bike, verdammt. Aber ein paar Kilometer außerhalb des Geländes hatten wir ihn in einem Graben gefunden, er war blutüberströmt und vom Motorrad geworfen worden. Zuerst hatten wir gedacht, es sei ein Unfall – es hatte den ganzen Tag geregnet –, aber als wir nahe genug waren und die drei Einschusslöcher in seinem Kopf erkannt hatten, war klar, dass es kein Unfall gewesen war: Er war abgeknallt worden.

Seitdem hatte ich es mir zur Aufgabe gemacht, jeden einzelnen im Club zu beschützen. Old Ladys, Groupies, Bekannte, meine Brüder … Flick meinte, ich hätte einen Heldenkomplex entwickelt, um über das hinwegzukommen, was mich fertigmachte. Allerdings wusste mein President nicht, dass ich mir nie verzeihen würde, was mit Carlos passiert war. Sollte ich nach Kalifornien fliegen, wie er verlangte? Keine Chance.

»Uns geht's gut hier.« Flick zuckte die Achseln. »Sogar glänzend.«

»Glänzend? Carlos wurde gerade erschossen, verdammt. Und du weißt nicht mal, wer es war.«

Flick seufzte und hob beschwichtigend die Hand. »Ich kann verstehen, dass du es persönlich nimmst. Aber lass es für eine Weile ruhen. Nimm dir etwas Zeit, um dich zu entspannen. Flieg nach Kalifornien, hol Maya.« Wieder ein Achselzucken. »Nenn es Urlaub, wenn du willst.«

»Ich brauche keinen Scheißurlaub. Ich muss hierbleiben und dafür sorgen, dass niemand mehr umgebracht wird.«

»Du kannst auch nicht mehr tun als wir, stimmt's Jungs?« Flick blickte sich um und erntete zustimmendes Nicken von ein paar Brüdern: Chop, Hawk, Crazy …

»Flick hat recht«, stimmte Hawk zu. »Geh und hol Maya. Dauert eh nur ein paar Tage.«

Wieder ignorierte ich meinen Cousin und hielt den Blick auf Flick gerichtet. In meiner Kindheit hatte er sich nach dem Mord an meinem alten Herrn um mich gekümmert, aber jetzt war alles anders. Ich war kein Kind mehr. Und ich war bereit, alle mir möglichen Hebel in Bewegung zu setzen, damit hier alles sicher blieb. Damit niemandem hier das Gleiche passierte wie Carlos.

Und vor allem wollte ich den Scheißtrip vermeiden.

Also versuchte ich es auf eine andere Art und zog die Karte, die ich nie hatte ziehen wollen.

»Du willst wirklich, dass ein Typ, der kurz davor ist, durchzudrehen, den Bodyguard für deine Nichte spielt? Echt, Mann, darauf kann ich mich gerade gar nicht konzentrieren.«

Flick stand auf, für meinen Geschmack war er immer noch zu ruhig. Hätte er nicht den Bart gehabt, der ihm bis zur Mitte der Brust reichte, und wäre sein frisch rasierter Schädel nicht voller Tattoos gewesen, hätte er königlich ausgesehen.

Er legte den Kopf schief und stellte sich vor mich. »Weigerst du dich, *Sebastian*?«

Ich zuckte zusammen, ich war direkt in die Falle getappt. Sebastian war schon lange weg, verschwunden in der Feuergrube meiner eigenen, aktuellen Hölle. Er war nichts weiter als ein nerviges Weichei, das zu viel empfand und zu sehr liebte. Ich hatte ihn aufgegeben, als ich Prospect geworden war. Er gehört nicht in diese Welt. Slade schon.

Ich stand auf, trat einen Schritt zurück und rieb mir mit beiden Händen über das Gesicht. Ich hielt sie dort und holte tief Luft. Mir war klar, dass mir die Argumente ausgingen – ziemlich schnell sogar. Maya wiederzusehen würde mich fertigmachen. Aber ich konnte mich auch schlecht Flicks Anweisungen widersetzen. Das machte man nicht.

Eine Tür öffnete sich knarrend und hinter mir erklangen schwere Schritte. Auch ohne ihn zu sehen, wusste ich, wer es war, denn sein tiefer, irischer Akzent verriet ihn. »Du läufst auf

Reserve. Brichst bald zusammen. Du brauchst 'ne Pause, Bruder.«

»Mir geht's gut.« Ich ließ die Hände sinken und ballte sie zu Fäusten, die Nägel gruben sich in meine Haut.

»Dir geht's nicht gut«, knurrte Archer in meinem Rücken, er roch nach dem ausländischen Whiskey, den er sich sogar schon am frühen Morgen genehmigte. »Du bist völlig fertig, kurz vor dem Zusammenbruch. Und als Vice President des Clubs stehe ich auf Flicks Seite.«

»Fick dich«, zischte ich und drehte mich zu ihm um. Archer spielte nie seine Position aus.

Doch Hawk stand links neben ihm – meine beiden besten Freunde, vereint gegen mich.

Wichser.

»Archer hat recht.« Mein Cousin hob das Kinn. »Du brauchst eine Verschnaufpause, Slade.«

»Ihr seid Arschlöcher, wisst ihr das?« Ich rieb mir über den Mund, fertig mit diesem albtraumhaften Tag.

Keiner von ihnen verstand, was der Trip bei mir anrichten würde. Keiner von ihnen wusste, was passieren würde, wenn ich Maya begegnete. Es ging nicht nur um den Schutz des Clubs. Ich musste mich vor der einen Frau schützen, die schon immer die Macht gehabt hatte, mich fertigzumachen.

Bevor ich etwas anderes als Nein sagen konnte, hatte ich eine Frage an meinen President. »Warum so schnell?«

Flick zupfte an seinem Bart, sein Kiefer zuckte. Sein Blick verriet mir, dass er mir etwas verheimlichte. Etwas Großes ging vor sich. Misstrauisch sah ich ihn an und wartete darauf, dass er die Bombe platzen ließ.

»Ich habe Grund zu der Annahme, dass Pops hinter Carlos Tod steckt.«

Und damit veränderte sich *alles*. Meine Welt, meine Motivation, mein Wunsch, zu beschützen. Ich wechselte den Gang. In meinem Kopf packte ich bereits die Koffer, während ich mir gleichzeitig Strategien überlegte. Das hier war groß – riesig. Als Motorradclub kämpften wir jeden Tag, aber wenn Pops etwas mit Carlos Tod zu tun hatte, schwebten auch alle, die mit uns in Verbindung standen, in Gefahr. Maya eingeschlossen.

»Seit wann weißt du das?« Hawk stellte die Frage, die ich nicht stellen konnte. Ich mochte klug sein, aber wenn ich aufgeregt war, konnte ich kaum noch zusammenhängende Sätze bilden.

»Seit etwa einer Stunde.« Flick verschränkte die Arme. »Deshalb habe ich die Versammlung einberufen.«

»Maya wird sich wehren.« Mehr brachte ich nicht heraus.

Flick nahm eine Schachtel Zigaretten und klopfte sich damit in die Handfläche. »Nicht gegen dich.«

Maya war vor acht Jahren nicht grundlos umgezogen, sie wollte weg von dem Leben, das die Welt der Red Dragons mit sich brachte. Das respektierte ich, auch wenn ich sie gleichzeitig dafür hasste ... aber nachts war es anders. Selbst so viele Jahre später war sie immer in meinem Zimmer, sobald es dunkel wurde. Ein Geist in meinen Träumen, der mich nicht losließ – ich hasste die Erinnerung an sie und doch sehnte ich mich danach.

Als Maya und June zu uns gekommen waren, lebte ich bei Flick. Der arme Waisenjunge Sebastian, dessen Vater tot war und dessen Mutter schon eine Woche nach seiner Geburt abgehauen war und sich, soweit ich wusste, nie wieder hatte blicken lassen.

An dem Abend, an dem sie angekommen waren, war ich bis spät in der Bibliothek ein paar Städte weiter gewesen. Ich hatte nichts von ihrer Ankunft gewusst, bis es zu spät gewesen war. Niemand, nicht einmal Flick, hatte sich die Mühe gemacht, den jungen, dürren Trottel mit der Brille über die Vorgänge im Club auf dem Laufenden zu halten. Damals, bevor ich mein Patch bekommen hatte, war mir das auch lieber gewesen.

Erst als ich meine Zimmertür geöffnet hatte und ein fast

nacktes Mädchen vor meiner Kommode gestanden hatte, erfuhr ich, dass Maya da war. Wäre ich Hawk oder Archer gewesen, hätte ich vielleicht einen Witz gemacht, dass sie mich erst zum Essen einladen sollte, bevor sie mir den Nachtisch anbot. Aber damals war ich noch nicht wie meine Brüder gewesen. Und manchmal war das auch heute noch so.

Als sie ihren BH ausgezogen hatte, hätte ich vermutlich gehen sollen. Aber ich hatte noch nie ein nacktes Mädchen gesehen, zumindest nicht in echt, und so blieb ich wie angewurzelt im Flur stehen und sah ihr wie ein Spanner dabei zu, wie sie die schwarze Spitzenunterwäsche von der Brust und von ihrem Po streifte.

Wie in Zeitlupe – so war es mir vorgekommen. Maya hatte ganz weiche Haut, keine Sommersprosse oder Narbe, schulterlange schwarze Haare und die perfektesten Brüste, die ich je im vom Mondlicht erhellten Spiegel gesehen hatte. Ich hatte mich nach ihrem Körper verzehrt, bevor ich mich in ihren Verstand verliebt hatte. Damals hatte ich geglaubt, sie sei ein Geschenk von Eros, dem Gott der Liebe.

Als sie den Blick gehoben und mich beim Glotzen erwischt hatte, hatte ich mich sofort dafür gehasst. Aber nachdem ich mich entschuldigt und erklärt hatte, wer ich war, hatte sie mich nicht angeschrien, ich solle gehen. Und sie hatte auch Flick nichts gesagt. Stattdessen war sie zur Tür gegangen, hatte mir in die Augen geschaut und den Kopf schiefgelegt, als hätte sie die ganze Zeit auf mich Spinner gewartet.

Wir hatten uns beide nicht bewegt, aber in diesem Moment war etwas zwischen uns passiert. Elektrische Spannung. Ein direkter Draht. Etwas Heißes und zugleich Ernstes. Animalisch. Am liebsten hätte ich mich vorgebeugt und sie geküsst, aber ich war zu schüchtern gewesen. Und schließlich hatte sie mir mit einem leisen Klick die Tür vor der Nase zugemacht.

Eine Weile hatte ich gedacht – wahrscheinlich sogar *gebetet* – dass mir vielleicht zum ersten Mal in meinem Leben jemand Aufmerksamkeit schenken würde. Mich um meinetwegen mögen würde. Und zwar ein heißes Mädchen. Aber am nächsten Tag war Hawk aufgetaucht und hatte sich genommen, was ich mir so sehr gewünscht hatte. Sobald die beiden sich kennengelernt hatten, war ich vergessen gewesen. Zumindest tagsüber.

Die Nächte jedoch ... die hatten uns gehört.

»Slade, hörst du mir zu?«, fragte Flick.

Ich blinzelte und riss mich von den Erinnerungen los. »Ja, ich höre zu.«

»Gut. Und Maya *wird* mit dir mitkommen, weil ich ihr keine andere Wahl gelassen habe.«

»Was zur Hölle hast du ihr erzählt?«

»Dass sie nach Hause kommen muss«, sagte er.

Ich nickte.

»Und du wirst ihr auch nicht mehr verraten. Es gibt keinen Grund, ihr Angst zu machen«, fügte er hinzu.

Natürlich wollte er nicht, dass ich etwas sagte. Wenn ich es ihr verriet, würde ich alles vermasseln. So war ich eben. Kluger Kopf, mächtiger Killer, aber in puncto Kommunikation war ich echt scheiße. Selbst als ich noch Sebastian gewesen war, vor Mayas Umzug, hatte ich nichts richtig hingekriegt. Ich war bloß gut darin gewesen, nachts Mayas Kissen und Therapeut zu sein.

Ich weiß noch, wie ich sie zum ersten Mal weinen hörte. Ich hatte auf dem Sofa gelegen, nicht schlafen können und an ihren Körper in meinem Bett gedacht. Da hatte ich ihre unterdrückten Schreie gehört, mir ein Herz gefasst und an die Tür geklopft. Als ich hineingegangen war, hatte sie auf dem Boden in der Zimmerecke gesessen. Da ich nicht gewusst hatte, was ich tun sollte, war ich zu ihr gegangen und hatte mich neben sie gesetzt. Keiner von uns hatte etwas gesagt, aber sie war an meiner Schulter eingeschlafen.

Am nächsten Tag, als ich mit ihr in der Küche sprechen

und sie hatte fragen wollen, ob es ihr gut ging, hatte sie mich ignoriert. Ich gebe zu, das hatte wehgetan. Scheißweh. Aber ich war dumm genug gewesen, so zu tun, als wäre es in Ordnung, denn für mich war Maya das schönste Mädchen, das ich je gesehen hatte.

Am folgenden Abend hatte ich sie wieder weinen gehört. War in das Zimmer gegangen, hatte sie diesmal im Bett entdeckt und gefragt, ob sie irgendwas brauchte. Statt einer Antwort hatte sie auf den Platz neben sich geklopft und mich gebeten, mich hinzulegen, nur um auf meiner Brust einzuschlafen.

So war unser Sommer vergangen. Nachts war ich ihr Geheimnis gewesen, tagsüber ein Fremder. Jedes Mal, wenn Hawk mit ihr verschwunden war, war ich wütender und verbitterter geworden. Und am Ende des Sommers, in der Nacht, bevor sie die Stadt verlassen wollte, hatte es mir gereicht. Ich war es leid gewesen, ihr Prügelknabe zu sein. Ihr Scheißgeheimnis. Deshalb war ich mit Archer zum Club gegangen, er hatte mich sowieso schon ewig genervt, mit ihm und den anderen Brüdern abzuhängen.

In jener Nacht hatte ich mich zum ersten Mal in meinem Leben betrunken.

Hatte auch zum ersten Mal mit ein paar Frauen rumgemacht.

Dann war ich schlafen gegangen und hatte mich noch schlechter gefühlt.

Am nächsten Morgen war ich zu Flick gefahren, doch der einzige Hinweis auf Maya war der Duft ihrer Vanillelotion gewesen, der immer noch in der Luft hing. Sie war abgehauen, ohne sich von mir zu verabschieden, und aus der Asche von Sebastians verbranntem Herzen wurde Slade geboren.

»Dann ist es also beschlossen. Du machst es?« Flicks graue Augenbrauen wanderten seine Stirn hinauf.

Auch wenn ich eine Scheißangst davor hatte, Maya wiederzusehen, wusste ich, dass ich hinfahren musste.

»Schätze schon.« Ich runzelte die Stirn.

Flick grinste und klopfte mir auf die Schulter. »Gut. Denn
in drei Stunden geht dein Flug.«

ZWEI

MAYA

Um fünf Uhr morgens auf dem Fußboden meines Schlafzimmers aufzuwachen, mit einer leeren Flasche Wodka mit Fruchtgeschmack eingeklemmt in der Achselhöhle und einem Räumungsbefehl an meinem Fuß klebend, war ein Tiefpunkt, mit dem ich nie gerechnet hatte. Aber das Schicksal war gemein, und mein bisheriges Leben war vorbei.

Dramatisierte ich? Vielleicht. Doch wenn man wie ich innerhalb von achtundvierzig Stunden durchs Höllenfeuer gegangen war – gefeuert *und* aus der Wohnung geflogen – durfte man schon mal theatralisch werden.

Eine Tür, die mir vor der Nase zugeschlagen wurde, und ein metaphorischer Tritt in den Hintern. Mehr hatte ich im letzten Jahr nicht erreicht. Ich hatte mein Herzblut in den Job bei San Diego Ink gesteckt. Trotzdem durfte ich nur Mädchen vom College tätowieren, die sich normalerweise nur ein Tattoo stechen ließen, um ihren Daddy zu ärgern, und nicht, weil sie meine Tätowierkunst schätzten. Und jetzt durfte ich nicht einmal mehr das.

Wäre es anders gelaufen, wenn ich ein Typ wäre? Hundertpro. Aber als Tattookünstlerin in einem von Männern geführten Laden hatte ich es nie leicht gehabt.

Es begann und endete mit einem schmierigen Chef, der mich für meinen Geschmack zu oft betatscht hatte. Und wenn er mich nicht begrapscht hatte, hatte er mit zweideutigen Anspielungen genervt.

Doch am Mittwochabend, als Micha – besagter ekelhafter, schmieriger Chef – mich gebeten hatte, nach Feierabend zu bleiben, um über Geschäftliches zu reden, hatte sich alles zugespitzt. Weil ich geglaubt hatte, er würde mir endlich eine feste Anstellung anbieten, hatte ich mir keine weiteren Gedanken über das Treffen gemacht.

Zumindest nicht am Anfang.

Er hatte ein paar Drinks eingeschenkt, sie wie Wasser hinuntergekippt, und als nächstes hatte ich unter ihm auf dem Schreibtisch in seinem Büro gelegen. Sein Mund an meinem Hals, seine Hände unter meinem Rock ... Es war falsch gewesen, ich hatte nichts empfunden, und als ich hatte abhauen wollen, war er sauer geworden. Hatte mir vorgeworfen, ich hätte ihn erst scharf gemacht und dann abblitzen lassen.

Im Gegenzug hatte ich ihm die Nase gebrochen und war gegangen.

Naiv wie ich war, hatte ich geglaubt, er hätte es vielleicht vergessen. Es auf den Alkohol geschoben oder so. Aber als ich am Dienstag zur Arbeit im Studio aufgetaucht war, war alles aus den Fugen geraten. Denn Micha hatte sich noch sehr genau daran erinnert.

Er hatte mich direkt an der Eingangstür aufgehalten und mir zwei lahme und völlig bescheuerte Ausreden vor den Latz geknallt, warum ich gehen sollte: *Deine Tattoos bringen nicht genug ein, um dir einen festen Job zu geben. Du lenkst die Jungs ab, sie mögen dich hier einfach nicht.*

»Auf Nimmerwiedersehen.« Ich zeigte der Decke den Mittelfinger, drehte mich auf den Rücken und schüttelte den

Fuß, um das schreckliche rosa Papier mit dem Schreiben loszuwerden. Und schon befand ich mich in der nächsten Hölle. Ich
hielt mir den Zettel vor das Gesicht und zuckte zusammen.

Mist. Ich hatte gebetet, dass dieser Teil meiner Hölle nur
ein Albtraum gewesen war.

Department of Housing
Räumungsbescheid: Alle Bewohner
Wirksam: Sofort
Das Gebäude wird in einer Woche abgerissen

»Hmpf.« Ich knüllte den Zettel zu einem Ball zusammen.

Gott, was gäbe ich dafür, wenn der Boden sich auftäte und
mich in die Höllenschlünde saugte, wo ich hingehörte. Für
Mom wäre es ein gefundenes Fressen. Ich konnte schon ihre
Stimme hören: *Ich hab's dir ja gesagt.*

Als ich vor acht Jahren erzählt hatte, dass ich von Rockford,
Illinois, nach San Diego ziehen würde, hatte Mom fast einen
Tobsuchtsanfall bekommen.

Mädchen wie du sind nicht dazu bestimmt, allein zu sein.
Bleib hier, heirate einen Red Dragon. Er soll sich um dich
kümmern. Hier gehörst du hin.

Bei dem Gedanken verdrehte ich die Augen, ihr fehlendes
Rückgrat widerte mich an.

Nachdem ich aus Illinois weggezogen war, hatte ich nicht
mehr mit ihr gesprochen. Ich hatte kein Interesse mehr an
einer Beziehung zu ihr. Ich wollte mehr vom Leben, als sie sich
für mich wünschte. Etwas anderes als die Welt der Motorradclubs, zumal ich in ihr aufgewachsen war. Biker und Motorradclubs brachten einem nur Herzschmerz; das wusste sie besser
als ich.

Natürlich war Mom in der siebten Woche nach meinem
Auszug völlig verzweifelt bei mir aufgetaucht und hatte sich
schluchzend bei mir entschuldigt, während im Flur hinter ihr

drei Männer standen, die kräftigen Arme vor der Brust verschränkt – ihre Biker-Bodyguards.

Schon damals hatte ich mich geweigert, nach Hause zu kommen. Und an dieser Entscheidung hatte ich jahrelang festgehalten.

Meiner Meinung nach hatte ich nun zwei Möglichkeiten: eine neue Wohnung und einen neuen Job zu finden, oder zu meiner Mom und meinem Onkel nach Rockford zurückzugehen. Die beiden würden mich sicher aufnehmen, aber auf ihre Schadenfreude konnte ich gut verzichten. Genau aus diesem Grund würde ich nicht länger in meinem Selbstmitleid baden. Die Jobsuche würde heute beginnen.

Ich würde auf keinen Fall nach Illinois zurückkehren.

Auf. Keinen. Fall.

Mit schmerzhafter Langsamkeit rollte ich mich auf die Knie und als das Zimmer anfing, sich zu drehen, schloss ich das rechte Auge. Ich war zu fünfundsiebzig Prozent sicher, dass es am Kater lag, und zu fünfundzwanzig Prozent besorgt, dass ich mir eine Gehirnerschütterung geholt hatte, als ich über meinen Teppich gestolpert war und mir den Kopf an der Bettkante gestoßen hatte.

Ich musste mich nicht übergeben, das war ein gutes Zeichen. Aber mir war übel. *Ziemlich* übel.

»Blöder Alkohol.« Als ich endlich auf die Beine gekommen war, beugte ich mich hinunter und hob die Flasche auf, weil ich sie wegwerfen wollte. Da klopfte es an meiner Tür.

Wer zur Hölle ist das? Es ist fünf Uhr morgens an einem Freitag, verdammt.

Ich verzog die Lippe, öffnete die oberste Schublade meiner Kommode und holte das Pfefferspray heraus. Natürlich wollte ich es nicht benutzen, aber da ich bei den Forsaken aufgewachsen war und einen Sommer bei den Red Dragons verbracht hatte, rechnete ich immer mit dem Schlimmsten. Ich stopfte mir die Dose in die Vordertasche meines Hoodies und hielt sie fest, während ich durch meine kleine Wohnung stolperte.

Das Klopfen hörte nicht auf. Wurde lauter. Nervig. Ich holte tief Luft und fragte mich, ob ein Feuer ausgebrochen war oder es ein Erdbeben gegeben hatte; irgendetwas Lebensbedrohliches, das ich im Rausch nicht mitbekommen hatte. Aber der Boden bewegte sich nicht, und ich roch auch keinen Rauch, doch bei dem konstanten Hämmern einer Faust an meiner Tür hätte man glauben können, es ginge um Leben und Tod.

»Moment!«, rief ich und zog mir eine Leggings über, die ordentlich gefaltet in einem Wäschekorb neben meinem Sofa lag.

Nachdem ich mich angezogen hatte, schob ich mir die Haare aus dem Gesicht und spähte durch den Spion. Stirnrunzelnd blinzelte ich, trat zurück und sah dann wieder hindurch.

»Hawk?«, flüsterte ich. Er konnte nicht hier sein. Mein ältester Freund war vor sieben Monaten auf dem Weg zu mir gewesen. Um mit mir zu leben. Mit mir zusammenzuziehen – allerdings, ohne dass wir tatsächlich *zusammen* waren. Doch dann hatte er sich Hals über Kopf in seine temperamentvolle blonde Mitfahrgelegenheit verknallt und war mit ihr zu den Red Dragons zurückgegangen. Das Letzte, was ich gehört hatte, war, dass er total verliebt und glücklich war – ganz im Gegensatz zu mir. Der *Glückspilz*.

Und doch konnte man die Ähnlichkeit zu dem Mann im Flur nicht bestreiten. Mein Fremder am Morgen war nicht ganz so groß wie sein Doppelgänger, aber alles andere passte – Sachen, die mir bei Hawk bisher nie aufgefallen waren. Oder die ich *bewusst* übersehen hatte, da er eher wie ein Bruder, als ein One-Night-Stand für mich war. Klar, es gab die offensichtlichen Ähnlichkeiten wie die Muskeln und die dunklen Augen mit schwarzen Wimpern, die beim Blinzeln die dunklen Wangen streiften. Auch die hohen Wangenknochen und der immer grüblerische Blick passten. Den hatte ich immer für Hawks Markenzeichen gehalten. Bis jetzt.

Der größte Unterschied zwischen den beiden Männern war das tiefe Grübchen im Gesicht des Fremden. Es war sogar sichtbar, wenn er nicht lächelte. Das und sein *Wenn du nicht aufmachst, fresse ich dich bei lebendigem Leib*-Ausdruck sorgten dafür, dass ich mir vor Neugier und Verlangen auf die Lippe biss.

Die Haare hingen ihm unordentlich in die Stirn und verdeckten eins seiner sündigen braunen Augen. Und auch wenn er nicht sehen konnte, wie ich ihn durch den Spion beobachtete, fühlte ich mich unter seinem intensiven Blick völlig nackt.

Ich unterdrückte ein Seufzen und überlegte, wie lange ich schon nicht mehr mit einem Mann geschlafen hatte. Offenbar zu lange. Denn alles an diesem Bad Boy entfesselte die Schmetterlinge in meinem Bauch und ich presste voller Erwartung die Beine zusammen. Ich stellte mir ihn als mein persönliches Sexspielzeug vor – natürlich ohne Batterien.

Der Typ war ein völlig Fremder. Er hätte ebenso gut hier sein können, um mich kaltzumachen. Aber etwas an ihm wirkte so unglaublich vertraut, dass mich seine Anwesenheit nicht so sehr beunruhigte, wie sie vielleicht sollte.

»Mach auf«, knurrte er. »Ich weiß, dass du da bist. Ich kann deinen Schatten unter der Tür sehen.«

Bei seiner Aufforderung ließ ich die Schultern hängen. *Seufz.* Die attraktivsten Männer waren immer Arschlöcher.

Langsam öffnete ich den Riegel, ließ die Kette aber eingehängt und zog die Tür nur einen Spalt auf, sodass er mich sehen konnte. So sexy und bekannt er mir auch vorkam, noch vertraute ich ihm nicht.

»Kann ich dir helfen?«

»Lässt du mich vielleicht mal rein?« Er runzelte die Stirn.

»Kommt darauf an. Willst du mich abmurksen?«

Er presste die vollen Lippen noch fester aufeinander und ballte die Fäuste. Er wirkte angewidert ... von mir. *Interessant.*

Hatten wir mal was miteinander gehabt? War er sauer, dass ich mich nicht daran erinnerte? Das wäre sehr traurig, denn der Gedanke, dass ich seine Schönheit vergessen konnte, schien unmöglich. Und tragisch. Trotzdem hätte sich die schroffe, schmerzhaft aussehende Narbe eingeprägt, die sich von seiner Wange bis zu seinem Hals zog. Sie sagte: verletzlich und gleichzeitig knallhart.

»Nein, nicht um dich kaltzumachen. Aber das erledigt sicher deine Nachbarin, wenn du nicht bald die Tür aufmachst und mich reinlässt.«

Ah, ja. Mrs Brinkman. Sie war siebzig, verbittert und mürrisch. Ihr Zwergspitz war der kleinste und fieseste Hund der Welt. Und ich hörte ihn kläffen.

»Gib mir zuerst deine Jacke, dein T-Shirt, deine Hose und deine Tasche. Danach entscheide ich, ob ich dich reinlasse.«

Er blickte mich an, als hätte ich behauptet, Einhörner seien böse und wären auf die Erde gekommen, um uns mit ihren Hörnern aufzuspießen. »Das soll wohl ein Witz sein.«

»Nein. Sonst kommst du hier nicht rein.« Ich lächelte, öffnete die Tür ein bisschen weiter und musterte ihn unverfroren. Er war kräftig, muskulös, wie ich angenommen hatte. Jetzt, da die Tür ihn nicht mehr komplett verdeckte, bemerkte ich bei näherem Hinsehen die leichten Stoppeln auf Kinn und Wangen, die verbargen, was man nur als umwerfend schönes Gesicht bezeichnen konnte. Er wirkte nicht älter als vierundzwanzig oder fünfundzwanzig. Jung. Ich war auch nicht alt, aber mit siebenundzwanzig vermutlich älter als er. Egal. Mein Fünf-Uhr-Gast machte mich ein wenig atemlos.

»Fuck, ich strippe doch nicht im Scheißflur.« Aber er ließ seine Tasche fallen und schob sie mit dem Fuß zur Tür. Ich löste die Kette, eine Hand wieder auf dem Pfefferspray in meinem Kapuzenpulli, griff nach der Tasche und zog sie in die Wohnung.

»Dich sieht eh keiner«, sagte ich und legte die Kette wieder vor. »Um diese Tageszeit schläft doch jeder. Also jeder *normale* Mensch.«

Er rieb sich über den Mund und überlegte offenbar, was er machen sollte. Er hatte ein T-Shirt an, darunter versteckte er wohl kaum eine Waffe. Und seine Jeans war auch ziemlich eng – enger als die der meisten Männer. Doch er trug schwarze Biker Boots, ein bisschen abgewetzt, und darin konnte man etwas verstecken. Das reichte aus, um meine Leibesvisitation zu rechtfertigen.

»Mein Gott. Ich bringe ihn um«, murmelte er vor sich hin.

Ich verengte die Augen. »Wen?«

Er seufzte tief und blickte mich wieder an. »Niemanden. Dreh dich um.«

»Ist dir das peinlich?« Meine Lippen zuckten.

Röte stieg an seinem Hals hinauf bis zu den Wangen. »Nein, aber ...«

Ich zog die Augenbrauen hoch und ignorierte meine pochenden Schläfen und den Drang zu pinkeln. »Aber?«

»Fuck, na gut.« Er griff nach dem Saum seines T-Shirts.

»Das Wort benutzt du ziemlich oft, was?«

Er hielt inne, die Finger immer noch am Saum seines T-Shirts. Mein Herz schlug ein wenig schneller, denn die Vorahnung auf das, was sich unter dem Stoff verbarg, erfreute meine unterforderte Libido.

»Welches Wort?«, fragte er seelenruhig. Ernsthaft. Um nicht zu sagen völlig ahnungslos. *Ist dieser Typ echt? Verletzlich und knallhart, alles in einer unwiderstehlichen Verpackung? Vielleicht wendete sich ja doch alles zum Guten. Danke, lieber Gott.*

Ich leckte mir wieder über die Lippen, wartete ab und stellte mir seine Bauchmuskeln und eine Spur dunkler Haare vor, die vielleicht, vielleicht aber auch nicht hinter seinem Jeansknopf verschwand.

Oh, das wäre ein schöner Happy Trail.

»*Fuck*«, antwortete ich und aus irgendeinem Grund war mein Mund ganz trocken. »Das Wort, das ich meinte, ist … *Fuck*.«

Sein Blick wanderte zu meinen Lippen, und kurz blitzte etwas darin auf. Im Gegenzug wurde mir heiß und die Schmetterlinge in meinem Bauch flatterten heftiger. Mit weichen Knien und zusammengepressten Beinen klammerte ich mich fester an den Türrahmen. Zur Hölle. Wer hätte gedacht, dass ein Intermezzo mit einem Unbekannten in den frühen Morgenstunden im Flur dazu führen könnte, dass ich mich sofort ausziehen und berühren wollte.

Er ist umwerfend.

Es ist schon eine Weile her, dass du anständigen Sex hattest.

Wie es sich wohl anfühlen würde, von all diesen Muskeln aufs Bett gedrückt zu werden?

Als könnte er es immer noch nicht glauben, schüttelte der Fremde mit der grimmigen Miene den Kopf, gab schließlich nach und führte mir den langsamsten Striptease meines Lebens vor, beginnend mit seinem fadenscheinigen T-Shirt.

Bei dem, was darunter zum Vorschein kam, stockte mir der Atem: Er war über und über tätowiert und hatte ohne Ende Muskeln auf seinem Bauch, seiner Brust und ja … es gab auch diese Haarlinie, die zu …

Lieber Himmel. Ich biss mir auf die Lippe, aber mein Blick verweilte auf seiner Brust und seinem Bauch. Worte und Sätze in fremden Sprachen standen unter seinen Brustmuskeln und Tribals zogen sich über seinen Bauch, seine Arme und über seine Hüften, die kaum vom Bund seiner Jeans bedeckt wurden. So sehr ich tätowierte Männer mochte, war es diesmal fast eine Schande, dass er so viele Tätowierungen hatte, denn sie überdeckten seine attraktive Brust und seine Bauchmuskeln.

Ich sah mich satt und beobachtete, wie er sich an seiner Jeans zu schaffen machte, Daumen und Zeigefinger verweilten auf dem Knopf. Ich hätte schwören können, als er sie über seine muskulösen Oberschenkel bis zu den Knöcheln hinunterschob, vibrierte die Luft, aber ... *Kater. Fremder Mann.*

Und obwohl mich die Stimme in meinem Kopf anflehte, einen Schritt zurückzugehen, lehnte ich mich *viel* zu interessiert noch etwas weiter vor und beobachtete, wie er einen Fuß hob, um den Stiefel aufzuschnüren. Er schüttelte ihn ab, wiederholte dasselbe mit dem anderen und warf sie mir zu. Sie landeten mit einem dumpfen Aufprall links von mir an der Wand, vor Mrs Brinkmans Tür, und natürlich kläffte ihr kleiner Hund noch lauter.

Ich schluckte schwer, musterte ihn weiter schamlos, versucht, den Blick noch tiefer wandern zu lassen. Doch da entdeckte ich es.

Den roten Schwanz auf seiner Schulter. Geschuppt.

Ich erstarrte.

Mist. Den Schwanz kannte ich. Und ich wusste, was er bedeutete. Der Typ war ein Red Dragon. Ein Red Dragon, der Hawk zum Verwechseln ähnlichsah. Hawk hatte keinen Bruder, zumindest nicht, dass ich wüsste. Abgesehen von seinen Eltern hatte er nur einen einzigen Verwandten ...

Ich hielt inne und sah dem Mann blinzelnd in die Augen.

Nein. *Er* konnte es nicht sein.

Der kleine Lattimore war dünn, trug eine Brille und hatte schulterlange Haare. Ich schüttelte den Kopf und lachte humorlos. Mein Sebastian gehörte schon lange nicht mehr in die Welt der Red Dragons, laut meiner Mutter war er nur wenige Tage nach mir verschwunden. Ich wusste nicht, wohin er gegangen war, denn ich hatte nicht danach gefragt. Hätte ich gefragt, hätte das bedeutet, dass er mir noch wichtig war. Doch nach dem, was in der Nacht vor meinem Umzug passiert war, nach dem, was ich gesehen hatte, hatte ich mir eingeredet, dass ich mich nicht mehr für Männer interessierte, dass ich nie wieder *mehr* als nur körperliche Anziehung für sie empfinden würde.

Daran hatte ich mich gehalten. Und solange ich nicht herausfand, wie ich je wieder jemanden so lieben konnte wie damals Sebastian, würde ich bleiben, wer ich war. Die leere Frau mit den traurigen, ungewollt falschen Versprechungen.

»Zufrieden?« Er hielt die Hände vor sich hoch.

»Dreh dich um«, kommandierte ich und vollführte mit dem Finger einen Kreis, ich hatte keine Lust mehr auf Spielchen. Jetzt wollte ich unbedingt den eindeutigen Beweis für die Herkunft des Fremden und seines geschuppten, roten Tattoos.

Er zog eine Augenbraue hoch. »Willst du meinen Hintern sehen?«

»Nein«, fauchte ich und gab mir Mühe, mir nicht anmerken zu lassen, wie verlockend ich seinen Vorschlag fand. Ein Hintern war schließlich ein Hintern, oder? »Ich will das Tattoo auf deinem Rücken sehen.«

Bei meiner Forderung verhärtete sich sein Blick. Doch ohne dass ich ihn ein weiteres Mal auffordern musste, folgte er meiner Aufforderung und senkte die Hände auf seine muskulösen Oberschenkel.

Ich erschauerte, als ich es sah. Diese blöde, *schöne* Tätowierung, die ihn als vergeben kennzeichnete. Gebunden. Denn wenn man erst einmal ein Red Dragon war, verlor man nicht nur seinen Willen, sondern auch jeden Hauch einer Seele. Das war der Preis dafür, Mitglied in einem Motorradclub zu sein.

»Hat mein Onkel dich geschickt?« Bei dem Gedanken biss ich die Zähne zusammen. »Oder bist du ein Abtrünniger?« Wenn er einer war, würde er es sowieso nicht zugeben. Trotzdem packte ich das Pfefferspray fester und zog es langsam hervor.

Ich schloss die Tür auf und als ich mich bückte, um seine Hose aufzuheben, damit ich sie durchsuchen konnte, hielt ich es auf ihn gerichtet. Wenn er irgendein irrer Abtrünniger war, wie diejenigen, die Hawk letzten Sommer angegriffen hatten, würde ich mich ihm nicht kampflos ergeben.

Überraschenderweise würdigte der Fremde das Spray kaum eines Blickes, sondern lehnte sich wieder an die Wand und verschränkte die Arme. Er sah nicht im Geringsten beunruhigt aus. Im Gegenteil, er wirkte eher … verwirrt.

»Flick hat mich geschickt.« Er legte den Kopf schief. »Wusstest du das nicht?«

»Natürlich nicht«, knurrte ich, das Pfefferspray hoch erhoben, während ich mit einer Hand seine Tasche durchwühlte. Ich fand nichts. Weder eine Pistole noch ein Messer. Nichts zum Schutz, das war seltsam. Red Dragons und Biker im Allgemeinen waren selten unbewaffnet.

Der Typ verdrehte die Augen. »War ja klar.«

Ich war mir ziemlich sicher, dass ich träumte oder immer noch betrunken war, denn mein Onkel konnte nicht von meinem Wohnungs- und Jobverlust wissen. Ja, er war neugierig, aber über die Jahre war er respektvoller geworden – er und Mom gaben mir den Freiraum, nach dem ich mich gesehnt hatte.

Doch das passte alles viel zu gut zusammen.

»Warum bist du hier?« Nachdem ich erfolglos seine Hose durchsucht hatte, warf ich sie ihm zu. Sein T-Shirt hatte ich noch in der Hand und da jetzt klar war, dass er mich nicht kaltmachen wollte, wollte ich ihn egoistischerweise weiter beäugen.

Er schluckte, wandte den Kopf zur Seite und die Bewegung seines Adamsapfels lenkte meinen Blick auf seinen Hals. »Zu Hause gibt es ein Problem. Flick will, dass ich dich für ein paar Wochen nach Rockford zurückbringe.«

Ich verschränkte die Arme, spiegelte seine Haltung und merkte plötzlich, dass ich keinen BH trug. Meine Brüste brauchten keinen BH. Trotzdem fühlte ich mich splitternackt, wie ich so vor ihm stand.

»Was denn für ein Problem? Und warum hat mich niemand vorgewarnt?«

Der Typ schaute von einem Ende des Flurs zum anderen und das Grübchen auf der Wange ohne Narbe trat durch seinen finsteren Gesichtsausdruck noch deutlicher hervor. Ich runzelte die Stirn und betrachtete erneut die Vertiefung. Sie kam mir so ... bekannt vor.

»Das ist eine Clubangelegenheit«, sagte er. »Lass mich rein, damit ich dir helfen kann, deinen Kram zu packen. Unser Flug geht um Mitternacht.«

»O Gott, nein.« Ich warf den Kopf zurück und lachte. »Ich steige nicht mit einem Wildfremden in ein Flugzeug, das genau dahin fliegt, wo ich absolut nicht sein will.« Damit schlug ich ihm die Tür vor der Nase zu.

Ich lehnte mich mit dem Rücken an das Holz, sein T-Shirt immer noch in den Händen und hoffte, aus diesem Albtraum aufzuwachen. Ich kniff sogar die Augen zusammen und blinzelte drei- oder viermal, um die Sache zu beschleunigen. Leider änderte sich nichts. Meine dunkle, einsame Wohnung mit dem kleinen Zweisitzer. Der Teppich unter dem Tisch für zwei gegenüber meiner winzigen Pantryküche. Links von mir standen meine Waschmaschine mit dem Trockner darauf. Alles war ordentlich und aufgeräumt. Sauber. Alles hatte seinen Platz. Ich war kein Putzteufel, aber auch kein Fan von Schmutz und Dreck. Deshalb hatte ich selten Gäste. Ich hatte die Wohnung selbst bezahlt, Dank eines Jobs, den ich sehr geliebt hatte ... bevor alles in einer Katastrophe geendet hatte, weil irgendein Typ seinen Schwanz nicht unter Kontrolle hatte.

Klopf. Klopf. Klopf. Klopf.

Es klopfte viermal langsam an der Tür.

»Maya«, knurrte eine Männerstimme auf der anderen Seite. »Mach auf.«

»Nein.« Ich wischte mir über die Wangen und zog die

Hände weg, als ich die Nässe spürte. Himmel, ich weinte. Warum? Was war los mit mir?

Auf dem Flur wurde es still. Kurz dachte ich, mein Besucher wäre gegangen, aber Sekunden später knurrte, schnaufte und redete er, was das Zeug hielt. Es war zu leise, um zu verstehen, was er sagte, aber etwas hörte ich ganz deutlich, einen Namen: *Flick.*

Er hatte meinen Onkel angerufen. Na toll.

DREI

SLADE

»Du hast ihr nicht gesagt, dass ich komme«, sagte ich am Telefon zu Flick, während ich im Flur vor Mayas Wohnung auf und ab ging. Das Schlimmste und Beste daran war, dass sie eindeutig keine Ahnung hatte, wer ich war.

Flick seufzte. »Ja, tut mir leid. Ich dachte, so wäre es einfacher.«

»Es tut dir nicht leid«, knurrte ich. »Und von wegen einfacher. Sie hat mir die Tür vor der Nase zugeknallt und mich im Flur stehenlassen.« Ganz zu schweigen davon, dass sie mir mein T-Shirt geklaut hatte, nachdem sie mich zum Strippen gezwungen hatte.

Es war viele Jahre her, dass ich sie zum letzten Mal gesehen hatte, und ich hatte eine Menge durchgemacht, um dahin zu kommen, wo ich heute war: endloses Training, Stunden unter der Tätowiermaschine und eine Narbe, auf die ich mir nicht unbedingt etwas einbildete, die ich aber mit Stolz trug, weil sie mich daran erinnerte, dass Perfektion total überbewertet war. Die Augenoperation, die ich Flick verdankte, damit ich ohne Brille nicht völlig blind war, hatte eher den Zweck, ein guter

Red Dragon zu sein. Und die kurzen Haare? Die langen Haare hatten mich auf dem Motorrad einfach total genervt.

Slade wurde aus Bitterkeit und Liebeskummer geboren, ja. Aber im Grunde hatte ich es hauptsächlich wegen der Frau hinter der Tür getan. Der Frau, die vor mir weggelaufen war.

Mir war nicht entgangen, wie sie mich beim Ausziehen gemustert hatte. Mit weit aufgerissenen Augen, roten Wangen und harten Brustwarzen, die sich unter dem T-Shirt abzeichneten ... Sie war noch genauso oberflächlich wie damals, allerdings stand sie jetzt auf mich, nicht auf Hawk. Wer hätte das gedacht.

Obwohl ich sie immer noch hasste, vielleicht sogar mehr als zuvor, gab es diesen blöden Teil in mir, der sich nichts sehnlicher wünschte, als sie wie ein Höhlenmensch zu behandeln – und ihr genau zu zeigen, was sie verpasst hatte.

»Ja, das überrascht mich nicht. Sie war schon immer ein Kampfzwerg.« Flick zog an seiner Zigarette, ich hörte die Glut am anderen Ende der Leitung knistern.

»Sie will mich nicht in ihre Wohnung lassen, und schon gar nicht mit mir mitkommen.« Ich lehnte mich wieder an die Wand gegenüber ihrer Tür. »Flick, sie hat mir Pfefferspray vor die Nase gehalten, verdammt.« Auch wenn das irgendwie heiß war. Nicht, dass ich mich besprühen lassen wollte, aber es war scharf, dass sie immer noch wusste, wie sie sich schützte: Zierlich, aber knallhart und genauso sexy wie in meiner Erinnerung.

Mein Schwanz wollte sie immer noch. Daran hatte er mich bei ihrem Anblick erinnert. Er hatte gezuckt, als ich zum ersten Mal in ihre funkelnden Sternenaugen geschaut hatte. Und als ich einen Blick auf ihre langen Haare erhaschte, war er stahlhart geworden und hatte schmerzhaft gegen den Reißverschluss gedrückt. Ihre Haare waren immer noch glänzend und schwärzer als die Nacht, bis auf den niedlichen Zopf vorn mit der blutroten Strähne darin. Ihre Haare waren atemberaubend, und ich schloss die Augen und stellte mir vor, wie es wäre, sie mir um die Faust zu wickeln, Maya über das Bett zu beugen und ihre Haare mit einer Hand auf ihrem Rücken festzuhalten, während ich mit der anderen ihren Slip beiseiteschob, damit ich leichter zwischen ihre hübschen nackten Schenkel gleiten konnte.

»Pfefferspray also?« Bei Flicks Antwort schüttelte ich den Kopf und konzentrierte mich wieder auf das Wesentliche. Flick klang besorgt, das fiel mir zuerst auf. Auf gewisse Weise konnte ich es ihm nicht verdenken. Ob ich Maya mochte oder nicht, mein Beschützerinstinkt lief auf höchster Stufe.

Wofür brauchte sie das Pfefferspray? Zur Selbstverteidigung? Oder gab es in ihrem Leben etwas, von dem Flick nichts wusste? Ein verrückter Stalker, ein Ex, der immer noch etwas von ihr wollte ... Bei der Vorstellung biss ich unwillkürlich vor Eifersucht die Zähne zusammen, ganz zu schweigen von der unbeabsichtigten Sorge um sie.

»Ja. Und außerdem sieht sie scheiße aus.« Also, falls Scheiße einen umwerfend schönen kleinen Körper hatte, der sowohl den Stoff für feuchte als auch Albträume lieferte.

Flick seufzte, er klang schuldbewusst. »Ich rufe sie an. Vielleicht brauche ich einen Tag oder so, um sie zu überreden, aber sie wird mitkommen.«

»Einen oder zwei Tage? Willst du mich verarschen? Unser Flug geht heute Abend.«

»Pläne ändern sich.«

»Ja, toll, aber nicht meine. Ich setze sie heute Abend in den Flieger, und wenn es das Letzte ist, was ich tue.«

»Beruhige dich, Junge. Wir kriegen das schon irgendwie in den Griff.«

Ich ging wieder im Flur auf und ab, so schnell, dass ich anfing zu schwitzen. Schweiß tropfte mir von der Schläfe und ich war mir sicher, dass ich stank, aber egal. *Scheiße.* Ich wollte auf keinen Fall mehr Zeit mit ihr verbringen als unbedingt notwendig.

Nein danke.

Mit dem Handy am Ohr ließ ich mich schließlich neben der Tür zu Boden gleiten, während Flick mit seinen schwachsinnigen Ausreden weitermachte.

»Du bist der Einzige, dem ich sie anvertrauen will.« Er flüsterte, klang beinahe gequält.

Ich kniff die Augen zusammen und schlug mit dem Kopf hinten gegen die Wand. Tief in meinem Inneren wusste ich, dass er recht hatte. Ich war der Vertrauenswürdigste der Red Dragons. Die anderen hätten den Job auch ohne Probleme erledigt, besonders Hawk und Archer. Aber keiner von ihnen würde sein Leben für sie geben.

Nicht so wie ich.

Carlos' Tod ... den würde ich mir nie verzeihen. Und deshalb war ich mir sicher, dass Flick meine Schwächen ausnutzte, weil er seine Nichte liebte wie sein eigenes Kind.

Ich seufzte. »Kümmere dich einfach um das Chaos. Sie lässt mich nicht mal in ihre Wohnung, verdammt.« Das Pfefferspray war eine Sache, aber zuzugeben, dass sie mich im Flur hatte strippen lassen? Auf keinen Fall. Flick würde sich totlachen und es dann Hawk und Archer erzählen, wahrscheinlich sogar auch all den anderen Brüdern im Club. Wenn sie es herausfänden, wäre ich die Lachnummer auf dem Gelände.

»Mache ich.« Er räusperte sich. »Ich schulde dir was.«

»Ich würde sagen, du schuldest mir eine ganze Menge.«

Flick war ein guter President. Er kümmerte sich um alles, was nötig war. Doch wenn es um seine Familie ging, war es ihm egal, wen er verletzte, um seine Liebsten zu schützen.

»Aber tu mir einen Gefallen«, fügte ich in letzter Sekunde hinzu. Nicht sicher, warum.

»Was denn?«

Ich legte den Kopf in den Nacken und musterte wieder ihre Tür. »Sie hat mich nicht erkannt. Ich bin jetzt Slade, okay? Sag ihr nicht ...« Ich rieb mir über die Stirn. »Verrate ihr nicht, wer ich bin.« Wenn er es ihr sagte, wäre die Hölle los – wahrscheinlich bei mir, nicht bei ihr. Ich könnte sie für das, was sie mir angetan hatte, zur Rede stellen, das hätte ich schon vor acht Jahren tun sollen.

Aber damit ich sie mit meinen Eiern und klarem Verstand nach Hause bringen konnte, würde ich vorerst Slade bleiben: Der harte Kerl, der zu viele Fragen hasste, der selten einen Mord infrage stellte und *nie* eine Frau zu nahe an sich heranließ.

Nicht seit ihr.

Nicht, seitdem sie mich in Stücke gerissen hatte, indem sie gegangen war und so getan hatte, als wäre das, was wir in jenem Sommer geteilt hatten, keinen Abschied wert.

Ja. Der dünne, trottelige, Sebastian mit Brille und Verstand würde so lange wegbleiben, bis ich bereit war, die Wahrheit zuzugeben.

Falls es jemals so weit käme.

Ohne Rückfragen antwortete Flick: »Ja. Kapiert.«

Zwanzig Minuten später, als ich schon fast im Flur eingeschlafen war, öffnete Maya endlich die Tür und warf mir mein T-Shirt zu. Ich wartete, dass sie rauskam, um mir entweder zu sagen, dass ich gehen oder reinkommen sollte, aber ihre Tür blieb halb offenstehen und von ihr war nichts zu sehen. Hätte ich nicht ihre Schritte gehört, hätte ich angenommen, ein Geist hätte mich hereingelassen.

Ich schnappte mir mein T-Shirt, zog es über und machte mir nicht die Mühe, mir die Stiefel anzuziehen, bevor ich ihre Wohnung betrat. Sobald sich die Tür hinter mir geschlossen hatte, sah ich mich um. Maya war nicht in ihrer kleinen Küche, nicht in der Waschküche zu meiner Linken und auch nicht im kleinen Wohnbereich mit dem Sofa. Also war sie entweder aus dem Fenster gesprungen oder in ihr Schlafzimmer oder das Bad gegangen. So oder so wusste ich, was das bedeutete.

Sie hatte mit Flick gesprochen.

Anstatt mich zu setzen, schlenderte ich herum und betrachtete ein paar gerahmte Fotos an der Wand. Von ihr und einem Haufen tätowierter Kerle, die leicht als Biker ohne Kutten hätten durchgehen können. Das musste ich überprüfen, um sicherzugehen, dass sie nicht mit einem anderen Club in der Gegend verbunden war. Archer könnte zu Hause recherchieren und es herausfinden. Ich würde ihm eine Nachricht schicken.

Es gab auch Bilder von ihr allein. Sie trug lange Röcke und knappe Tops, die kaum ihre Brüste bedeckten. Ich schüttelte den Kopf und kämpfte gegen ein Lächeln an, als ich ein Foto entdeckte, auf dem sie am Strand einen Rückwärtssalto machte, ein kurzes Bein in die Luft gestreckt, die Wellen im Hintergrund. Es war ein Action-Foto. Ihr Gesicht war gerötet, vermutlich war ihr das Blut in den Kopf gestiegen, aber sie sah glücklich aus, und ja ... verdammt gut. Die Frage war, wer es aufgenommen hatte. Ihr Freund?

Bei dem Gedanken biss ich erneut die Zähne zusammen und wandte den Blick ab.

In der Küche entdeckte ich eine halb volle Kaffeetasse. Daneben stand eine Flasche Baileys. Ich hob die Tasse hoch, roch daran und stellte sie kopfschüttelnd wieder ab. Offenbar mochte Maya ihren morgendlichen Kaffee gern mit Schuss.

Ich ging zu einer Glasschiebetür und sah hinaus. Die Sonne ging gerade erst auf, aber in der Ferne entdeckte ich das Meer.

Ein paar Minuten später erklangen Schritte hinter mir, doch ich drehte mich nicht um, auch nicht, als sie zu sprechen begann. »Von Nahem ist es noch schöner.« Ich konnte an ihrer Stimme hören, dass sie lächelte, weigerte mich aber, sie anzusehen. »Das Meer ist einer der Gründe, warum ich hergezogen bin.«

Ihre Schulter streifte meine. Ich blickte aus irgendeinem Grund auf ihre Hand hinab und schluckte schwer beim Anblick ihres Unterarms. Sie hatte ein Vogeltattoo, die Umrisse aus Stacheldraht. Schwarz und winzig. Perfekt auf ihrer Haut.

Bevor ich auf ihren Kommentar antworten und sie fragen konnte, was der andere Grund war, ging sie weg und ließ den Duft von Zitrone zurück. Offenbar war sie aus Vanille herausgewachsen.

Weil ich mir nicht helfen konnte, drehte ich mich um und beobachtete ihre Bewegungen, zuerst den Schwung ihrer Hüften, dann ihre Haare, die tropften, als hätte sie sie nicht mit einem Handtuch abgetrocknet. Ich ließ meinen Blick nach unten wandern und bemerkte, wie sehr sie sich im Laufe der Jahre verändert hatte. Ihre Kurven waren weiblich, ihre Beine kurz mit straffen Wadenmuskeln und ihr kräftiger Po wurde gerade noch von ihrem Kleid bedeckt. Es leuchtete gelb wie die Sonne. Und es war so durchsichtig, dass ich die Umrisse ihres Slips erkennen konnte.

Ein dünner Tanga, weiße Spitze ...

Herrgott, wenn sie sich jetzt so anzog und nicht mehr wie mit neunzehn in Jeans und alten Band-T-Shirts herumlief, dann steckte ich in viel größeren Schwierigkeiten, als ich angenommen hatte.

»Ich habe mit meinem Onkel gesprochen.« Sie setzte sich auf die Sofalehne, den Kopf gesenkt, die Hände spielten mit dem Saum ihres Kleides.

Ich verdrängte das Bild, wie sie das Kleid hochhob, es über den Kopf zog und mir dann mit einem lässigen Grinsen vor die Füße warf.

»Was hat er gesagt?«

»Er meinte, dass wir heute Abend nach Illinois fliegen.«

Ich räusperte mich. »Ist das genug Zeit für dich, um deine Sachen zusammenzupacken?«

Sie überkreuzte die Füße an den Knöcheln. »Habe ich eine Wahl?«

Ich ging auf sie zu und ballte die Fäuste, damit ich sie nicht an mich zog. »Es ist nur vorübergehend. Wenn sich die Lage beruhigt hat, kannst du zurückkommen.«

»Ja, klaaaar. Es ist ja nicht so, als würde mich hier etwas halten.« Sie schnaubte und wischte sich über die Wange, bevor sie sich abwandte.

Himmel, weinte sie etwa? Was war los mit ihr?

Als wäre ich in die Vergangenheit katapultiert worden, hätte ich sie am liebsten an meine Brust gedrückt. Sie festgehalten, bis sie aufhörte oder einschlief. Aber es war keine gute Idee, sie zu fragen, was los war, oder sie zu trösten. Beim letzten Mal hatte es mir das Herz zerrissen. Ich hatte meine Lektion gelernt.

Sie nach Illinois zu bringen musste ich wie einen geschäftlichen Auftrag ansehen: die Ware holen, sie sicher aufbewahren, sie an ihr Ziel schaffen und dann meiner Wege gehen. Nicht mehr und nicht weniger.

»Hast du irgendwo einen Koffer?« Ich wechselte das Thema und schob mein altes Ich beiseite.

Sie atmete langsam aus und ein paar ihrer Haare flogen auf, fielen wieder herunter und klebten an ihrer feuchten Wange. »Ja. Ich muss mich aber erst um einen Lagerraum oder so kümmern.«

»Warum?« Sie würde ja nicht lange weg sein. »Kannst du nicht einfach weiter Miete zahlen?«

Sie öffnete die Hand und zeigte mir ein zusammengeknülltes rosafarbenes Papier. »Nein.«

Ich streckte die Hand danach aus und nahm ihr den Zettel ab, darauf bedacht, sie nicht zu berühren. Ich faltete ihn auseinander und zuckte zusammen, als ich sah, was darauf geschrieben stand. »Du wirst zwangsgeräumt?«

»Sieht so aus.« Sie zuckte mit einer Schulter. »Das Gebäude wird anscheinend abgerissen.«

»Seit wann weißt du das?«

»Seit gestern Morgen, als ich von der Arbeit nach Hause gekommen bin.« Sie hielt einen Finger hoch. »Warte, streich das. Als ich nach Hause gekommen bin, nachdem ich *gefeuert* worden bin.«

Sie war am selben Tag gefeuert und rausgeschmissen worden? *Verdammt.*

»Immerhin musst du dir so nicht freinehmen«, sagte ich.

Sie hob den Kopf und sah mich böse an. »Sehr taktvoll ...« Sie unterbrach sich, als hätte sie mich beim Namen nennen wollen. »Du hast mir noch nicht gesagt, wie du heißt.«

»Mein Name ist Slade.«

Sie verdrehte die Augen und ging in die Küche. »Clubnamen sind keine Namen.«

»Ich habe keinen anderen.«

Sie leerte ihre Tasse und schenkte sich frischen Kaffee nach, nur um noch mehr Baileys hineinzugießen. »Dann werde ich dir wohl selbst einen Namen geben müssen.« Sie zwinkerte mir zu, aber nichts daran war kokett oder süß. Sie wirkte eher verbittert. Angepisst.

Gut. Es war besser so. Für uns beide.

»Tu dir keinen Zwang an«, sagte ich.

Sie musterte mich und ihr Blick verweilte auf meinen Lippen. Ich biss mir auf die Unterlippe, um ihr eine Show zu bieten, obwohl ich es tief im Inneren scheiße fand, wie sehr es mir gefiel, von ihr betrachtet zu werden.

»Du erinnerst mich an jemanden«, sagte sie.

Ich verkrampfte.

Sie kaute auf der Innenseite ihrer Wange, als warte sie auf

die Erinnerung. Zum Glück schien ihr der Kaffee wichtiger zu sein, denn sie griff danach und trank einen großen Schluck.

Anspannung hing in der Luft und ich bekam eine Gänsehaut. Also nahm ich mir, ohne zu fragen, eine Tasse und goss mir Kaffee ein, jedoch ohne Baileys. Dann ging ich wieder zur Fliegengittertür. Ich war nun entschlossener denn je, es so schnell und schmerzlos wie möglich hinter mich zu bringen.

Allerdings für mich, nicht für sie.

VIER

MAYA

Als der größte Teil meiner Sachen in Müllsäcke verpackt war, legte ich mich auf meine nackte Matratze und genoss die verbliebenen friedlichen Stunden, bevor ich an den Ort zurückzog, an dem ich am wenigsten sein wollte. Oder sollte ich am *zweitwenigsten* sagen?

Zwar hasste ich die Red Dragons – ich hatte mit neunzehn einen Sommer mit meiner Mutter und meinem Onkel auf dem Gelände verbracht –, aber unser Zuhause vor den paar Monaten in Rockford war zehnmal schlimmer gewesen.

Bis ich achtzehn war, kannte ich, abgesehen vom Forsaken MC in Arizona, nichts anderes. Ein Outlaw-Club, in dem jedes einzelne Mitglied kriminell war, auch mein Vater: Der Vice President des Clubs. Mom und ich hatten viel zu lange unter der Kontrolle dieses Mannes gelebt und allein der Gedanke daran raubte mir bis heute den Schlaf.

Es klopfte am Türrahmen des Schlafzimmers und ich erstarrte, weil ich fast vergessen hatte, dass ich die Tür offengelassen hatte.

»Brauchst du Hilfe?«, fragte Slade und schaute sich mein kleines Schlafzimmer an.

»Nein, danke. Ich bin fertig.« Ich setzte mich auf, zog die Knie an die Brust und warf ihm einen kurzen Blick zu, bevor ich aus dem Fenster sah. Die Erschöpfung lastete schwer auf meiner Brust und meinen müden Augen und kein noch so langer Schlaf würde sie lindern.

Jetzt schien die Sonne – ihre Strahlen erleuchteten den hellblauen Himmel. Nicht das Winterwunderland, das mich sicher in Illinois erwartete. Wenn man so sehr an die warme sonnige Westküste gewöhnt war, war Mitte Januar nicht die beste Zeit, um in den dunklen und trostlosen Mittleren Westen zu ziehen. Aber anscheinend blieb mir keine Wahl.

»Darf ich?«

Ich blickte Slade an, der mit einer Hand in mein Zimmer deutete.

»Du willst reinkommen?«

Er vergrub die Hände in den Hosentaschen und nickte.

»Nur zu.«

Er kam ein paar Schritte ins Zimmer und schaute überallhin, nur nicht zu mir. Sah ich so hässlich aus? Bei der Vorstellung runzelte ich die Stirn und fragte mich, von welchem Planeten der Kerl stammte. Abgesehen von Hawk und meinem Onkel waren die meisten Motorradclubmitglieder, die ich kennengelernt hatte, eingebildete Arschlöcher, die sich wenig um Frauen oder deren Privatsphäre scherten. Dass er mich gefragt hatte, ob er reinkommen dürfe *und* mir seine Hilfe angeboten hatte, war also ... ungewohnt. Seltsam, aber *gut*.

Wortlos lehnte er sich an die Kommode und blickte aus dem Fenster, aus dem auch ich gesehen hatte. Mit den unordentlichen dunklen Haaren, die ihm über ein Auge fielen, war er ein Bild der Ruhe. Selbst die harte Kieferpartie hatte sich zum ersten Mal entspannt, obwohl ihm die Narbe auf seiner Wange eine gefährliche Ausstrahlung verlieh.

»Und, irgendwas Interessantes da draußen?«, fragte ich, das Kinn auf die Knie gestützt.

Seine Lippen zuckten kaum merklich, als er mich aus den Augenwinkeln anblickte. »Nichts Interessanteres, als das, was *du* gesehen hast.«

Ein Klugscheißer also. Damit konnte ich umgehen.

Ich rutschte vom Bett und umrundete die Säcke in meinem Zimmer, dankbar, dass im Gegensatz zu heute Morgen jetzt wieder sicherer auf den Beinen war. Aus irgendeinem Grund musste ich mir den Kerl genauer ansehen. Ich war schon immer neugieriger gewesen, als gut für mich war, nicht die beste Nachricht für meinen geheimnisvollen neuen Begleiter. Aber für die nächsten Stunden würde er sich daran gewöhnen müssen.

Ich stellte mich vor ihn, spiegelte seine Haltung und musterte ihn langsam. Was hatte Gott sich dabei gedacht, einen einzigen Mann so umwerfend zu erschaffen? Oh, wie gern hätte ich das gewusst. Ich hatte das überwältigende Bedürfnis, ihm näherzukommen. Ich kannte ihn kaum. Aber er war so heiß, dass ich allein bei seinem Anblick ganz kribbelig wurde. Und Bad Boys übten immer eine gewisse Faszination auf mich aus.

Wie es wohl wäre, nackt mit ihm zu sein?

»Warum wolltest du denn reinkommen?« Ich zog eine Augenbraue hoch.

Er richtete den Blick auf meine Lippen und etwas blitzte darin auf, aber nur kurz. Seine stoische Verärgerung kehrte zurück wie ein Tarnumhang, von dem er sich offenbar nicht trennen wollte. »Wir müssen bald los, wenn du deinen Kram in einen Lagerraum bringen willst.« Er verschränkte die Arme. »Ich wollte nur sehen, warum du so lange brauchst.«

»Ja, apropos ...« Ich zuckte zusammen und sah auf meine Füße hinunter und vor Verlegenheit wurde mir eng um die Brust. »Ich kann mir gerade keinen Lagerraum leisten.«

Der Preis, den mir die Dame vor zwanzig Minuten genannt hatte, überstieg meine Ersparnisse. Um einiges. Wenn ich zurückkäme, hätte ich nichts übrig, um mir eine neue Wohnung zu suchen. Oder um davon zu leben, bis ich einen neuen Job gefunden hatte.

»Kein Problem. Ich zahle dafür«, sagte er.

Ich schüttelte den Kopf. »Danke, Fremder, aber ich nehme keine Almosen.«

»Dann sieh es als Kredit.« Er runzelte die Stirn, als könne er mein Problem nicht verstehen. Offenbar wusste er nicht, wie es war, wenig Geld zu haben. *Musste schön sein.*

»Das wäre immer noch ein Almosen, und ich habe keine Ahnung, wann ich es dir zurückzahlen könnte. Ich rufe jemanden an. Vielleicht können sie meine Sachen für mich aufbewahren.« Ich fummelte an meinem Daumenring und bereute die Worte, die soeben meine Lippen verlassen hatten. In den acht Jahren, die ich hier gelebt hatte, hatte ich abgesehen von Bekannten von der Arbeit keine Freunde gefunden. Und ich war nie lange genug in einem Job geblieben, um Freunde zu finden, die ich ohne schlechtes Gewissen aus heiterem Himmel um Hilfe hätte bitten wollen.

Slade zog die Brauen zusammen. »Ich habe das Geld und du brauchst Hilfe. Mach es nicht so kompliziert.«

Ich zuckte zusammen, lehnte diesmal aber nicht sofort ab. Wahrscheinlich war es sinnvoll, dass er mir half. Doch mein dummer Stolz würde trotzdem Schaden nehmen.

»Gut. Aber ich zahle es dir zurück. *Mit* Zinsen.«

»Wie du willst.« Seine Stimme blieb emotionslos, während er mich musterte. Hinter seiner wütenden Fassade war nicht der Hauch von Freundlichkeit zu erkennen. Gott, er hasste mich. So sehr. Aber ich konnte mir beim besten Willen nicht vorstellen, warum ... Wie dem auch sei, er *musste* ein Herz in seiner muskulösen Brust haben, immerhin war er den ganzen Weg gekommen, um mir zu helfen.

Ich blickte wieder zu ihm auf. »Du bist nicht wie andere Biker, die ich kenne.«

»Wieso?« Seine Augen wurden zu Schlitzen. Mein Kompliment hatte ihn wohl beleidigt. *Typisch.*

»Du bist netter.«

»Ich bin nicht nett«, blaffte er.

»Doch.« Ich lächelte und ignorierte seinen Protest. »Und ich weiß es zu schätzen. Es ist irgendwie erfrischend.« Ich hatte schon lange keinen netten Kerl mehr kennengelernt, der mich nicht nur ansah, um mich ins Bett zu kriegen. Obwohl ich ganz sicher nichts dagegen hätte, mich mit *diesem* Gentleman nackt unter der Bettdecke herumzuwälzen.

»Du kennst mich nicht.« Sein Kiefer war angespannt, als er wieder zum Fenster blickte.

»Du hast recht. Aber gleichzeitig kommt es mir so vor, als würde ich dich kennen.« Den Kopf schräggelegt trat ich einen Schritt näher. Er verströmte eine fast nukleare Wärme, und als meine Beine seine berührten, verlor ich den Bezug zum Begriff ›Abstand‹.

Warum fühlte ich mich dermaßen zu ihm hingezogen?

»Was machst du da?« Sein Blick schoss zu meinem Mund, wanderte nach oben und hielt bei meinen Augen an. Er blinzelte einmal, zweimal.

Ich senkte den Blick und sah auf seine Hände, die er zu Fäusten geballt hatte. Offensichtlich fühlte er sich genauso zu mir hingezogen, wie ich mich zu ihm.

»Wie heißt du wirklich?«, fragte ich ihn erneut, denn ich wollte ihn nicht Slade nennen.

»Wenn ich es wollte, würde ich es dir sagen.«

Ich grinste, mir gefiel sein Biss, ich wollte ihn testen. »Hast du Angst vor mir? Habe ich dich verletzt, damals in ...«

»Das reicht.«

Bevor ich noch einmal Luft holen konnte, packte er mich an den Hüften und drückte mich an die Kommode. Ich keuchte auf, aber nicht vor Schmerzen. Er hatte mir blitzschnell den Arm um den Rücken gelegt und verhindert, dass sich die Kante in meine Wirbelsäule bohrte. Ein Gentleman, auch wenn er seine Dominanz ausspielte. Seine schnelle Bewegung hätte mich erschrecken sollen, aber irgendetwas daran kam mir bekannt vor. Und das Schlimme war, dass mir das verdammt gut gefiel. Dass er so hart war. Und dass er die Kontrolle verloren hatte.

»Was machst du da?«, fragte ich mit bebender Brust, den Blick auf seinen Mund gerichtet. Ich verspürte ein Ziehen in der Magengegend, das noch tiefer wanderte, als sein warmer Atem meine Stirn streifte.

Die Lippen zu einer dünnen Linie zusammengepresst hob er mich hoch und setzte mich auf die Kommode. Wir waren auf einer Augenhöhe und bevor ich blinzeln, geschweige denn protestieren konnte, spreizte er meine Beine und drängte sich dazwischen.

»Lass mich eins klarstellen. Ich habe keine Angst vor irgendwas. Schon gar nicht vor kleinen Ausreißerinnen wie dir.«

Ich zog die Augenbrauen hoch und fragte ihn unwillkürlich: »Du hast ganz schön viel Wut in dir, was?«

»Halt die Klappe«, knurrte er.

»Warum? Hast du Angst vor dem, was ich fragen könnte?«

Er erstarrte, sein Blick wanderte von meiner Stirn zu meinem Kinn und seine Finger gruben sich noch ein bisschen tiefer in meine Taille. Die Wärme seiner riesigen Handflächen brannte durch mein Kleid hindurch, seine Oberlippe verzog sich und er blickte finster. Ich erschauerte und fragte mich, was ihm durch den Kopf ging. Meiner Meinung nach loderte Wut genauso heiß wie Lust, und die stand ihm besonders gut.

»Wie gesagt. Ich habe keine Angst vor irgendwas.«

Ich hob eine Augenbraue, meine Lippen zuckten, mein Herz raste …

Lass es, ermahnte ich mich. *Das gibt bloß Ärger.*

Aber ohne zu wissen, *warum*, wollte ich unbedingt wissen, was hinter seinen dunklen Augen vor sich ging.

Ich beugte mich vor, hob die Hand und strich ihm mit dem Finger über den Hals – ein Impuls, mit dem ich Grenzen überschritt, die ich nicht überschreiten durfte. »Du bist genau wie alle anderen, stimmt's? Das Verbotene macht dich an. Flick hat dir gesagt, dass du die Finger von mir lassen sollst.«

Bösartigkeit überkam mich und ich konnte mir ein Grinsen nicht verkneifen. Seit ich denken konnte, verfolgten Biker mich wie ein Fluch, doch ihre wahnsinnige Faszination auf mich war nie weit hinter diesem Hass zurückgeblieben. Slade war wie ein unaufhaltsames Feuer, das man trotz der Gefahr der Verbrennung mit den Händen berühren wollte, weil es so schön war.

Ich schluckte schwer und überrascht, wie sehr ich zitterte, hob ich meine andere Hand und legte sie ihm in den Nacken. Seine Erektion drückte gegen mein Bein und bewies, dass ihn meine Berührung auch nicht kalt ließ.

»Maya«, warnte er, machte aber keine Anstalten, mich wegzuschieben.

»Hmm?«

»Hör auf ...« Aber seine Bitte verlor sich in seinem nächsten Atemzug, als ich weiter forschte.

Meine Hand wanderte seinen Hals hinauf und ich studierte sein Gesicht, während ich mich mit den Fingern in seinen Haaren verfing, fasziniert, als er unter meiner Berührung erschauerte. Er war wie ein Eisblock, der sich gegen meine wärmende Berührung wehrte. Fast hätte ich ein schlechtes Gewissen gehabt wegen dem, was ich tat.

Fast.

Der Anflug von Reue bremste mich natürlich nicht. Und so machte ich weiter, gierig nach dem, was ich nicht begreifen konnte.

Seine weichen Locken waren wie Seide unter meinen Fingern, sein warmer Atem auf meinen Lippen ... Ich blinzelte, weil sich das alles so vertraut anfühlte, legte den Kopf schief und beobachtete, wie seine stoische Fassade mit jeder Sekunde meiner Berührung bröckelte.

Vielleicht war es der Baileys in meinem morgendlichen Kaffee oder der Restalkohol der vergangenen Nacht, aber in diesem Augenblick wollte ich nichts sehnlicher, als diesen Mann zu berühren, mich tief unter seine Haut zu graben. Und ich hatte keine Ahnung, warum.

Als ich die Finger an seine Wange legte, hob er das Kinn und schmiegte sich an meine Handfläche – und mich überraschte die vertraute Intimität. Ich ertappte mich dabei, wie ich lächelte, denn sein Anblick erinnerte mich an ein Tier, das meiner zärtlichen Berührung bedurfte.

Von Nahem wirkte die Narbe auf seiner Wange noch zerklüfteter und rosiger. Ich betrachtete sie, ließ alle Hemmungen fallen und fuhr mit dem Finger über die unebene Haut.

Ich war sehr impulsiv und hatte keinerlei Berührungsängste, und bei diesem Mann war es nicht anders. Eigentlich war es sogar noch schlimmer. Ich wollte ihn überall berühren – am liebsten ständig –, ein Zeichen dafür, dass mein nach Nähe hungernder Körper Nahrung brauchte, und zwar schnell.

Sein Atem stockte, als ich ihm mit dem Daumen über den Hals strich, und die Kraft, die ich allein dadurch spürte, ließ meinen Kopf mit mehr Gedanken kreisen, als ich auszudrücken wagte. Ein wenig Selbstbeherrschung war mir noch geblieben.

Seine Haut war makellos, bis auf die schreckliche Narbe und die Stoppeln an seinem Kinn – die seine Anziehungskraft nur noch verstärkten.

Wer bist du, Slade?

Bevor ich die Frage laut wiederholen konnte, packte er mich am Handgelenk, riss meine Hand von seinem Gesicht und beendete meine Erkundung.

»Das reicht.«

Seine dunklen Augen trafen auf meine und ich erschrak bei seinem wütendem Tonfall und erwachte endlich aus meiner Benommenheit.

Du dummes, impulsives Mädchen, was hast du dir dabei gedacht?

»Tut mir leid«, flüsterte ich und ließ die Hände sinken.

»Wir müssen in zehn Minuten los.« Wieder ausdruckslos und ohne auf meine Entschuldigung einzugehen, trat Slade einen Schritt zurück und wandte den Blick ab. »Mach dich fertig.«

»Okay.« Ich bemühte mich um ein Lächeln, aber er verließ das Zimmer, ohne darauf zu reagieren.

Nachdem er gegangen war, seufzte ich schwer und meine verkrampften Lungen ließen den Atem entweichen, den ich angehalten hatte. Ich kletterte nicht sofort von der Kommode herunter, sondern blickte auf die Stelle, an der er eben noch gestanden hatte. Zum tausendsten Mal innerhalb von fünf Minuten fragte ich mich: *Was zum Teufel war das denn?*

FÜNF

SLADE

Ich war immer stolz darauf gewesen, dass ich mich in Bezug auf Frauen beherrschen konnte. Ich war kein geiler Bock wie Archer, der mit jeder willigen Blondine oder Rothaarigen schlief. Und ganz sicher war ich nicht wie Hawk, der den Verstand verloren hatte und nur noch für *eine* Frau lebte. Doch dreizehn Stunden nachdem Maya wieder in mein Leben getreten war, vergaß ich langsam, wie man Slade war. Woran lag das? Ganz bestimmt nicht daran, dass ich immer noch in sie verliebt war. Sie hatte mich angemacht – mich provoziert. Und ich hatte mich darauf eingelassen, ihre Berührung genossen, als wäre sie der Rettungsanker, auf den ich mein ganzes Leben gewartet hatte.

Maya saß neben mir auf dem Beifahrersitz des Mietwagens, hob einen Finger und zeichnete ein X über ihr Herz. Ihre schelmischen braunen Augen blitzten jetzt noch gefährlicher als in ihrem Zimmer.

»Nur noch *eine* Frage zum Club. Die letzte.«

»Das bezweifle ich«, murmelte ich leise. »Seit wir diesen blöden Lagerraum verlassen haben, hast du mich mit Fragen gelöchert.«

»Ist meine Stimme denn so schrecklich?« Sie klimperte mit den Wimpern und drückte sich unschuldig eine Hand auf die Brust.

Ich stöhnte, trat aufs Gas und raste über die Ampel, als wären Zombies hinter mir her. Es wäre so schön, wenn ich ihre Stimme abstoßend finden würde. Dann hätte ich mit siebzehn nicht unzählige Stunden damit verbracht, sie mir in Erinnerung zu rufen und mir dabei einen runterzuholen. Rau und tief, mit einer unterschwelligen Süße, die einen Mann um den Finger wickelte …

Maya war schon damals immer voller Fragen gewesen, und manchmal wirkte es, als sei ihr Geist genauso wild und neugierig wie meiner gewesen war.

Wenn ich irgendwas von diesem Blödsinn laut zugeben würde, wäre das wie ein Todesurteil. Damit würde ich mich angreifbar machen, und das wollte ich von nun an nicht mehr sein – zu ihrer Sicherheit, und vor allem wegen meines Verstands. Statt ihr also zu antworten, drehte ich das Radio laut und konzentrierte mich darauf, uns zum Flughafen zu bringen. Ich kurbelte sogar das Fenster einen Spalt weit herunter, um die guten alten Autoabgase einzuatmen. Ich konnte mich besser konzentrieren, wenn ich nicht nur ihre nach Zitrone duftende Haut roch. Haut, bei der ich mich fragte, ob sie genauso süß schmeckte, wie sie duftete.

Seit ich mich in ihrem Schlafzimmer zwischen ihre schmalen Beine gedrängt hatte, reagierte mein Körper überempfindlich auf alles, was sie sagte, tat und sogar *flüsterte*, verdammt.

Deshalb musste sie aufhören zu reden, dann würde alles gut werden.

»So schlimm war ich doch nicht, oder?«, fragte sie und drehte das Radio leiser.

»Doch. Warst du.« Ich schüttelte den Kopf und hielt an

einer weiteren Ampel. Und weil ich ein Idiot war, blickte ich sie wieder an.

Ein Mundwinkel war höher gezogen als der andere. Bei diesem Anblick atmete ich scharf durch die Nase ein und als sie breit lächelte, verengte ich die Augen. Sie sah aus wie eine fiese Verführerin, die aus den Tiefen der Hölle gesandt worden war, um mich mit ihrer Schönheit zu quälen. Maya war eine Medusa ohne Schlangen; bei ihrem Anblick erstarrte ich zu Stein, während gleichzeitig die Hitze des Hades in mir loderte.

»Sei nicht so mürrisch. Das ist unattraktiv.« Sie legte die kurzen, straffen Beine auf das Armaturenbrett und ich wäre fast von der Straße abgekommen.

Sie hatte High Heels an. Scheiß. Verdammte. *High Heels.*

Seit wann trug Maya High Heels statt Sneakers oder Stiefel? Ganz zu schweigen von hübschen, gelben, durchsichtigen Kleidern. Wir waren kurz davor, mitten im Januar in einen Flieger zurück in den Mittleren Westen zu steigen, doch sie sah aus, als wären wir auf dem Weg in die Tropen.

»Ich bin nicht *mürrisch*«, knurrte ich und konzentrierte mich wieder auf die Straße. Und selbst wenn, wäre es mir scheißegal, ob mich das attraktiv machte oder nicht.

»Sicher? Denn in der letzten Stunde war jedes Wort aus deinem Mund entweder bissig oder grunzelig.«

»Was soll das denn für ein Wort sein?«

»Ach, bist du etwa die Sprachpolizei?« Sie lachte und knuffte mich an der Schulter. *Immer diese verdammten Berührungen.* Was das anging, hatte sie sich nicht verändert.

»Nein. Ich will einfach nur zum Flughafen, ins Flugzeug steigen und nach Hause fliegen.« Ich musste Abstand von ihr gewinnen. Sonst würde ich sie auf meinen Schoß zerren, das kurze Kleid hochschieben und sie solange küssen, bis sie endlich die Klappe hielt und stattdessen meinen Namen stöhnte.

»*Wie auch immer*«, schnaufte sie. »Ich habe folgende Frage ...«

»Ich habe nicht gesagt, dass du mich was fragen darfst.«

»Und ich bin mir ziemlich sicher, dass du mir nicht den Mund verbieten kannst.«

Stöhnend ließ ich den Kopf an die Kopfstütze sinken und umklammerte das Lenkrad fester. Vom ständigen Stirnrunzeln bekam ich langsam Kopfschmerzen, aber Maya war wie eine verdammte Anwältin, die mir eine Frage nach der anderen zum Club stellte. *Hat er sich verändert, seit Pops weg ist und mein Onkel übernommen hat? Warum muss ich jetzt auf einmal zurückkommen?* Das würde sie noch früh genug herausfinden, wenn wir da wären.

Ich konnte sie verstehen. Sie war schon lange nicht mehr in Rockford gewesen und wahrscheinlich machte sie das nervös. Aber sie war selbst schuld daran, dass sie nichts wusste. Schließlich hatte sie alle ignoriert, denen sie wichtig war, um für ein Leben nach Kalifornien abzuhauen, das nicht viel besser war als ihr bisheriges in Rockford.

»Wollen Hawk und Summer heiraten?«

Als sie meinen Cousin erwähnte, verdrehte ich die Augen. Natürlich wollte sie das wissen. »Keine Ahnung, ist mir auch egal.«

»Bist du nicht mit ihm befreundet?«

»Doch.«

»Du klingst nicht sehr überzeugend.«

In dem Versuch, meine Reaktion zu zügeln, rieb ich mir über den Mund. »Wir sind Freunde. Ja.«

»Dann solltest du wissen, ob sie heiraten wollen oder nicht. Ich habe schon seit ein paar Monaten nicht mehr mit ihm gesprochen. Er hat überlegt, ob er sie fragen soll, aber danach hat er nicht mehr auf meine Nachrichten geantwortet.«

»Warum ist es so wichtig, ob sie heiraten oder nicht?« Ich

verlor die Kontrolle. »Bist du immer noch scharf auf ihn, oder was?«

Sie holte scharf Luft. Sie sah verletzt aus. Aber traurigerweise fühlte ich mich nicht schlecht. Wenn mich das zu einem Idioten machte, dann war das halt so. Doch obwohl es so lange her war, rieb mich Mayas Besessenheit von meinem Cousin immer noch auf. Da ich jetzt Slade war, konnte ich sie wenigstens darauf ansprechen. Und wenn sie noch nicht über ihn hinweg war, dann konnte sie sich auf etwas gefasst machen, denn Summer hatte meinen Cousin so fest um den Finger gewickelt, dass es nicht mehr lustig war.

»Warum fragst du das?«, fragte sie leise. Anklagend. Verletzt.

Ich zögerte. Für einen Moment hatte ich vergessen, dass sie nicht wusste, wer ich war.

»Ihr habt eine gemeinsame Vergangenheit, oder nicht?« Hoffentlich war das überzeugend genug. Ich musste meine Ausbrüche unterdrücken und meine Gefühle kontrollieren. Hinter mir lassen, was mich hier am meisten belastete.

»Ja, aber wir sind Freunde. Das ist alles.«

»Klar.« Ich schnaubte. Das glaubte ich erst, wenn ich es sah.

Mit jeder Sekunde wurden meine alten Unsicherheiten stärker, obwohl ich keinen Grund hatte, mich zu schämen. Zumindest nicht mehr für mein Aussehen.

Es würde nicht viel brauchen, damit ich ihr die Wahrheit gestand. Und ein Teil von mir wollte ihr ins Gesicht schleudern, dass ich nicht der war, für den sie mich hielt. Dass der Junge, den sie verlassen hatte, nun ein Mann war, der sie glühend hasste. Aber offenbar fühlte sie sich zu dem Mann hingezogen, zu dem ich geworden war. Und ich wünschte mir nichts sehnlicher, als sie besinnungslos zu vögeln.

»Ehrlich. Hawk und ich waren nie zusammen.«

»Er hat gesagt, ihr hättet gevögelt.« Das war nicht völlig gelogen. Tage, nachdem sie gegangen war, als ich zu betäubt gewesen war, um klar zu denken oder zu sprechen, hatte ich es von Archer erfahren, der es aus meinem betrunkenen Cousin rausbekommen hatte. Damals hatte Archer nicht gewusst, dass ich in sie verliebt war. Aber als er meine Reaktion bemerkt hatte, hatte er mich gefragt, was los sei, und ich hatte ihm anvertraut, was zwischen Maya und mir vorgefallen war. Ich war mir ziemlich sicher, dass er sie danach mehr gehasst hat als ich.

»Er hat anderen davon erzählt?«, flüsterte sie.

»Natürlich hat er das«, sagte ich hämisch. »Er meinte auch, dass du eine Granate im Bett bist.« Die Lüge schmeckte bitter. Zumindest die zweite Hälfte.

Hass mich. Hass mich, damit ich dich weiter zurückhassen kann.

Aber mein stilles Mantra half nicht. Stattdessen zog sich mir bei Mayas Reaktion vor Bedauern der Magen zusammen.

»Was für ein Arsch«, flüsterte sie und lehnte sich an die Tür. »Deswegen hasse ich den Club so sehr.« Und dann bekam ich endlich die Stille, nach der ich mich so gesehnt hatte.

Ich wollte mich nicht schlecht fühlen, ließ den Kopf an die Kopfstütze sinken und versuchte, mich zu entspannen. Ich hatte jedes Recht, mich ihr gegenüber wie ein Arsch zu verhalten – zumindest behauptete das Slade. Aber in den nächsten fünfzehn Minuten stellte mich die Stille zwischen uns auf die Probe, und je länger sie anhielt, desto deutlicher meldete sich mein schlechtes Gewissen und verlangte nach einer Entschuldigung. So sehr ich mich auch wegen ihres Fragespiels beschwert hatte, ihr Schweigen mochte ich noch weniger. Dabei blieb mir zu viel Zeit zum Nachdenken ... ganz zu schweigen von der Reue.

Ich räusperte mich und versuchte, egoistisch zu sein, auch wenn ich tief im Inneren wusste, dass ich es nicht war. »Warum bist du gefeuert worden?«

Zuerst glaubte ich, sie würde mir nicht antworten, doch dann erleuchtete ihr Display den Wagen und sie zeigte mir ein

Bild von einem Idioten mit Irokesenschnitt. Er sah aus wie Hawk, nur noch hässlicher.

»Wegen ihm.«

»Wer ist das?« Ich runzelte die Stirn und bog in die Straße, die zum Flughafenparkplatz führte.

»Mein Ex-Chef.« Sie zuckte mit den Schultern, schaltete das Handy aus und steckte es in die Tasche. »Ihm gehört das Tattoo-Studio, in dem ich gearbeitet habe. Er hat mich gefeuert, weil ich nicht mit ihm schlafen wollte.«

Ich trat auf die Bremse und wir wurden nach vorn geschleudert. Am liebsten wäre ich umgedreht und hätte dem Wichser meine Stiefelunterseite gezeigt.

»Schon gut. Ich habe ihm die Nase gebrochen, wir sind also quitt.«

Auch wenn sie sich selbst verteidigen konnte, gefiel es mir nicht, dass es so weit hatte kommen müssen. Ich mochte manchmal ein chauvinistisches Arschloch sein, aber der Biker in mir wollte sich um diejenigen kümmern, die ihm etwas bedeuteten.

Nicht, dass Maya mir noch etwas bedeutete.

Wir sahen uns eine Weile an. Sie wirkte verdammt traurig, auch wenn sie behauptete, dass es ihr gut ging. Aber ich durfte kein Mitleid mit ihr haben. Das kam nicht infrage. Ich würde sie beschützen. Sie nach Hause bringen. Und dann war ich ein für alle Mal mit ihr fertig.

Ich räusperte mich, unterbrach den Blickkontakt und trat wieder aufs Gas.

»Warum interessiert dich das?«, fragte sie.

Tut es nicht. »Du bist im Moment mein Schützling.« Ich blieb dabei. »Flicks Nichte.«

Bei der Halbwahrheit schnürte sich mir die Kehle zusammen, aber ich fuhr möglichst beiläufig fort. Kurz und bündig.

»Ich bin also ein Job.«

Ich nickte.

Als ich bei der Mietwagenrückgabe parkte, lehnte ich mich zurück und rieb mir mit beiden Händen das Gesicht. Ich war nicht gern ein Arsch, besonders nicht zu Frauen, aber ich verhielt mich genau wie die Männer, die ich verabscheute, nur, weil ich ihre Stimme hören wollte. Ihre Stimme, die mich *wahnsinnig* machte. Dazu kam, wie sie sich über die Lippen leckte und lachte, wobei ihre Sternenaugen die ganze Zeit blitzten, und ich war kurz davor, ihr die Wahrheit zu sagen, die sie nicht verdiente.

Doch bevor ich die Tür öffnete, landete mein Blick auf ihrem Mund und ich beobachtete, wie sie an der Unterlippe nagte und zum Fenster hinaussah. Und sofort war die Faszination wieder da. Die mich magisch zu ihr hinzog. Als Erwachsene war sie verdammt sexy. Sanfte Kurven, wilde Augen, Perfektion. Verboten.

Reiß dich zusammen, Slade, ermahnte ich mich und wünschte mir eine Pause, eine Gnadenfrist.

Zum Glück stieg Maya zuerst aus und knallte die Tür zu. Ich seufzte und sammelte mich. Bald war ich sie los. Genau wie ich es wollte.

SECHS

MAYA

Im Flughafen gaben wir unsere Koffer auf und fanden einen Platz vor unserem Gate, um auf das Boarding zu warten. Slade war wieder ganz der alte Grübler und es verwirrte mich. Ich war von Natur aus auch nicht besonders gesprächig, aber sein Schweigen war zermürbend, weshalb ich ihm im Auto all die Fragen gestellt hatte.

Doch etwas an einer seiner Bemerkungen hatte mich verärgert. Er hatte mich einen Job genannt. Den er für den Club erledigte. Und obwohl ich ihn erst heute Morgen kennengelernt hatte, hatte mir das Eingeständnis einen Stich versetzt.

Ich hätte nur gern gewusst, warum.

Aber wie dem auch sei, der Typ hatte kein Recht, sauer auf mich zu sein. Ich hatte nichts gemacht, außer mit ihm zu sprechen. Dummerweise schien er aus irgendeinem Grund einen Rachefeldzug gegen mich zu führen, obwohl er mich überhaupt nicht kannte. Deshalb war ich eher neugierig als verletzt wegen seiner Bemerkung im Auto über Hawk.

Es war keine große Sache, wenn der gesamte Club wusste, dass ich in der Nacht vor meinem Umzug mit ihm geschlafen hatte. Mein wahres Ich kannte sowieso keiner vor ihnen. Und deshalb war es mir egal, was die anderen dazu sagten. Damals war mir das Herz gebrochen worden. Und als Hawk und ich miteinander geschlafen hatten, hatte ich geweint und behauptet, es täte weh, weil es mein erstes Mal war, anstatt zuzugeben, dass meine verletzten Gefühle am meisten wehtaten.

Meine Seele und mein Herz hatten dem einen Mann gehört, aber meinen Körper hatte ich freiwillig einem anderen gegeben. Das war nur einer meiner vielen Fehler gewesen.

Als ich die angespannte Stille zwischen uns nicht länger ertragen konnte, fasste ich mir ein Herz und stellte Slade ein paar belanglose Fragen. Nichts, was auf mich und meine Vergangenheit im Club hindeutete. Meine Erfahrung mit Männern hatte mich gelehrt, dass sie nur reden wollten, wenn sie sich mit etwas brüsten konnten. Ich hoffte, dass Slade genauso war.

»Wie bist du Teil des Clubs geworden?«, fragte ich.

Die Knie auf den Ellbogen, die Augen auf sein Smartphone gerichtet, erstarrte er. »Fügung.«

Trotz meiner schlechten Laune musste ich wegen seiner ungewöhnlichen Wortwahl grinsen. Nicht alle Männer mit Kutten waren Idioten.

»Wusstest du sofort, als du die Jungs kennengelernt hast, dass du zu ihnen gehörst?«

Er senkte das Kinn und zögerte. »Ja.«

Aus irgendeinem Grund enttäuschte mich seine Antwort. Ich kannte nur einen Menschen, der in dieses Leben hineingeboren worden war, und er hatte letztendlich einen anderen Weg gewählt. Laut meiner Mom war er schon lange weg.

Ich bedauerte bis heute, was zwischen mir und Sebastian Lattimore vorgefallen war. Obwohl ich ihn tagsüber ignoriert hatte, hatte er nachts bereitwillig alles getan, was ich von ihm gewollt hatte. Hawk war lustig und wild gewesen, wir hatten viel Spaß miteinander gehabt, klar. Aber bei niemandem hatte ich mich so echt gefühlt wie bei dem siebzehnjährigen Sebastian.

Dem Jungen, der mir von Zeus, Hades und Poseidon erzählt hatte ... Dem Jungen mit den langen Haaren, hinter denen er sich so oft versteckt hatte. Mit den dicken Brillengläsern und der schlanken Gestalt, die eher krank als gesund wirkte. Dem Jungen, der mir das Gefühl gegeben hatte, eine Göttin zu sein, obwohl ich in Wirklichkeit ein verkleideter, egoistischer Dämon gewesen war.

Bevor ich Sebastian kennengelernt hatte, hatte ich mir nicht viel aus Geschichten, Mythen und Legenden gemacht, doch durch die Art, wie ich aufgewachsen war, hatte ich auch nur wenig Berührungspunkte mit ihnen gehabt. Aber Story Boy? Indem er mir davon erzählt hatte, hatte er meine Sicht und mein Leben verändert. Er hatte mir Welten eröffnet, von denen ich noch nie gehört hatte und von denen ich nicht genug bekommen konnte. Er ermutigte mich, Fragen zu stellen, neugierig zu sein.

In der Nacht bevor ich nach Kalifornien ging, war mir in Bezug auf Sebastian etwas klargeworden: Monatelang hatte ich zwei Leben mit zwei verschiedenen Jungen gelebt, aber der, den ich am meisten wollte, nach dem ich mich aus tiefstem Herzen sehnte, war nicht Hawk.

Sebastian war von Anfang an der Richtige für mich gewesen. Bei ihm hatte ich mich nicht verstellen müssen. Das unerschrockene Mädchen mit der harten Seele, das Schlimmeres durchlebt hatte als die meisten Red Dragons – Sebastian hatte mich so akzeptiert, wie ich war. Und deshalb hatte ich mich ursprünglich ihm hingeben wollen, bevor ich Rockford verließ. Bis kurz vor meiner Abreise hatte ich sogar überlegt, seinetwegen zu bleiben. Aber anders als in den sonstigen Nächten in jenem Sommer war Sebastian nicht in sein Zimmer gekommen, um mich zu treffen. Er war auch nicht gekommen, um mich schön zu nennen oder mir Geschichten zu erzählen, oder damit ich mich zum Einschlafen auf seine Brust legen konnte.

Ich hatte stundenlang allein in seinem Bett gelegen, in der einen Minute hatte ich geweint, in der nächsten war ich immer wütender geworden. Er hatte gewusst, dass es mein letzter Abend war, aber er hatte genau das gemacht, was ich ihm tagsüber angetan hatte und es mir sozusagen mit gleicher Münze heimgezahlt: Er hatte mich ignoriert.

Irgendwann wollte ich nicht mehr warten und hatte Gewissensbisse, dass ich ihn so lange verleugnet hatte. Also war ich losgezogen, um nach ihm zu suchen und mich bei ihm zu entschuldigen. Ich hatte sogar Hawk um Hilfe gebeten, auch wenn ich ihm nicht verraten hatte, dass ich Sebastian wollte, sondern nur dass ich mit ihm reden musste, weil wir uns über die Monate angefreundet hatten.

Doch dann hatte ich durch das Fenster des Clubhauses etwas gesehen, das mich zutiefst erschüttert hatte: Sebastian ... zwei Frauen vor ihm, auf ihm, wie sie sehr versaute und verstörende Sachen mit ihm anstellten.

Bei der Erinnerung stiegen mir unwillkürlich Tränen in die Augen. Ich hatte mich lange geweigert, auf meine Vergangenheit zurückzublicken und zu bedauern, was sich meiner Kontrolle entzog. Doch jetzt wärmte ich den Schmerz wieder auf und durchlebte ihn noch einmal.

Ich wandte den Blick ab, wischte mir über die Augen und hoffte, dass Slade meine Tränen nicht bemerkte. Leider war er aufmerksamer, als ich ihm zugetraut hätte.

»Was ist los?«, fragte er.

Ich blinzelte, konzentrierte mich wieder auf sein Gesicht und schenkte ihm ein, wie ich hoffte, aufrichtiges Lächeln. »Nichts. Bin nur müde.«

Er rieb mit den Handflächen über seine Jeans und wirkte nervös. »Unsinn. Du weinst.«

Ich streckte das Kinn vor, entschlossen, ihm nicht zu zeigen, wie recht er hatte. »Stimmt gar nicht.«

»Und was ist das?« Er hob die Hand und berührte mein Gesicht. Langsam strich er mit dem Daumen über eine Träne an meinem Kinn, die mir entgangen war.

Ich genoss den Schauer und die damit einhergehende Wärme in meinem Bauch, die seine Berührung verursachten. Lange nachdem die Träne getrocknet war, lagen seine Finger noch auf meiner Haut, und Slade musterte mein Gesicht mit einem beunruhigend vertrauten Ausdruck. Mit geöffneten Lippen ließ ich mich von ihm beruhigen, egoistisch, weil ich die Hände dieses Fremden brauchte.

Doch dann wurde unser Flug über die Lautsprecher durchgesagt. Und schon war der Zauber zwischen uns gebrochen.

SIEBEN

SLADE

Außer einer gelegentlichen Schneeflocke konnte ich durch das Flugzeugfenster nicht viel sehen. Doch auch wenn wir nun für ein paar Stunden in Sicherheit waren, konnte ich mich nicht entspannen. Und warum? Weil eine wunderschöne Frau den Kopf an meine Schulter gelegt und sich fest schlafend an mich gepresst hatte.

Maya machte es mir nicht leicht, sie zu ignorieren. Nicht mit ihren sarkastischen Kommentaren, ihren endlosen Fragen, ihrer süßen Stimme, den farbwechselnden Sternenaugen und diesem festen Körper, den ich am liebsten überall mit den Händen erkundet hätte. So gern wäre ich mit den Händen unter den Saum ihres gelben Kleides geschlüpft, hätte die Finger zwischen ihre warmen Schenkel geschoben und festgestellt, dass sie jede Fantasie übertraf. Bei dieser Vorstellung stöhnte ich: Maya an einer Wand, das Kleid hochgeschoben und ich, wie ich vor ihr stand, die Lippen auf ihre gepresst und die Hüften rhythmisch bewegte.

Meinem Schwanz gefiel die Idee offensichtlich auch, er drückte wieder hart gegen meine Jeans.

Verdammte Kackscheiße. Jetzt musste ich mir einen runterholen. Mich für den Rest des Fluges mit einem Ständer herum-zuschlagen, wäre nicht cool.

Maya murmelte etwas im Schlaf, das gefährlich nach einem Stöhnen klang. Ich verkrampfte mich, denn das Geräusch gefiel mir genauso sehr, wie es mich stresste. Wahrscheinlich wäre jetzt meine einzige Chance, für eine Weile auf der Toilette zu verschwinden, doch als ich mich auf die Armlehne stützte, um aufzustehen, meldete sich der Pilot über die Lautsprecher.

»Meine Damen und Herren, hier spricht Ihr Kapitän. Aufgrund eines unerwarteten Wettersystems, das sich langsam über das Land bewegt, werden wir in Denver landen ...«

Die Durchsage zog sich hin und mit jedem weiteren Wort aus dem Mund des Kapitäns wurde ich wütender.

»Mmm, was ist los?« Maya erwachte mit Falten auf der Wange, weil sie auf meinem T-Shirt gelegen hatte.

»Schlechtes Wetter. Wir landen in Denver.« Ich rückte von ihr ab und stützte einen Ellenbogen auf den Fenstersims.

»Oh.« Sie gähnte. »Scheiße.«

Ich nickte, die Lippen zu einer dünnen Linie zusammenge-presst. Scheiße würde ich nicht sagen. Die Situation entwi-ckelte sich immer mehr zu einem verdammten Albtraum.

Sie streckte die Beine aus, spreizte sie träge und ihre Wade streifte meine. Mit verengten Augen beobachtete ich, wie sich der Spalt zwischen ihren Beinen vergrößerte, was mich erneut in den Wahnsinn trieb.

»Scheiß drauf«, murmelte ich, löste den Sicherheitsgurt und ignorierte beim Aufstehen Mayas fragenden Blick.

Die Flugbegleiterin auf dem Gang rief mir hinterher: »Sir, Sie müssen sich setzen ...«

»Ich muss pissen.« Ich drängte mich vorbei, betrat die winzige Kabine und knallte die Tür hinter mir zu. An das Waschbecken gelehnt ließ ich die Hände sinken und legte das Kinn auf die Brust.

Tief einatmen, tief ausatmen.

Schließlich warf ich einen Blick in den Spiegel und erschauerte unwillkürlich. Ich sah aus wie ein eingesperrtes Tier, das zuschnappen würde, sobald sich ein paar Finger durch die Gitter schoben. Das Gesicht rot, die Haare völlig durcheinander, die Zähne gefletscht ...

»Konzentrier dich, du Mistkerl«, sagte ich zu meinem Spiegelbild.

Der Mistkerl wirkte nicht überzeugt.

Ein paar Minuten später, als ich dachte, ich hätte mich wieder unter Kontrolle, klopfte es leise an der Tür. »Slade? Mach auf, ich bin's, Maya.«

Ich schloss die Augen, atmete noch einmal tief durch ... ich musste mich unbedingt zusammenreißen. Ich durfte sie nicht an mich heranlassen und ich kämpfte so hart dagegen an. In ihrem Schlafzimmer, gerade eben neben ihr ...

Ich musste nur noch eine weitere Nacht überstehen. Dann wären wir in Sicherheit. *Ich* wäre in Sicherheit. In Rockford würde sie bei Flick wohnen und ich würde in einem der Schlafzimmer im Clubhaus bleiben, bis sie wieder nach Hause fuhr, wenn die Gefahr gebannt war. Wir mussten einander gar nicht begegnen. Damit konnte ich umgehen. Damit musste ich umgehen. Eine andere Möglichkeit gab es nicht.

Ich spritzte mir kaltes Wasser ins Gesicht und öffnete die Tür.

»Mir geht's gut. Hab bloß Kopfschmerzen.«

Sie blinzelte besorgt zu mir auf, unschuldige Rehaugen, die nun eher grün als braun aussahen. »Bist du sicher?«

»Ja. Mir geht's gut.«

Maya nickte, wirkte aber wenig überzeugt. Doch es war nicht ihre Aufgabe, sich Sorgen zu machen. Sie war ein *Job*. Und ich würde mein Bestes geben, den Abstand zu ihr zu wahren, ohne sie tatsächlich alleinzulassen. Ich war gut darin, Menschen nicht an mich heranzulassen. Und ich war sogar noch besser darin, sie zu ignorieren.

Vierzig Minuten später verließen wir das Flugzeug und steuerten auf den Flughafen von Denver zu, Maya noch halb schlafend an meiner Seite, während sich in meinem Kopf die Gedanken überschlugen. Mir fiel sofort auf, wie voll der Flughafen um drei Uhr morgens war. Außerdem schienen all die Gesichter zu verschwimmen, sodass ich sie nur schwer lesen und identifizieren konnte. Auf der Suche nach einer Waffe, die nicht da war, steckte ich die Hand in meine leere Manteltasche.

Der Club hatte sich um Carlos' Killer gekümmert. Archer hatte ihn kurz vor Mitternacht in einem Lagerhaus in der Chicagoer Innenstadt erwischt. Irgendein Vollidiot auf Meth, der nicht mal zu Pops' engstem Kreis gehörte. Offenbar war ihm Geld überwiesen worden, damit er den Job erledigte, und er hatte nicht einmal direkten Kontakt zu Pops gehabt – allerdings bezweifelten wir nicht, dass Pops dahintersteckte.

Ob der Kerl nun tot war oder nicht – durch die Nachricht war ich nun noch gereizter. Sicher, jetzt lief ein Killer weniger frei herum, aber weil nicht ich den Tod meines Prospects gerächt hatte, fühlte ich mich trotzdem wie ein beschissener Bruder.

Zu allem Überfluss war Pops wie vom Erdboden verschwunden. Das machte die Verzögerung in Denver gefährlich und mich noch nervöser.

Es war fast sechs Monate her, dass wir etwas über den Aufenthaltsort des ehemaligen President der Red Dragons erfahren hatten. Und zwar durch eine einzelne Nachricht von Hawks Mutter und Pops' Ex-Frau Lisa, die letzten Juni mit ihm abgehauen war, um ihre Tochter Emily und Hawk zu beschützen.

Lisa war es gelungen, uns ohne Pops' Wissen mitzuteilen, dass sie am Leben und in Sicherheit war und dass sie die Grenze nach Mexiko überquert hatten und eine Weile dortbleiben wollten. Wir bekamen keinen genauen Standort, aber für Flick war es Ansporn genug, ein Team dorthin zu schicken, um nach ihnen zu suchen.

Chop und zwei Brüder, die gerade erst ihr Patch bekommen hatten, Mute und Talker, suchten einen ganzen Monat nach ihnen, hatten aber letztendlich keinen Erfolg. Pops war ein Mistkerl, der mehr Verbindungen hatte als der Präsident der Vereinigten Staaten, wahrscheinlich hatte ihn also jemand versteckt.

Maya sprach nicht viel, als ich sie zu unseren Taschen führte. Und obwohl ich Abstand halten wollte, behielt ich die ganze Zeit eine Hand an ihrem unteren Rücken. Der Beschützer in mir konnte einfach nicht anders.

Ich spürte ihre Erschöpfung, also brachte ich sie zu einem Sitz, wo ich sie im Auge behalten konnte, und machte mich auf den Weg, um mit einem Flughafenmitarbeiter zu sprechen. Während ich anstand, ließ ich sie nie lange aus den Augen.

»Tut uns leid, Sir. Aber alle Flüge aus Denver sind wegen des Schneesturms bis auf Weiteres gestrichen«, sagte der Mann hinter dem Schalter.

»Welcher Schneesturm?«, knurrte ich und fuhr mir durch die Haare.

Er blickte stirnrunzelnd auf seinen Computerbildschirm und würdigte mich kaum eines Blickes. »Der Blizzard, Sir. Er erstreckt sich über die gesamte Mitte der Vereinigten Staaten und bewegt sich unglaublich langsam.«

Ich erinnerte mich, dass ich nach dem Aussteigen aus dem Flugzeug kaum etwas gesehen hatte, geschweige denn einen Schneesturm. Allerdings hatte ich mich auch viel zu sehr darauf konzentriert, wie Maya sich an mich gepresst hatte, als bräuchte sie jemanden, der sie stützte.

»Warum haben Sie dann nicht gleich die Flüge in Kalifornien gestrichen?«, fragte ich. »Warum haben Sie uns alle wie Tiere hierhergetrieben, wenn Sie wussten, dass es so kommen würde?« Nervös und frustriert schlug ich mit der Faust auf den Tresen, dieser Albtraum musste endlich ein Ende haben.

»Gibt es ein Problem?« Ein Polizeibeamter stellte sich neben mich. Mir entging nicht, wie er die Tattoos an meinem Hals musterte.

»Ja, allerdings. Ich bin in diesem verdammten Flughafen gefangen, kann nirgendwo hin, kann nicht nach Hause fahren, und ich habe ...« Ich unterbrach mich. Der Cop musste nicht wissen, dass ich wegen möglicher Bedrohungen gegen meinen Motorradclub nervös war, und es mir immer schwerer fiel, meiner Jugendliebe zu widerstehen. »Ich habe Termine.« Ich atmete aus, ließ die Schultern hängen und mir zog sich der Magen zusammen.

»Wir können Sie in einem unserer Hotels unterbringen, falls noch etwas frei ist, Sir«, sagte der Typ vom Flughafen, unbeeindruckt von meinem beschissenen Verhalten.

»Nein, danke.« Es wäre sicher keine gute Idee, mir ein Hotelzimmer mit Maya zu teilen. Ein Bett und zwei Körper ... Ich konnte mir nur allzu gut vorstellen, was passieren würde, wenn wir zusammen in einem Zimmer landeten. Ich wusste, wie das lief. Doch als Mann mit einem steinernen Herzen würde ich nicht zulassen, dass das kleine Arschloch namens Schicksal mich noch einmal so überlistete wie mit siebzehn.

»Kann man hier irgendwo ein Auto mieten?«, frage ich.

Der Cop schien sich sicher zu sein, dass ich nicht ausrasten würde, nickte mir und dem Angestellten zu und machte sich auf den Weg.

»Ja, können Sie«, sagte der Kerl vom Flughafen und zeigte in Richtung mehrerer Autovermietungen. »Aber ich habe gerade gehört, dass leider alle Mietwagen weg sind.«

»War ja klar.« Ich rieb mir über den Mund, drehte mich wieder zu Maya und verengte bei ihrem Anblick die Augen: Sie beugte sich hinunter, den Po in die Luft gestreckt, wobei ihr gelbes Kleid nichts der Fantasie überließ, wühlte in ihrem Koffer und warf links und rechts Sachen heraus.

»Mein Gott, Maya, was machst du da?«, murmelte ich, bevor ich mich wieder an den Angestellten wandte. »Gibt es eine Warteliste?«

»Keine Ahnung, aber Sie können gern bei den Agenturen nachfragen, wenn Sie möchten.« Er deutete wieder auf die Autovermietungen.

Ich ging hinüber, hinterließ meinen Namen und man sagte mir, dass man mich anrufen würde, sobald ein Wagen frei sei. Dann kehrte ich zurück zu Maya und wünschte mir einen starken Drink. Stark genug, dass er in meiner Kehle brannte und mich so schwindelig machte, dass ich das Bewusstsein verlor und mir nicht die Show ansehen musste, die sie mir bot. Maya hockte auf allen vieren auf dem Boden und weckte weitere unwillkommene Fantasien in mir.

Ich setzte mich, legte den Arm auf die Lehne und beobachtete sie, dankbar, dass ich aus diesem Winkel nicht zuerst ihren Hintern sah. Denn bei dem Anblick wäre mein Widerstand sofort zerbröckelt.

Sie warf weiteren Kram aus ihrem Koffer: Leggings, ein paar T-Shirts, noch mehr kurze Kleider und ein Paar Socken.

»Hast du mein Handy gesehen?« Sie setzte sich auf die Fersen, die Hände auf den Oberschenkeln. »Ich könnte schwören, dass ich es im Flugzeug noch hatte.«

Winzige Slips aus Spitze und Seide lagen auf dem Boden, während sie weiter herumsuchte. Ein paar der Fetzen landeten auf meinem Stiefel und ich verengte die Augen und hätte fast vergessen, dass ich ihr Telefon eingesteckt hatte, als sie mit ihm auf dem Schoß eingeschlafen war. Ich konnte es ihr sagen, es ihr geben und fertig. Oder ich konnte es ihr verheimlichen, bis wir zu Hause waren. Ich wollte nicht, dass sie Flick anrief und sich über mich beschwerte.

Die Entscheidung fiel mir schließlich recht leicht. »Keine Ahnung, wo dein Handy ist.«

Mein Smartphone vibrierte in meiner Tasche. Es war eine Nachricht von Archer.

Warte besser, bis es vorbei ist. Im Schnee fahren ist scheiße.

Ich schnaubte.

Du bist genauso schlimm wie Flick.

Drei Paar High Heels später hatte Maya ihren Koffer komplett ausgeräumt. Wo waren ihre verdammten Sneaker? Oder wenigstens ein Paar Stiefel? Zu Hause waren es bestimmt unter null Grad, wahrscheinlich lag sogar Schnee. Sie konnte nicht die ganze Zeit in High Heels herumlaufen.

Schreib uns, wenn euer Flug wieder geht.

Scheiß drauf. Ich würde nicht auf einen Flug warten.

Nun meldete sich auch Hawk zu Wort und ich runzelte die Stirn. Offenbar hatte Archer ihn zu unserer Unterhaltung hinzugefügt.

Weiß Flick, was los ist?

Mich traf noch ein Schuh und ich verdrehte die Augen. Diesmal Flip-Flops. Verdammt, wo kamen die jetzt her?

Ich tippte eine weitere Nachricht an meinen Cousin und meinen Freund.

Nein. Habe auch nicht vor, es ihm zu sagen.

Wenn du ihm nichts sagst, gibt es bloß Ärger.

Blödmann.

Genervt von den beiden schaltete ich mein Telefon aus und beugte mich vor, um es in meine Reisetasche zu stecken, vergaß dabei aber, dass Mayas Handy in meiner Brusttasche steckte. Es fiel heraus, krachte mit dem Display gegen den Stuhl neben mir, schlug auf dem Boden auf und zerbrach.

»Dein Ernst?«, kreischte sie mit großen Augen. »Du hattest es die ganze Zeit?«

Ich hob es auf und als ich das kaputte Display sah, zuckte ich zusammen.

»Du Idiot!« Sie setzte sich neben mich, gab mir einen Klaps auf den Bauch und riss mir das Handy aus der Hand. »Das Teil ist nicht versichert.«

»Dann hättest du dir eine Hülle kaufen sollen.« Ich grinste, auch wenn mir klar war, dass ich mich wie ein Arsch verhielt.

»Da waren alle meine Kontakte drin. Fotos, Termine.«

»Es ist nur das Display.« Ich runzelte die Stirn. »Ein neues kostet maximal hundert Dollar.«

»Hundert Dollar, die ich im Moment nicht *habe*«, knurrte sie und ließ sich zurück auf den Sitz plumpsen. »Das ist alles deine Schuld.«

Ja. Da hatte sie nicht unrecht. Aber sie machte eine Riesensache daraus. »Ich zahle dafür.«

»Nein.« Sie streckte ihr Kinn vor. »Ich habe schon genug Geld von dir genommen. Ich lasse mir etwas einfallen.«

So stur. »Na ja, ich habe es kaputtgemacht, also bezahle ich für die Reparatur. Keine Widerrede.«

Zum Glück kam nichts mehr von ihr.

»Warum hast du es überhaupt genommen?« Sie wandte sich mir zu und als sie mein Gesicht musterte, wirkten ihre

Augen wie geladene Raketen. »Hast du mir etwa nachspioniert?«

»Hast du Geheimnisse, von denen ich wissen sollte?«, schoss ich zurück, was mir einen noch schärferen Blick einbrachte.

Als sie nicht antwortete, betrachtete ich das kaputte Display und rieb mit dem Daumen über die Risse. Seufzend beschloss ich, dass die Wahrheit nicht schaden konnte. »Ich habe das Handy genommen, weil ich nicht wollte, dass es dir im Flugzeug vom Schoß fällt, als du geschlafen hast.« Oh, was für eine Ironie.

»Warum hast du es mir nicht zurückgegeben, als ich danach gefragt habe?«

Ich zuckte die Schultern. »Manchmal bin ich eben ein Arsch.«

Sie streckte die Beine aus und murmelte leise: »Riesenarsch trifft es wohl eher.« Offenbar war meine Antwort gut genug, denn sie sagte nichts mehr dazu – aber ich spürte, dass sie immer noch sauer war.

Ihre kurzen Beine waren an den Knöcheln gekreuzt und sie wippte mit den Knien.

Auch mit neunzehn war sie klein gewesen. Aber das änderte nichts an ihrer kämpferischen Haltung. Die knallharte Einstellung, die sie der Welt präsentierte, hatte mich angezogen. Und so sehr mir ihr ungefiltertes Mundwerk auf den Geist ging, fand ich es gleichzeitig erfrischend. Zumindest mit siebzehn. Jetzt nervte es mich wahnsinnig, denn ich war ein Idiot und wollte sie lieber nicht reden hören. Und warum? Weil ihre Stimme klang wie die von den Pornostars bei den teuren Telefonhotlines, und davon bekam ich ständig einen Steifen.

»Hör zu, ich denke, wir sollten einfach abwarten, bis der Flughafen wieder öffnet«, sagte sie schließlich. »Irgendwann gibt es wieder Flüge. Und wahrscheinlich können wir mein Display auch hier irgendwo reparieren lassen.«

»Auf keinen Fall. Ich muss zurück. Sobald wir einen Miet-wagen haben, fahre ich die restliche Strecke.« Ich musste dringend nach Hause. Der Club brauchte mich, meine Führung, meinen Schutz und vor allem meine Hingabe. Und je länger ich mit Maya zusammen war, desto stärker wurde der Drang, die unsichere Dynamik zu erforschen, die seit unserem Wiedersehen am Vortag zwischen uns entstanden war.

»Es ist dumm, zu fahren.« Sie verdrehte die Augen. »Aber was weiß ich schon.«

»Wir haben keine andere Wahl. Der Schnee soll nur noch schlimmer werden und wahrscheinlich wird der Flughafen geschlossen. Es ist besser, dem Sturm zuvorzukommen, solange es noch geht, meinst du nicht?« Nicht, dass sie eine andere Wahl gehabt hätte.

Sie ließ die Schultern hängen. Aber anstatt mit mir zu diskutieren, setzte sie sich auf den Boden und fing an, ihren Kram aufzuheben. Ich beobachtete, wie sie alles wieder in den Koffer räumte und beschloss, ihr wenigstens zu helfen. Was ich auch tat.

»Ich hole mir einen Drink«, sagte sie, als wir fertig waren.

»Keine gute Idee.« Ich zog den Reißverschluss ihrer Tasche zu und stellte sie aufrecht neben meine Füße. Ich konnte auf keinen Fall gebrauchen, dass sie Pops allein in die Arme lief, oder wer sonst noch so frei herumlief. Und wer wusste schon, ob sie nicht plötzlich abhaute?

»Du bist nicht mein Kindermädchen.«

Genau genommen war ich das.

Sobald sie einen Schritt machte, stand ich auf, ging ihr nach und packte das Band hinten an ihrem Kleid. »Maya«, warnte ich.

Sie blieb abrupt stehen und ihr Hintern wurde an meinen Schwanz gedrückt. Ich holte scharf Luft, als sich ihr schmaler Körper an mich schmiegte, und angesichts der Möglichkeiten, die sich mir boten, schloss ich die Augen. Gott, ich wollte mich zu ihr beugen und meine Nase in ihren Haaren vergraben und sie danach über ihren Hals reiben. Es war sehr lange her, dass eine Frau solche Gefühle in mir ausgelöst hatte.

Verdammt, wem wollte ich etwas vormachen, sie war die *Einzige*, bei der ich je so empfunden hatte.

Wütend.

Frustriert.

Und voller Verlangen.

»Wenn ich ohne Handy im Auto durch den Schneesturm fahren muss«, sie senkte die Stimme und klang heiser, atemlos, »dann geht das nur betrunken.«

Ich legte die Lippen an ihr Ohr und lächelte, als sie erschauerte. »Du trinkst heutzutage gern mal einen, was?«

Sie erstarrte. »Heutzutage?«

Scheiße. Nicht schon wieder.

Denk nach, Blödmann, denk nach.

Ich räusperte mich. »Ja. Laut Flick warst du früher ein braves Mädchen.«

Sie wirbelte herum und blickte mich mit verengten Augen an. »Wie lange genau bist du schon bei den Red Dragons?«

»Lange genug.«

»Das ist keine Antwort.« Sie verschränkte die Arme und zog herausfordernd die Augenbrauen hoch.

Mit hämmerndem Herzen zählte ich nach und überlegte mir eine Antwort, die zwei Jahre daneben lag. »Zehn Jahre.«

Stirnrunzelnd drehte sie sich um und ging. »Bin in fünf Minuten wieder da.«

»Maya, warte ...«

»Wenn du mir folgst, schneide ich dir im Schlaf die Eier ab.«

»Brutal.« Ich zuckte zusammen und blieb stehen, beobachtete jedoch, wie sie in einen Souvenirladen ging. Ich ließ sie keine Sekunde aus den Augen. Sie konnte sich verstecken, so viel sie wollte, aber entkommen würde sie mir nicht.

ACHT

MAYA

Leider konnte ich mich nicht betrinken. Allerdings nicht, weil ich es nicht versucht hätte. Alle Läden, die am Flughafen Alkohol ausschenkten oder auch nur *verkauften*, waren geschlossen. Also begnügte ich mich mit einer Flasche Wasser und meinem Laster: einer Tüte Cheez-Its. Slade meinte, sie schmeckten nach Kacke. Ich fragte nicht, woher er wusste, wie Kacke schmeckt, denn ich wollte mir nicht schon wieder ein Wortgefecht mit ihm liefern.

Der Gedanke, nachts in einem Schneesturm über unbekannte dunkle Highways zu fahren, verband sich mit meiner Angst vor dem, was mich wohl in Rockford erwartete. Slade hingegen war geradezu aus dem Häuschen, als man ihm per Anruf mitteilte, dass wir in einer Stunde einen Mietwagen bekämen.

Mir kam eine Idee für eine neue Tätowierung und um meine plötzliche Nervosität zu lindern, holte ich mein Skizzenbuch hervor. Eine einsame Schneeflocke, schwarz nicht weiß, mit grauen Schatten, die die Ränder hervorhoben, und verschlungenen Linien in der Mitte. Weiß war zu gewöhnlich, und wenn der Schnee erst einmal gefallen war, blieb er selten unberührt. Ähnlich wie bei Menschen.

Bevor ich mich versah, war ich fertig, folgte den Linien mit dem Daumen und wünschte mir sehnlichst, ich könnte es mir selbst stechen lassen. Leider hatte ich bei meinem einzigen Tattoo von der Tinte eine Blutvergiftung bekommen, sodass ich nicht das haben konnte, was ich anderen in Form meiner Kunst gegeben hatte. Aber das war kein Grund, mit dem Zeichnen und Designen aufzuhören und, was am wichtigsten war, mit dem Tätowieren.

»Ich hole jetzt die Autoschlüssel.« Slade stand auf und beugte sich über mich. »Bleib hier.«

Ich salutierte seinem Hinterkopf und sagte: »Klar doch, *Schatz.*« Dann zeigte ich ihm den Mittelfinger.

Wer auch immer er war, mir gefiel nicht, wie sehr er mich faszinierte, und noch weniger gefiel mir, dass er einen so fantastischen Hintern hatte, vor allem in den engen verwaschenen Jeans. Mich überraschte, dass er in der Öffentlichkeit keine Kutte anhatte. Alle Clubmitglieder trugen diese blöden Lederwesten, die bewiesen, dass ihre Körper und ihre Seelen dem Club gehörten, der sie eingewickelt hatte. Bevor wir in San Diego in den Flieger gestiegen waren, hatte Slade jedoch seine Kutte in die Tasche gepackt. Ein weiteres Rätsel um diesen Mann, dass ich nicht lösen konnte. Vielleicht wollte er vermeiden, dass wir zur leichten Beute wurden, falls da draußen irgendeine Gefahr lauerte.

Zehn Minuten später war er wieder da und schnappte sich unsere Taschen. »Los geht's.«

Slade nahm mein Handgelenk und wollte mich hochziehen, aber ich schüttelte ihn ab. »Ich halte es immer noch für besser, hier zu warten. Bei so verschneiten Straßen will ich nicht Autofahren.« Und schon gar nicht – ich blickte auf die Uhr gegenüber – um fünf Uhr morgens.

»Ja, gut, ich fahre an einer Tankstelle vorbei und besorge dir

Sekt und O-Saft. Dann kannst du dich mit einem Mimosa in den Schlaf zwitschern.« Er zwinkerte mir zu.

Ich verdrehte die Augen, musste aber gleichzeitig kichern. *Mit einem Mimosa in den Schlaf zwitschern?* Das war tatsächlich fast schon ... lustig. Vielleicht hatte Mr Grumpy ja doch eine Persönlichkeit jenseits von düster.

»Ich bringe uns schon nicht um, falls dir das Angst macht«, fuhr er fort und verlor etwas von seiner Anspannung. »Wir fahren Richtung Süden und umgehen damit den Sturm.« Dann zog er seine Lederjacke aus und warf sie mir zu. »Zieh die an. Es ist kalt draußen und du hast nur dieses Kleid an.«

Ach was. Mir klapperten jetzt schon die Zähne, aber noch wollte ich nicht zugeben, dass ich nicht das Richtige eingepackt hatte. Stattdessen runzelte ich die Stirn, blickte auf die Jacke in meinen Händen und fragte mich, ob das warme Leder wohl nach ihm roch. Ich hätte lieber auf ein Flugzeug gewartet, aber das Herumsitzen machte mich nervös, vor allem, weil ich nicht wusste, was in der Welt der Red Dragons vor sich ging.

Ich schnappte mir mein Handgepäck und während er meinen Koffer hinter sich herzog, schlüpfte ich in seine Jacke und folgte ihm wie ein braves Hündchen.

Slade marschierte zielstrebig voran, wachsam sah er sich ständig nach allen Seiten um. Ich tat es ihm nach, schaute nach links und rechts, während mich die Gedanken an meine Vergangenheit wie ein Hammerschlag in den Magen trafen.

Selbst nach all den Jahren fraßen mich die Erinnerungen bei lebendigem Leibe.

Moms gebrochener Wangenknochen, ihre fragile Gestalt auf dem Beifahrersitz des Wagens, den ich nach unserer Flucht vom Gelände der Forsaken einem Typen an der Tankstelle geklaut hatte.

Von meiner Geburt an bis ich achtzehn war, hatte mein Vater uns buchstäblich von der Außenwelt abgeschnitten. Deshalb konnte Mom nach unserer Flucht auch niemanden anrufen, sie hatte bloß Namen – und der wichtigste war der ihres Bruders. Sie hatte mir nie von ihm erzählt und offenbar seit fünfzehn Jahren nicht mehr mit ihm gesprochen.

Während der Autofahrt verriet sie mir alles über ihn. Wie Flick sie nach dem Tod ihrer Eltern großgezogen hatte. Wie hart er gearbeitet hatte, um sie aufs College schicken zu können. Doch nachdem sie meinen Vater kennengelernt hatte, hätte sie Flick verlassen müssen. Ich fragte, warum er nie nach ihr gesucht hatte. Sie meinte, das hätte er, aber man hätte sie gezwungen, zu behaupten, dass sie nichts mehr mit ihm und den Red Dragons zu tun haben wollte, wenn sie mich jemals wiedersehen wollte. Selbst damals hatte mein Vater mich schon zur Schachfigur gemacht.

Erst als Mom und ich Texas erreicht hatten, hatte ich endlich durchgeatmet ... bis ich herausgefunden hatte, dass mein Onkel *auch* Mitglied eines Motorradclubs war. Diesmal in Illinois.

Ich wäre fast bis nach Mexiko weitergefahren, nur um endgültig aus diesem blöden Land und von allen Motorrad-clubs wegzukommen. Aber Mom hatte mich angefleht, mich mit Flick in Verbindung zu setzen und versprochen, dass alles gut werden würde, wenn wir bei ihm blieben. Sie meinte, er würde sich um uns kümmern und wir könnten bei ihm wohnen. Zunächst gefiel mir die Idee nicht, schließlich kümmerte ich mich seit Jahren allein um Mom. Aber wenn wir auf diese Weise endlich den Fängen meines Vaters entkommen konnten, würde ich mich darauf einlassen.

Nach meinem ersten Anruf bei meinem Onkel schickte er uns innerhalb von sieben Stunden ein paar seiner Jungs, entsorgte das gestohlene Auto, und organisierte uns einen Flug nach Illinois. Dort nahm er Mom und mich bei sich auf und gab uns alles, was wir nie gehabt hatten: genug zu essen, eine sichere Unterkunft und – das Beste überhaupt – Schutz vor meinem Vater.

Nach einem Monat war Mom stärker geworden, hatte *echtes* Rückgrat entwickelt und versprochen, sich diesmal endgültig von meinem alten Herrn fernzuhalten. Ich hatte ihr geglaubt und sie nur deshalb am Ende des Sommers verlassen.

Aus irgendeinem Grund, den ich nicht verstand, suchte mein lieber Daddy nicht nach uns. Laut Mom war er ein paar Jahre im Gefängnis oder so. Aber er blieb trotzdem ein mächtiger Mann mit mächtigen Beziehungen, die er nie genutzt hatte.

Und doch konnte ich nicht vergessen, was er uns angetan hatte ... vor allem Mom. Bis heute wachte ich mitten in der Nacht schreiend auf, weil ich Angst hatte, dass er uns gefunden hatte und uns diesmal kaltmachen würde.

Ich erschauerte, als wir nach draußen kamen – was an den Erinnerungen und dem Wind lag. Schnee klebte sofort an meinen Wimpern und Wangen und verstärkte die eisigen Temperaturen. Ich wickelte Slades Jacke enger um mich und wünschte, ich hätte mir für solche Gelegenheiten ein Paar Sneaker gekauft. Keine Ahnung, was ich mir dabei gedacht hatte, dieses Kleid anzuziehen, abgesehen davon, dass das Wetter in San Diego herrlich war. Ehrlich gesagt hätte ich als Teenager darüber gelacht, wie verwöhnt und empfindlich ich geworden war. Aber mit siebenundzwanzig zog ich mich eben gerne hübsch an.

Mir klapperten die Zähne, als wir auf ein Auto am Straßenrand zugingen. Ich blieb stehen, packte Slade am Arm und flüsterte: »Ich *fahre nicht* mit irgendeinem Fremden.«

»Das ist kein Fremder. Das ist Avis.«

Ich stöhnte und warf den Kopf zurück, als Slade auf den rauchenden Typen zuging. »Wer nennt sein Kind denn Avis?«, fragte ich mich und hatte Probleme, mit den High Heels nicht auf dem Eis auszurutschen.

»Danke nochmal. Ich weiß es zu schätzen.« Slade schüttelte

dem Kerl die Hand, drehte sich um, schnappte sich unsere Koffer und warf sie auf den Rücksitz.

»Warte, wir fahren gar nicht mit ihm?« Ich runzelte die Stirn.

»Nein. Er ist der Mitarbeiter der Autovermietung Avis. Hat mir die Schlüssel gegeben und so.«

Ich wurde rot. Natürlich hieß der Typ nicht Avis.

Ohne mich anzusehen, öffnete Slade mir die Tür. »Los geht's.«

Ich holte tief Luft, trat vor und glitt hinein, und mir fiel auf, wie er mich am Arm berührte und mir ins Auto half. Er schloss hinter mir die Tür – ganz der Gentleman. Als er auf dem Fahrersitz Platz nahm, wollte ich ihn noch einmal ansehen, sein starkes, kantiges Gesicht im Dunkeln betrachten und herausfinden, warum er mir so bekannt vorkam.

»Ist dir kalt?«, fragte er.

Zum Glück war es im Auto ziemlich warm. Aber da ich kein Wintermensch war, bat ich ihn trotzdem, die Heizung höher zu stellen. Er drehte sie voll auf und schnallte sich an, während ich die Augen schloss und die Hände vor die Lüftungsschlitze legte. Es fühlte sich fantastisch an, so als würde ich meine Finger im Sand vergraben.

Als Slade nicht sofort losfuhr, öffnete ich die Augen und bemerkte, dass er schon wieder mit seinem Handy beschäftigt war.

»Du bist ganz schön süchtig nach dem Teil.« Ich deutete mit dem Kinn auf das Smartphone, immer noch sauer wegen meines Telefons.

Er zuckte mit einer Schulter, aber beim Tippen wurde seine Miene noch finsterer. Meine Verärgerung wuchs mit jeder Minute, ich runzelte die Stirn, sah auf die Uhr, dann aus dem Fenster auf den Schnee. Obwohl der Sonnenaufgang unmittelbar bevorstand, wurde es einfach nicht heller.

»Fahren wir noch in diesem Jahrhundert los?«, fragte ich.

»Wenn wir hier noch länger sitzen, sind wir gleich eingeschneit.«

Immer noch abgelenkt schaute er weiter stur auf das Display. »Ja.«

Ich schüttelte den Kopf. Ich brauchte Musik, damit es im Auto nicht so still war. Also machte ich das Radio an und entschied mich für ein Programm, das 80er Hits spielte, zum Glück hatte das Auto Sirius XM Radio. »Jack & Diane« von John Mellencamp drang aus den Lautsprechern. Ich kannte den Text auswendig. Vielleicht bekäme der Kerl ja etwas bessere Laune, wenn ich meine erstaunlichen Gesangskünste unter Beweis stellte.

Ich lehnte mich zurück, bereit, den Refrain laut mitzusingen.

Slade hatte andere Pläne.

»Keine Musik.« Er tippte auf den Knopf und schaltete das Radio aus.

Ich verdrehte die Augen und beobachtete, wie er sich endlich das Handy unter den Oberschenkel schob. Wem hatte er geschrieben? Hatte er eine Freundin? Eine Old Lady?

»Warum nicht?« Ich verschränkte die Arme und streifte die High Heels ab, als er losfuhr.

»Bei lauter Musik kann ich die Wegbeschreibung nicht so gut verstehen.«

Als wollte es mich ärgern, sagte ihm das Navi, er solle rechts abbiegen.

»Dann drehe ich sie etwas leiser, damit ich dir helfen kann, sie zu verstehen.«

»Nein. Du schläfst, und ich fahre in völliger Stille.«

»Und was, wenn du am Steuer einschläfst?«

»Ich komme schon zurecht.«

»Klaaaar.«

Er ignorierte meine sarkastische Bemerkung und rieb sich immer noch stirnrunzelnd die Narbe.

»Was ist passiert? Also, mit deiner Wange«, fragte ich.

»Hab in einer Kneipenschlägerei eine zerbrochene Flasche abbekommen.«

»Eine zerbrochene Flasche?« Meine Augenbrauen wanderten nach oben.

Seine Antwort war ein Schulterzucken und ein durchdringender Blick. Mich nervte, dass ich ihn noch nicht einmal mehr zum Reden bringen konnte. Was war sein Problem? *So viele Stimmungsschwankungen.*

»Hat dich jemand damit geschlagen? Ein anderes Clubmitglied?«

»Ein Typ.«

Ich stöhnte verärgert. Wir hatten noch eine lange Fahrt vor uns, und ich würde erst zufrieden sein, wenn meine blöde Neugier gestillt war.

»Ich habe dir doch gesagt, dass ich alles über dich herausfinden werde, wenn wir erst einmal in Rockford sind, du kannst also auch gleich die Karten auf den Tisch legen.« Die hübsche Stadt im Norden von Illinois, die alle Geheimnisse der Red Dragons barg; ich verdrängte immer noch, dass wir auf dem Weg dorthin waren.

»Nicht, wenn ich es verhindern kann«, murmelte er.

Ich lehnte mich mit der Schläfe an das Fenster und blickte hinaus. Doch beim Anblick, der sich mir bot, hämmerte mein Herz mit tausend Schlägen pro Sekunde. Es wirkte, als stünden wir kurz vor einem Whiteout. Nicht gut für das kleine Auto. Vielleicht ließ die Angst nach, wenn ich die Augen schloss. Aber wenn ich schon auf einen eisigen Tod zuraste, wollte ich es lieber kommen sehen.

Als wir ein paar Minuten später fast einem Pick-up reingefahren wären, verkrampfte sich mein Magen noch mehr. Ich hielt mich an der Konsole und dem Panikgriff über meinem Fenster fest, atmete tief durch die Nase ein und aus und trat mit dem Fuß auf eine unsichtbare Bremse.

»Du solltest vielleicht etwas langsamer fahren.«

»Hier darf man hundert und ich fahre noch nicht mal dreißig«, sagte Slade, beugte sich mit angewinkelten Ellenbogen
über das Lenkrad und sah angestrengt durch die Windschutzscheibe. Der Anblick war nicht besonders ermutigend.

»Lass uns irgendwo anhalten. In einem Hotel übernachten
oder so.«

Er seufzte gelangweilt. »Nein.«

Ich kaute auf meiner Unterlippe, genervt, dass die Scheibenwischer sich synchron zum Pochen meines Herzens bewegten. Auch wenn wir noch nicht lange unterwegs waren,
bedauerte ich jetzt schon, dass ich sein Mimosa-Angebot nicht
angenommen hatte.

Eine halbe Stunde später war die Stille zwischen uns noch
angespannter. Wir fuhren weiter hinter den Bremslichtern des
Trucks her, wahrscheinlich damit Slade die Mittellinie besser
erkennen konnte. Es gab einen weiteren Grund, warum ich die
Westküste bevorzugte: diesen hier. Eine Fahrt durch den
Schnee war für mich wie eine Fahrt durch die Hölle – in eisiger
Version.

Ab und an rasten Idioten an uns vorbei, die die glatten
Straßen einfach ignorierten. Und mit jedem vorbeifahrenden
Auto beschleunigte sich meine Atmung, bis ich schließlich die
Augen schloss.

»Alles klar da drüben?«, fragte Slade und riss mich aus
meiner Panik.

Ich schluckte den Kloß im Hals hinunter, leckte mir über
die Lippen, versuchte, mich zu sammeln, und öffnete die
Augen. »Ich fahre nicht gerne im Schnee.«

Dafür gab es keinen besonderen Grund. Keine Tragödie in
meiner Vergangenheit, in der meine Angst begründet lag.
Nichts dergleichen. Ich fuhr noch nicht mal in den trockenen

Sommermonaten gern Auto und zog die öffentlichen Verkehrsmittel vor.

»So schlimm ist es nicht«, sagte er.

»Versuch nicht, meine Angst herunterzuspielen«,
schnaubte ich. »Wir können kaum zwei Meter weit sehen. Wer
weiß, wann die Reifen zuletzt gewechselt wurden?«

Slade prustete leise.

»Lach nicht, verdammt. Die Angst ist berechtigt.«

»Verdammte Scheiße, Maya. Ich lache nicht über dich.
Nur ...«

Zum ersten Mal, seit wir auf dem Highway waren, blickte
ich in seine Richtung. »Nur was?«

»Ich stelle nur fest, dass du anders bist, als ich gedacht
hätte, das ist alles.«

Genau dasselbe hatte ich ihm auch gesagt. »Was, weil ich
Angst davor habe, mitten in einem Schneesturm nachts über die
Highways in Colorado zu fahren?«, brummte ich. »Da hätte
doch jeder normale Mensch Angst.«

Slade schwieg einen Moment und als er schließlich doch
sprach, waren seine Worte kaum ein Flüstern. »Wahrscheinlich
macht es mir deshalb nichts aus. Ich werde wohl nie normal
sein.«

Ich runzelte die Stirn. Seine Worte waren ... so traurig.
Voller Schmerz, sodass ich meine Sorgen für einen Moment
vergaß, und ihm bei dem helfen wollte, was ihn quälte.

Hätte ich mich noch mehr anstrengen sollen, ihn kennenzulernen? Möglich. Aber was hatte das für einen Sinn? Ich würde
ihn nur verärgern, und wenn er mich bei meinem Onkel abge-
setzt hatte, wollte ich bis auf Flick und meine Mutter sowieso
niemanden aus dem Club sehen. Vielleicht Hawk, auch wenn
ich mich nicht sonderlich darauf freute, denn schließlich hatte
er offenbar allen unser kleines Geheimnis verraten.

»Scheiße.« Slade schaute mit verengten Augen in den
Rückspiegel.

»Was ist denn?« Ich sah über die Schulter, dann wieder zu ihm und in meinem Magen rumorte eine andere Art der Angst.

Doch obwohl er weiterhin etwas im Rückspiegel beobachtete, schüttelte er nur den Kopf. Ich drehte mich um, entdeckte aber nichts. Niemanden.

»Slade, was ist los? Werden wir verfolgt oder so?«

»Ich glaube nicht.«

»Du *glaubst* nicht?« Ich sah wieder durch das Rückfenster und da war es. Ein einsames Licht, etwa eine Meile hinter uns, das immer mal wieder im Schnee aufflackerte. »Mist.«

»Gib bitte mal alternative Routen ein, ja?« Er deutete mit dem Kinn auf das Navi.

Wahrscheinlich war es besser, ihm zu vertrauen, als mich mit ihm zu streiten. Also beugte ich mich vor, um zu tun, wie geheißen, aber die Route ließ sich während der Fahrt nicht einstellen. Blödes Navi.

»Es geht nicht.«

Er presste die Lippen zusammen und der Wagen verlangsamte sich.

»Was machst du?« Ich erstarrte, als er rechts auf den Standstreifen fuhr.

Rutschend kamen wir zum Stehen, und er schaltete die Scheinwerfer aus. »Warte kurz.«

Nickend folgte ich seinen Anweisungen, machte mich auf dem Sitz klein, während er eine Hand auf meiner Schulter ließ.

»Was ist denn?« Instinktiv flüsterte ich – nicht, dass mich irgendjemand außer ihm hätte hören können.

Er setzte sich gerade weit genug auf, um in den Seitenspiegel zu schauen. Ich sah auch hinein und hielt den Atem an, als das einsame Licht immer näher kam ...

Wir warteten, schauten aus dem Heckfenster, dann durch die Windschutzscheiben, während eine alte Schrottkiste an uns vorbeifuhr. Das einzelne Licht war kein Motorrad, wie er wahrscheinlich vermutet hatte, sondern ein Auto mit nur einem Scheinwerfer.

»Geht das jetzt die ganze Fahrt über so?«, schnaufte ich, rieb die Hände aneinander und setzte mich wieder auf. Er hatte den Motor ausgeschaltet und im Innenraum war es bereits so kalt wie in einem Eisfach. Ich hätte besser eine *Hose* anziehen sollen.

»Was?« Slade runzelte die Stirn, startete den Wagen und gab eine neue Route im Navi ein.

»Dass du die ganze Zeit angespannt bist und glaubst, irgendjemand sei hinter uns her.«

Er sah stur geradeaus und fuhr wieder auf die Interstate. »Es geht gerade ziemlich viel Scheiß ab, also wahrscheinlich schon. Ich will kein Risiko eingehen.«

»Ich weiß, was Hawk letzten Sommer passiert ist. Wenn es um ihn und seinen Vater geht, dann ist das kein großes Geheimnis. Also sag schon. Worum geht's? Ich würde gerne wissen, womit ich es zu tun habe.« Ich verschränkte die Arme und rieb sie, um mich aufzuwärmen. Obwohl die Heizung lief, drang kalte Luft durch die Tür- und Fensterdichtungen. Der winzige Honda war kein bisschen isoliert.

»Das brauchst du nicht zu wissen. Clubangelegenheiten.«

Schon wieder diese Ausrede? *Na toll.*

Ich hatte ein so ruhiges Leben gehabt. Bis zu dieser Woche. Ich hatte angenommen, all meine Probleme wären lange gelöst. Zumindest hatte ich das gehofft.

»Da ich jetzt in diesem Auto sitze und gezwungen bin, nach Rockford zu fahren, habe ich das Recht zu wissen, worauf ich mich einstellen muss, meinst du nicht?«

»Hat Flick dir irgendwas gesagt?«, fragte Slade.

»Abgesehen davon, dass Hawks Vater wieder Ärger macht, nicht.«

Charles Lattimore – Pops – war einer der bösartigsten Menschen, die man sich vorstellen konnte. Sein eigenes Kind zu beschuldigen und zu versuchen, es umzubringen? Nicht gerade ein Beispiel für gute Elternschaft. Aber wer war ich, um über elterliche Fähigkeiten zu urteilen? Mein Vater hätte meine Mom fast umgebracht und hatte gedroht, mich mit achtzehn zu verheiraten, nur um seine Schulden bei einem Drogenbaron zu begleichen. Und das war nur einer seiner zahlreichen elterlichen Fehlgriffe.

»Dachte mir, dass du das sagst.« Slade schüttelte den Kopf.

»Was soll das denn heißen?«

Er seufzte, nahm eine Hand vom Lenkrad und fuhr sich durch die verwuschelten Haare. Wäre es nicht so verdammt sexy gewesen, hätte ich ihn angeschrien. Wer hatte schon Zeit, sich die Haare zu verwuscheln, während er durch einen Schneesturm fuhr?

»Nichts. Nur, dass du denkst, das alles wäre wegen Hawk.«

Ich riss den Kopf zurück. Warum redete er ständig über Hawk und mich? Er klang beinahe eifersüchtig, und da wir uns gerade erst kennengelernt hatten, war das ziemlich dumm.

»Das habe ich nicht gesagt.«

Anstatt seine lächerliche Anschuldigung zu verteidigen, spuckte der Trottel etwas ganz anderes aus. »Übrigens, du und Hawk? Da wird nichts laufen. Er und Summer werden bestimmt irgendwann heiraten.«

»Ahh, natürlich wusstest du das.« Ich zeigte anklagend mit dem Finger auf ihn. »Ich hätte dich schon früher deswegen ausquetschen sollen.«

Es war zum Totlachen, dass der Typ, der mich gar nicht kannte, glaubte, ich wolle mit Hawk *zusammen* sein.

»Und nur zur Info, ich bin nicht in Hawk verliebt. Wie schon gesagt.« Wenn überhaupt war er für mich über die Jahre wie ein Bruder gewesen. Das mit Hawk und Summer war wahre Liebe. Und ich wollte sicher keine glückliche Beziehung zerstören. Summer war eine echt tolle Frau, ein Licht in Hawks dunklem Gewitter. Ich freute mich, dass mein ältester Freund etwas so Märchenhaftes gefunden hatte, auch wenn ich selbst nicht an so etwas glaubte.

Aber ich würde lügen, wenn ich behaupten würde, dass ich nicht insgeheim eifersüchtig war. Nicht, weil ich mit Hawk zusammen sein wollte, sondern weil ich wissen wollte, wie es war, so sehr in jemanden verliebt zu sein, dass man ohne ihn nicht atmen konnte.

Ich hatte weder gelernt, zu lieben, noch hatte ich Liebe erlebt. Und ich wusste auch nicht, ob ich es überhaupt ausleben wollte. Mom hatte ihr Bestes gegeben, um mir zu zeigen, wie Liebe funktioniert – als sie sich noch nicht ständig aus Angst vor meinem Vater versteckt hatte. Aber es hatte nicht gereicht, um mir das Vertrauen zu geben, dass es da draußen für jeden Topf den passenden Deckel gab.

Wie sollte ich in einer Welt mit Milliarden von Menschen mein Licht finden, wenn ich noch nicht einmal wusste, wie ich danach suchen sollte?

Auch wenn ich mit neunzehn einen Moment lang geglaubt hatte, ich hätte es gefunden. Was für ein trauriges Mädchen ich damals gewesen war.

Einige Minuten vergingen, bevor Slade schließlich antwortete. »Du hast sie getroffen.«

Es war keine Frage. »Summer?«

»Ja.«

»Hab ich. Im Krankenhaus in Nevada.« Nach dem Mordversuch an Hawk, als er auf dem Weg zu mir nach San Diego war, hatte Summer mich aus heiterem Himmel angerufen, mir erzählt, was passiert war, und mich *angefleht* zu kommen. Weil sie nicht aufgehört hatte zu weinen, und weil ich mir wahnsinnige Sorgen um Hawk gemacht hatte, war ich in den ersten Flieger nach Nevada gestiegen.

Im Warteraum war sie so nett gewesen, dass ich sie sofort in mein Herz geschlossen hatte. Allzu leicht hatte ich ihr die Gefühle für meinem alten Freund von den Augen abgelesen, obwohl sie beteuert hatte, dass zwischen ihnen nichts lief. So etwas hatte ich noch nie gesehen, ehrlich.

Als Hawk in seinem Zimmer von ihr gesprochen hatte, war mir klar geworden, dass ihre Gefühle auf Gegenseitigkeit beruhten und dass er sie auf keinen Fall allein nach Rockford zurückfahren lassen würde.

Ganz ehrlich? Zu wissen, dass sie zufrieden waren, gab mir irgendwie Hoffnung, dass man selbst unter den schrecklichsten Umständen so etwas wie Glück finden konnte.

»Sie ist etwas Besonders.«

Ich runzelte die Stirn und mein Blick wanderte von der dunklen Straße zu Slades Profil. Er war mit seinen Gedanken ganz woanders.

»Ich mag sie. Nach allem, was Hawk durchgemacht hat, braucht er jemand Stabiles, meinst du nicht?« Ich zwirbelte das Ende meines Zopfes, schob meinen Sitz zurück und legte einen Fuß vor die Lüftung, um mir die Zehen und das Bein zu wärmen.

Ich ließ Slade nicht aus den Augen, besonders, während er meine Beine anstarrte. Zugegeben, sie waren nicht gerade lang oder besonders schön. Aber so, wie er sie betrachtete, bevor er sich wieder auf die Straße konzentrierte? Das war nicht normal. Und es gefiel mir.

Meine Lippen zuckten. Dass er sich nicht nur über mich ärgerte, sondern ich ihn auch auf andere Weise berührte, änderte etwas.

Eine Menge.

»Du und Hawk, ihr steht euch also ziemlich nah.«

»Ja.« Er hielt inne. »Er ist mein Bruder.«

Brüder, Brüder, Brüder. Meiner Meinung nach verlor das Wort an Kraft. Das Konzept war mir eingehämmert worden, seit ich sprechen gelernt hatte. *Clubbrüder sind für immer. Clubbrüder sind das Leben. Brüder kommen immer zuerst.* Mein Vater hatte genauso über seine Brüder gesprochen.

»Ist dir immer noch kalt?«, fragte er.

»Ein bisschen. Hauptsächlich an den Füßen.« Ich zog die Knie an die Brust. Mein neuer Spitzname hätte Eiszapfen lauten sollen.

»Wenn du willst, kannst du dir Socken aus meiner Tasche holen.«

Das war verlockend und süß von ihm, aber viel zu persönlich. Auch wenn es nicht schlecht war, dass er nett war. Es war viel besser, als wenn er ein Arsch wäre.

»Schon gut.« Ich tätschelte ihm den Arm. »Ich werd's überleben.«

Wir fuhren noch über eine Stunde im Schneckentempo weiter und schafften kaum fünfundzwanzig Kilometer. Wir waren inzwischen auf einem zweispurigen Highway, er war dunkler als der letzte; keine Straßenlaterne weit und breit und mir kam es vor, als würden wir gleich zu Opfern in einem Horrorfilm. Slade wirkte jedoch gelassener als je zuvor und erwähnte sogar, dass der Schnee weniger werden sollte, je weiter wir uns von Denver entfernten. Meiner Meinung nach schneite es immer mehr, und irgendwann mussten wir sogar das Fernlicht einschalten.

»Wir halten in der nächsten Stadt. Besorgen uns was zum Frühstück«, sagte er nach einer Weile, und ich vermutete, dass ihm aufgefallen war, wie sehr ich vor Nervosität mit dem Knie wippte. Immerhin machte er sich nicht über mich lustig.

Ich zog einen Fuß auf den Sitz und stützte das Kinn auf mein Knie. Vor Angst war mir ganz flau und ich hatte überhaupt keinen Hunger. Trotzdem war ich dafür, anzuhalten, wenigstens bis die Sonne aufging.

»Okay.«

Nach einer Weile wurden meine Lider schwer, aber ich konnte nicht einschlafen. Slade war bestimmt auch müde, auch wenn er es nicht zeigte. So zu fahren war wahnsinnig kräfte-zehrend.

»Musst du abfahren ...«

Bevor ich den Satz beenden konnte, geriet der Wagen ins Schleudern. Slade fluchte laut und etwas Großes krachte gegen die vordere Stoßstange. Ich schrie auf, eine Hand am Dach, die andere am Fenster, das Herz war mir in die Hose gerutscht. Wir rutschten rechts in den Graben. Es schien eine Ewigkeit zu dauern und mein Leben zog an meinem inneren Auge vorbei. Über das Knirschen der Reifen waren Slades Worte kaum zu hören, aber ich verstand sie trotzdem.

»Halt dich fest.«

Und dann war es plötzlich vorbei. Bis auf mein Zittern bewegten wir uns nicht mehr. Völliger Stillstand. Die vordere Stoßstange nach unten, das Heck noch auf der Böschung.

»Fuck!«, schrie er und schlug auf das Lenkrad. »*Fuck!*«

Ich öffnete den Mund, um etwas zu sagen, schwieg aber, als ich sah, was sich vor uns auftürmte: der größte Schneehaufen, den ich je gesehen hatte, und darunter unsere Motorhaube.

»Scheiße, scheiße, scheiße.« Slade zündete, aber der Wagen sprang nicht an. Er hämmerte noch fester auf das Lenkrad. Ich war mir sicher, dass er sich die Knöchel blutig geschlagen hatte. Wir mussten uns etwas überlegen, und wenn er sich selbst verletzte, kamen wir auch nicht weiter.

»Slade, hör auf.« Ich griff sein Handgelenk und hielt es fest.

Die Anspannung, die er bei meiner Berührung ausstrahlte, war noch erschreckender als die Fahrt in den Graben. Ich war ängstlich, ja, aber nicht aus dem Grund, den man vermuten könnte. Die Verletzlichkeit hatte hinter seiner harten Schale aufgeblitzt und mir gezeigt, dass sich dahinter jemand verbarg, der etwas empfand, echte Gefühle hatte wie jeder andere Mensch. Das bedeutete, er versteckte sein wahres Selbst – und ich wollte unbedingt herausfinden, wer er wirklich war.

In der Dunkelheit konnte ich sein Gesicht kaum erkennen, aber ich hörte, wie sein Atem mit jeder Sekunde schneller wurde. Er atmete schwer, immer und immer wieder ... bis er die Frage stellte, mit der ich am wenigsten gerechnet hatte.

»Geht es dir gut?«

»Ja. Mir geht's gut.« Ich rieb mir mein pochendes rechtes Knie. Eine Beule formte sich dort, wo ich gegen den Türgriff geknallt war, aber ich würde es überleben.

Ohne Vorwarnung löste er seinen Sicherheitsgurt, schob die Mittelkonsole hoch und zog mich auf seinen Schoß.

Ich erstarrte, irgendwie passte ich zwischen ihn und das Lenkrad, meine Beine baumelten über seine Oberschenkel. »Was machst du?«

Ohne erkennbaren Grund legte Slade mir die Arme um die Taille, zog mich enger an sich und legte das Kinn auf meinen Kopf. »Dir wird noch kalt«, brummte er.

Ich biss mir auf die Unterlippe und kaufte ihm seine Ausrede nicht ab. Irgendetwas hatte diese Reaktion ausgelöst, und ich würde herausfinden, *was*.

»Du bist sauer«, sagte ich. »Warum?«

»Ach Quatsch«, motzte er. »Mir geht es gut.«

»Das glaube ich dir nicht.«

Es dauerte eine Weile, bis er sich entspannte. Wieder ruhig atmete. Ich dachte, er würde das Thema fallenlassen, aber wieder überraschte er mich, seine Worte kaum mehr als ein Flüstern: »Ich bin nur ... Ich bin sauer, dass ich Mist gebaut habe.«

Ich blinzelte, erstaunt über das Eingeständnis, und fragte mich, warum er mich auf seinen Schoß zog, wenn er sich so aufregte. Ich lehnte mich zurück, sah ihm in die Augen und fragte: »Was meinst du mit ›Mist gebaut‹? Ich bin unverletzt. Du bist unverletzt. Das Auto nicht, aber das ist nicht so dramatisch.«

Er runzelte die Stirn und zwischen seinen Augenbrauen

bildete sich ein V. »Das ist total dramatisch, wir stecken in einem Schneesturm im Graben fest.«

»Aber ...«

»Maya. Lass gut sein, okay?«

»Aber ...«

»Ich habe gesagt, lass gut sein!«

Ich zuckte zusammen, weil er so brüllte, und ohne ihn überhaupt richtig zu sehen, erkannte ich in diesem Moment die Scherben seiner Seele. An jedem einzelnen Tag sah ich denselben gequälten Gesichtsausdruck im Spiegel. Da ich mir an den meisten Tagen kaum selbst helfen konnte, beschloss ich, jetzt wenigstens jemand anderem zu helfen, seine Dämonen zu bekämpfen, anstatt meine eigenen, die ich nie besiegt hatte.

»Du kannst mit mir reden, weißt du?« Ich zuckte mit den Schultern.

»Ein Reh«, murmelte er. »Ich habe ein verdammtes Reh angefahren.«

Das klang logisch. Ich hatte den Aufprall an der Stoßstange gespürt und einen Schatten gesehen. Zum Glück war es kein Mensch oder etwas wie ein Bigfoot. Aber das beantwortete meine Frage immer noch nicht. »Bist du ein großer Tierliebhaber oder so?«

Er stöhnte. »Nein. Es ist nur ...« Einen tiefen Atemzug später fuhr er endlich fort. »Ich soll dich beschützen.«

Bei seinem Eingeständnis verkrampfte sich mein Herz. »Es war ein Unfall.«

»Und ich war total unvorsichtig, obwohl ich die Kontrolle hätte behalten müssen.«

»Du bist im Schnee gef...«

»Du musst keine Ausrede für mich suchen, okay?« Er rieb sich über das Gesicht. »Ich hab's vermasselt. Jetzt muss ich damit leben.«

Ich brauchte einen Moment, um seine Worte zu verarbeiten. Wenn es um die Probleme anderer ging, neigte ich dazu,

Entschuldigungen zu suchen und zu finden. Vor allem, wenn es um ihre Fehler ging. Das war eine Schwachstelle, die mir nicht immer bewusst war.

»Es tut mir leid«, flüsterte ich und atmete durch die Nase ein. Er roch nach Winter: Pinie gemischt mit einem Hauch von Schweiß. Berauschend. Ich schloss die Augen und fragte mich, was wohl passieren würde, wenn wir in einer anderen Situation wären. Er wollte mich beschützen, mich warm halten ... Das war der einzige Grund, warum ich auf seinem Schoß saß. Sonst nichts.

»Auf einem Motorrad wäre mir das nicht passiert«, murmelte er.

Denn mit einem Bike in einem Schneesturm über vereiste Straßen zu fahren war ja eine *richtig* gute Idee. Trotzdem wollte ich ihn ein bisschen auf den Arm nehmen. Der Trübsinn wurde mir etwas zu viel. »Ja. Und ich bin zweifellos besser auf einem Zweirad als du, nur damit du es weißt.«

Er erstarrte. »Hä?«

»Ich meine keine *Harley*, nur um das klarzustellen.« Ich spielte mit dem Reißverschluss seiner Jacke, das Leder immer noch fest um mich gewickelt. Da ich kein Auto hatte und mein Führerschein abgelaufen war, war ich in Kalifornien auf öffentliche Verkehrsmittel und mein Fahrrad angewiesen. »Leider muss ich zugeben, dass ich *auch schon mal* schuld an einem Wildunfall war – allerdings mit Zehngangschaltung.«

»Was?« Er lachte und das raue unerwartete Timbre an meinem Rücken brachte mich zum Grinsen, auch wenn der Witz auf meine Kosten ging. »Du hast mit einem Fahrrad ein Tier überfahren?«

Ich gab ihm einen Klaps auf den Arm. »Lach nicht. Das war traumatisch.«

»Wie denn?« Finger streiften meine Hüfte, als sie mit dem Stoff meines Kleids spielten.

Ich rutschte näher.

»Ich war neun Jahre alt und bin mit einer Freundin Fahrrad gefahren. Wir waren kurz vor dem hinteren Zaun, wo eine Menge Bäume und so standen, da sind wir einem *monster-großen* Waschbären begegnet.«

Er stöhnte, als glaubte er mir nicht. »Monstergroß? Im Ernst?«

»Ehrlich. Er war riesig. Wie ... ein kleiner Tiger.« Bei der Erinnerung schauderte ich. »Jedenfalls war er ganz wackelig auf den Beinen, sabberte und schnappte ständig nach uns. Außerdem war es helllichter Tag, wir haben also sofort gewusst, was los war.«

»Tollwut?«

Ich nickte. »Es war schrecklich. Ich musste ihm mein Fahrrad auf den Kopf hauen, damit wir an ihm vorbeikamen. Daher der Wildunfall.«

»Mensch.« Er legte das Kinn auf meinen Kopf und sagte: »Du warst knallhart, was?«

»Eher eine Überlebenskünstlerin.« In allen Lebensbereichen. Wenn der eigene Vater Vice President der Forsaken war, hatte man keine Wahl.

Ich erinnerte mich gut an das Kreischen des Waschbären, seine glänzenden Augen und seine beiden Vorderkrallen, während es sich unter meinem Reifen abmühte.

»Hat die Geschichte auch eine Moral, My?«

Ich lächelte ein wenig über den Spitznamen. Vielleicht ließ seine Anspannung endlich nach. »Nur, dass wir alle Angst haben, sie aber meistens eine Illusion ist. Wir gehen unterschiedlich damit um, und mein Verteidigungsmechanismus bestand damals darin, den Waschbären unter meinem Fahrrad einzuklemmen, während meine Freundin danebengestanden und geweint hat.« Ich hielt inne, damit er das auf sich wirken lassen konnte, bevor ich fortfuhr. »Als wir in den Graben gefahren sind, war dein Mechanismus das Fluchen.« Ich fand eine seiner Hände und strich ihm mit den Fingern über die offene Handfläche, und mir wurde vor Überraschung warm ums Herz, als er kurz darauf unsere Finger miteinander verschränkte. »Damit will ich sagen, dass jede Reaktion in Ordnung ist. Dafür muss man sich nicht schämen.«

»Ich schäme mich nicht«, knurrte er. »Ich hatte auch keine Angst. Nur sauer, wie schon gesagt.«

Ich drückte seine Hand ein bisschen fester und legte den Kopf in den Nacken, um ihn anzusehen. »Doch, du hattest Angst, und ich will nicht, dass du glaubst, es sei schlecht, seine Angst zu zeigen.« Ich zuckte mit den Schultern. »Was wir gerade erlebt haben, war beängstigend. Aber es geht uns gut.« Ich verzog das Gesicht und blickte durch die Windschutzscheibe. »Ein bisschen eingeschneit, und ich friere, doch wir sind gesund und munter und jetzt geht es wieder.« Doch als ich mein rechtes Bein ausstreckte, wurde mir klar, dass *gesund und munter* in meinem Fall ein oder zwei Tage dauern konnte. Aber wenn ich ihm das sagte, würde er sich nur noch mehr aufregen, deshalb verschwieg ich dieses kleine Detail wohl besser. Es war bestimmt nur eine Prellung.

Er seufzte wieder und was er dann sagte, zeigte, dass das Gespräch beendet war. »Wie auch immer.«

Meine Finger waren Eiszapfen – und gierige kleine Bastarde – deshalb zog ich den Ärmel seiner Jacke über unsere immer noch verschränkten Finger und steckte die freie Hand unter meinen Oberschenkel.

»Ist dir nicht kalt?«, fragte ich.

Mit wieder ausdrucksloser Stimme sagte er: »Mir geht's gut.«

»Also mir ist immer noch kalt.« Meine Zähne begannen zu klappern. »Ich wünschte wirklich, ich hätte eine Hose angezogen.«

Slade streckte den Arm uns und kramte auf der Rückbank herum. »Ich suche mein Telefon«, sagte er, seine Stimme war ein brummiges Flüstern. »Ich muss jemanden anrufen, der uns hier rausholt.«

»Hmm.« Ich nickte, auch wenn der egoistische Teil in mir nicht wollte, dass er mich losließ. Nicht nur, weil es sich in seinen Armen so gut anfühlte, sondern auch weil seine Nähe, seine seltsam besitzergreifende Umarmung, tröstlich war. Vertraut. Jede Berührung weckte Erinnerungen, das hatte ich so noch nie erlebt. Wahrscheinlich halluzinierte ich wegen der Kälte, aber ich konnte nicht genug von ihm bekommen.

Und doch wusste ich, dass er recht hatte. Wir würden nicht allein aus dem Graben herauskommen. Und wenn wir nicht bald Hilfe holten, würden wir vermutlich erfrieren.

Ich wollte mich aufsetzen, damit Slade mehr Bewegungsfreiheit hatte, aber überraschenderweise zog er mich wieder an seine Brust. »Beweg dich nicht. Sonst wird dir nur kälter.«

Also bewegte ich mich nicht. Stattdessen legte ich die Wange an sein Herz und entspannte mich etwas und beobachtete währenddessen, wie er versuchte, den Notruf zu wählen.

Seinen starken gleichmäßigen Herzschlag zu hören, hatte eine beruhigende Wirkung auf mich.

»Verdammt, ich habe keinen Empfang«, sagte er und nahm das Handy vom Ohr.

»Liegt wahrscheinlich an unserem Standort.« Ganz zu schweigen von dem Haufen Schnee, unter dem wir begraben waren.

Er nickte. »Muss den Hügel raufklettern. Vielleicht kann ich dort jemanden anhalten oder bekomme Netz.«

»Was? Nein.« Ich setzte mich auf und schüttelte den Kopf. »Draußen ist es eiskalt und die Autos werden dich sowieso nicht sehen. Lass uns warten, bis die Sonne aufgeht.«

Finger berührten mein Kinn und drängten mich dazu, ihn anzusehen. »Ich komme schon klar.«

Sein Blick zog mich magisch an. Ich verlor mich darin, brauchte in diesem Moment seine Ermunterung, seine Stärke, seine Versprechen, auch wenn ich sonst sehr gut auf mich selbst aufpassen konnte.

Er machte keine Anstalten, aus dem Auto zu steigen, und nahm auch die Finger nicht von meinem Kinn. Meine Haut prickelte unter seiner Berührung und schickte eine Nachricht zwischen meine Schenkel: *Küss ihn. Küss. Ihn.*

Ich bemühte mich, meine Libido zum Schweigen zu bringen – das war jetzt definitiv der falsche Zeitpunkt – aber bei diesem umwerfenden Mann war die Neugier stärker.

»Ich komme mit«, sagte ich.

»Nein.«

Entschlossen, mich um unser Überleben zu kümmern, ignorierte ich ihn, streckte den Arm zum Rücksitz aus und kramte genau wie er in den Taschen herum. Ich fand seine Reisetasche mit Tarnmuster, holte eine Pyjamahose aus Flanell heraus und fragte: »Hast du Stiefel oder sowas, was ich mir leihen kann? Ich habe nichts für eine Winterwanderung eingepackt.«

»Brauchst du auch nicht, weil du *nicht* aus dem Auto aussteigst.«

»Du hast mir gar nichts zu sagen.« Ich biss die Zähne zusammen und suchte weiter.

»Sei nicht so stur«, sagte er. »Lass mich nach oben gehen und schauen, ob ich dort Empfang habe oder jemanden anhalten kann. Wenn nicht, komme ich zurück, und wir überlegen gemeinsam, was wir machen.«

Bei dem Gedanken, dass er von einem Auto überfahren werden könnte, packte ich seinen Hemdkragen. »Ich bin hier nicht der Sturkopf, sondern *du*.«

»Mein Gott, Maya. Du bist unglaublich.«

»Unglaublich *fantastisch* trifft es wohl eher.« Ich grinste und suchte weiter.

Er stöhnte. »Bitte. Gib mir nur zehn Minuten, okay? Mehr verlange ich gar nicht. Wenn ich dann nicht zurück bin, kannst du mich suchen kommen und ich bin auch nicht sauer.«

»Oh, wie großzügig.« Ich verdrehte die Augen.

Wollte ich aus dem Auto aussteigen? Nein. Denn danach würde es ewig dauern, bis mir wieder warm wurde. Doch da gab es noch die andere Seite von mir, die sich ungern retten ließ, ohne sich selbst anzustrengen, und war gar nicht damit einverstanden.

Allerdings taten wir uns auch keinen Gefallen, wenn wir hier weiter herumsaßen und diskutierten. Sollten es wirklich nur zehn Minuten sein, konnte ich ihn gehen lassen.

»Gut. Geh.« Ich tippte mir an die Schläfe. »Aber meine innere Stoppuhr ist gestellt und sie läuft ab jetzt.«

Er verzog den Mund zu einem kleinen, schiefen, doch absolut echten Lächeln. Wow. Wer auch immer dieser Slade war, er war schon wahnsinnig sexy, wenn er mürrisch war. Aber wenn er lächelte, war er beinahe perfekt.

»Das solltest du öfter machen.« Ich rutschte auf den Sitz zurück und zog mir seine Flanellhose über die Hüften, um sie unter dem Kleid zu tragen.

»Was?« Er runzelte die Stirn und das anbetungswürdige Lächeln verschwand, als er sich noch einen Kapuzenpulli über sein langärmeliges Thermounterhemd warf.

»Lächeln. Das steht dir.«

Er antwortete nicht. Was mich nicht überraschte. Trotzdem spürte ich seinen Blick, als suche er nach etwas, das ich wahrscheinlich nicht hatte. Als er sich, warum auch immer, etwas näher zu mir beugte, nahm ich seinen warmen Atem und den Geruch von Käse wahr.

Er hatte offenbar von meinen Cheez-Its genascht. *Frech.*

»Hinten in meiner Tasche sind noch ein paar Socken und ein Hoodie.« Er rückte von mir ab und griff nach dem Türgriff. »Falls du mich suchen musst, zieh sie und meine Jacke an. Nicht, dass du dir eine Unterkühlung oder Erfrierungen holst.«

»Jawohl.« Ich lächelte und salutierte.

Er lächelte natürlich nicht. Aber er nickte. Und ein paar Sekunden später war er ausgestiegen.

Ich konnte ihn kaum erkennen, während er den Hügel hinaufging, und bekam sofort Panik. Noch bevor er außer Sichtweite war, zitterten meine Hände auf meinen Oberschenkeln.

»Er kommt schon klar, mach dir keine Sorgen«, ermahnte ich mich.

Um mir die Zeit zu vertreiben, beschloss ich, mich ein wenig vorzubereiten, und griff wieder nach Slades Tasche auf dem Rücksitz. Nachdem ich sie nach vorne gezogen hatte, stellte ich sie mir auf den Schoß und suchte nach seinen Socken und fand auf Anhieb ein Paar aus Wolle, das perfekt geeignet war. Ich streifte sie über, fand seinen Kapuzenpulli und zog ihn mir über das Kleid. Jede weitere Schicht würde mir helfen, warm zu bleiben. Ich verzichtete auf Absätze, schnappte mir meine flachen Ballerinas und zog sie über meine neuen Wollsocken. Wegen der dicken Socken drückten sie an den Zehen, und ich bekam die Füße kaum hinein, aber wenigstens war ich so ein bisschen vor dem Schnee geschützt.

Minuten vergingen und ich zählte langsam weiter rückwärts. Sechs Minuten, dann sieben, dann acht. In Minute neun bemerkte ich, dass die Autofenster langsam zufroren. Und die Frontscheibe war mit einer frischen Schneeschicht bedeckt. Nach zehn Minuten schossen mir die Tränen in die Augen und ich rechnete mit dem Schlimmsten: Dass er am Straßenrand von Abtrünnigen entführt oder sogar überfahren worden war – deshalb versuchte ich, die Tür zu öffnen, um auszusteigen.

Das Problem? Das blöde Ding war festgefroren.

»Verdammt.« Immer wieder trat ich dagegen und schaffte es, sie so weit zu öffnen, dass ich einen Fuß hindurchstecken konnte. Es wäre schlauer gewesen, auf der Fahrerseite auszusteigen, aber der Weg den Hügel hinauf war von meiner Seite aus leichter. Soweit ich sehen konnte, wirkte der Schnee hier weniger tief.

»Komm schon, komm schon!« Ich traf so fest, dass mir die Wade wehtat, aber ich hielt durch, bis der Pulverschnee hereinfiel und ich es schließlich schaffte, die Tür aufzukriegen. Zitternd und bibbernd und mit einem kleinen Lächeln, klatschte ich mich innerlich ab.

Ich rutschte aus dem Auto und mein Übermut war nur von kurzer Dauer, denn ich trat in einen riesigen Schneehaufen. »Von wegen weniger tief.« Drei Schritte weiter bildete sich bereits Eis an meinen feuchten Wimpern. Meine Finger kribbelten und brannten, als ich mich am Wagen festhielt, um nicht umzufallen, und gerade als ich glaubte, ich hätte festen Halt, schien sich der Boden unter mir aufzutun, und ich rutschte weg, zu panisch, um um Hilfe zu schreien. Mein Knie verdrehte sich und knackte.

»O Gott«, brachte ich hervor, verlor das Gleichgewicht und knallte mit dem Kopf voraus auf die Kante der hinteren Stoßstange.

NEUN

SLADE

Ich verfluchte Maya, weil sie so ein Scheißchaos in mir auslöste. Verfluchte meine Gefühle, die meinen Verstand durcheinanderbrachten. Aber als wir im Graben gelandet waren, war mir sofort das Bild von Carlos' Leiche durch den Kopf geschossen, und als das Auto zum Stehen gekommen war, existierte in meinem Kopf nur noch ein Gedanke: *Es hätte Maya sein können.*

Ich musste mich jetzt unbedingt konzentrieren, also verscheuchte ich die unerwünschten Gedanken und kletterte weiter durch die Schneeverwehungen den Hügel hoch. Obwohl der Wind ziemlich brutal war und ich meine Finger nicht mehr spürte, lief mir trotzdem der Schweiß über die Schläfen. Als ich oben auf dem Hügel ankam, wurde mir klar, dass wir total in der Klemme steckten, und ich bekam Panik.

»Du Mistkerl«, schimpfte ich mit mir selbst und sah den Highway entlang.

Selbst wenn das Reh nicht gewesen wäre, hätte uns das Eis unter dem Schnee erledigt. Meilenweit war kein Auto zu sehen. Ich hob den Arm, um das Gesicht vom eisigen Schneetreiben abzuschirmen, aber er traf mich trotzdem von allen

Seiten – Gesicht, Wangen, Beine, Scheitel, Rückseite meiner Jeans. Ich hatte keine Handschuhe, keine Mütze. Nur den Hoodie. Aber zum Glück empfing mein Handy endlich ein Signal.

»Rettungsdienst, wie kann ich Ihnen helfen?«, fragte der Mann am anderen Ende der Leitung.

Um im Wind besser zu hören, hielt ich mir das freie Ohr zu und erklärte ihm, wo wir waren und was passiert war.

»Sir, die Straße wurde vor über einer Stunde gesperrt. Sie ist unpassierbar.«

»Was meine Sie mit *unpassierbar*?«, brüllte ich. »Wir stecken in einem Graben fest.«

»Tut mir leid, Sir. Wir versuchen, Ihnen so schnell wie möglich zu helfen. Bleiben Sie bitte in Ihrem Auto und lassen Sie den Motor laufen, wenn Sie noch Benzin haben. Es wird noch kälter ...«

»Mein Auto steckt in einem Scheißgraben. Wie soll ich ...«

Irgendwo hinter mir hörte ich ein Geräusch. Ich erstarrte, weil ich glaubte, ein Tier, irgendwas, nähere sich im Wind. Doch als ich mich umdrehte, war nichts zu sehen. Das hieß aber nicht, dass da nichts war.

»Sind Sie noch dran? Geht es Ihnen gut, Sir?«

»Ja, gut, aber bitte beeilen Sie sich.«

»Ich schicke Ihnen so schnell wie möglich eine Patrouille.«

Ich hatte genug von dem Quatsch, legte auf und beschloss, Arch anzurufen. Ich hatte keinen Bock auf Hawks schlaue Ratschläge, musste aber jemanden auf dem Laufenden halten. Leider nahm Arch nicht ab. Es klingelte und klingelte ...

»Scheiße.« Ich legte auf und blickte auf die Uhr. Ich war schon seit fünfzehn Minuten hier oben auf der Straße. Wenn ich nicht schleunigst zurückging, würde Maya bald aussteigen. Trotzdem musste ich jemandem im Club Bescheid sagen und beschloss, dass Chop die zweitbeste Option wäre.

Stecken im Schnee in einem Graben fest. Warten auf Hilfe. Sag Arch Bescheid.

Was ist mit Hawk?

Ich verdrehte die Augen und tippte.

Er muss es nicht wissen.

Nachdem ich meine Standortdaten geschickt hatte, steckte ich das Smartphone wieder ein. Dann zog ich mir mein T-Shirt über Nase und Mund und kletterte langsam den Hügel hinunter, bemüht, die Füße flach aufzusetzen.

Der Schnee war nicht ganz so tief, er reichte mir bis zur Mitte der Wade, aber er war rutschig. Ich würde im Auto den Fuß auf der Bremse lassen müssen, bis jemand kam, und vermutlich immer wieder aussteigen, um die Bremslichter vom Schnee zu befreien. Sonst würde uns niemand finden. Vielleicht konnte ich die Bremse irgendwie festklemmen und außerdem das Licht anlassen. Die Batterie war vermutlich in Ordnung.

Zumindest hoffte ich das.

Als ich das Auto entdeckte, sah ich, dass die Innenbeleuchtung an war. Und Maya war nicht im Auto.

»Scheiße.«

Ich rannte los und fiel zweimal auf den Hintern. Das gab sicher einen blauen Fleck am Steißbein, aber das war nichts im Vergleich zu dem, was mir von Flick blühte, wenn seiner Nichte etwas passiert war.

»Maya?«, schrie ich und erreichte das Auto. Da bemerkte ich, dass ihre Tür offenstand.

Ich ging um den Wagen herum zu ihrer Seite und achtete darauf, mich festzuhalten. Neben dem Reifen lag jemand auf dem Boden.

Maya. Sie lag mit dem Gesicht nach unten im Schnee, bewegungslos.

»Fuck, fuck, *fuck*.«

Ich drehte sie um und kontrollierte ihren Puls und ihre Atmung. Beide waren vorhanden und so zog ich sie in meine Arme und war dankbar, als sie stöhnte.

»Hey, hey, wach auf.« Im Versuch, sie zu wecken, tätschelte ich ihr die Wange.

Als sie nicht antwortete, eilte ich zur hinteren Tür und mir fiel wieder auf, wie kalt sie war. Ich setzte mich mit ihr auf die Rückbank, drückte sie an meine Brust und umarmte sie, so fest ich konnte. »Maya, wach auf. Wach auf.«

»Mmm«, antwortete sie.

»Komm schon, gut so. Öffne deine schönen Augen für mich.« Ihre durchnässte Kleidung durchweichte auch meine und ich fröstelte. Ich musste sie ausziehen und sie sofort in etwas Trockenes stecken.

»Slade?«

Sie sah mich an, und ich atmete erleichtert aus. »Schon gut, ich hab dich. Bitte lass die Augen offen, okay?«

Sie nickte.

»Braves Mädchen.« Ich legte beide Hände an ihr Gesicht und mein Herz hämmerte wie wild.

»Was ist passiert?«, fragte sie und streckte langsam die Hand aus, um sich an den Kopf zu fassen. Als sie die Beule ertastete, zuckte sie zusammen.

»Du bist gefallen. Hast dir wohl den Kopf an der Stoßstange gestoßen.«

Sie lachte schwach. »I-ich hab dir doch gesagt, dass ich Schnee hasse.«

Ich wollte mit ihr lachen, war aber viel zu angespannt. Kälte, Nervosität und Angst machten es mir schwer, normal zu funktionieren. Trotzdem sah ich ihr in die Augen und blieb so stoisch und beherrscht wie möglich. Als Road Captain dachte ich strategisch, nahm die Dinge in die Hand und behielt die Kontrolle.

»Du musst aus den nassen Klamotten raus, My. Ist es okay, wenn ich sie dir ausziehe?«

Ihre Lider schlossen sich wieder, aber bevor ich sie anschreien konnte, flüsterte sie: »Hätte ich gewusst, dass du mich nackt sehen willst, hätte ich mir einen sexy Slip angezogen.«

Zuerst zog ich ihr die Jacke aus, dann griff ich nach dem Saum ihres Kapuzenpullovers und zog ihn ihr über den Kopf. »Du würdest bestimmt auch in einem Müllsack umwerfend aussehen.« Meine Fingerknöchel streiften ihre nackte Haut und sie sog die Luft durch die Zähne ein. Trotzdem brachte sie heraus: »Du findest mich umwerfend?«

Ich räusperte mich und nun raste mein Herz aus einem völlig anderen Grund. »Du bist die schönste Frau, die ich kenne.«

Ihre Lippen verzogen sich zu einem Lächeln, obwohl ihre Augen geschlossen blieben. »Du bist der zweitnetteste Mann, den ich je kennengelernt habe, Slade.«

»Du halluzinierst. Musst dir den Kopf härter angeschlagen haben, als ich dachte.« Ich zog ihr einen trockenen Kapuzenpulli an, dann streckte ich die Hand aus, um die Beule an ihrer Stirn zu berühren.

»Wohl eher gute Menschenkenntnis.« Sie seufzte und kuschelte sich enger an mich.

»Wir müssen dir eine andere Hose anziehen.«

»'kay«, flüsterte sie und bewegte sich kaum.

Ich wühlte nach trockenen Sachen in meiner Tasche. Eine alte Jeans war alles, was ich fand. Sie war zu lang für ihre kurzen Beine, aber sie musste reichen.

Ich zog eins ihrer Beine aus der Flanellhose und achtete darauf, vorsichtig vorzugehen, falls sie noch weitere Verletzungen hatte. Sie hatte eine Gänsehaut und als ich über ihr Bein strich, wurden meine Hände warm. Maya half mir, auch wenn ihre Augen geschlossen blieben und sie die Lippen verzog. Sie hatte Schmerzen und zitterte, sie könnte hier sterben, verdammt. Aber so wie sich ihre Atmung anhörte und ihr Daumen plötzlich über den Puls an meinem Handgelenk strich, vermutete ich, dass ihr ziemlich gut gefiel, wie ich mich um sie kümmerte.

Doch als ich nach ihrem anderen Bein griff, schrie sie auf und riss meine Hand weg. »Mein Knie!«

»Scheiße, tut mir leid.«

»Ich muss es mir verdreht haben oder so.«

Im Dunkeln konnte ich nichts erkennen, aber es schien außer Frage zu stehen, dass sie ihr Knie durch eines der Hosenbeine bekam. Andererseits war es bestimmt keine gute Idee, ihr nasses Bein nackt zu lassen. Deshalb bedeckte ich sie mit allem, was ich finden konnte, und hoffte, dass es ausreichte: Jacken, Shirts, Pyjamas.

Sie saß auf meinem Schoß und legte ihr Ohr wieder an meine Brust, direkt über meinem Herzen, während ich ihr über die Haare streichelte. Mit der anderen Hand strich ich ihr über jede Stelle, wo ihre Haut noch unbedeckt war.

Ich küsste sie auf die Schläfe und schloss die Augen und dann sagte ich etwas zu ihr, dass ich selbst nicht ganz glaubte. »Ich hole uns bald hier raus.«

Ein paar Stunden später weckte mich die helle Sonne, die sich im hoch aufgetürmten Schnee draußen widerspiegelte. Langsam öffnete ich ein Auge und zuckte wegen der Reflexion des Lichts im Schnee zusammen. Ich hatte wach bleiben wollen, aber nachdem Maya eingeschlafen war, war mein Adrenalinspiegel rapide gesunken. Ich spürte kaum noch meine Finger und Zehen und meine Zähne klapperten.

Als erstes warf ich einen Blick auf Maya – sie lag warm

eingepackt auf meinem Schoß. Ihre rosigen Wangen zeigten mir, dass es ihr weitaus besser ging als mir.

Wir hatten die frühen Morgenstunden und den schlimmsten Schnee überstanden, aber ich war mir nicht sicher, wie viel Zeit uns blieb. Der Rettungsdienst war noch nicht aufgetaucht, und je länger wir hier unten feststeckten, desto schlimmer würde es werden. Ich blickte fünf Sekunden in Mayas schlafendes Gesicht, bis mir klar wurde, warum wir nicht gefunden worden waren und ich legte mir eine Hand vor den Mund, um ein Stöhnen zu unterdrücken. Ich war so damit beschäftigt gewesen, sie warmzuhalten, dass ich vergessen hatte, die Scheinwerfer einzuschalten.

Fuck.

»Slade?« Aus ihrem Mund klang mein Name sanft – das Beste, was ich seit langem gehört hatte. Ich drückte sie wieder fester an mich und legte ihr die Arme um die Taille. Wäre sie nicht aufgewacht, nachdem ich sie gefunden hatte, hätte ich nicht gewusst, was ich hätte tun sollen.

»Geht es dir gut?«, fragte ich und meine Stimme brach.

Sie stöhnte und rieb sich die Beule an der Stirn. Im Hellen sah sie noch schlimmer aus, aber zumindest nicht so übel, dass sie ins Krankenhaus gemusst hätte.

»Hab doch gesagt, ich hätte mitkommen sollen«, sagte sie frech.

»Und ich hab dir gesagt, dass du im Auto bleiben sollst, stimmt's?«

Sie lehnte sich von mir weg und ihre Frechheit verwandelte sich in schmerzerfülltes Stöhnen. »Tut das weh ...«

Mir zog sich der Magen zusammen. »Was? Dein Kopf?«

»Ein bisschen. Aber vor allem mein Knie.«

Langsam beugte sie sich vor und zog die Klamotten weg, die ich über sie gelegt hatte, um sich ihr Knie anzusehen. Sobald es zum Vorschein kam, zuckte ich zusammen. Blau und geschwollen: nicht gut. Es sah aus, als hätte ihr jemand einen Ballon hineingesteckt.

»Hat irgendjemand ...« Sie biss sich auf die Lippe und blickte nach draußen, dann nach hinten.

Ich schüttelte den Kopf. »Nein. Wir müssen wohl zu Fuß gehen.«

»Ich bin mir nicht sicher, ob ich es aus dem Auto schaffe, ganz zu schweigen vom Hügel.«

»Ich trage dich.« Ich zuckte mit den Schultern.

»Nein, wirst du nicht. Da draußen ist es weiß Gott wie verschneit und kalt. Du wirst mich gar nicht tragen können.«

»Du hast keine Ahnung, was ich kann oder nicht.«

»Oh, aber ich weiß *sehr wohl*, zu was der menschliche Körper generell in der Lage ist. Wenn du also nicht Clark Kent bist, wirst du mich nicht über eine längere Strecke tragen können.«

»Sind wir also wieder im Klugscheißermodus.« Ich schüttelte den Kopf und tat so, als wäre ich sauer, auch wenn das gar nicht stimmte.

Die letzten paar Stunden mit ihr auf dem Schoß hatten mich fast umgebracht, und zum ersten Mal seit langer Zeit hatte der Club einmal nicht absolute Priorität.

Es war beinahe so, als lägen wir wieder in meinem Bett wie vor acht Jahren. Einander umarmend, als wären wir Freunde, obwohl wir so viel mehr hätten sein sollen. Wir waren seit vierundzwanzig Stunden zusammen, und langsam ging sie mir unter die Haut. Wenn ich nicht vorsichtig war, würde sie sich wieder in meinem Herz einnisten.

»Geh ruhig. Ich komme schon zurecht.«

Es war verrückt, wie sich die Rollen innerhalb weniger Stunden vertauscht hatten. »Auf keinen Fall.«

Sie runzelte die Stirn. Ihre dunklen, sündigen und funkelnden Sternenaugen waren wie dafür gemacht, sich vor Lust zu verdrehen. Ich wusste, was ihre Augen bei einem Mann anrichten konnten. Weshalb ich schnell aus dem Fenster blickte.

Als sie mir nicht widersprach, begann ich damit, meinen Plan in die Tat umzusetzen. »Wir müssen dich so gut wie möglich einpacken.«

»Du wirst mich nicht *tragen*, Slade.«

Ich setzte sie neben mich und betrachtete ihr Profil, als sie zusammenzuckte. Ihr Knie war ganz sicher nicht nur verstaucht, das war mir klar.

»Wir können beide hierbleiben und erfrieren, oder du lässt mich den Helden spielen und dich tragen, denn ich lasse dich hier nicht allein.«

Stöhnend warf sie den Kopf zurück und blickte zum Autohimmel. »Wenn wir einfach im Flughafen geblieben wären, dann wäre das alles nicht passiert.«

Nicht schon wieder die Schuldzuweisungen.

»Sind wir aber nicht. Ich hab's versaut. Verklag mich doch.« Und Flick hätte bestimmt auch etwas dazu zu sagen. Ich suchte auf dem Boden nach der Flanellhose, die sie gestern getragen hatte. Sie war quasi zu Eis erstarrt, aber weil ich jede Schicht brauchen konnte, zog ich sie mir über die Jeans.

»Was machst du da?«, fragte sie.

»Zwiebeltaktik.« Ich gab mir Mühe zu ignorieren, dass meine Beine taub wurden, aber es war schwierig.

Als ich fertig war, suchte ich nach Sachen, in die ich Maya wickeln konnte, doch bevor ich etwas Brauchbares fand, klopfte es ans Fenster.

»Scheiße.« Sie zuckte zurück, die Hand flach auf die Brust gepresst. Ich sah ein rotes Flackern, bevor uns eine tiefe Stimme fragte, ob es uns gut ginge.

Wir waren gerettet.

»Sieht so aus, als müssten wir doch nicht zu Fuß gehen.« Ich wollte meine Tür öffnen, aber sie klemmte. Wahrscheinlich festgefroren. Ich trat dagegen, doch sie rührte sich nicht.

»Hier, ich versuch's mal bei meiner«, sagte Maya und tat es mir nach – mit dem unverletzten Bein. Die Tür öffnete sich mit einem langsamen Quietschen und gab den Blick auf einen Typen in einer dicken roten Jacke mit Feuerwehrlogo frei.

»Geht es Ihnen gut da unten?« Der Typ hockte neben dem Auto und blickte uns abwechselnd an, dann konzentrierte er sich auf Maya.

»Ja.« Sie zitterte wieder. »Uns ist nur kalt und wir sind müde.«

»Und sie hat ein verletztes Knie«, fügte ich hinzu.

»Ich bin der fünfte, der die Straße hoch und runtergefahren ist, die anderen haben Sie nicht gesehen. Sieht so aus, als hätten Sie Glück gehabt.« Er lächelte und streckte Maya die Hand entgegen.

»Ich kann nicht auftreten. Ich habe mir das Knie verdreht.« Sie zuckte zusammen.

»Wie ich schon sagte«, knurrte ich.

Er runzelte die Stirn, warf mir einen anklagenden Blick zu und sagte: »Also gut. Lassen Sie mich Ihnen helfen.«

Als er die Arme unter Maya steckte, konnte ich ihn besser sehen. Mitte dreißig, groß. Wuchtige Muskeln und ein Helden-Abzeichen auf dem Mantel, verglichen mit dem Patch auf meiner Kutte. Mr All-American-Hero war mir schon jetzt ein Dorn im Auge.

»Auf drei?«, fragte er und blickte sie so an, dass ich die Zähne zusammenbiss.

»Lassen Sie mich helfen.« Ich packte sie unter den Armen und half ihr, näher zur Tür zu rutschen. Sie schrie vor Schmerz auf und die Hose fiel von ihrem Knie und entblößte es. »Warte, ich hole etwas, das ich dir auf das Bein legen kann.«

»Ich komme schon klar.« Sie winkte mit einem gequälten Zischen ab.

»Nein, es ist kalt.« Meine Jacke war nicht mehr ganz so nass, also legte ich ihn ihr über den Oberschenkel.

Unsere Blicke trafen sich und ihrer wurde milder. »Danke.«

Ich nickte, auch wenn ich nicht wusste, warum sie mir dankte. Schließlich hatte ich uns in diese Lage gebracht. Wenn überhaupt, hätte sie wütend auf mich sein sollen.

Sekunden später hob der Typ sie hoch und drückte sie an seine Brust, genau das hatte ich auch vorgehabt. Der Anblick machte mich so sauer, dass ich hinter ihnen aus dem Auto sprang, mehr als bereit, sie ihm aus den Armen zu nehmen.

Ich hatte kein Recht, eifersüchtig zu sein. Zur Hölle, ich hätte dankbar sein sollen, dass er überhaupt hier war, schließlich rettete er uns den Arsch. Aber mir gefiel ganz und gar nicht, dass der Typ Maya an sich drückte und sie trug.

Mit ausgestreckten Armen drängte ich mich an ihm vorbei. »Ich nehme sie.«

»Kein Problem, Sir. Sie wiegt ja fast nichts.« Er lächelte auf Maya hinab, und bei dem Anblick zuckte mein linkes Auge.

»Und *ich* sagte, ich trage sie.«

Wir lieferten uns ein Blickduell und Maya sah zwischen uns hin und her. Zweifellos würde sie mich später für mein idiotisches Verhalten zur Rede stellen, aber ich hatte einen Heldenkomplex. Wenn es darum ging, Menschen zu helfen, die mir etwas bedeuteten – oder in Mayas Fall, die mir nichts bedeuten *sollten* –, wollte ich die Verantwortung nicht abgeben.

Ich würdigte den Kerl kaum eines Blickes, als ich die Arme unter Maya schob und sie ihm aus den Armen riss. Sie zischte mich an, und errötete vor Verlegenheit, als die Jacke von ihrem nackten Bein rutschte und in den Schnee fiel. *Scheiße.*

»Was soll das, Slade?«

Ich hob ihn auf, schüttelte ihn aus und bedeckte ihre entblößte Haut mit der Seite, die nicht in den Schnee gefallen war. Ich ignorierte ihre Frage und machte mich auf den Weg den Hügel hinauf und rief nach hinten: »Wir haben Taschen auf der Rückbank. Holen Sie die für uns raus, *Kumpel*?«

Auf dem Weg zur Straße folgte ich seinen Stiefelabdrücken.

»Ernsthaft. Du machst das ... was alle Biker machen«, fauchte Maya und gab mir einen Klaps auf die Brust. Es tat nicht weh. Im Gegenteil, es fühlte sich fast liebevoll an.

Der kalte Wind schlug mir ins Gesicht, ich zuckte zusammen und brachte meine Frage kaum heraus. »Was soll *das* sein?«

»Der *Kontrollzwang*.« Trotz ihrer Haltung schmiegte sie die Nase an meinen Hals. »Das ist uncool.«

Ich grinste. »Ach du meinst, wenn ich mich um das kümmere, was mir gehört?«

Ihre Lippen streiften meine Haut und ich erschauerte, allerdings nicht vor Kälte.

»Soweit ich weiß, gehöre ich *niemandem*.« Maya seufzte und entspannte sich schließlich, als ich auf dem Weg nach oben meinen Rhythmus fand.

»Keine Sorge. In ein paar Tagen bin ich mit dir fertig.«

»Arschloch«, knurrte sie. »Außerdem *wollte* ich ja vielleicht von dem Hottie gerettet werden. Hast du daran schon mal gedacht?«

»Wolltest du das?« Ich zog eine Augenbraue hoch. »Denn wenn das so ist, trage ich dich sofort wieder runter und werfe dich in den Schnee.« Das würde ich natürlich nicht tun. Ich sollte sie beschützen, nicht er. Und ich würde sie nie wieder in Gefahr bringen.

»Das würdest du dich nicht trauen«, knurrte sie.

Ich blieb oben auf dem Hügel stehen und sah sie unter einer verirrten Haarsträhne hindurch an. Trotz meiner Scheiß-laune musste ich grinsen. »Wetten, doch?«

In ihre Augen las ich Heiterkeit, ein wenig Angst und Verärgerung, aber ihre geschwungenen Lippen verzogen sich zu einem Grinsen, sie wusste also, dass ich sie nur halb aufzog. Und es gefiel ihr. Wir spielten uns die Bälle zu – Vorspiel der besten und schlimmsten Art. Der schlimmsten, weil ich es am liebsten mochte, der besten, weil es bedeutete, dass ich mehr wollte, als mich nur nackt mit ihr in den Laken zu wälzen. So viele Jahre später forderte sie mich immer noch heraus. Und die Spannung zwischen uns verriet mir, dass es ihr genauso gut gefiel, wenn ich sie ebenfalls herausforderte.

Sie zog an der Kordel meines Kapuzenpullis. »Ist das eine Warnung oder eine Mutprobe?«

»Hängt ganz davon ab, wie weit du gehen willst.«

»Ich würde viel weiter gehen, als du denkst.« Sie legte die andere Handfläche auf meine Brust in der Nähe meines Herzens und drückte die Baumwolle. Ich beobachtete, wie sie sich mit der Zunge die Lippen befeuchtete.

Bei dem Anblick schluckte ich schwer und zügelte meine hochkochenden Gefühle. Irgendwie gelang es mir, den Weg zum Rettungswagen fortzusetzen, und ich antwortete nur: »Du willst wohl Ärger, was?«

Sie seufzte und darin schwang etwas mit, das nur Enttäuschung sein konnte. »Und ich dachte, du wärst anders als die anderen.«

»Urteile niemals vorschnell über einen Wolf«, knurrte ich. »Sonst fressen wir dich bei lebendigem Leibe, wenn du es am wenigsten erwartest.«

Lachend warf sie den Kopf zurück und ihre Haare fielen über meine Arme und wirkten im hellen Licht vor dem Schnee fast blau. »Vertrau mir, Süßer. In deinem großen alten Körper jault doch bloß ein winziger Welpe. Ein Wolf hätte mich dem Feuerwehrmann überlassen.«

»Unsinn.«

Bevor sie ein weiteres Wort sagen konnte, näherte sich der Feuerwehrmann dem Fahrerhaus des Trucks und warf unsere Taschen mit einem dumpfen Aufprall hinein. Dann baute er sich neben uns auf und betrachtete mich mit verengten Augen. »Sie braucht einen Arzt.«

»Dann fahren Sie uns zu einem.«

Er öffnete die Tür und ich setzte sie hinein, ohne ihn noch eines Blickes zu würdigen.

»Könnten Sie uns *bitte* zu einem Arzt fahren, wollte er sagen.« Maya zog noch fester an den Kordeln meines Hoodies, und ließ sie auch nicht los, als sie schon saß.

»Das nächste Krankenhaus ist leider eine Stunde entfernt«, gab er zu. »Aber etwa zehn Meilen die Straße hinauf liegt eine kleine Arztpraxis. Doc Mitchell. Er wird sich Ihr Knie ansehen.«

Ich sah zu Maya. »Ist das okay für dich?«

Sie ließ die Kordeln los und schaute mit gerunzelter Stirn durch die Windschutzscheibe. »Wahrscheinlich habe ich keine andere Wahl, oder?«

»Ich fürchte, da haben Sie recht«, sagte der Feuerwehrmann an uns beide gewandt.

Der Anblick ihrer vollen Unterlippe war so anziehend, dass ich mich am liebsten vorgebeugt und sie geküsst hätte.

Was zur Hölle, Slade? Krieg dich wieder ein.

Mein Hirn war total verdreht.

So etwas durfte ich nicht mal denken.

Weich und süß und ... beziehungsmäßig.

Ja, nein. Ich musste auf Abstand bleiben. Ich sollte sie hassen, verdammt noch mal.

Mir schnürte sich die Kehle zusammen und damit ich nicht durchdrehte, sah ich den Feuerwehrmann an.

Mit einer scharfen Frau im Auto gefangen zu sein hätte seine Vorteile haben können. Leider nicht in diesem Fall.

ZEHN

MAYA

Die Straßen außerhalb der kleinen Stadt, der wir uns näherten, waren von unserem Retter, Feuerwehrmann Jake, als nicht befahrbar eingestuft worden. Zum Glück würde er das Auto so schnell wie möglich aus dem Graben ziehen und durchchecken lassen, doch da in der Stadt beinahe alles geschlossen war, konnte er nicht sagen, wie lange es dauern würde. Slade war sauer über die weitere Verzögerung gewesen, aber im Moment machte mir das nichts aus – ich brauchte Zeit, um mich auszuruhen.

»Es ist nur verstaucht«, sagte ich den beiden Männern, als ich auf Krücken in den Warteraum humpelte. Der Arzt hatte jedoch etwas anderes gesagt.

Sie werden ein MRT brauchen, Miss. Ich bin mir sicher, dass Sie einen Bänderriss haben.

Ich versicherte ihm, dass ich es untersuchen lassen würde ... wenn ich in Illinois war. Davon war er nicht sehr begeistert, gab mir aber ein Rezept für Schmerzmittel und eine lange Liste von Dingen, die gegen die Schwellung helfen sollten.

Bei meinem Anblick stand Slade noch vor Jake auf, stürmte auf mich zu und bremste kurz vor mir ab. Einen Moment lang wirkte er irgendwie unsicher. Er verzog das Gesicht, die Hände zwischen uns erhoben ... Doch bevor ich fragen konnte, legte er mir beide Hände auf die Hüften und seufzte tief.

Ich hingegen erstarrte unwillkürlich. Wenn das wieder so eine machohaft zur Schau gestellte Dominanzgeste war, konnte er sich auf etwas gefasst machen.

Doch dann zog er mich an sich, und als er sich spürbar entspannte und einen weiteren schweren Seufzer ausstieß, konnte ich nicht anders, als die Augen zu schließen.

Irgendetwas an diesem Augenblick fühlte sich so merkwürdig richtig an, auch wenn ich nicht wusste, warum.

»Was ist mit deinem Kopf?«, fragte er und zog sich ein wenig zurück, um mein Gesicht, meinen Haaransatz zu mustern. Er hob eine Hand und umkreiste mit dem Daumen langsam das, was er meinen »Einhorn-Höcker« nannte.

»Das ist nur eine Beule.« Ich lächelte und lehnte mich wieder an ihn, angezogen von seiner muskulösen Nähe und seinem warmen Körper wie von einem Leuchtfeuer, dem ich offenbar nicht widerstehen konnte.

Nicht einmal, wenn ich es versuchte.

Ich war mir nicht sicher, was ich über Slades liebevolles Verhalten denken sollte, aber es gefiel mir. Sehr sogar.

»Ich bin froh, dass es dir gut geht«, sagte er und ein winziges Lächeln umspielte seine Lippen.

»Ich bin am Leben«, murmelte ich an seiner Brust und fühlte mich so lebendig wie seit Monaten nicht mehr. Vielleicht sogar seit Jahren. »Nur ramponiert.«

Er umarmte mich fester und ihm entschlüpfte ein gequälter Laut. Ich fragte nicht nach. Er hätte mir sowieso nichts dazu gesagt. Stattdessen genoss ich es einfach.

Und so blöd ich es auch fand, dass Slade sich wie mein Leibwächter aufspielte, konnte ich doch nicht leugnen, wie sehr es mir insgeheim gefiel, dass er die Rolle meines Beschützers eingenommen hatte. Es war schon lange her, dass jemand so für mich da gewesen war – sich so um mich gekümmert hatte wie er. Er hielt mich, als wäre ich sein Ein und Alles, so innig und bedacht, dass es geradezu ehrfürchtig wirkte. Das weckte unzählige Emotionen in mir, von Frieden über Geborgenheit, Vertrautheit bis hin zu ... Verlangen.

Letzteres traf mich am härtesten und schickte eine Schockwelle durch meinen Körper. Selbst in der Arztpraxis mitten im Nirgendwo spürte ich es auf eine Art, wie ich es noch nie zuvor empfunden hatte. Es verwirrte mich und brachte alle Alarmglocken zum Läuten. Ich ließ mich nicht mit Bikern ein, und doch wollte ich plötzlich einen.

Ausnahmsweise gestand ich es mir zu und atmete den Duft seines T-Shirts ein, roch die kalte Luft, den Automotor, den Schweiß. Es war seltsam berauschend.

Finger tanzten durch meine Haare, strichen über die nackte Haut an meinem Hals, über meine Wirbelsäule und dann wieder hinauf. Dabei berührte er die ganze Zeit meine Haare, aber seine Finger waren so groß, dass sie sich überall auf mir auszubreiten schienen und ich *zu viel* empfand, aber gleichzeitig nicht genug.

Hinter Slade räusperte sich Jake, und ich erstarrte, weil ich fast vergessen hätte, dass wir nicht allein waren. Slade löste sich als Erster und schaute mir kaum in die Augen, als er sich zu Jake umdrehte, den Arm auf meinen unteren Rücken gelegt, während ich mich wieder auf die Krücken stützte.

Genau. Wir hatten Zuschauer.

Ich trat einen Schritt vor, ignorierte Slades mürrischen Seitenblick und näherte mich Jake. Jake, der gutaussehende Feuerwehrmann, der mit seinen babyblauen Augen und blonden Haaren jede Frau glücklich machen würde. Und mit seinen hübschen weißen Zähnen. Leider mochte ich Männer mit schlechtem Benehmen, jeder Menge Tattoos und dunklen Augen, die versprachen, teuflische Dinge mit einem anzustellen, wenn man es zuließ.

Ich lächelte. Es fiel mir leicht, freundlichen Fremden gegenüber höflich zu sein. »Vielen Dank für Ihre Hilfe.«

Jake neigte den Kopf und errötete. »Kein Problem. Das ist schließlich mein Job, Miss.« Er nickte, nahm den Helm ab und blickte zwischen mir und Slade hin und her. »Meine Schwester hat ein kleines Cottage, in dem Sie übernachten könnten, wenn Sie mögen. Bis der Schneesturm vorüber ist. Kostenlos.«

»Das ist wirklich ...«

»Wir nehmen uns ein Hotel.«

Ich sah Slade stirnrunzelnd an und sagte nichts. Hätte er mich ausreden lassen, hätte ich *genau dasselbe* gesagt. Aber nein. Wie jeder andere Arschloch-Biker wollte er sich sofort einmischen und die Kontrolle übernehmen.

»Sind Sie sicher?«, fragte Jake, der nur mich ansah.

Ich hob das Kinn und fragte mich, was Slade wohl tun würde, wenn ich seine Pläne ignorieren und stattdessen mit Jake gehen würde. Würde er mich einfach hochheben und wegtragen? Mich hinten in ein Taxi werfen, mich ans Bett fesseln und dann ...

Nein. Denk gar nicht dran.

Ich klopfte mir innerlich auf die Schulter, weil ich ruhig geblieben war, obwohl ich sehr unanständige Hintergedanken hatte.

Slade stellte sich neben mich und legte mir die Hand auf den unteren Rücken. Schon wieder. Diesmal wusste ich, dass er Anspruch auf mich erhob – und dazu hatte er kein Recht.

»Wir nehmen uns gern ein Hotel.« Doch um meinen Bodyguard zu ärgern, fügte ich hinzu: »Aber könnten Sie uns an einem Hotel absetzen?«

Jake lächelte. »Sehr gern.« Dann nickte er Slade zu und in seinem Blick lag eine deutliche Warnung: *Ich behalte Sie im Auge.*

Ich verdrehte die Augen. Männer und ihre riesigen Egos.

»Heute Nachmittag soll es wieder schneien«, fuhr Jake fort.

»Wir sollten Ihnen also besser gleich eine Unterkunft besorgen. Es sind weitere dreißig Zentimeter vorhergesagt. Vielleicht mehr. Der Wind wird nicht ganz so schlimm, aber für unangenehme Straßenverhältnisse wird es immer noch reichen.«

»Scheiße«, knurrte Slade leise und machte einen Schritt auf die Tür der Praxis zu.

»Ist wirklich alles in Ordnung?« Jake erschreckte mich, als er mir eine weiche Hand auf den Arm legte, kurz nachdem Slade hinausgegangen war. Ich erstarrte, die Berührung war mir unangenehm. Er war gutaussehend und freundlich, aber ich fand ihn absolut nicht anziehend.

»Ja. Er ist nur frustriert.« Ich schaute durch die Glastür. Slade legte den Kopf in den Nacken und sah zum Himmel hinauf. Seine Augen waren geschlossen, als würde er beten. Vielleicht bat er auch um Geduld, oder darum, nicht länger mein Bodyguard sein zu müssen. Der Gedanke, dass wir kurz davor waren uns anzufreunden, nur um durch meinen Sarkasmus wieder auseinandergetrieben zu werden, versetzte mir einen Stich.

Das einzige Hotel in der Stadt, das nicht ausgebucht war, war alles andere als ein Holiday Inn oder Hilton. Es wirkte eher, als wären wir mit einer Zeitmaschine in die Siebzigerjahre versetzt worden. Die Lobby war sehr retro – *alles* war neongrün oder violett – und im Zimmer selbst sah es auch nicht viel besser aus.

»Du kannst das Bett nehmen«, sagte Slade, der unsere Taschen auf eine Kommode aus Ahornfurnier fallen ließ und den die Unterkunft offenbar überhaupt nicht beeindruckte.

Mit offenem Mund schaute ich mich in dem winzigen Zimmer um und verzog beim Anblick des Doppelbetts das Gesicht. Ein Siebzigerjahreblumenmuster, lila und grün, wie alles andere im Hotel. Ich hätte fast damit gerechnet, dass

Barney, der Dinosaurier, aus dem Bad geflogen kam, mit einem Joint im Mund, doch selbst das wäre noch zu stilvoll gewesen. Seit der Abreise aus Kalifornien hatte ich mich nicht in eine Diva verwandelt, aber das Zimmer – und das Hotel im Allgemeinen – war so fürchterlich eingerichtet, dass es einem in den Augen wehtat.

Die zwei einsamen Kissen auf der Matratze waren banannengelb und passten nicht zusammen. Rostbraune Flecken bedeckten die Wand, dazwischen lange Kratzer, die wirkten, als wären sie absichtlich angebracht worden. Der grüne Teppich war eher verfilzt als flauschig, und wo er nicht verfilzt war, fehlte er ganz.

Ich schauderte. Man musste nicht viel Fantasie haben, um sich vorzustellen, was normalerweise in diesem Zimmer vor sich ging.

Slade setzte sich an einen kleinen Tisch, der zur Kommode passte, dann zog er sich die Stiefel und die Socken aus. Ich würde meine Socken heute Nacht ganz sicher nicht ausziehen.

»Muss jemanden anrufen«, murmelte er über die Schulter hinweg. »Warum gehst du nicht heiß duschen?«

Ich verengte die Augen und fragte mich, ob er mich ausschloss, weil er alle Frauen so behandelte, oder weil er etwas verheimlichte und nicht wollte, dass ich zuhörte. Wie dem auch sei, die Versuchung, ein Bad zu nehmen, war zu groß, als dass ich ihr hätte widerstehen können.

»Gut, dann mache ich das.«

Überraschenderweise war das Bad in besserem Zustand als alles andere im Hotel. Natürlich war die Badewanne neongrün, aber sie wirkte sauber. Ich beugte mich, so gut es ging, auf Krücken darüber, und suchte nach Schamhaaren oder Schlimmeren, konnte aber zum Glück nichts entdecken.

Schließlich entschied ich mich für eine Dusche, anstatt mir ein Schaumbad einzulassen. Trotzdem musste ich dafür in die

Badewanne steigen, was sich leider als ziemlich schwierig erwies.

Mithilfe der Krücken richtete ich mich auf. Irgendwie gelang es mir, auf den Füßen zu landen, wenn auch ein wenig wackelig, und schließlich schaffte ich es in die Wanne. Doch als ich das Wasser aufdrehte, brach die Hölle los. Die Art von Hölle, die nur ein Biker beheben konnte, der mich ziemlich sicher abgrundtief hasste.

Mist.

ELF

SLADE

»Wo bist du?«, bellte Flick am anderen Ende der Leitung.

»In einer Kleinstadt in Colorado. In einem Hotel.«

»Himmel, Slade. Ihre Mom macht sich schreckliche Sorgen.«

Wenn ich geraucht hätte, wäre jetzt der Zeitpunkt, eine aus dem Päckchen zu holen. Stattdessen tippte ich mit dem Notizblock auf den Tisch. »Es ist etwas passiert. Aber uns geht's gut.«

»Ist dir irgendjemand Verdächtiges begegnet? Abtrünnige Red Dragons, die mit Pops in Verbindung stehen könnten?«

»Nein.« Es sei denn, man wollte den Feuerwehrmann als *verdächtig* bezeichnen.

Ich bekam das Bild nicht aus dem Kopf, wie er Maya in der Arztpraxis mit seinen Blicken ausgezogen hatte. Ein Mann, der sich auf den ersten Blick verliebte, war die gefährlichste Sorte. Außerdem hatte er immer wieder Andeutungen fallen lassen, dass er auf sie stand. Dass er mich im Wartezimmer unbedingt über sie ausfragen musste, hatte mich auf die Palme gebracht.

Woher kommt sie?

Sind Sie ein Paar?

Sie ist wirklich hübsch. Ich würde sie gern zum Essen einladen, wenn das für Sie okay wäre.

Das war für mich nicht okay, verdammt. Sobald er es ausgesprochen hatte, hatte ich genug von dem Scheiß gehabt und ihm gesagt, wir wären zusammen. Er hatte nicht überzeugt gewirkt, aber ich konnte gut mit Worten umgehen und hatte einen höllischen Todesblick, sodass er bald aufgegeben hatte und auf Abstand gegangen war.

»Wann könnt ihr denn weiterfahren?«, fragte Flick.

»Alle Straßen sind gesperrt, heute können wir nirgendwo hin. Der Mietwagen ist kaputt, wir müssen also auf einen neuen warten. Hoffentlich morgen.«

»Ihr hättet einfach am Flughafen bleiben sollen, verdammt.«

Wie die Nichte, so der Onkel.

Seine Worte machten mich so wütend, dass ich fast behauptet hätte, der Empfang sei schlecht, und aufgelegt hätte. Doch dann warf er mir ein Geständnis an den Kopf.

»Wir haben Probleme, Junge. Größere, als du dir vorstellen kannst.«

Ich erstarrte. »Was meinst du mit *Problemen*? Pops?«

»Ja.« Er räusperte sich und fuhr fort: »Er arbeitet nicht mehr allein. Der Wichser hat Hilfe.«

»Wen?« Ich rieb mir über den Mund und erwartete, dass es weitere Abtrünnige waren, junge Leute, die er in seinen engsten Kreis aufgenommen hatte, nur um uns zu erledigen. Doch mit seiner Antwort hatte ich überhaupt nicht gerechnet.

»Mayas alten Herrn.«

Mir blieb das Herz stehen – wirklich, es blieb stehen. Denn Mayas alter Herr war der Vice President des Forsaken Motorradclubs in Arizona. Sein Clubname war Satan. Und er war noch schlimmer als Pops.

»Woher weißt du das?« Mein Blick wanderte automatisch

zur Badezimmertür, und blinde Wut ergriff mich. Die Art, die sagte: *beschützen, beschützen, beschützen,* koste es, was es wolle.

»Ich kenne einen Typen im Süden von Texas. Leitet dort einen Motorradclub. Anscheinend hat er Wind davon bekommen. Die genauen Details weiß ich nicht, aber ich weiß, dass irgendetwas im Busch ist.«

Seufzend senkte ich das Kinn auf die Brust. »Soll ich es ihr sagen?«

»Nein. Das übernehme ich. Du sorgst nur für ihre Sicherheit. Und bringst sie her.«

»Ja, in Ordnung.« Ich seufzte. Wenn ›für ihre Sicherheit sorgen‹ bedeutete, in einen Graben zu fahren, nur damit sie sich ihr Knie verletzte, hätte ich wohl eine Ehrenmedaille verdient.

Nach dem Gespräch stand ich auf und lief im Zimmer hin und her. Mit jedem Schritt verknotete sich mir der Magen noch mehr und vor lauter Angst fiel es mir schwer, einen klaren Gedanken zu fassen. Ich hatte keine Angst um mich, sondern um Maya. Und das war etwas völlig anderes.

Sie ist ein Job. Wie jeder andere.

Aber mein Unterbewusstsein behauptete etwas anderes.

»Äh, Slade?«, sagte Maya kurz darauf aus dem Bad und ich ging zur Tür und blieb davor stehen.

»Was?« Ich legte die Hand auf den Türknauf und wollte sie schon öffnen, als mir einfiel, dass sie wahrscheinlich nackt war und nass und …

Denk gar nicht dran, du Mistkerl.

Eine Minute verging und stellte meine Geduld auf die Probe.

»Könntest du mir vielleicht helfen?«

»Wie denn?«

»Ich komme nicht mehr aus der Dusche raus.«

Ich schlug mit der Stirn gegen die Tür. Dass jetzt ausgerechnet so etwas passieren musste …

»Es liegt an meinem Knie«, fuhr sie fort. »Ich dachte, ich

könnte in der Dusche stehen und jetzt komme ich nicht mehr hoch.«

»Alles klar.« Ich holte scharf Luft und drehte den Knauf. »Ich komme jetzt rein.«

Sie antwortete nicht, aber ich hörte sie fluchen. Irgendetwas klirrte, Plastik auf Metall, und als ich eintrat, wusste ich auch, was es war. Ein neongrüner Duschvorhang war zur Hälfte von der Stange gerutscht und bedeckte die nackte Maya in der Wanne. Ich blinzelte und nahm den Anblick in mich auf. Die Dusche war noch an und das Wasser lief ihr über die Beine und den Duschvorhang und mehr als die Hälfte landete auf dem Boden.

»Meine Güte«, murmelte ich leise, stürzte zu ihr und schaltete die Dusche ab, schüttelte mir das Wasser von den Händen und sah mich um. »Wo sind die Handtücher?«

Sie errötete und zuckte mit den Schultern. Die durchnässten schwarzen Haare klebten ihr am Gesicht und ich bemerkte sofort, dass sie den roten Zopf herausgenommen hatte. Bevor ich ihr helfen konnte, rutschte der Duschvorhang nach unten und entblößte ihre Brust. Schnell sah ich zur Decke und betete um Selbstbeherrschung.

Das war einfach nicht fair. Ganz und gar nicht. Es war schon schwer genug, ihr angezogen zu widerstehen, wie zur Hölle sollte ich das schaffen, wenn sie *nackt* war?

»Ich habe nicht nachgedacht.« Sie seufzte frustriert.

Ich rieb mir mit der Hand über den Mund, dann ließ ich sie sinken. »Offensichtlich.«

»Du musst dich deshalb nicht wie ein Arsch verhalten. Mir war kalt und ich hatte Schmerzen und außerdem hast *du* gesagt, ich solle duschen gehen.«

»Du bist ganz aufgeweicht und das Wasser ist eiskalt.« Ich blickte sie an und war dankbar, dass sie sich wieder bedeckt hatte. »Warum hast du nicht schon früher nach mir gerufen?«

»Ich wollte nicht.« Sie presste stur die Lippen zusammen,

aber ihre Wangen waren nun noch röter als zuvor. »Und es war ja auch nicht schwer, *in* die Wanne zu kommen, ich konnte bloß die Krücken nicht mitnehmen, deshalb habe ich sie losgelassen. Als das Stehen zu anstrengend wurde, musste ich mich hinsetzen und na ja … jetzt sitze ich hier.« Sie senkte den Kopf und wirkte in etwa so erschöpft, wie ich mich fühlte.

»Alles klar. Wie sollen wir es machen? Soll ich dich einfach hochheben? Oder dir deine Krücken geben?«

Sie kaute einen Moment auf ihrer Unterlippe. »Könntest du dich hinter mich stellen und mir so beim Aufstehen helfen? Ich versuche, mich in den Duschvorhang einzuwickeln, denn das einzige Handtuch weit und breit ist wohl das da.« Sie zeigte auf den Boden. Ich entdeckte ein weißes Etwas, das man kaum als brauchbar bezeichnen konnte. Es sah aus, als wäre es in einen Eimer Heißkleber getaucht worden.

Ich hörte Wasser spritzen, dann zischte sie vor Schmerz. Das Geräusch reichte aus, um mich zurück auf den Boden zu holen, weg vom Egoismus, der meine Schwäche und Verlangen nach ihrem Körper ausnutzte.

»Ich schaue nicht hin«, sagte ich und meine Stimme brach. »Nimm meine Hand.«

Sie blickte auf meine Finger, die rissig und vernarbt und voller Öl und Dreck waren. Die Hände von jemandem, der in seinem Leben einige schlimme Sachen getan hatte. Sachen, die ich mir vor langer Zeit nicht zugetraut hätte.

Als sie nicht sofort zugriff, verlor ich die Geduld und schüttelte meine Hand. »Jetzt nimm schon. Ich beiße auch nicht.«

Sie runzelte die Stirn, tat aber schließlich wie geheißen, und nutzte meinen Arm und meine Schulter als Stütze, um sich aufzurichten, sodass ich mich hinter sie stellen konnte. Wasser tropfte auf meine Sachen, auf den Boden bei meinen Füßen, aber ich wandte den Blick nicht von ihrem Gesicht ab.

»Gott, tut das weh.« Eine Träne lief ihr über die Wange,

doch bevor ich sehen konnte, wo sie landete, drehte sie sich von mir weg.

Ich biss die Zähne zusammen, weil ich es nicht ertragen konnte, sie so leiden zu sehen. »Nur verstaucht, was?«

Ungeduldig legte ich ihr einen Arm unter die Oberschenkel und den anderen um den Oberkörper. Überraschenderweise wehrte sie sich nicht. Ihr Schmerz musste ihren Willen nach Unabhängigkeit ziemlich unterdrückt haben.

Weil ich wusste, wie das war, beschloss ich, das Arschloch zu zähmen und der Mann zu sein, den sie brauchte, bis sie wieder zu Hause war. Denn wenn es ihr schlecht ging, ging es mir auch schlecht. Warum? Dafür hatte ich keine Erklärung, bis auf die Tatsache, dass es wohl dazugehörte, wenn man ein warmes Herz hatte, das aber meistens in einem Eisblock eingeschlossen war.

Ich ignorierte, wie sich ihre weiche Haut anfühlte, wie perfekt sie in meine Arme passte, drückte sie so eng an mich, wie ich konnte, und zog den Duschvorhang noch etwas höher. Wasser tropfte an meiner Jeans hinab, durchnässte mein T-Shirt, aber es war mir egal, solange sie nur bedeckt war.

»Ist dir kalt?« Sie kicherte und legte mir die Hand auf einen Brustmuskel und tätschelte ihn. Als ich hinunterblickte, zeichnete sich mein harter Nippel unter meinem T-Shirt ab.

Ich knurrte und verzog die Lippe, während ich sie ins Zimmer trug.

»Ach, sei doch nicht so grummelig«, neckte sie. »Weißt du, was man über Männer mit harten Nippeln sagt?«

»Wir reden nicht über meine Nippel, hörst du? Das ist total seltsam.«

Sie kicherte wieder. »Wäre dir deine Schuhgröße lieber?« Sie zwinkerte mir zu und auch wenn ich es nicht wollte, musste ich grinsen.

»Du bist verrückt.« Ich brachte sie zum Bett.

»Das habe ich schon öfter gehört.«

Ich auch, hätte ich am liebsten gesagt, verkniff es mir aber.

Beim Bett angekommen war mein Schwanz schon wieder verdammt hart – auch wenn ihre lustige Seite zum Vorschein kam. Bevor ich sie absetzte, sah ich sie an und die Augen, von denen ich so lange geträumt hatte, waren wieder auf mich gerichtet.

Sie hatte die Stirn gerunzelt, als versuche sie, mich zu verstehen, mich zu enträtseln.

Es gefiel mir nicht und ich setzte sie ab und wandte mich um. »Ich hole dir deine Sachen.«

Ich ballte die Fäuste, um mich nicht wieder umzudrehen, ihr Gesicht zu umfassen und diese Lippen zu küssen, die ich so anziehend fand wie Glühwürmchen ein Licht an einem dunklen Sommerhimmel. Die Schwierigkeiten, die eine Frau mit sich brachte, konnte ich gerade nicht gebrauchen. Schon gar nicht bei einer Frau, die mich zweifellos noch kaputter zurücklassen würde als beim letzten Mal, als sie mich verlassen hatte.

Das erste, was ich in ihrem Koffer fand, waren Leggings – die hatte ich im Auto wohl übersehen. Dann kamen ein altes T-Shirt, ein schwarzer BH und der knappste, tiefschwarze Slip, das ich je gesehen hatte, zum Vorschein.

Langsam strich ich mit dem Daumen über den spitzenbesetzen Saum, während ich ihr die Sachen brachte. »Hier.«

Unsere Finger berührten sich, als sie die Hand nach ihren Klamotten ausstreckte.

»Danke.«

Ich nickte und räusperte mich. »Dann lasse ich dich mal ein paar Minuten allein.«

»Warte.« Bevor ich mich umdrehen konnte, packte sie mein Handgelenk.

Ich sah auf ihre Hand, die perfekt manikürten Finger, die weiche Haut ... Ihr Tattoo war das Einzige, was ihren Körper verunstaltete, aber es wirkte nicht deplatziert, es passte gut zu ihr. Ein wenig Dunkelheit auf unberührter Haut, vermutlich ein Spiegelbild ihrer Vergangenheit.

»Warum ein Vogel?«, fragte ich und berührte mit dem Daumen seinen Stacheldrahtflügel. »Warum Stacheldraht?«

Während sie sprach, bekam ich eine Gänsehaut. »Es bedeutet, in Freiheit gefangen zu sein.«

Ich sah sie stirnrunzelnd an. »Das macht keinen Sinn.«

Sie zuckte die Schultern und runzelte gleichzeitig die Stirn. »Ich bin frei, aber ich habe nie das Gefühl, ohne schlechtes Gewissen leben zu können.«

»Du hast einen Grund, dich schuldig zu fühlen?«

Sie nickte und sagte: »Sogar ziemlich viele.«

Sie lehnte den Kopf zurück und blickte mich wieder an. Ruhig. Geduldig. Neugierig. Drei weitere Bedrohungen, die ich nicht an mich heranlassen durfte.

»Was?«, fragte ich und versuchte, mein Unbehagen zu unterdrücken. Ich konnte nicht ertragen, wie frisch meine Gefühle waren, jetzt, wo wir wieder zusammen waren, auch wenn sie nicht wusste, wer ich war.

Sie schüttelte den Kopf, entschied sich gegen das, was ihr durch den Kopf ging und sagte: »Wahrscheinlich brauche ich Hilfe beim Anziehen.«

Ich erstarrte.

»Ich kann mein Knie kaum bewegen und es wird bestimmt schwierig, Unterwäsche und eine Leggings anzuziehen.«

Wie schon im Badezimmer legte ich den Kopf in den Nacken und schaute zur Decke. Machte sie das mit Absicht? »Aber dann zieh dir wenigstens zuerst deinen BH an.«

»Das kriege ich hin.«

Während ich mich umdrehte und wartete, raschelte der Duschvorhang. Kurz darauf räusperte sie sich.

»Hast du was an?«, fragte ich.

»Mh-hm.«

Ich atmete durch die Nase ein, drehte mich um und machte

große Augen, als ich ihre Brüste sah. »Das ist doch kein BH, Maya. Himmel.«

Sie runzelte die Stirn und sah auf ihr durchsichtiges Foltergerät. Es war ein Foltergerät, weil es genau das mit meinem Schwanz anstellte. Schwarz und teuflisch. Es war nicht zum Bedecken gedacht, sondern zum Verführen. Ich hatte mir solche Sorgen um ihren Slip gemacht, dass ich auf den BH gar nicht geachtet hatte.

»Du hast ihn ausgesucht, nicht ich.« Sie verengte die Augen, wahrscheinlich erwartete sie meine Retourkutsche, doch es kam keine. Stattdessen entschied ich, ihr meine gefährliche Seite zu zeigen und mit dem Feuer zu spielen. Die Art Feuer, von dem sich ein Mann nicht fernhalten konnte, wenn es um einen Körper wie ihren ging.

Es war die Art Feuer, an der ich mich verbrennen wollte.

Ich leckte mir über die Lippen und vergaß, dass ich nichts mehr mit ihr zu tun haben wollte, und erlaubte mir, ihren BH und alles, was er zur Schau stellte, zu begutachten. Boshaftigkeit brodelte in meinen Adern und ich zeigte Sebastian den Mittelfinger und genoss jede Sekunde meiner sorgfältigen Betrachtung. Unter meinem Blick wurden ihre Brustwarzen, umgeben von üppiger, cremefarbener Haut, unter dem Stoff hart.

Ich grinste und beschloss, ein bisschen mit ihr zu spielen. »Wem ist hier jetzt kalt?«

Sie verschränkte die Arme unter ihren Brüsten und drückte sie nach oben. Bei ihrem Anblick hätte ich beinahe gestöhnt, mein Grinsen verschwand und ich wünschte mir nichts sehnlicher, als ihre Nippel zu befreien und daran zu saugen, bis sie ganz geschwollen waren.

»Hilfst du mir jetzt, mich anzuziehen, oder willst du mich die ganze Nacht anglotzen?«, neckte sie zurück und zog eine Augenbraue hoch.

Die Lippen zu einer dünnen Linie gepresst, wartete ich und wartete ... und ich wusste nicht einmal, *worauf.*

Maya verdrehte die Augen, schnappte sich ihr T-Shirt und zog es sich an, aber der dünne Baumwollstoff half auch nicht, ihre harten Nippel zu verdecken.

»Besser so?«

Ich knurrte zur Antwort.

Als ich einen Schritt auf sie zukam, runzelte sie die Stirn. »Du ... bist anders als all die anderen Arschloch-Biker, mit denen ich zu tun hatte.«

»Das hast du schon gesagt«, erwiderte ich.

Sie griff nach ihrem Slip und zog ihn sich über das gesunde Bein. »Es stimmt aber.«

»Ich bin nicht anders.« Zumindest musste sie nichts davon wissen.

Der Teil, den Maya vor so langer Zeit von mir bekommen hatte, über diesen Teil sprach sie. Der ihr allein gehört hatte. Ich hatte ihr mehr Chancen als *irgendjemandem* sonst gegeben, mich als Sebastian zu haben, aber sie hatte mich weggestoßen.

»Doch, bist du. Du bist einer von den Guten, Slade. Das erkenne ich, wenn ich dich ansehe.« Sie senkte die Stimme und lächelte schief. »Und wenn du mich ansiehst, spüre ich es auch.«

Ich kniete mich vor ihr auf den Boden, schnappte mir die andere Seite ihres Slips, um ihr dabei zu helfen, ihn über ihr verletztes Bein zu streifen. »Du hast keine Ahnung, wer ich bin.«

»Und genau da liegst du falsch, glaube ich.« Sie riss mir den Saum aus der Hand und versuchte, sich selbst anzuziehen – scheiterte aber. »Ich habe eine gute Menschenkenntnis. Und du? Du versteckst alles. Warum?«

Weil du mich zu diesem Menschen gemacht hast!, schrie ich innerlich.

»Ich bin anders als die Biker, die du kennengelernt hast,

aber nur aus einem Grund: Ich lasse mir nichts gefallen, und schon gar nicht von Ausreißerinnen, die meinen, die Welt sei ihnen etwas schuldig.«

Als ich ihr endlich den Slip über das Knie gezogen hatte, zitterten mir die Hände. Ohne zu fragen, schnappte ich mir danach ihre Leggings und zog sie ihr über, ohne sie auf meine ruckartigen Bewegungen vorzubereiten.

»Stopp. Mein Knie!«, schrie sie so laut, dass ich auf meinen Hintern plumpste.

»Scheiße. T-tut mir leid.« Voller Gewissensbisse zog ich ihr die Leggings sofort wieder aus. Sie ließ mich gewähren und legte sich, ohne zu zögern, zurück auf das Bett und schniefte laut.

Gott, ich war so ein Arsch.

Ich dachte nicht länger an halbnackte Brüste und verheimlichte Vergangenheiten, sondern betrachtete ihr geschwollenes Knie und fuhr mit dem Finger über den großen Bluterguss unter ihrer Haut. Er sah nicht viel anders aus als vorher, aber ich war kein Arzt.

»Ich hole dir etwas Eis.« Ich stand wieder auf.

Sie nickte nicht einmal.

Fünfzehn Minuten später hatte ich mir an der Rezeption eine Tüte erbettelt und etwas Eis bekommen. Als ich zurückkam, war es leise im Zimmer. Sie schluchzte und schniefte nicht mehr, aber sie war immer noch wach und schaute an die Decke, in derselben Position, in der ich sie verlassen hatte.

Ich setzte mich neben sie und legte ihr den Beutel mit Eis auf das nackte Knie.

Sie zog scharf die Luft ein und schlug meine Hand weg. »Handtuch. Bitte.«

»Tut mir leid«, sagte ich verlegen.

Ich schnappte mir das furchtbare Handtuch aus dem Badezimmer und legte es auf ihr Knie, bevor ich das Eis darauf platzierte. Unsicher, was ich sagen sollte, hielt ich es dort fest. Maya machte sich auch nicht die Mühe, das Schweigen zu brechen.

»Wir müssen morgen früh sofort los. Du brauchst eine zweite Meinung«, brachte ich schließlich hervor. Ohne nachzudenken, strich ich mit den Fingerspitzen seitlich über ihre Kniescheibe, hin und her, auf und ab.

»Was ist mit den Straßen und dem Auto?«, flüsterte sie und zitterte ein bisschen.

»Ich überlege mir was. Ich weiß nur, dass wir nicht hierbleiben und Unsinn machen können.«

»Unsinn machen?« Sie lachte bitter. »Das tun wir also deiner Meinung nach?«

»Äh, nein. Aber die Sache mit dem Bad ...«

»Nur weil *du* dich nicht wäschst, heißt das ja nicht, dass ich es auch nicht darf.« Ihre Augen wurden rot, genau wie ihre Wangen.

Ich ließ den Kopf hängen. Gott, offenbar erwischte ich heute ein Fettnäpfchen nach dem anderen. »Tut mir leid.«

»Ja. Klar. Wie du meinst.«

Ihr Sarkasmus ließ mich zusammenzucken, aber ich sagte nichts. Ich war kein Mann der vielen Worte mehr. Meine Geschichten und Gedanken waren irgendwo in meinem Kopf verloren, so wie es aussah, zusammen mit meiner Fähigkeit, ein anständiger Mensch zu sein.

Das Bettgestell quietschte, als sie mir den Rücken zuwandte, und die Beine über die andere Seite des Bettes hievte. Sie schnaufte und keuchte, als sie nach ihren Krücken angelte, und ich hätte ihr beinahe meine Hilfe angeboten, doch dann hätte sie mich bestimmt in Stücke gerissen.

Auf dem Weg um das Bett herum schlugen ihre Krücken dumpf auf dem Boden auf. Sie holte mehrfach scharf Luft und ich zuckte zusammen und wünschte, ich könnte meine

Emotionen ignorieren und den ganzen Scheiß hinter mir lassen. Meine Verbitterung. Meine Wut. Und vor allem die schwelenden Gefühle für sie, die nicht so tief vergraben waren, wie ich gehofft hatte.

»Im Ernst«, fing sie wieder an. »Du kannst dich nicht wie ein arrogantes Arschloch verhalten und erwarten, dass ich das ignoriere. Ich habe in meinem Leben oft genug mit Bikern und egoistischen Männern zu tun gehabt, um zu wissen, wie …«

Sie kreischte auf, verlor das Gleichgewicht und fiel vornüber auf mich drauf. Ich fing sie auf, mit einem Arm um ihre Taille gelegt, und zog uns beide rückwärts auf das Bett.

Sie legte die Stirn auf meine Brust und stöhnte leise.

Für eine Sekunde bewegte sich keiner von uns, geschweige denn atmete. In dieser Haltung wäre es so einfach gewesen, alles zu vergessen und loszulassen, nur für eine Nacht. Sie zu nehmen, wie ich es mir schon so lange wünschte. Aber Fehler sollte man nicht zweimal machen, und ich würde mich ganz sicher nicht noch einmal gegen das Schicksal stellen. Es war zu mächtig und wusste, was es tat. Nur wegen meines Schwanzes durfte ich es nicht ignorieren.

Ich rollte sie von mir herunter und auf die Seite, aber bevor ich etwas Abstand zwischen uns bringen konnte, packte sie mein Hemd und drückte ihr Gesicht an meine Brust und schimpfte über meine *blöden harten Muskeln,* mein *blödes Grübchen* und meine *blöden hübschen Lippen.*

Mein Mund verzog sich zu einem schiefen Grinsen, mein Herz hüpfte – denn es gefiel mir, dass sie mich anziehend fand. »Nettes Vokabular.«

Sie zog sich zurück, um mich anzusehen, und verschluckte, was sie hatte sagen wollen. Stattdessen fand sie eine Art Trost in meinem Mund und meinen Lippen, sah auf sie herab, als enthielten sie alle Antworten auf ihre Gebete. »Du lächelst wieder.« Sie blinzelte und ihre Stimme klang ehrfürchtig.

Von der Taille abwärts blieben wir aneinandergepresst, aber

als ich ihre geweiteten Sternenaugen ansah, die sich von Gold zu Grün veränderten, hätte ich fast meinen eigenen Namen vergessen, ganz zu schweigen davon, wie nah wir uns waren.

Ich überraschte sogar mich selbst, indem ich mich langsam vorbeugte und tat, was ich mir so lange nicht erlaubt hatte.

Ich drückte meine Stirn an ihre.

»Maya«, hauchte ich. »Du bist ...« *Wunderschön.* Ich wollte nichts sehnlicher, als dieses Wort zu sagen. Denn es stimmte. So verdammt schön. Aber damit würde ich uns auf einen falschen Weg bringen – einen Weg, der für uns beide holprig werden würde.

Trotzdem, meine Finger – zu neugierig für ihr eigenes Wohl – wanderten nach oben und über ihre Taille. Ich erlaubte mir, den Klang ihrer schweren Atemzüge zu genießen. Ich schob meine Handfläche auf ihren Rücken, unter ihr T-Shirt und an ihre Wirbelsäule. Wenn ich sie so in meiner Nähe hielt und der Chemie zwischen uns nachgab, würde es explosiv werden. Episch. *Alles.*

Doch dann würde sie herausfinden, wer ich war, und na ja ... ich wäre ein mieses Arschloch, wenn ich sie jetzt als Slade vögelte und mich später als der Mann zu erkennen gab, für den sie sich damals zu *schade* gewesen war.

»Tut mir leid, dass ich mich so mies verhalten habe.« Ich seufzte und beließ es dabei. »Ich habe grad viel um die Ohren.«

»Mir tut es auch leid«, flüsterte sie, und ihre Finger glitten durch die Haare an meinem Hinterkopf. »Ich habe in letzter Zeit viel durchgemacht und du, na ja, du warst ein leichtes Ziel.«

»Ja«, sagte ich und leckte mir über die Lippen. »Aber ich bin auch kein Engel.«

Sie seufzte und ihre Lider senkten sich schläfrig. »Du kannst es wiedergutmachen, indem du mich unter die Decke steckst, denn wenn ich nicht bald etwas Schlaf bekomme, werde ich noch zum Zombie.«

Mit zugeschnürter Kehle nickte ich, löste mich von ihr und half ihr unter die Decke. Ich legte das Handtuch mit dem Eis zurück auf ihr Knie und deckte sie zu. Doch bevor ich aufstehen konnte, schnappte sie sich meine Hand.

»Slade?«

»Ja, My?«

Bei meinem Spitznamen wurde ihr Blick ganz sanft und sie wartete kurz, bevor sie etwas fragte, womit ich überhaupt nicht gerechnet hätte. »Würdest du ... dich zu mir legen?«

Ich erstarrte und wurde in eine Zeit zurückkatapultiert, die ich nicht noch einmal erleben wollte. In eine Zeit, von der ich nie gedacht hätte, dass ich sie noch einmal erleben *würde*. Doch je länger ich sie ansah und beobachtete, wie ihre Wangen durch mein Schweigen immer röter wurden, desto mehr schwand meine Entschlossenheit.

»Ich habe manchmal ziemlich beschissene Albträume«, fuhr sie fort und fummelte an der Decke herum. »Vor allem in unbekannten Betten und ...« Sie bedeckte das Gesicht. »Ach. Egal. Ich hätte nicht fragen sollen.«

Mein Hals brannte, die Erinnerungen nagten an mir und warnten mich, dass es eine bescheuerte Idee war, so etwas auch nur in Erwägung zu ziehen. Aber genau wie damals, als ich siebzehn und ahnungslos gewesen war, konnte ich ihr nicht widerstehen.

Doch als ich diesmal neben ihr lag, hätte der Abstand zwischen uns nicht größer sein können.

ZWÖLF

SLADE

Wir verließen die kleine Stadt am nächsten Tag gegen Mittag. Das Mietauto war dank meiner überragenden Fahrkünste ein einziger Schrotthaufen. Ich wäre auch in die nächste Stadt gefahren, um ein neues Auto zu besorgen, aber während ich unter der Dusche stand, hatte Maya ihren lieben Freund Jakey angerufen, der uns nur allzu gern nach Denver zurückfahren wollte. Als ich gefragt hatte, warum wir dorthin mussten, meinte Maya, sie habe uns am Hoteltelefon Zugtickets gebucht.

Ich war alles andere als begeistert von der Idee. Im Zug waren wir ungeschützt, jeder könnte sich eine Fahrkarte besorgen und uns verfolgen.

Außerdem hatte ich nicht viel Lust mit Mys neuem *Freund* zu fahren. Aber in puncto Transportmöglichkeiten waren wir gerade ziemlich aufgeschmissen, denn die Flughäfen waren geschlossen und ich hatte nicht vor, mich so bald wieder hinters Steuer zu setzen.

Der wichtigste Highway war einigermaßen geräumt, aber *Jake* meinte, die meisten Seitenstraßen und Ausfahrten wären noch zugeschneit. Selbst in seinem großen Truck brauchten wir anderthalb Stunden für den Rückweg, der normalerweise vierzig Minuten dauerte. Zum Glück schlief Maya die meiste Zeit. Ich hätte mir nicht anhören wollen, wie sie und Mr Pretty Boy die ganze Zeit flirteten.

Ich machte mir nicht die Mühe, selbst mit dem Kerl zu reden, und er war offensichtlich auch nicht dazu aufgelegt. Aber das war in Ordnung. Ich hatte keinen Bedarf an neuen Freunden.

Wir kamen um kurz vor zwei am Bahnhof an. Der Zug fuhr um drei, wir mussten also noch eine Stunde warten. Maya saß total verschlafen in der Nähe auf einer Bank, während ich zum Schalter ging und unsere Fahrkarten holte.

»Ich möchte zwei Tickets auf den Namen Davenport abholen«, sagte ich der Mitarbeiterin und blickte über meine Schulter zurück, während ich darauf wartete, dass die Dame sie ausdruckte. Maya saß noch da, wo ich sie zurückgelassen hatte ... aber sie war nicht allein. Jake war mit reingekommen, und als er sich neben sie setzte kam er ihr unangenehm nahe. Zum Glück sah sie nicht sehr begeistert aus.

»Möchten Sie ein Upgrade auf ein Schlafabteil, Sir?«, fragte die Mitarbeiterin.

Ich wandte mich ihr wieder zu und sagte: »Ja, von mir aus.« Dann gab ich ihr etwas Bargeld, da es mich nicht mehr interessierte, wie viel das alles kostete.

Wir würden in Osceola, Iowa, aussteigen, weil die Großeltern von Hawks Freundin in der Nähe lebten. Sie hatten uns angeboten, eine Nacht bei ihnen unterzukommen. Am nächsten Morgen würden wir mit einem neuen Mietwagen den restlichen Weg zurücklegen, denn der Schnee hatte sich nach Süden verlagert und würde nicht in Richtung Illinois ziehen.

Mit den Fahrkarten in der Hand drehte ich mich um und wollte zu Maya und ihrem neuen Prince Charming zurückgehen. Maya grinste den Kerl an und ihr Gesicht glühte beinahe, als er irgendetwas sagte. Ich beobachtete mit verengten Augen, wie er eine ihrer Hände nahm und als er ihre Finger an die Lippen führte, verkrampfte sich mein Magen.

Mistkerl, murmelte ich leise und ging zu ihnen hinüber, denn ich hatte keinen Bock mehr auf seine Spielchen. Mein Herz hämmerte mir in den Ohren wie eine Trommel, ein rhythmisches Dröhnen, das sagte: *meine, meine, meine ...* Auch wenn sie das nie sein würde.

Ich ließ meine Tasche links neben Maya fallen. Durch den dumpfen Aufprall sprang Jakey-Boy auf. Ich musste schmunzeln, und Maya warf mir einen bösen Blick zu.

»Hat mich gefreut, Sie kennenzulernen«, sagte Jake und streckte mir die Hand entgegen.

Ich hob das Kinn. Er sollte sich an diesen Augenblick erinnern, denn wenn er Mayas Haut je wieder mit seinen Lippen berührte, würde ich ...

Halt die Klappe, Blödmann.

Ich atmete durch die Nase ein und sah trotz meiner inneren Stimme auf seine Finger. Seriös und gut. Sauber und ordentlich. Stand Maya jetzt auf solche Typen?

Ich wollte nicht wissen, ob ich recht hatte, schaute immer noch spöttisch auf die zitternden Finger des Kerls und hätte ihm am liebsten gesagt, er solle zur Hölle fahren, als Maya mir gegen das Schienbein trat. Ich verdrehte die Augen, schluckte aber meinen Stolz hinunter, schüttelte ihm die Hand und blieb ruhig.

»Auf Nimmerwiedersehen«, murmelte ich leise, als er gegangen war, und setzte mich neben Maya.

»Bist du heute mit dem falschen Fuß aufgestanden, oder was?« Maya verdrehte die Augen.

Jeder Morgen mit dir in meinem Bett ist ein schlechter Morgen, lag mir auf der Zunge, aber ich wollte mich nicht mit ihr streiten und zuckte stattdessen nur mit den Schultern.

Maya presste die Lippen zusammen und starrte angestrengt auf ihre Hände. Wahrscheinlich war sie sauer, dass ich den Köder nicht geschluckt hatte und mich nicht mit ihr stritt.

»Hast du Hunger?«, fragte ich und versuchte, nett zu ihr zu sein.

»Ein bisschen.« Sie sah immer noch auf ihre Hände.

Ich lehnte mich zurück, legte den Arm auf ihre Lehne und achtete darauf, sie nicht zu berühren. »Willst du was aus dem Automaten?«

Sie zuckte mit den Schultern und sah aus dem Fenster.

Ohne zu fragen, was sie wollte, ging ich zum Automaten und fand, was ich suchte. Zwei Dollar später legte ich ihr eine Tüte Cheez-Its in den Schoß und mir entging nicht ihr schiefes Lächeln. »Danke«, flüsterte sie und blickte mich unter ihrem roten Zopf hervor an.

Ich kaute auf der Innenseite meiner Wange, dann wandte ich mit einem Brummen den Blick ab.

Grün, so waren ihre Augen heute. Wenn sie den Tränen nahe war, schimmerten sie dunkelbraun, und golden, fast drachenhaft, wenn sie wütend war. Das grüne Funkeln bedeutete, dass sie glücklich war. Ich hasste es, dass ich diese Farbe so mochte, denn sie ließ mein Herz auftauen. Ich hasste ebenfalls, dass ich sie mit einer Tüte Käse-Cracker zum Strahlen bringen konnte, obwohl ich kein netter Junge mit einem soliden moralischen Kompass war. Und auch wenn wohl die Idee dumm war, überlegte ich, was ich tun musste, um ihr einen lebenslangen Vorrat an Cheez-Its zu besorgen, damit ich mein Leben lang ihre Sternenaugen leuchten sehen konnte.

Alter, ich war so am Arsch.

Keine Ahnung, wie lange ich schon Whiskey trank. Bestimmt schon eine Weile. Es war keine gute Idee, mich zu betrinken, immerhin war ich als Bodyguard im Dienst. Trotzdem, im Zug zu sitzen und die Abendsonne am Fenster vorbeifliegen zu sehen, gab mir das Gefühl, zu ersticken.

Maya war im Abteil und ruhte sich aus. Ich hatte sie dort zurückgelassen und gesagt, dass ich einen Drink brauchte und ihr auf dem Rückweg Eis für ihr Knie mitbringen würde. Aber aus einem Whiskey waren zwei geworden, dann vier, und zurück ins Abteil zu gehen und den beengten Raum mit ihr zu teilen, war das Letzte, was ich wollte.

Aus irgendeinem Grund wanderten meine Gedanken zu meinem alten Herrn. Ich konnte mich kaum noch daran erinnern, wie er aussah. Aber ich erinnerte mich an seine Stimme und den ganzen Scheiß, den er mir erzählt hatte. Dass das Leben nichts für Verlierer sei, nur für Gewinner. Und wenn ich es zu etwas bringen wollte, musste ich das Gegenteil dessen sein, was er geworden war.

Ich dachte, er wäre gern ein Red Dragon gewesen, doch gleichzeitig fragte ich mich, warum er mir diesen Lebensstil nicht stärker aufgezwungen hatte. Allerdings war ich auch erst zehn Jahre alt gewesen, als er getötet worden war ...

Bei seiner Beerdigung hatte ich keine Träne vergossen. Vor allem, weil ich nicht wollte, dass sich jemand über mich lustig machte. Aber am Abend, in meinem Zimmer, in das ich bei Flick gezogen war, hatte ich geweint, bis ich keine Luft mehr bekam. Bis ich nicht mehr atmen *wollte*. So etwas sollte kein Kind mit zehn Jahren denken, aber ich hatte niemanden außer meinem alten Herrn gehabt. Und es war mir viel leichter vorgekommen, zu sterben, als in der beschissenen Welt zu leben, in der mein Vater mich zurückgelassen hatte.

Trotzdem hatte ich mir seine Worte zu Herzen genommen und von Flick verlangt, dass ich weiter zur Schule gehen und lernen durfte. Bei meiner Bitte hatte er nicht mit der Wimper gezuckt. Er hatte nur genickt und mich jeden Tag hingefahren. Anders als einige der anderen Brüder war er der Einzige, der sich nicht über mich lustig gemacht hatte, wenn ich in die

Bibliothek gegangen war anstatt ins Hauptquartier des Clubs. An den meisten Abenden hatte er mich auch dort hingebracht. Er hatte gesagt, er würde nur die Wünsche meines Vaters erfüllen. Ich hatte nie gefragt, was er sich genau gewünscht hatte, aber ich war mir ziemlich sicher, dass Flick sie erfüllt hatte.

Ich fragte mich, was mein alter Herr wohl gesagt hätte, wenn er mich jetzt hätte sehen können, wie ich gegen all das ankämpfte, das ich in Bezug auf Maya nie wieder hatte fühlen wollen.

Kopf hoch, Junge, hätte er gesagt. *Sie hat auch nur Titten und 'nen Hintern.*

Bei dem Gedanken musste ich lachen, denn ich war mir ziemlich sicher, dass mein Vater in seinem Leben nie eine richtige Old Lady gehabt hatte. Verdammt, selbst meine Mutter war nichts Besonderes für ihn gewesen, nur ein One-Night-Stand, der unbedingt mit einem Biker hatte schlafen wollen.

Ich rieb mir mit beiden Händen über das Gesicht, lehnte mich zurück und wünschte mir, dass dieser ganze Mist und Wahnsinn in meiner Brust einen Sinn hätte. Maya hatte mich verlassen, verdammt. Sie war *weggerannt.* Hatte sich noch nicht mal verabschiedet. Wie konnte ich überhaupt daran denken, sie wieder in mein Leben zu lassen?

Warum zum Teufel kam mir der Gedanke überhaupt in den Sinn?

Du weißt, warum, Arschloch.

Du hast nie aufgehört, sie zu lieben.

Verdammt. Das wirst du auch nie.

Ich knurrte und wünschte, ich könnte mir selbst auf den Kopf schlagen, damit diese Gedanken für immer verschwanden. Stattdessen vertrieb ich sie auf andere Art ... indem ich den Rest meines Drinks hinunterstürzte und dem Barkeeper bedeutete, mir noch einen einzuschenken.

»Hey.« Jemand stupste mich an der Schulter an. Ich blinzelte und dachte, es wäre morgens und ich wäre in meinem Zimmer bei Flick. Mein Kopf fiel zur Seite und stattdessen sah ich ein Fenster, das mir immer wieder vor den Augen verschwamm. Als ich eingeschlafen war, war es noch hell gewesen, aber jetzt konnte ich nichts mehr sehen, draußen war es stockdunkel.

»Ja?« Ich räusperte mich und drehte mich um und vor mir stand eine Mitarbeiterin in einem blauen Anzug. Groß und schön. Rote Haare und braune Augen.

»Es tut mir leid, Sir, aber Sie können hier drin nicht schlafen. Ich muss Sie bitten, zu ihrem Platz zurückzukehren.«

Ich winkte ab, wollte aufstehen und stolperte. Wenn ich ins Abteil zurückging, würde ich Maya sehen, und darauf war ich nicht gefasst. Wenigstens war ich noch betrunken genug, dass es nicht so schlimm wäre. Mir war es gelungen, mich zu betäuben, sodass ich die Versuchung, zu ihr ins Bett kriechen zu wollen, wegschlafen konnte, sobald ich auf einem Stuhl oder dem Boden landete.

Mit langsamen Schritten ging ich vom Speisewagen zu unserem Abteil, und während der Zug über die Gleise rauschte, schlugen meine Knie aneinander. Ich war zwar nicht stolz darauf, dass ich mich so betrunken hatte, aber auch nicht enttäuscht von mir. So war ich eben.

Der Waggon verschwamm, und ich hielt mich an jedem Sitz fest, an dem ich vorbeikam, um nicht umzufallen. Als ich bei der Tür zu unserem Abteil angekommen war, holte ich Luft, griff nach dem Türknauf und öffnete die Tür.

Im Inneren war es stockdunkel, abgesehen vom Licht, das durch das Fenster beim unteren Bett schien. Mir fiel sofort auf, dass Maya nicht im Bett lag. Stattdessen saß sie immer noch auf dem Stuhl, auf dem ich sie zurückgelassen hatte, als ich Eis für ihr Knie holen gegangen war.

Eis, das ich vor Stunden vergessen hatte. *Scheiße.*

Ich seufzte, ging zu ihr und beugte mich über sie, wobei die

Bewegung des Zuges mich wieder ins Wanken brachte. Irgendwie schaffte ich es, mich aufrecht zu halten und ihr minutenlang beim Schlafen zuzusehen, obwohl ich sie besser in Ruhe hätte lassen sollen. Ihr so nahe zu sein machte mich unruhig; meine Haut juckte und kribbelte vor all denn Empfindungen, die ich jahrelang unterdrückt hatte. Warum musste sie wieder in mein Leben treten, wo ich sie doch endlich verdrängt hatte?

»Maya«, brachte ich heraus.

Sie rührte sich leicht, öffnete aber nicht die Augen. Stattdessen zuckte sie vor Schmerzen zusammen und *verdammt,* ich kam mir deshalb so schäbig vor.

»Maya.« Ich ging vor ihr in die Hocke und landete auf den Knien.

Schöne, süße Maya. Mein heimliches Mädchen in der Nacht und meine geheimnisvolle Fremde am Tag. Mit siebzehn wäre ich damit zufrieden gewesen, so zu leben. Mit fünfundzwanzig wollte ich das nicht mehr.

Sie bewegte sich ein bisschen, stöhnte, das Gesicht vor Schmerzen verzogen. Betrunken oder nicht, ich musste sie ins Bett kriegen. Bis ich sie zu Hause abgeliefert hatte, hatten ihr Schutz und ihre Sicherheit oberste Priorität. Das durfte ich nicht vergessen.

Beim Aufstehen stolperte ich über ihre Krücken und schob sie fluchend beiseite.

»Slade?«, flüsterte sie.

»Ich bringe dich ins Bett.«

Sie nickte leicht und wehrte sich kein bisschen, als ich sie an meine Brust drückte und sie zum unteren Bett trug.

»Ich habe das Eis vergessen«, sagte ich, als ich ihr ein Kissen unter das Knie schob.

»Nicht schlimm«, murmelte sie. »Tut gar nicht so sehr weh.«

»Du lügst«, nuschelte ich, kauerte mich neben sie und zog

ihr die Decke über die Brust. Sie trug immer noch das alte T-Shirt und die Leggings aus dem Hotel, aber es war kalt im Abteil und wahrscheinlich fror sie.

Als ich aufstehen wollte, drehte sich alles, aber Maya streckte die Hand aus und berührte leicht meine Finger. »Legst du dich zu mir?«

Meine Brust zog sich zusammen. Ich atmete aus und durchlebte noch einmal diese Jahre.

Leg dich zu mir.

Schlaf bei mir.

Erzähl mir eine Geschichte.

Jede Nacht hatte sie eine andere Ausrede: Albträume, Traurigkeit, Leere, Angst.

Ich konnte sie so gut verstehen. Deshalb hatte ich nie Nein gesagt. Und das würde ich wahrscheinlich auch nie.

Anstatt ihr zu antworten, knöpfte ich meine Jeans auf, ließ sie zu Boden fallen, dann zog ich mein T-Shirt aus und warf es irgendwo hin. Ich kletterte über sie hinweg ins Bett, wobei ich auf ihr Knie achtgab, und tat, was sie verlangte. Mein betrunkenes Ich fand das irgendwie okay. Und Sebastian auch, der sich mit jeder Sekunde in ihrer Gegenwart weiter an die Oberfläche kämpfte.

Hau ab, du Mistkerl, wollte ich ihm sagen. *Du gehörst nicht hier her.* Aber je mehr ich gegen ihn ankämpfte, desto weniger Kontrolle hatte ich über ihn.

»Schlaf jetzt«, sagte ich. Ich würde sie nicht anfassen oder umarmen wie letzte Nacht. Ich würde nur neben ihr liegen. Ihr nicht erlauben, ihren Kopf auf meine Brust zu legen und meinem Herzschlag zu lauschen. Nicht ihre Hand halten. Und vor allem: Ich würde ihr keine Geschichten erzählen.

DREIZEHN

MAYA

Zwei Stunden. So lange lag ich wach und kuschelte mich an Slades Brust, während er leise an meinem Kopf schnarchte. Sein Arm war schützend um meine Taille gelegt. Und obwohl sein Atem und seine Haut nach Alkohol rochen, fühlte er sich warm und richtig und völlig unerwartet an. Offensichtlich kämpfte er innerlich gegen etwas an, und je mehr Zeit wir miteinander verbrachten, desto klarer wurde mir, dass ich wissen wollte, worum es bei diesem Kampf ging.

Irgendwann, als die Sonne anfing, durch die Vorhänge zu scheinen, nickte ich wieder ein und schlief mehrere Stunden lang. Ein Zugpfeifen weckte mich auf. Nicht die Nase in meinen Haaren oder die Finger an meinem Bauch, die mich gedankenverloren direkt über dem Bund meines Slips streichelten.

Seufzend zwang ich mich, mich neben ihm zu entspannen und so zu tun, als wären wir keine Fremden, die durch alles, was ich im Leben hasste, aneinandergebunden waren. Sondern zwei Liebende auf einer Reise quer durchs Land, ohne festes Ziel, mit endlos viel Zeit, um unsere Nähe zu genießen.

Ich fühlte mich unglaublich zu Slade hingezogen, das war

klar. Er war genau mein Typ: groß, dunkel, gutaussehend, mit einem Hauch von Verletzlichkeit, tief in ihm vergraben. So jemanden hatte ich seit Jahren nicht mehr kennengelernt. Nicht seit ... *ihm*.

Beim Gedanken an Sebastian Lattimore runzelte ich die Stirn und hatte mit einem Mal ein schlechtes Gewissen. Ich war ihm und unseren Erinnerungen nichts schuldig, denn er hatte mich genauso im Stich gelassen wie ich ihn.

Ich bekam miese Laune und setzte mich auf, ohne Slade zu wecken. Er drehte sich auf das Kissen, auf dem ich geschlafen hatte, und lag nun flach auf dem Rücken, die Arme ausgebreitet, als würde er auf mich warten. Einen Moment sah ich ihm beim Schlafen zu. Seine vollen, rosafarbenen Lippen öffneten sich und er schnarchte leise durch die Nase. Er zog mich mit jeder einzelnen Faser in seinen Bann. Das Grübchen in seiner Wange, die schreckliche Narbe, seine dunklen langen Wimpern.

Himmel, war er schön. So natürlich. In seinem Gesicht kämpften weiche und harte Linien um die Kontrolle. Und er sah so jung aus. Und so vertraut, dass ich erneut die Stirn runzelte. Es war nichts Falsches daran, dass er Dinge vor mir verbergen wollte. Aber gleichzeitig wollte ich unbedingt aus ihm schlau werden.

Ich sah mich im Zimmer um und entdecke seine Jeans, die er unordentlich auf den Boden geworfen hatte. Münzen und Scheine lagen daneben, ebenso wie eine Brieftasche.

Eine Brieftasche ...

Oh, verdammt. Sein Ausweis. Wo hatte er sich nur die ganze Zeit versteckt?

Ich biss mir auf die Lippe, um das aufgeregte Quietschen zu unterdrücken, und schnappte mir meine Krücke. So leise wie möglich streckte ich sie vor mir aus und angelte damit nach der Geldbörse. Er rührte sich, ein Finger streifte meinen

Rücken. Ich erstarrte und wartete darauf, dass er mich erwischte. Doch dann schnarchte er wieder.

Ganz langsam streckte ich die Hand nach der Brieftasche aus, wobei ich darauf achtete, mein Knie so wenig wie möglich zu bewegen. Irgendetwas zwickte und zerrte und diesmal zog der Schmerz bis ins Schienbein hinunter, aber ich konnte das Zischen unterdrücken, hielt den Schmerz aus und endlich hielt ich sie in den Händen.

Ich musterte das dunkle Leder, die Schrammen und die Kratzer. Er hatte sie schon eine Weile.

Hör auf, solange du noch kannst, flehte der Engel in mir, während das neugierige Teufelchen mir sagte, ich solle weitermachen, schließlich hätte ich das Recht zu erfahren, wer dieser Mann war.

Deshalb öffnete ich sie.

Und das, was ich darin fand, ließ mich nach Luft schnappen. Ich blinzelte durch die Tränen und las den Namen erneut, eine Hand auf den Mund gepresst. Das musste ein Fehler sein. Ein Witz. Karma würde so etwas nicht tun. So grausam war das Schicksal nicht.

Und doch stand er da, schwarz auf weiß, völlig real und absolut gar nicht das, was ich erwartet hatte.

Sebastian Lattimore.

O mein Gott.

Slade war *mein* Sebastian.

Schniefend wischte ich mir schnell über die nassen Wangen und steckte den Ausweis wieder in seine Brieftasche. Dann warf ich sie auf seine Jeans und fühlte mich sowohl betrogen und wütend als auch … erleichtert, auch wenn das unlogisch war. Mit meiner Hand immer noch vor dem Mund drehte ich mich um und alles durchströmte mich wie eine Flutwelle. Wie ein Wirbelsturm. Ein Tsunami. Ein Erdbeben. Jede schreckliche Naturgewalt, die der Mensch kennt.

Die gleichen dunklen Haare, dunkle Augen, das Grübchen, der Mund. Er war es wirklich.

Mein Story Boy.

Den ganzen Sommer über, als ich mit neunzehn bei Flick gewohnt hatte, war Sebastian Lattimore meine emotionale Stütze gewesen. Warum? Weil ich mich in ihn verliebt hatte, aber zu egoistisch gewesen war, um es irgendjemandem anzuvertrauen, aus Angst, jemand könnte mir sagen, ich sei nicht gut genug für den klugen Jungen, der zwei Jahre jünger war als ich.

Mein Herz pochte und brach bei dem Gedanken, dass der Junge von damals zu dem Mann neben mir geworden war, der er nie hatte werden wollen. Irgendetwas musste vorgefallen sein, und ich wollte wissen, was.

Das bedeutete auch, dass Mom mir nicht die Wahrheit über das gesagt hatte, was mit ihm passiert war. Es war ja nicht so, dass sie meine Gefühle kannte ... oder?

Ich kniff die Augen zusammen und atmete schwer und zittrig aus. Meine Bewegungen oder vielleicht meine Geräusche mussten ihn aufgeweckt haben, denn ich spürte, wie sich die Matratze unter uns bewegte.

»Maya?« Seine Stimme klang ganz rau. Nicht so, wie ich sie in Erinnerung hatte. Nicht sanft und freundlich, sondern eine harte Männerstimme. »Alles in Ordnung?« Er legte mir eine riesige Hand auf die Schulter, als er sich aufsetzte. »Hast du Schmerzen?«

Nur mein Herz, wollte ich sagen.

Ich schüttelte den Kopf und bedeckte das Gesicht mit beiden Händen, verlegen. Betreten. *Wütend.* Plötzlich war ich so *wütend,* dass ich rotsah.

Er setzte sich neben mich und unsere Oberschenkel berührten sich. »Was ist los?«

»Warum ...«, fauchte ich und sammelte mich, während ich eine Hand auf mein verletztes Knie legte. »Warum hast du mir nicht gesagt, wer du bist?«

Er erstarrte. Selbst der Atem schien ihm zu stocken. Langsam schüttelte ich den Kopf, die Augen verengt.

»Sag mir die Wahrheit, *Sebastian*.«

Ein Seufzer kam ihm über die Lippen. Unruhig. Traurig. Vielleicht auch ein bisschen verbittert. »Hätte das denn einen Unterschied gemacht?«

»Ich hätte mich nicht dagegen gewehrt, mitzukommen. Und ...«

»Ich kann das gerade nicht.« Steif kletterte er aus dem Bett und zog sich die Jeans an. Wütende, ruckartige Bewegungen seiner Arme und Schultern verwirrten und verletzten mich, und am liebsten wäre ich auf die Knie gefallen und hätte ihm die Arme um die Beine geschlungen.

»Geh jetzt nicht weg«, sagte ich zu seinem Rücken und streckte die Arme nach meinen Krücken aus. »Tu nicht so, als würde das nichts verändern.«

Als er seine Stiefel angezogen hatte und nach der Tür griff, war ich auf den Beinen und folgte ihm.

»Slade, warte.« Er blieb stehen. Aber er sah mich nicht an. »Lauf nicht weg.«

Er lachte, doch es klang alles andere als fröhlich. »Warum denn nicht? Das machst du doch auch ständig. *Weglaufen*.«

Ich zuckte bei jedem Schritt zusammen, denn mit jedem wurden die Schmerzen stärker. Aber ich musste es sagen. Ich streckte die Hand aus, packte seinen Oberarm und hielt ihn fest. »Können wir nur darüber reden? Bitte?«

»Egal, was du sagst oder tust, es wird nichts ändern«, fauchte er, den Blick immer noch auf die Tür gerichtet, obwohl ich neben ihm stand. »Es ist vorbei. Die Vergangenheit war scheiße und ich will sie nur noch vergessen. Das solltest du auch.«

»Sebastian, ich ...«

Er wirbelte herum, die Augen gerötet. Schäumend vor Wut. Ich holte Luft, Angst schoss mir durch die Adern, aber nicht wegen ihm. Nein. Mein Sebastian würde keiner Fliege etwas zuleide tun und hinter den dunklen Augen konnte ich ihn erkennen. Er war da. *Ich spürte ihn.* Aber wenn ich nicht aufpasste, würde ich ihn wieder verlieren. Das wollte ich nicht zulassen. Nicht jetzt, wo ich ihn gerade erst zurückbekommen hatte. Nicht, wenn das zwischen uns so elektrisch und echt und richtig war. Der Kreis hatte sich geschlossen. Das war Schicksal. Unsere Zeit war gekommen.

Spüre es, Sebastian. Bitte spüre es.

Ich hob die Hand und berührte seine Schulter. Er verzog das Gesicht und sein rechtes Auge zuckte. Es wirkte, als stünde er kurz davor, etwas zu verlieren, etwas, das ich wahrscheinlich nicht retten konnte, selbst wenn ich es mit aller Kraft versuchte.

»Nenn mich nicht so«, schnaubte er. »Ich bin jetzt Slade. Sebastian ist gestorben, als du mich verlassen hast.«

Ich keuchte, blinzelte und diesmal konnte ich die Tränen nicht zurückhalten. Und bevor ich noch etwas sagen konnte, ließ er mich mit meinem Elend allein. Vor allem mit meinen Selbstvorwürfen.

VIERZEHN

SLADE

Zwanzig Minuten später schaffte ich es irgendwie, mir ein Herz zu fassen und zurück zum Abteil zu gehen. Jetzt stand ich vor der Tür im Gang, die Hand auf dem Knauf, und zögerte. Ich hatte mich wie ein Feigling verhalten – und ein Arschloch dazu. Einfach abzuhauen, beschissener ging es gar nicht. Slade rannte nicht weg, weil er Angst hatte. Und ich war jetzt Slade. Das musste sie wissen. Und Sebastian musste ich auch daran erinnern.

Was zum Teufel hatte ich schon zu verlieren, wenn ich so tat, als wären wir nicht die zwei Personen, die in jenem Sommer in meinem Zimmer etwas verbunden hatte? Ich musste über meinen Schatten springen, die Vergangenheit hinter mir lassen und mit ihr und meinen Gefühlen ein für alle Mal abschließen.

Ich holte tief Luft und mit einer Tüte Cheez-Its bewaffnet drehte ich den Knauf und hoffte, dass mein Friedensangebot meiner Entschuldigung Nachdruck verlieh. Ich war es nicht gewohnt, mich zu entschuldigen, weil ich mich normalerweise von emotionalem Scheiß fernhielt. Aber es musste sein.

Warum? Weil ich ihr zeigen wollte, dass sie keine Macht mehr über mich hatte, besonders, da sie nun wusste, wer ich war.

Ich öffnete die Tür, trat ein und blieb wie angewurzelt stehen, als ich sie auf dem Boden neben dem Bett liegen sah. Eine Hand lag auf ihrem verletzten Knie und sie weinte, den Kopf gesenkt.

»Was ist passiert?« Ich ließ die Cracker fallen und eilte die drei Schritte zu ihr.

»Ich bin ausgerutscht, als ich aus dem Bad kam.« Sie schniefte.

»Komm schon. Ich hab dich.« Ich hob sie hoch, legte sie aufs Bett und schob ihr ein Kissen unter das Knie und ein weiteres unter den Kopf. Sobald ihr Kopf das Kissen berührte, schloss sie die Augen und ich streckte unwillkürlich die Hand aus, wischte ihr mit dem Daumen die Tränen weg und setzte mich neben sie.

»Es tut mir leid, Slade«, flüsterte sie. »Ich war damals so gemein. Ich ...«

»Nicht jetzt, okay?«

»Bitte. Ich muss es loswerden.«

In diesem Moment war ich mir ziemlich sicher, dass ich alles tun würde, was sie wollte. Denn Fakten sind Fakten, und Wahrheiten sind Wahrheiten ... egal, wie sehr jemand versucht, sie aus seinem Kopf zu verbannen. Ich wollte nicht nur Mayas Körper. Ich wollte ihren Verstand und ihre Seele und am allermeisten vielleicht sogar ihr Herz. Ich wollte mir nur nicht erlauben, es zu bekommen. *Nichts* davon. Wer wusste schon, wie sehr sie mich fertigmachen würde, wenn ich ihr noch einmal mein Herz schenkte?

»Schön. Dann sag, was du zu sagen hast.«

Sie nickte und setzte sich schniefend auf. »Ich wollte mehr vom Leben, als eine Frau zu sein, deren Leben sich um einen Motorradclub dreht.«

Ich nickte, auch wenn ich dachte: *Aber du hättest dich wenigstens von mir verabschieden können.*

»Die Sache ist die …« Sie hielt inne und atmete aus. »Ich wäre geblieben, in Rockford meine ich. Wenn ich mit dir hätte zusammen sein können.«

»Das hast du mir nie gesagt.«

»Das wollte ich.« Sie nahm meine Hand. »Am letzten Abend habe ich nach dir gesucht. Hawk hat mich sogar herumgefahren. Aber du warst … beschäftigt.«

»Wie, beschäftigt?« Ich runzelte die Stirn und erinnerte mich an den Abend. Wie verletzt ich gewesen war, weil sie mit Hawk zusammen war. Es hatte so wahnsinnig wehgetan, dass ich mir nicht sicher war, ob ich mich je wieder davon erholen würde. Deshalb war ich mit Archer losgezogen. Ich hatte irgendetwas anderes spüren müssen – irgendetwas anderes als diesen schrecklichen Schmerz.

»In der Nacht vor meiner Abreise habe ich … dich gesehen.«

»Wo hast du mich gesehen?« Ich biss die Zähne zusammen.

»Im Club.«

»Was zum Teufel meinst du mit im Club?« Ich verengte die Augen, während meine Brust aufklaffte und mir das Herz in die Hose rutschte.

Verdammte Scheiße.

Ich hatte nicht gewusst, dass sie an dem Abend zum Clubhaus gekommen war.

»Eigentlich wollte ich nicht einfach abhauen«, fuhr Maya fort und fummelte am Rand der Decke herum. »Denn als ich endlich kapiert hatte, wie dumm ich den Sommer über gewesen war, wollte ich es wiedergutmachen.«

»Und wie?« Ich schaute skeptisch und wartete darauf, dass sie mich ansah. Dass sie mir endlich die Wahrheit sagte. Damit ich glauben konnte, was sie mir vielleicht zu sagen hatte. Nicht, dass es etwas an der Vergangenheit geändert hätte.

Bei ihrem Blick war es diesmal, als hätte sich ein Abgrund unter dem Bett aufgetan, der uns einsaugte, während wir uns verzweifelt aneinander klammerten und in unsere dunkelsten Erinnerungen stürzten. Unsere Vergangenheit. Unsere Schmerzen. Unsere Hölle.

»Meine Gefühle? Mein Herz?« Sie atmete geräuschvoll durch. »Sie haben dir gehört. *Immer.*« Sie ließ den Kopf zur Seite fallen, legte mir die Hand an die Wange und sagte: »In jenem Sommer habe ich es bloß drei Monate zu spät bemerkt.«

Ich kniete mich auf den Boden neben dem Bett, zu schwach, um mich aufzusetzen. »Was zum Teufel willst du damit sagen? Ich dachte, du liebst Hawk? Du hast über nichts anderes geredet.«

Das war nicht richtig. So sollte es nicht sein. Sie wollte nicht mich. Sie wollte Hawk. *Sie hatte mich verlassen. Sich noch nicht einmal verabschiedet.*

Aber sie hatte es versucht. Verdammt, sie war sogar zum Club gekommen.

»Stimmt nicht.« Sie legte die Stirn in Falten. »Und es hätte sowieso nicht funktioniert.« Sie schüttelte den Kopf und ihre Augen blitzten dunkler, wütender.

»Das weißt du nicht«, knurrte ich. »Du bist weggerannt, ohne mich überhaupt zu fragen, was ich wollte.«

»Jetzt ist es sowieso egal, hast du das nicht gerade gesagt?«

»Von wegen.« Ich umfasste ihr Kinn und hielt es fest. »Das ändert alles.« Dann tat ich, was ich mir schon immer gewünscht hatte, und das Wort »endlich« ging mir die ganze Zeit durch den Kopf.

Ich küsste sie.

FÜNFZEHN

MAYA

Ich war gefangen von Slades – Sebastian Lattimores – Mund und Händen und nichts auf der Welt hätte mich in diesem Moment von ihm trennen können, selbst wenn ich es gewollt hätte.

Slade drängte mich auf den Rücken und kroch hastig auf mich. Seine riesige Gestalt drückte sich so eng an mich, dass es sich anfühlte, als wären wir eins. Trotzdem war es nicht nah genug. Und als sich unsere Lippen berührten, überkam mich das überwältigende Verlangen, diesen Mann in mir zu spüren, wie ich es noch nie zuvor erlebt hatte.

Es war wie Feuer und Rauch und Eis und Lust und *Gier* zusammen.

Finger griffen nach dem Saum meines T-Shirts, zogen und zerrten daran. Er umfasste meine Taille, strich mir über den Bauch, während er sich mit der anderen Hand neben meinem Kopf abstützte. Ich stöhnte an seinem Mund, ich wollte mehr und glitt mit meiner Zunge über seine Unterlippe. Dann griff ich ihm in die Haare, zog ihn näher an mich, weil ich Angst hatte, es wäre nur ein Traum, aus dem ich bald aufwachen würde.

Er öffnete die Lippen und als ich meine gierige Zunge hineinschob, hallte ein dunkles Stöhnen in den Tiefen seiner Kehle wider. Obwohl mein Knie pochte, schaffte ich es, ihn auf den Rücken zu drehen und gleichzeitig das gesunde Bein hochzuheben und ihm über die Oberschenkel zu legen.

Das Bedürfnis, die Situation zu kontrollieren, mir endlich das zu nehmen, wovor ich vor acht Jahren noch zu viel Angst gehabt hatte, war übermächtig, verzweifelt, einfach *alles*.

Seine Hände wirkten weiterhin ihre Magie, aber nicht dort, wo ich es am meisten brauchte. »Berühre mich«, stöhnte ich und knabberte an seiner Unterlippe. »Bitte. Streichel mich.«

Er erschauerte und mir wurde klar, dass er sich an die letzten Reste seiner Selbstbeherrschung klammerte. Das Gefühl zu wissen, dass ich diesen Mann in den Wahnsinn treiben konnte, war berauschend.

Ich nahm die Sache selbst in die Hand, packte mein T-Shirt und zog es mir über den Kopf. Ich hatte die aufgeschobene Befriedigung so dermaßen satt. Wir hatten viel zu viel verpasst, um es langsam angehen zu lassen, und ich nahm volle Fahrt voraus.

Ich entblößte mich vor ihm, die Unterlippe zwischen den Zähnen, und wartet ungeduldig auf seine Berührung, irgendeine knurrige Reaktion, wie ich sie von einem Mann wie Slade erwartet hätte. Stattdessen holte er Luft und betrachtete einfach nur meine Brüste, als wären sie sündhaft teure Kunstwerke.

Bei seinem Anblick musste ich unwillkürlich lächeln. »Alles okay?«

Sein Herzschlag raste an seinem Hals, sein Blick huschte von einer Brustwarze zur anderen. Und seine Wangen färbten sich rosa.

»Ich, äh ...«

»Es ist in Ordnung. Ich will es.« Er wollte fair sein, mir einen Ausweg bieten. Aber es war mir egal, ob es eine einmalige

Sache war. Wenn ich Slade Lattimore nicht bald in mir spürte, würde ich sterben.

Er leckte sich die Lippen und hob langsam die Hand. Aber anstatt meine Brüste zu umfassen, wie ich es erwartet hätte, nahm Slade sich Zeit und umkreiste behutsam meine harte Brustwarze. Ich keuchte auf und ließ den Kopf vor Lust und Qual in den Nacken sinken. Zwischen meinen Beinen pochte es nun stärker als in meinem Knie.

»Wunderschön«, flüsterte er und beim Klang seiner Stimme sah ich wieder nach vorn. Auf seinen Lippen lag dieses schiefe Lächeln. Mein Lieblingslächeln.

Ich bewegte die Hüften gegen seine pralle Erektion, weil ich unbedingt die unerträgliche Anspannung loswerden wollte. »Slade, bitte.« Ungeduldig legte ich mir seine freie Hand zwischen die Schenkel und rieb mich damit. »Berühre mich *hier*.«

Diesmal hoben sich seine Mundwinkel an beiden Seiten und seine dunklen Augen wirkten nun beinahe schwarz. »Wir haben noch Stunden Zeit.« Er rollte sich zur Seite, zog mich auf sich und hielt inne, als meine Brustwarze seine Lippe berührte. Er leckte darüber und flüsterte: »Warum so eilig?«

Ich kniff die Augen zusammen und stöhnte. »Ich habe schon viel zu lange darauf gewartet.«

Er zwickte hinein, streichelte sie und saugte langsam daran, dann sagte er: »Dräng mich nicht, My.«

Meine Augen rollten in den Hinterkopf und Frustration gepaart mit Verlangen ergriff Besitz von mir. Mein Knie pochte wieder stärker, doch plötzlich biss er leicht in meine Brustwarze und der lustvolle Schmerz überdeckte alles. Verdammt, er war so gut.

Ich rollte mich von ihm herunter auf den Rücken und die Decke wickelte sich um meine Füße. Doch das hielt mich nicht davon ab, mich aufzusetzen und an meiner Leggings zu ziehen. Konnte er mich nicht wenigstens ausziehen?

»Was machst du da?« Lachend beobachtete er mich. Es war ein süßes, lustiges, gar nicht bikermäßiges Lachen.

»Ich ziehe mich aus, damit ich dich ausnutzen kann.« Ich runzelte die Stirn, kämpfte immer noch mit meinem kaputten Knie und schaffte es am Ende nur, ein Bein aus Leggings und Slip zu befreien. Er wollte mich aufhalten, bot mir sogar mehrmals seine Hilfe an, aber ich war fest entschlossen, es auf meine Art zu machen. Sonst würde er wieder die Kontrolle übernehmen und es langsam angehen lassen. Und das war nicht das, was ich wollte. Endlich entblößt, mit Slip und Leggings nur noch an einer Seite, drehte ich ihn wieder auf den Rücken und setzte mich auf ihn. *Nackt.*

»Maya, stopp.« Seine Stimme war eine Mischung aus wütendem Vergnügen und Zähneknirschen. Er kämpfte mit dem, was er wollte, und dem, was seiner Meinung nach richtig war.

Ich ignorierte ihn und mit dem Kinn auf der Brust rieb ich mich an seiner Jeans. Ich nahm mir einen Augenblick Zeit und spürte, wie seine Erektion sich unter dem Stoff anfühlte. Dann senkte ich den Kopf, weil ich ihm noch näher sein wollte, schmiegte die Lippen an seinen Hals und küsste seine Haut, bis er seine Hüften synchron mit meinen bewegte.

Er legte die Hände um mich, streichelte meine Oberschenkel und umfasste dann meinen nackten Po. Er packte so fest zu, dass ich aufkeuchte, das Vergnügen größer als der Schmerz.

»Maya.« Er stöhnte meinen Namen, warf den Kopf zurück und erlaubte mir, ihn auf der anderen Seite seines Halses zu küssen.

»Ich will dich«, flüsterte ich. Zähne fanden mein Ohrläppchen, knabberten und saugten. »Bitte, ich will, dass der Schmerz verschwindet.«

Er hielt inne. Erstarrte quasi auf der Stelle. »Du willst das nicht. Du willst *mich* nicht.«

»Wie kannst du so etwas sagen?« Ich zog mich zurück, die Hände neben seinem Kopf auf das Kissen gestützt. Meine Haare waren wie ein Vorhang, der die Außenwelt aussperrte. »Ich habe dich schon *immer* gewollt.«

»Du bist weggegangen.« Er blinzelte, als wäre er betäubt gewesen und er würde gerade wieder zu sich kommen.

Ich beugte mich vor, knabberte an seinem Kinn, rieb mich noch einmal an ihm, verzweifelt auf der Suche nach Erlösung – wünschte mir inständig, dass er bei mir blieb. »Jetzt bin ich hier.«

Er schüttelte den Kopf. »Ich kann nicht der sein, den du brauchst«, brachte er qualvoll flüsternd heraus. »Nicht mehr. Ich bin nicht mehr der, der ich einmal war.«

»Das ist mir egal.« Ich rieb fester, vergaß alles bis auf seinen Körper und vor allem das Vergnügen, das er mir bereitete. »Ich mag dich, wie du bist.« Das war nicht völlig gelogen, aber nah genug an einer Lüge, dass er unter mir erschauerte, als ich das Tempo meiner Bewegungen erhöhte.

Anstatt mich aufzuhalten, trieb er mich weiter an. Die Hüften hart, Jeans an meiner nackten Haut, sein Schwanz genau da, aber noch nicht nah genug. Ich atmete schwer und liebte seine schnellen, rauen Hände, die nach meinen Brüsten, meinem Po, jedem Stück Haut griffen, das sie erwischen konnten. Slade machte mich wild und hemmungslos. Auch nach all den Jahren.

Ich war schon so kurz davor – so nah an der Erlösung, nach der ich mich so sehr sehnte. Ich war nass, wahrscheinlich durchnässte ich seine Jeans, aber das war egal. Genau wie alles andere außer ihm und mir und dem, was uns geraubt worden war. »Slade, ich bin gleich ...«

Er knurrte, legte die Lippen an meinen Hals und saugte so stark, dass ich Sterne sah. Ich nahm mir, worauf ich seit Jahren gewartet hatte, immer und immer wieder, Lust und Schmerz und so viele verlorene Jahre ... Hier, mit meinem Sebastian, hätte ich schon vor langer Zeit sein sollen, aber ich hatte zu viel Angst gehabt. Zu panisch, ihn zu verlieren. Zu unsicher, um mich ihm zu öffnen, bis es zu spät war.

»O Gott«, schrie ich und kam bebend.

»Fuck, My.«

Ich genoss meinen Orgasmus, als er mich auf den Rücken drückte, die Hüften auf meine presste und ich schrie seinen echten Namen. Und dann lagen seine Lippen wieder auf meinen: heftige Küsse und atemloses Stöhnen. Chaotisch und feucht, die besten Küsse der Welt. Als er mich unerbittlich durch seine Jeans vögelte, krallte ich mich in seinen Haaren fest, genoss, wie weich sie waren, im Vergleich zu dem knallharten Mann, zu dem er geworden war.

»Fuck, fuck, fuck«, stöhnte er an meinem Mund, packte mich an der Hüfte und drückte so fest zu, dass ich bestimmt einen blauen Fleck bekommen würde. Nur wenige Minuten nach dem Höhepunkt wollte ich schon wieder kommen.

»Kondom. Hol ein Kondom. In meiner Handtasche. Bitte.« Es war mir nicht mehr wichtig, was das bedeutete, jetzt nicht mehr. Das Leben war zu kurz, um sich Sorgen über irgendetwas anderes zu machen, als das, was man im Hier und Jetzt wollte.

Slade küsste mich und schüttelte langsam den Kopf, während er sich weiter heftig an mir rieb.

»Bitte.«

Blind tastete ich auf dem Boden herum, fand meine Handtasche und das einzelne Kondom in der Seitentasche. Ich hielt es in der Hand und strich ihm damit langsam unter dem T-Shirt über den Rücken. »Ich brauche mehr«, flehte ich wieder.

»Warum?« Ich war schockiert von diesem einen, atemlosen Wort und er stütze die Hände neben meinem Kopf ab.

Er sah so rau und sexy aus, die Haare hingen ihm wirr ins Gesicht und er blickte mich mit seinen dunklen, wilden Augen durch die Strähnen hindurch an. Wie hatte ich mich nicht an diese dunklen Augen erinnern können?

»Brauche ich einen anderen Grund, als dich zu wollen?«
Ich kicherte und glaubte, er würde mich aufziehen. Aber je
länger ich sein Gesicht musterte, desto mehr verzogen sich
meine Mundwinkel nach unten. Und mir drehte sich der Kopf.
»Hey, was ist los?« Ich legte ihm die Hand an die Wange.

»Ich bin nicht ...« Er kniff die Augen zusammen und atmete
geräuschvoll aus. »Ich kann das jetzt nicht.«

Verwirrt schüttelte ich den Kopf und verkrampfte mich
innerlich, als er von mir herunterrollte und sich an den Rand
der Matratze setzte.

Blinzelnd betrachtete ich seinen Rücken und fragte mich,
was los war. Ich dachte, wir wären uns einig. Dass das hier auf
Gegenseitigkeit beruhte. Dass wir ... vielleicht noch einmal von
vorn anfangen könnten. Doch als ich sein Verhalten nicht
hinterfragte und stattdessen deutlich sagte, was ich wollte,
machte er wieder dicht.

»Das war ein Fehler«, sagte er zum Boden. »Du bist Flicks
Nichte und mein Schützling und ...« Er hob den Kopf und
blickte mich mit leeren Augen über die Schulter hinweg an.
»Wir sind nicht mehr Sebastian und Maya.«

Und ohne weitere Erklärung verließ er das Abteil und ließ
mich fassungslos zurück. Und wieder einmal mit gebrochenem
Herzen.

SECHZEHN

MAYA

Am Mittag, kurz vor der Ankunft in Iowa, war der Zug mitten in Nebraska stehen geblieben, und der Schaffner hatte durchgesagt, es gäbe ein Problem mit dem Triebwagen.

Na toll.

Was eine vierzehnstündige Fahrt von Denver nach Iowa hätte sein sollen, war also schnell zu einem Albtraum geworden, und ich war offiziell bereit, den Kopf gegen die Wand zu schlagen.

Selbst nach der Durchsage war Slade nicht in unser Abteil zurückgekommen, was mich mehr verärgerte als beunruhigte. Wir waren mitten auf dem offenen Farmland stehen geblieben und anfällig für alles, was mit den Red Dragons zu tun hatte, und für die Gefahren, die ihnen angeblich folgten. Ich war mit den Gepflogenheiten eines Motorradclubs vertraut, mit dem Ärger, der damit einherging, und deshalb kamen all die bitteren Erinnerungen an die Zeit bei den Forsaken wieder hoch – Erinnerungen, die ich schon lange verdrängt zu haben glaubte.

Ich wusste, dass mein Vater von der Bildfläche verschwunden war, vielleicht wieder verheiratet mit einer Frau, die sich seinen Scheiß wie eine Sklavin gefallen ließ. Doch zum ersten Mal seit Jahren dachte ich an das, was er meiner Mutter und mir vor so langer Zeit angetan hatte. Am liebsten hätte ich mich betrunken wie Slade.

Slade ... der wunderbare, verlogene *Arschloch*-Slade.

Scheiß auf ihn.

Er weigerte sich nicht nur, mit mir zu reden, er weigerte sich auch, mich über die aktuellen Entwicklungen auf dem Laufenden zu halten. Von wegen Bodyguard. Der Story Boy, den ich einmal gekannt und geliebt hatte, war tatsächlich verschwunden, denn *Sebastian* hätte mich auf keinen Fall ganze zwei Stunden hier allein gelassen. Allerdings verstand ich nicht, wie es dazu gekommen war. Aus welchem Grund war Sebastian zu diesem abgebrühten Mann geworden?

Ich hatte genug davon, mich selbst zu bemitleiden und mir Sorgen über Dinge zu machen, die ich nicht kontrollieren konnte. Also beschloss ich, dass ich ebenso gut ein paar neue Tattoos entwerfen konnte. Das war meine Art, Stress abzubauen, abgesehen von Schlafmitteln und Schmerztabletten ... und Alkohol. Falls er noch nicht zurück war, wenn ich fertig war, konnte ich mich immer noch auf den Weg aus dem Abteil machen. Ich würde mir etwas zu trinken besorgen und wenn ich schon mal unterwegs war, den Idioten vielleicht auch finden.

Mein Skizzenbuch war in meiner Tasche verstaut. Mit meiner treuen Krücke zog ich es zu mir und holte es aus der Reißverschlusstasche ganz oben.

Mit meiner dritten Tüte Cheez-Its, die mir mein Bodyguard freundlicherweise zur Verfügung gestellt hatte, legte ich mich ins Bett und skizzierte zwei Stunden lang alles und nichts. Als ich fertig war, juckte es mir in den Fingern, mir eine Tätowiermaschine zu schnappen, um einen meiner Entwürfe auf noch unberührte Haut zu stechen. Leider wäre das in naher Zukunft nicht möglich, denn eine eigene Tätowiermaschine hatte ich mir nie leisten können.

Seit Jahren träumte ich davon, meinen eigenen Laden zu eröffnen, aber bisher hatten mir immer die ein oder anderen hunderttausend Dollar gefehlt. Keine Bank wollte mir auch nur einen Cent leihen, und so wanderte ich von einem Studio zum nächsten, in der Hoffnung, endlich akzeptiert zu werden: Das Mädchen, das liebend gern tätowierte, aber selbst keine Tätowierung haben konnte.

Am nächsten war ich meinem Traum im letzten Studio gekommen. Doch da hatte ich mich wohl geirrt.

Ich kam mir vor, als hätte ich mich in allem geirrt.

Es war vermutlich besser, dass ich vorübergehend nach Rockford zurückkam, um mich neu zu orientieren und mir zu überlegen, was ich tun sollte, wenn ich wieder in San Diego war. Vielleicht würde Flick sich erbarmen und mir etwas leihen, damit ich mich selbstständig machen konnte. Obwohl ich, wie ich Slade schon in San Diego gesagt hatte, nicht gern Almosen annahm.

Als die letzte Seite voll war, beschloss ich, aufzuhören. Ich musste raus aus diesem Schuhkarton und aus dem Bett, das nach Slade roch, nach seinem wundervollen Körper und den Erinnerungen an das, was wir fast getan hätten.

Zum Glück war mein Knie etwas abgeschwollen, sodass es mir nicht mehr so schwerfiel, mit den Krücken zu gehen. Aber Schuhe anzuziehen war eine andere Geschichte. Ich schlüpfte mit dem gesunden Bein in einen Flip-Flop und verließ das Abteil, so schnell ich konnte.

Im Gang roch es muffig, er war lang und eng, sodass ich mit den Krücken nur schwer hindurch kam. Abgesehen vom Brummen des Zugs und dem Ruckeln der Gleise war es seltsam ruhig. Auf dem Weg kribbelte meine Haut vor Nervosität und ich blickte mich ständig um. Sogar mein Atem ging schwer vor Sorge, und hätte ich es nicht besser gewusst, hätte ich schwören können, dass mich jemand beobachtete. Mich musterte.

So schnell es mein kaputtes Knie zuließ, lief ich durch

einen Waggon nach dem nächsten, bis ich zu einem Schild mit der Aufschrift »Speisewagen« kam. Wenn ich Slade irgendwo finden wollte, dann vermutlich hier.

Ich bahnte mir einen Weg durch die Türen. Auf beiden Seiten des Waggons befanden sich mehrere Sitznischen. Der Waggon war voller aufgeregter Gesichter, die Anspannung war spürbar, und die Fahrgäste ärgerten sich wahrscheinlich genauso über die Verspätung wie ich. Ich ignorierte sie, so gut es ging, und konzentrierte mich auf den hinteren Teil, wo sich eine winzige Bar befand. Tatsächlich saß dort Slade und unterhielt sich mit einer Frau in einem schwarzen Rock und einer tief ausgeschnittenen roten Bluse.

Die beiden saßen so dicht beieinander und steckten die Köpfe zusammen, dass sich mir der Magen umdrehte.

»Du warst ein Fehler, schon vergessen?«, ermahnte ich mich flüsternd. Trotzdem lag mir die Wahrheit bitter auf der Zunge, als ich auf sie zusteuerte.

Breit lächelnd sah die Frau ihn an, und es verunsicherte mich ungemein, wie sie ihren langen, blonden Pferdeschwanz über die Schulter warf. Meine blauschwarzen Haare waren trotz der rot leuchtenden Strähne stumpf und glatt. Langweilig. Ich hatte schon immer Frauen beneidet, die ihre Haare bunt färben konnten, aber immer, wenn ich es ausprobierte, sah ich aus wie eine seltsame Comicfigur. Klein, große Brüste, blasse Haut ... das war ich. Doch wenn es eine Sache gab, die mir meine Mutter beigebracht hatte, dann war es, stolz darauf zu sein, wer ich war. Und vor allem wie ich aussah.

Als ich mich ihnen näherte, hallte mein Herzschlag laut in meinen Ohren. Die Beine übereinandergelegt und mit dem Schlitz im Rock wirkte die Frau wie eine Geschäftsfrau – oder wie eine Domina.

Zu Slades Ehrenrettung sei gesagt, dass er sie nicht ansah, und schon gar nicht ihre Beine. Stattdessen nippte er an einem kleinen Glas brauner Flüssigkeit, zweifellos die

Gleiche wie am Abend zuvor, und schaute stur auf die Theke.

Gelegentlich nickte er zu dem, was die Lady sagte, ein Beweis dafür, dass er immer noch gut zuhören konnte. Selbst aus der Ferne erkannte ich die dunklen Ringe unter seinen Augen und die Narbe, die sich der Länge nach über sein schönes, maskulines Gesicht zog. Er sah genauso erschöpft aus, wie ich mich fühlte.

Als spürte er meine Anwesenheit, drehte Slade den Kopf und entdeckte mich auf halbem Weg durch den Waggon. Er stand ruckartig auf, klatschte ein paar Scheine auf die Theke und kam mir entgegen.

Ich zog sein Smartphone aus der Tasche und gab es ihm, als er bei mir ankam, weil es mir so leichter fiel, ein Gespräch anzufangen. »Das hast du vergessen.«

Er nickte ernst und schnappte es sich mit der Hand, in der er nicht das Glas hielt, und sah mich unverwandt an.

Sein Blick war so intensiv, dass ein Kribbeln in meinem Bauch aufstieg. Er konnte mich mit nur einem Blick zum Schmelzen bringen, und sofort sehnte ich mich danach, nackt vor ihm zu liegen, ihm ausgeliefert zu sein, egal wie wütend oder frustriert er mich auch zurücklassen mochte.

Außer Kontrolle geratene, dicke, wilde Haare, in denen ich vor wenigen Stunden meine Hände vergraben hatte, während ich ihn schamlos durch seine Jeans hindurch geritten hatte, hingen ihm über eins seiner schokoladenbraunen Augen. Es juckte mir in den Fingern, ihm die Locke aus dem Gesicht zu streichen, aber das würde ihm nicht gefallen.

»Hast du reingeschaut?« Er blinzelte und tippte auf das Display.

Ich atmete schwer und konzentrierte mich wieder auf das Gespräch. »Nein. All deine Geheimnisse sind mit einem vierstelligen Code verschlüsselt.«

Er runzelte die Stirn, wahrscheinlich wegen meines lahmen

Witzes und wandte den Blick ab. Kurz scrollte er auf dem Display herum, dann stopfte er das Telefon in die Jeans. »Alles klar bei dir?«

»Hab mich nur gefragt, was mit dem Zug los ist.« Ich zuckte mit den Schultern und verstärkte den Griff um die Krücken.

»Der Triebwagen ist liegen geblieben. Soll aber bald wieder funktionieren.«

»Oh.« Aus irgendeinem Grund war ich nervös und biss mir auf die Lippe. »Können wir reden?«

Er zog die dunklen Augenbrauen zusammen und öffnete den Mund. Aber die Frau, die neben Slade gesessen hatte, trat an seine Seite und bevor er antworten konnte, sagte sie: »Es war wirklich nett, mit dir zu reden, Sebastian.« Ohne mich eines Blickes zu würdigen, streckte sie die Hand aus, nahm seinen Unterarm und hielt ihn fest. »Es macht dir doch sicher nichts aus, wenn ich später vorbeikomme, falls ich dich brauche?«

Bei der Frage fing mein Herz an, wie wild zu rasen – vor allem wegen der beiläufigen Erwähnung seines Namens.

Nur keine Eifersucht. Nur keine Eifersucht.

Wem wollte ich etwas vormachen? Ich war total eifersüchtig. Und als er ihr dann noch das süße Lächeln zuwarf, das ich bisher nur ein einziges Mal gesehen hatte, verknotete sich mein Magen wegen des hässlichen Gefühls, das ich nicht fühlen wollte – so sehr, dass ich mich abwenden musste.

»Klar, Sarah«, sagte er tief und kehlig.

Und sofort breitete sich Gänsehaut auf meinen Armen aus.

Mit klappernden Absätzen ging sie weg, und ich biss mir noch fester auf die Lippe, als ich ihr nachsah – und Slade den Rücken zukehrte, damit ich seine Reaktion auf ihren Abgang nicht mitansehen musste.

Kurz darauf schob er sich dicht hinter mich, seine Brust an meinen Rücken gedrückt, sein Kinn streifte meine Schulter. »Wir können reden. Aber nicht hier.«

»In Ordnung.« Ich nickte, zu atemlos, um mehr herauszubringen.

Widerspruch war zwecklos. Und durch den stechenden Schmerz in meinem Bein hatte ich nichts dagegen, wieder ins Abteil zu gehen, falls *er* mitkam. Nicht, dass ich mit ihm *zusammen sein* wollte. Aber ich wollte im Moment auf keinen Fall alleine sein. Meine Haut kribbelte vor Nervosität und die Verspätung machte mir Angst. Sollten Züge nicht eine sichere Art sein, um zu reisen? Ich hatte meine Zweifel.

»Wer war das denn?« Die Frage rutschte mir heraus, als wir durch den Speisewagen zur Tür gingen.

»Irgendeine Frau. Ich habe ihren betrunkenen Ehemann ins Bett gebracht.« Er räusperte sich, als wir den nächsten Waggon erreichten. »Warum? Bist du eifersüchtig?«

»Wohl kaum.« Ich verdrehte die Augen und hob das Kinn, während ich durch den engen Flur vorausging.

»Sicher?« Er lachte leise und im Gegenzug wurde mir heiß im Nacken. Im einen Moment hielt er es nicht mit mir in einem Raum aus und im nächsten fragte er mich, ob ich eifersüchtig sei. *Der Typ hatte Nerven.*

»Absolut.« Ich schnaubte und wurde schneller.

Schließlich erreichten wir den Waggon, in dem sich unser Abteil befand. Kurz bevor ich die Tür öffnen konnte, schlang Slade die Finger um meinen Oberarm und drückte sich enger an meine Seite.

»Du machst mir nichts vor, auch wenn du dich hinter dieser Scheißegal-Haltung versteckst«, flüsterte er mir ins Ohr. »Ich kenne dich. Und du hast dich überhaupt nicht verändert. Eifersüchtige Mädchen werden zu eifersüchtigen Frauen, oder nicht?«

Die Augen auf die Türklinke gerichtet, biss ich die Zähne zusammen. »Du weißt *gar nichts* über mich.«

»Du übernimmst gern die Kontrolle«, fuhr er fort. »Du magst Cheez-Its und hasst Schnee und Kälte.«

Ich drehte den Kopf gerade so weit, dass ich seine Lippen sehen konnte, aber nicht seine Augen. Wenn ich ihm in die Augen sah, würde mich das völlig aus dem Gleichgewicht bringen. »Na und? Das sind doch nur Nebensächlichkeiten.«

»Ich weiß auch, dass du dich noch nie hast binden können.«

»Das geht vielen so, dir doch auch.«

»Du hast ja so keine Ahnung.« Er schüttelte den Kopf und klang fast überrascht von meiner Antwort.

Ich runzelte die Stirn, weil ich keine Lust hatte, herauszufinden, was seine Bemerkung bedeutete. Stattdessen entschied ich mich für einen anderen Weg: ihn mit seinen eigenen Waffen zu schlagen. Ich konnte es *problemlos* mit Männern aufnehmen. Selbst mit den fiesesten Typen mit den dunkelsten, abscheulichsten Seelen.

»Tja, ich kenne dich auch, *Sebastian*.«

Er verzog die Oberlippe, als ich seinen richtigen Namen nannte, schluckte den Köder aber nicht ... ganz.

»Jetzt nicht mehr.«

Ich streckte die Hand aus und während ich sprach, zählte ich die Sachen an den Fingern ab. »Schauen wir mal. Du magst keine Menschenmengen und du bist lieber allein und leidest still vor dich hin, als dass du jemanden um Rat fragst oder um Hilfe bittest.«

Er erstarrte. »Das gilt für alle Red Dragons.«

»Stimmt. Aber ich weiß auch, dass du Angst davor hast, dir eine Niederlage einzugestehen.«

Er hob mein Kinn mit dem Zeigefinger an und unterbrach damit meine innere Siegesfeier. Unsere Blicke trafen sich und bei dem, was ich sah, lief mir ungewollt ein weiterer Schauer über den Rücken.

»Wen interessiert das?«, fragte er gereizt.

Ich spielte mit meiner Antwort, doch meine Zunge war zu trocken, um so zu reagieren, wie ich gewollt hätte. Mein Schweigen wiederum verlieh ihm eine Art Macht, seine

Gemeinheiten fortzusetzen, und ich nahm es hin, denn was blieb mir übrig? Wir waren allein im dunklen Flur, dicht aneinandergedrängt und atmeten quasi synchron. Sein Blick war vor Emotionen verschleiert, aber wenn ich wegsah, hatte ich verloren. Und das wollte ich nicht.

»Und du schläfst scheiße. Hast du schon immer«, blaffte er. »Schläfst weinend ein, wachst weinend auf, nur wegen der Albträume, von denen du nie jemandem erzählt hast, außer mir.«

Ich zuckte zusammen, denn ich konnte es nicht ertragen, wie recht er hatte. Dass er mir so leicht all meine Probleme vorhalten konnte, dass er mich traf, wie ich ihn hatte treffen wollen.

»Und du hast nur dann ohne die Albträume schlafen können, wenn du deinen Kopf auf *meine* Brust gelegt hast.« Er neigte den Kopf und verzog bedrohlich die Lippen. »Hast du mir das nicht mal gesagt?«

Zum Glück ließ er mein Kinn los. Aber mein Herz klopfte trotzdem wie wild und meine Unterlippe zitterte. Warme Tränen bildeten sich in meinen Augenwinkeln, aber ich wischte sie schnell weg, bevor sie mir über die Wangen laufen konnten. Meine Albträume ... sie waren schrecklich. Schlimmer ging es eigentlich gar nicht. Aber ich hatte sie hinter mir gelassen, es war besser geworden ... zumindest hatte ich das geglaubt.

Ich kramte in meinen Erinnerungen, die sie auslösten, und schob den Schmerz dorthin zurück, wo er hingehörte. Der Gedanke, nach Rockford zurückzukommen, mit noch mehr Tod oder bösen Männern zu tun zu haben, mit Sachen in Berührung zu kommen, vor denen ich mich jahrelang versteckt hatte, das machte etwas mit meinem Unterbewusstsein. Es weckte die Erinnerungen an das, was mein Vater meiner Mutter angetan hatte.

Und mir.

»Das stimmt nicht.« Ruckartig wandte ich den Kopf zur

Tür, öffnete sie schließlich und betete, dass er den Schmerz in meinem Gesicht nicht bemerkt hatte. Er war der Sieger in seinem Spiel. Und zu verlieren hatte noch nie so wehgetan.

Er blieb an der Tür stehen, aber der Abstand milderte seine grausamen Worte nicht. »Doch es stimmt, und das weißt du auch.«

»Ich weiß, was du vorhast«, flüsterte ich, ließ die Krücken fallen und setzte mich aufs Bett. »Und es funktioniert nicht.«

»Du weißt gar nichts«, knurrte er.

»Doch. Du bist absichtlich so grausam, weil ...« Ich kniff die Augen zusammen und stieß die Worte aus, wobei sich die Silben wie Erbrochenes aneinanderreihten. »Du-willst-mich-genauso-sehr-wie-ich-dich.«

Ich atmete tief durch, bevor ich den Blick wieder hob. Seine Nasenflügel bebten, seine verengten Augen glühten wie heiße Kohlen, je länger er auf mich hinabsah. Ich hatte den Nagel auf den Kopf getroffen, doch er schwieg und weigerte sich, es zuzugeben.

So verdammt stur.

»Ich weiß, was ich auf diesem Bett gespürt habe, Slade«, sagte ich sanfter und klopfte auf die Matratze. Streiten war so anstrengend. »Versuch gar nicht erst, es zu leugnen.«

»Wenn wir zu Hause sind, werden das ein paar Groupies schon wieder in Ordnung bringen.« Er hob das Kinn und lächelte wieder teuflisch.

Mir wurde übel und ich presste mir die Handflächen an die zugeschnürte Kehle. Er hatte sich verändert und war zu dem geworden, was ich an Bikern am meisten verachtete. Er war jetzt der Inbegriff eines Arschlochs, eines Riesenarschlochs.

Selbst wenn es nur gespielt war, wenn er mich absichtlich wegstoßen wollte, weil er Angst vor seinen Gefühlen hatte. Es trat trotzdem weh, zu wissen, dass mein Sebastian so weit weg war. So weit weg, dass ich ihn anscheinend nicht zurückbekommen würde.

»Am Abend, bevor ich umgezogen bin.« Ich holte tief Luft und wagte einen weiteren Versuch. Wenn wir uns schon über die schmerzhaftesten Sachen unterhielten, konnte ich auch gleich alles auf den Tisch legen. »Im Club mit den Frauen. Warum ausgerechnet dann? Warum nicht schon früher?« Ich wollte, dass er es zugab. Es ein für alle Mal loswurde. Auch wenn mich die Erinnerung daran fertigmachte, *er* würde diese Zeit in unserem Leben nur überwinden, wenn er sich öffnete. Mir die Wahrheit sagte.

»Warum ich mich betrunken habe? Mit ein paar Mädels rumgemacht habe?« Er rieb sich über den Mund und starrte mich an, als wäre ich nichts weiter als der Dreck unter seinem Stiefel.

»Ja. War es wegen ...?« Ich presste mir eine Hand auf die Brust und hoffte, er würde verstehen, was ich nicht aussprechen konnte.

»Wegen dir?«

Ich nickte wieder und hielt den Atem an.

»Dann freut es dich bestimmt, dass es wegen dir war, Maya«, blaffte er. »Das wolltest du doch hören, oder? Sollte ich zugeben, dass ich damals im Sommer jeden Tag und jede Nacht auf dich gewartet habe, bereit, dir zu Füßen zu fallen und alles zu tun, was du von mir wolltest, nur um von dir am Ende doch zu ignoriert zu werden?«

Bei seinem Eingeständnis liefen mir die Tränen über die Wangen – ich hatte es hören wollen, aber gleichzeitig verabscheute ich mich deswegen.

»Ich habe an deinem letzten Abend auf dich gewartet, weil ich dir die Wahrheit sagen wollte. Dich sogar bitten wollte, in Rockford zu bleiben. Und was machst du? Du haust mit meinem Cousin ab.« Er rieb sich mit beiden Händen das Gesicht und sagte: »Du bist *immer* mit Hawk abgehauen.«

»An dem Abend habe ich dich überall gesucht. Ich wollte dir alles sagen. Was ich *wirklich* empfunden habe.« Meine

Entschuldigung klang lahm, sogar in meinen eigenen Ohren. Aber es war die Einzige, die ich hatte.

Unterm Strich *hatte* ich ihn damals irgendwie benutzt, und ich verachtete mich deswegen. Aber ich war jung und dumm gewesen, und Fehler passierten, genau wie Missverständnisse. Außerdem war Slade auch nicht unschuldig.

»Ja, tut mir leid, ich hatte es satt, immer nur zweite Wahl zu sein.«

»Das warst du doch gar nicht«, widersprach ich. »Nachts bin ich immer zu dir gekommen. Ich habe immer in *deinen* Armen geschlafen.«

»Das war nicht genug«, sagte er mit geschürzter Lippe. »Du hast mich tagsüber wie einen Aussätzigen behandelt und dieser Scheiß ...« Slade seufzte und ließ den Kopf in den Nacken fallen, und beendete den Satz, den Blick zur Decke gerichtet. »Es hat mich zerrissen, Maya. Er hat mich so dermaßen fertig gemacht, dass ich nie wieder zu dem Mann werden kann, der ich war. Du hast dafür gesorgt, dass ich ihn so tief in mir vergraben habe, dass ich ihm jetzt jedes Mal in den Arsch treten muss, wenn er herauskommen will. Und du versuchst ständig, ihn hervorzulocken, also tu uns bitte den Gefallen und lass mich in Ruhe, verdammt.«

Ich holte tief Luft und blinzelte die Tränen weg. Endlich hatte er mir gesagt, was er empfand. Er hatte die Wahrheit ausgesprochen, die ich nun ertragen musste. Jetzt würde sie nicht mehr wie eine offene, eitrige Wunde zwischen uns schwelen.

»Ich weiß nicht, was ich sonst noch sagen soll.« Ich seufzte und wischte mir hektisch über die Wangen, denn es war mir peinlich, dass ich so emotional war.

Er hob den Kopf, sein Gesichtsausdruck war wieder in Dunkelheit gehüllt. »Es gibt nichts mehr zu sagen.«

Das stimmte nicht. Es gab noch so viel. Das war unsere Chance, neu anzufangen, auch wenn wir nur Freunde sein konnten. Ich wollte ihn körperlich. Aber emotional konnte ich nur seine Freundin sein. Ich würde nach Kalifornien zurückgehen, nachdem sich die Lage bei den Red Dragons beruhigt hatte. Und er würde den Club nicht verlassen.

So war das nun mal mit zwei Menschen, die gegensätzliche Wege eingeschlagen hatten.

Als ich aufstand, verfolgte er mich mit seinem lodernden Blick. »Ich gehe ...« Ich atmete tief durch und zeigte auf das kleine Bad. »Duschen.«

»Mir egal.«

Mit hängenden Schultern betrat ich den winzigen Raum. Ich war emotional und körperlich zu erschöpft, um noch etwas zu sagen, geschweige denn, ihn anzuschauen. Also tat ich, was ich am besten konnte: Ich lief weg.

SIEBZEHN

SLADE

Ich hatte mich wie ein Arsch verhalten. Daran hatte ich keinen Zweifel. Aber meine Absichten waren gut, auch wenn es für die meisten nicht so aussah. Wenn ich nicht der Mistkerl wäre, für den ich mich ausgab, würde ich ihr wie ein Waschlappen zu Füßen fallen. Ihr ein für alle Mal die Entschuldigung geben, die sie für meine Rolle in unserer beschissenen, kaputten Vergangenheit verdiente. Es war nämlich so, als Arschloch konnte ich Maya beschützen. Und *das* war im Moment meine Aufgabe als Red Dragon. Sonst nichts.

Wenn ich es zuließe, könnte Maya mir die Welt bedeuten. Aber ich kam gut allein zurecht. Schon seit Jahren. Jetzt war es meine oberste Priorität, sie zu beschützen, und deshalb würde ich sie verlassen müssen.

Selbst wenn wir zusammenkamen, ein bisschen rummachten, würde sie doch wieder gehen. Mich noch einmal brechen, und das konnte ich nicht ertragen. Ihr Leben war nicht mehr in Rockford. Und meins würde immer dort sein.

Nachdem sie im Bad verschwunden war, ging ich hinaus, um ihr Eis und eine Flasche Wasser zu holen. Der Zug war endlich wieder losgefahren – wir würden also zum Glück bald in Iowa sein. Ich war nicht nur wegen unseres Streits aufgeregt, sondern insgesamt nervös, ohne dass ich einen Grund hätte nennen können.

Es fühlte sich an, als würde ein Sturm aufziehen. Als ob sich mein Leben grundlegend verändern würde, ob ich es nun wollte oder nicht. Und die Vorstellung, möglicherweise überrumpelt zu werden, jagte mir eine Heidenangst ein.

Es war schon ein paar Stunden her, dass ich zum letzten Mal etwas von jemandem aus dem Club gehört hatte – kein gutes Zeichen. Keine Nachrichten oder Anrufe bedeuteten, dass meine Brüder mir wahrscheinlich etwas verheimlichten. Ich hatte Archer gesimst, aber keine Antwort bekommen. Als ich Hawk angerufen hatte, war ich sofort auf der Mailbox gelandet. Ich war jetzt schon sauer, dass nicht ich Carlos' Mörder erwischt hatte, auch wenn es gut war, dass der Kerl tot war. Jede weitere Scheißnachricht hätte mich jetzt aus der Fassung gebracht – wahrscheinlich wusste Flick das. Ich befürchtete, dass es deshalb so ruhig war.

Zwanzig Minuten später stieß ich die Tür unseres Abteils auf, einen Beutel Eis in der Hand und ein kleines Sandwich für Maya. Aber als ich Maya auf dem Bett liegen sah, erstarrte ich und hätte fast alles fallen lassen. Sie lag auf der Seite – und selbst in der nahenden Dunkelheit erkannte ich ihre nackte Schulter – und ich erlaubte mir, eine Minute zu betrachten, was ich so lange begehrt hatte. Ich hatte es verdient, sie mir wenigstens anzusehen, oder?

Bei ihrem Anblick wurde mir der Mund trocken, und ich wurde hart bei der Erinnerung, wie gut ihre Lippen heute Morgen geschmeckt hatten. Wie gefährlich nahe ihre warme, feuchte Pussy gewesen war, wo ich am liebsten hätte sein wollen.

Ich kniff die Augen zusammen und schüttelte schnell den Kopf, um mich runterzufahren.

Da ich jetzt ein Red Dragon war, mochte alles anders sein,

aber ihr beim Schlafen zuzusehen ... die Nachricht meines Hirns, unbedingt Abstand zu halten, kam bei meinem verdammten Herzen nicht an. Denn mein Herz und mein Schwanz hatten sich verbündet.

Es wäre so leicht, neben ihr unter die Decke zu schlüpfen. Noch leichter sogar, sie an mich zu ziehen, ihren Hals zu küssen und vor allem ihren Duft einzuatmen. Aber ich konnte mich im Moment nur einer Sache widmen, und ich hatte die Entscheidung getroffen. Der Club, meine Brüder – nur sie zählten. Jetzt war es am wichtigsten, sie alle zu beschützen und den verdammten Scheiß mit Pops und jetzt auch noch Mayas Vater zu beenden.

Beim Gedanken an Mayas alten Herrn ließ ich das Kinn auf die Brust sinken.

Das war eine ganz andere Hölle, mit der ich mich jetzt nicht beschäftigen wollte. Ich wusste, was es für sie bedeuten würde, zu wissen, dass er gegen uns arbeitete. My hasste ihn, ja. Aber das würde es ihr nicht einfacher machen, die Wahrheit zu akzeptieren.

Sie rührte sich im Schlaf und ein Wimmern kam ihr über die Lippen. Ich kannte diesen Laut. Und ich wusste, was danach kam. Schniefen, ein Schluchzer, dann Keuchen ...

Ich sank neben dem Bett auf die Knie und rüttelte sie leicht an der Schulter, um sie aufzuwecken. »Hey, My, wach auf.«

Die Zugpfeife schrillte. Sie drehte sich um und sah mich mit geweiteten Augen an, zuckte aber nicht zusammen; stattdessen blinzelte sie die Tränen weg und ihre Unterlippe zitterte. Bei diesem Anblick brannte meine Brust und ich fuhr mir mit der Hand über das Herz. Verdammt, ihre Albträume verschwanden nie. So viele Jahre später machte ihre Scheißvergangenheit ihr immer noch zu schaffen. Es war grausam von mir gewesen, dass ich das gegen sie verwendet hatte.

»Alles in Ordnung?«, fragte ich.

Sie schüttelte den Kopf.

Ich seufzte leise und setzte mich neben sie auf das Bett, während ich auf etwas wartete, dessen ich mir nicht mehr sicher war. Jeder Tag unserer gemeinsamen Reise war beängstigender und unberechenbarer als der Tag davor. Und Angst zu haben und unsicher zu sein, war verdammt anstrengend.

»Weißt du, warum ich aus Rockford weggegangen bin?«, fragte sie leise, offensichtlich noch lange nicht fertig mit unserem Gespräch.

»Du wolltest neu anfangen.« So wie ich es einst auch gewollt hatte.

»So ähnlich.« Sie zuckte mit den Schultern. »Eigentlich lag es eher daran, dass ich mich in Rockford zum ersten Mal in meinem Leben frei gefühlt habe. Frei von meinem Vater, der mein Leben nicht mehr kontrollierte. Frei davon, mich ständig um meine Mutter zu kümmern, weil Flick mir geholfen hat. Ich war frei, so zu sein, wie ich wollte, und es gab niemanden, der mir gesagt hat, wie ich leben sollte oder der mich aufgehalten hat. Niemand hat etwas von mir erwartet.« Sie atmete tief durch. »Ich habe achtzehn Jahre im Club meines Vaters hinter Schloss und Riegel verbracht. Und auch wenn es bei den Red Dragons anders war, fühlte es sich nicht richtig an, dort zu bleiben.«

Das klang irgendwie logisch. Am Anfang, bevor ich ein Red Dragon werden wollte, hatte ich nie das Gefühl gehabt dazuzugehören. Sogar als Prospect und nachdem ich aufgenommen worden war, war die Erfahrung für mich anders als für die anderen Jungs. Die Bruderschaft im Club war anders als alles andere, ja, und ein Teil davon zu sein, half mir, den Schmerz über Mayas Weggang und den Tod meines Vaters zu überwinden. Aber obwohl ich echt gern ein Red Dragon war, vergaß ich manchmal, wer ich vorher gewesen war.

»Bevor ich nach Rockford gekommen bin, habe ich alle Biker gehasst. Ich habe sie so sehr gehasst. Ich habe versucht, Hawk und Archer zu hassen. Sogar meinen Onkel. Aber mit ihnen zu leben und mit *dir* ... Ich kam mir vor wie in einer endlosen Warteschleife. Der schlimmsten und der besten Art. Also habe ich mir eingeredet, dass es so sein sollte, und dass ich meine Freiheit finden würde, auch wenn es wehtat, zu gehen.«

»Deine Freiheit hättest du auch in Rockford finden können.« Ich runzelte die Stirn, aber aus irgendeinem Grund war mir leichter ums Herz.

»Vielleicht, vielleicht auch nicht. Aber als ich bereit war, es mit dem besten aus beiden Welten zu versuchen, war es zu spät.«

Ein paar Minuten vergingen, Minuten voller Fragen, die ich nicht aufhalten konnte, obwohl ich nicht mehr über all das reden wollte.

»Warum die Show?«, fragte ich. »Warum warst du nicht von Anfang an ehrlich mit mir, du mochtest mich doch?«

»Hab ich doch gesagt. Ich hatte Angst.« Sie blinzelte und die Wahrheit war auf einmal glasklar. Maya hatte nie gelogen. Sie wusste nur nicht immer, wie sie sich ausdrücken sollte, so wie ich.

»Deswegen hättest du mich aber nicht ignorieren und jeden Tag zu Hawk rennen müssen, als wäre er dein Held«, murmelte ich.

»Ich weiß.« Langsam setzte sie sich auf, ihre Brust drückte gegen meine Schulter und ihr zitroniger Duft stieg mir in die Nase. »*Du* warst der Grund, warum ich so geworden bin. Der Grund, warum ich überhaupt *gegangen* bin. Nicht, weil ich dich nicht mochte oder dich verlassen wollte, sondern weil ich wegen dir ein besserer und anderer Mensch sein wollte. Du hast einfach ... gelebt.« Sie lächelte und hielt kurz inne. »Das wollte ich auch, seit dem Tag, als ich zum ersten Mal einen Stift in die Hand genommen habe, wollte ich Tätowiererin oder irgendeine andere Art Künstlerin werden. Aber von mir wurde so lange erwartet, dass ich mich wie die Tochter eines Vice President verhalte; dass ich in die Bikerwelt einheirate und zu einer Old Lady werde, die stumm ihrem Mann gehorcht. Als ich dann nach Rockford kam, wusste ich nicht mehr, wer ich war.«

»So etwas wäre dir bei den Red Dragons nicht passiert. Das hätte Flick nicht zugelassen.«

Sie schüttelte den Kopf. »Nicht alles, nein. Aber Flick ging es schon immer um Kontrolle, und die Frauen um ihn herum bleiben immer hinter ihren Möglichkeiten zurück. Das ist keine Absicht, er ist einfach so.«

Das konnte ich nicht leugnen. Auch wenn es nicht in Ordnung war. Mein President hatte eine veraltete Denkweise, denn er hatte nichts anderes gelernt. Aber wenn Maya in Rockford hätte bleiben wollen, frei sein wollen, hätte ich es ihr ermöglicht.

Sie hob die Hand und legte sie an meine Wange und zeichnete mit dem Finger meine Narbe nach.

»Könnten wir so tun, als wäre die Vergangenheit die Vergangenheit? Sie vielleicht sogar vergessen?« Sie kaute auf ihrer Unterlippe und zog meine Aufmerksamkeit auf ihren Mund. »Vielleicht neu anfangen?«

»Ich kann nicht vergessen, was passiert ist, My«, sagte ich und zog mich weit genug zurück, um ihr in die Sternenaugen zu sehen. »Aber wenn du neu anfangen willst, können wir das versuchen.«

Sie nickte schnell. »Okay, ja. Versuchen wir es.«

Ich atmete geräuschvoll aus und rieb mir mit beiden Händen das Gesicht. So verletzt und sauer ich gewesen war, weil sie mich damals so behandelt hatte, es war zu anstrengend, weiter an meinem Groll festzuhalten. »Wenn wir es versuchen, muss ich zuerst noch etwas wissen.«

»Alles.«

»Warum hast du das gemacht?«

Sie runzelte die Stirn. »Was?«

»Mich so durcheinandergebracht. Nachts warst du bei mir,

tagsüber hast du mich verlassen. Ich muss wissen, warum. Ich verstehe ja, dass du Angst hattest, aber was zu Teufel hat dir solche Angst eingejagt, dass du so tun musstest, als würde ich gar nicht existieren?«

Eine Weile verging, aber sie sagte nichts. Ich nahm die Hände vom Gesicht, und sie musterte mich mit traurigen Augen. Erst da antwortete sie mir.

»Ich wollte nicht, dass irgendwer davon erfährt.«

Die Wahrheit ließ mich zusammenzucken. Aber ich hatte sie hören wollen.

Bevor ich vom Bett aufstehen und im Stillen leiden konnte, legte sie mir die Hand in den Nacken, beugte sich zu mir und drückte die Stirn an meine. »Ich wollte nicht, dass irgendjemand davon erfährt, weil ich nicht wollte, dass es verschwindet. Das war egoistisch. Aber ich hatte irgendwie Angst, dass es aufhören würde, wenn die Welt erfahren hätte, dass du mir mein Herz gestohlen hattest.« Sie atmete langsam aus und ihr Atem streifte meine Lippen. »Du warst das einzig Gute, was mir seit Jahren passiert war, und ich wusste nicht, was ich davon halten sollte. Aber ich werde mich nicht mehr dafür entschuldigen, dass ich egoistisch war, denn ich bin nicht die Einzige hier, die einen Fehler gemacht hat.«

Ich stöhnte. »Was habe ich getan?«

»Du hast mir auch nicht gesagt, was du fühlst. Du hattest genauso viel Angst wie ich.«

Mir schnürte sich die Kehle zusammen, die Wahrheit traf mich wie ein Schlag in den Nacken. »Ich war ein dummer, ahnungsloser Junge, verliebt in eine Frau, für die ich nie gut genug gewesen wäre.« Ich zuckte die Schultern und fand es schrecklich, wie schwach das klang. Aber ich schuldete ihr wohl eine Version meiner Wahrheit.

»Wir lagen also beide falsch.« Sie blinzelte mich an und betrachtete mein Gesicht.

»Scheint so.«

»Was machen wir dann jetzt?«

Mir fielen ziemlich viele Sachen ein, die ich in diesem Moment gern gemacht hätte. Ihren Mund erobern, an ihrer rosafarbenen Unterlippe saugen ... daran knabbern. Sie zwischen ihren Schenkeln berühren, sie mit der Hand kommen lassen. Und dann auf mir. Aber ich war mir ziemlich sicher, dass sie das nicht meinte.

»Sag du es mir.« Dabei beließ ich es und bedeutete ihr, sich auf das Bett zu legen. Ich legte mich neben sie und versuchte, so gut es ging, Abstand zu halten. Aber das Bett war so schmal und selbst nach all den Jahren waren wir wie Magneten.

»Wir könnten schlafen.« Sie sah mich an, und da erkannte ich es. Den Ausdruck in ihren Augen. Der von vorhin, der sagte: *Nimm mich, ich gehöre dir.*

Es wäre eine gute Idee gewesen, aufzustehen. Sebastian hätte es getan. Er war ein guter Junge. Slade war es nicht.

Was im Zug passierte, blieb im Zug. Und ich wollte spüren und erleben, was ich viel zu lange verpasst hatte. Kein Club-Groupie konnte die Bestie in mir zähmen, die Maya erschaffen hatte. Hatte es nie gegeben. Würde es auch nie geben.

Ich *brauchte* diese Frau, mehr als Luft und Wasser, Essen und eine reine Seele vor Gott. Und es war mir egal, wenn das alles in ein paar Tagen vorbei war. Maya war ein Traum und ein Sturm und der ganze Scheiß, der mich jahrelang fertig gemacht hatte, die in einer Explosion der Perfektion zum Leben erweckt worden waren.

Es war an der Zeit, dass ich sie nahm.

Knurrend kletterte ich auf sie, legte ihr die Hände auf die Taille und zerrte ihr mit meinen gierigen Fingern das T-Shirt hoch. Ich würde nicht mehr langsam vorgehen, sie nicht mehr wegstoßen, wenn es mir zu viel wurde. Zu emotional.

Ihre Haut brannte förmlich unter meiner Handfläche. Ich küsste sie hungrig, kostete, erkundete, *verschlang* jeden Zenti-meter ihres Mundes. Ihre Brust hob sich ebenso schnell wie meine, sie war auch kurz davor, über die Kante zu stürzen, und es würde ein heftiger Sturz werden.

Als ich es nicht länger aushalten konnte, lehnte ich mich zurück und zog ihr das T-Shirt aus. Sie griff nach meinem und zog mit ungeduldigen Fingern am Saum. Ich zögerte, denn ich wusste, was sie sehen würde, wenn ich es auszog. Aber die Zeit der Geheimnisse war vorbei.

Ich lehnte mich noch weiter zurück und beobachtete sie, während sie es mir über den Kopf zog. Ihr Keuchen verriet mir, dass sie es entdeckt hatte.

»Ist das ...?« Die Fingerspitzen an die Lippen gepresst, studierte Maya die lange Tätowierung unter meinem rechten Arm. Auf dem Flur vor ihrer Wohnung hatte sie es nicht bemerkt; ich hatte den Arm nicht hoch genug gehoben, als dass sie es hätte sehen können. Aber aus der Nähe war es nicht zu übersehen.

»Ja.« Ich schluckte und meine Kehle war vor Emotionen so zugeschnürt, dass ich nicht viel sagen konnte. »Ist es.«

Ich legte mich auf die Seite, hob den Arm etwas an und beobachtete, wie ihre Sternenaugen größer wurden, je näher sie kam. Ihre Hand zitterte, als sie sie ausstreckte, um die Tätowierung, die sich von der Achselhöhle über meine Rippen zog, zu berühren.

»Wie?« Sie blinzelte.

»Du hast es mit Filzstift gezeichnet, weißt du noch? Und als ich es am nächsten Tag im Spiegel gesehen habe, wollte ich es unbedingt behalten.«

Unsere Blicke trafen sich und Tränen liefen ihr über die Wangen. »Das ist wirklich mein Entwurf?«

»Absolut.« Ich lächelte. »Wünschte nur, du wärst dabei gewesen, als ich es mir habe stechen lassen.«

In unserer letzten gemeinsamen Nacht, bevor alles den Bach runtergegangen war, hatte Maya gefragt, ob sie etwas auf mich zeichnen könnte. Sie meinte, sie wolle üben, für den Fall, dass sie irgendwann wirklich tätowieren sollte, und ich war so verliebt, dass ich ihr alles erlaubt hätte.

Es war die beste, qualvollste Stunde meines Lebens. Sie saß auf meiner Hüfte, den Unterarm und das Handgelenk auf meine Rippen gestützt, und zeichnete den Pfeil auf meine Seite. Die Buchstaben N, S, O und W mit einem Kompass – es war einfach schön, filigraner als die typischen Tattoos der RDs, aber das war mir scheißegal. Ich liebte es, weil sie es dorthin gemalt hatte. Ich hätte nie daran gedacht, es abzuwaschen, nicht einmal, nachdem sie weggegangen war. Für mich bedeutete das Tattoo sowohl Schmerz als auch Freude, eine Zeit in meinem Leben, die ich nie vergessen würde.

»Ich auch.« Sie beugte sich vor und bevor ich sie aufhalten konnte, küsste sie die Tätowierung, dann richtete sie sich wieder auf und drückte die Lippen auf meine. Sanft, dankbar und voll von etwas so Bedeutungsvollem, dass ich es am liebsten in eine Flasche gefüllt und für immer mit mir herumgetragen hätte.

Mein Bein hing von der Bettkante herunter, und ich konnte kaum das Gleichgewicht halten, als unsere Münder immer hungriger und schneller wurden. Ich war nicht betrunken oder beschwipst, sondern lebendig und bereit, sie auf die richtige Art zu nehmen, so oft wie sie mich ließ.

Ich wanderte ihren Körper hinunter, küsste die Stelle zwischen ihren Brüsten, zwickte und streifte jede Brustwarze mit dem Daumen. Sie keuchte und atmete heftig, sie wölbte sich mir entgegen und ich musste sie unbedingt kosten.

Sie hatte mich vor der Welt versteckt, weil sie nicht wollte, dass die Welt mich ihr wegnahm. Genauso wie ich Sebastian verborgen hatte, weil er ihr gehörte und ich nicht wollte, dass ihn irgendjemand anderes bekam.

Fuck, *fuck.* Es war zu viel Zeit vergangen. Ich hätte ihr nachgehen sollen. Ihr früher die Wahrheit sagen sollen. Ich hätte, hatte ich aber nicht, weil ich blöd war. Zu stolz. Aber damit war jetzt Schluss.

»Slade, was hast du ...«

»Sebastian.« Ich fiel auf die Knie und zog sie an den Hüften über das Bett. Vorsichtig zog ich ihr die Leggings herunter, dann ihr Höschen und sagte: »Wenn ich so nah an deiner Pussy bin, nennst du mich Sebastian, klar?«

Sebastian war der Mann, der sie verdiente. Und so sehr ich nicht mehr Sebastian sein wollte, bei Maya würde er nie verschwinden, ehe er bekommen hatte, was er wollte.

Sie nickte und öffnete die Lippen, als ich ihr verletztes Bein anhob und es mir über die Schulter legte. Mit der anderen Hand schob ich ihr gesundes Bein so weit wie möglich zur Seite, um mir Platz zu schaffen. Hinter mir war es ziemlich eng und meine Oberschenkel drückten hart gegen den Bettrahmen. Aber das war mir egal. Nichts konnte mich davon abhalten, die himmlische Stelle zwischen Mayas Beinen zu lecken.

Ich küsste ihren Bauch, jede Hüfte und knabberte an ihrem Knie. Dann rutschte ich wieder etwas höher und vergrub die Nase in den weichen Locken über ihrer Pussy. Ich schob beide Hände unter ihren festen kleinen Hintern und machte mich für das bereit, was kommen würde. Dann drückte ich zu und sie stöhnte, und schon erkundete ich mit der Zunge ihre Klit.

»Sl... Sebastian, o Gott.«

Ich schloss die Augen, öffnete den Mund etwas weiter und nahm mir Zeit, jeden Zentimeter von ihr zu kosten.

Sie stöhnte und wölbte die Hüften. »Bitte, Sebastian«, keuchte sie. »Ich brauche dich.«

Ich schüttelte den Kopf, vergrub mich tiefer in ihr, leckte sie langsamer und verwöhnte sie ausgiebig mit meiner Zunge. Sie presste die Oberschenkel an meinem Kopf zusammen und krallte sich in meinen Haaren fest. »Hör auf, ich komme, Sebastian, ich ...«

Ihr Rücken wölbte sich und hob sich vom Bett, sie schrie,

erschauerte, ihr Körper so wundervoll, der Laut perfekt. Ich zog mich zurück und beobachtete, wie ihre Brüste sich hoben und senkten, während sie versuchte, wieder zu Atem zu kommen.

Aus irgendeinem dämlichen Grund war ich nervös und atmete aus, um mich zu beruhigen. Dann schnappte ich mir das Kondom von vorhin, legte es neben Mayas Hüfte und stand auf. Als ich mir die Hose herunterzog, zuckten ihre Lippen, und ich fragte mich, was ihr durch den Kopf ging.

»Alles okay?« Ich grinste, als der Knopf meiner Jeans mit einem Klicken auf dem Boden aufkam.

»Mmm ...« Sie musterte mich von oben bis unten. »Könnte besser sein.«

Ich zog eine Augenbraue hoch. »Könnte besser sein?«

Lächelnd setzte sie sich auf. »Mh-hm.«

»Wie denn?«

Langsam riss sie die Kondomverpackung auf, die Lippen frech geschürzt, als sie es mir reichte.

»Du willst mich in dir?«

»Mehr als alles andere«, flüsterte sie.

»Dann zieh es mir über.«

Maya leckte sich die Lippen, beugte sich vor und strich mir langsam über den Schwanz. Aber anstatt zu tun, was ich gesagt hatte, küsste sie meine Eichel und nahm mich dann in den Mund. Ich stöhnte und ließ den Kopf in den Nacken fallen. »Das ist nicht ... Himmel, My.« Sie nahm mich tiefer in sich auf, gab einen vibrierenden Laut von sich, das mich dazu brachte, sie an den Haaren zu packen und daran zu ziehen. Sie griff nach meinem Hintern und krallte sich mit ihren Händen fest.

Ich erschauerte und erlaubte es. Liebte es. Für eine lange Minute. Dann zwei.

Kurz bevor ich gekommen wäre, zog sie sich zurück und schob das Kondom dorthin, wo es hingehörte. Als sie zu mir aufblickte, wusste ich, dass ich verloren war. Verloren in meinem Kopf. Verloren in ihr.

Langsam drängte ich sie auf den Rücken, nahm mir Zeit, sie zu küssen, sie zu genießen, bevor sie unter mir lag, ihr gesundes Bein weit genug gespreizt, dass ich leicht zwischen ihren Schenkeln Platz fand.

»Süße, süße Maya.« Ich küsste ihr Kinn, ihre Wange, ihren Hals. »Du machst mich fertig. Du machst mich immer fertig.«

Und dann richtete ich mich aus und mit der Hilfe ihrer Hände an meinem Hintern drang ich in sie ein und das Gefühl war so überwältigend, dass ich innehalten musste. Sie erschauerte unter mir, ich spürte ihren Atem an meinem Hals und auf meiner Brust. Finger streichelten meinen Rücken hinunter und zwischen meinen Schultern. Und dann spürte und hörte ich ihre Worte an meinem Ohr: »Ich will, dass du alle anderen Männer für mich verdirbst.«

Ich schloss die Augen und wollte nie wieder woanders sein. Ihr Körper war mein Tempel. Für immer mein Ort der Anbetung. Schweiß lief mir über den Rücken, weil ich mich krampfhaft zurückhielt, aber sie musste mir erklären, was sie gerade gesagt hatte. »Was meinst du?«

Sie wölbte mir ihre Hüften entgegen und flüsterte: »Ich will, dass du mich dafür bestrafst, dass ich dir wehgetan habe. Ich will es hart und ich will es schnell.«

»Nein«, zischte ich. »Verlang das nicht von mir.«

»Bitte.«

»My.« Ich legte die Stirn an ihre, schloss die Augen und küsste ihre Lippen sanft und sagte: »Du hast mich gebrochen. Aber die Vergangenheit ist die Vergangenheit. Wenn ich darüber hinweg bin, musst du es auch sein.«

Und ohne ein weiteres Wort fing ich an, mich zu bewegen ... acht verdammte Jahre später.

»Gott, du fühlst dich so gut an.« Ich stöhnte, atmete schwer und synchron mit ihr.

Sie schlang die Arme fest um meine Schultern. »Halte dich nicht zurück.«

Ich nickte, und alle guten Vorsätze waren dahin. Was langsam begonnen hatte, verwandelte sich schnell in etwas, das ich nicht kontrollieren konnte. Erbarmungsloses, wütendes Ficken, weil ich fürchtete, die Zeit würde uns davonlaufen. Genau die Art von Sex hatte ich mit ihr nie haben wollen.

Aber sie sagte mir Sachen und löste Gefühle in mir aus und fuck. *Fuck.*

Ich packte ihre Hände, drückte sie ihr über den Kopf und hielt sie dort fest. Sie schrie vor Vergnügen. Und ich liebte den Klang meines Namens auf ihren Lippen. Mir gefiel, dass ich es war, der sie erbeben ließ.

Immer wieder vögelte ich sie, Hüften prallten gegen Hüften, Haut rieb an Haut, die Zugpfeife übertönte kaum das heftige Grollen in meiner Kehle und ihr Stöhnen. Ich hatte mit vielen Frauen geschlafen, aber noch nie so. Nie mit so viel Hass und Liebe vereint.

Ich hielt ihre Arme fest, damit sie mich nicht mehr anfassen konnte, und gab ihr, worum sie gebeten hatte, gefleht hatte, aber auf meine eigene Art. Ich wollte, dass sie mich genauso begehrte wie ich sie, und ja, ich wollte alle anderen Männer für sie ruinieren, wie sie verlangt hatte. Aber ich war mir ziemlich sicher, dass ich sie immer noch liebte, und jemanden zu lieben hieß, sich selbst zu verletzen, bevor man ihnen wehtat.

Ich bewegte die Hüften heftiger, spreizte ihre Beine weiter, bis ihr Vergnügen in ein schmerzhaftes Wimmern verwandelte.

Verdammt, ihr Knie.

Ich wurde langsamer, küsste sie auf die Stirn. »Sag mir, wenn ich dir wehtue, okay?«

»N-nein«, stammelte sie. »Alles okay.«

»Lüg mich nicht an, My.« Ein Stoß, ein weiterer ... ich war so tief in ihr, dass ich so hätte sterben können. Vergraben in ihrem heißen Körper, während ich sie auf die einzige Art liebte, die ich mir jemals erlauben würde.

»Tue ich dir weh?«, fragte ich noch einmal.

»Bitte hör nicht auf.« Sie drückte gegen meine Hände, mit denen ich ihre immer noch über ihrem Kopf festhielt und ich bereute sofort, dass ich sie nicht losgelassen hatte.

Also ließ ich los.

Sie seufzte und ein zufriedener Ausdruck huschte über ihr Gesicht. Zaghaft schob sie eine Hand in mein Haar und fuhr mit der anderen meine Wirbelsäule entlang. Ich zitterte bei den sanften Berührungen und drehte den Kopf, um ihr Handgelenk zu küssen. Dann biss ich mir auf die Unterlippe, als ich mich zurückzog und anfing, mich wieder zu bewegen, diesmal darauf bedacht, ihr nicht wehzutun.

Ein Stoß, dann zwei, wir blickten uns unverwandt an. Sie wölbte sich mir entgegen, bewegte sich im selben Rhythmus wie ich. Erschauernd drang ich tiefer in sie ein, sodass sogar meine Hoden ihre Haut berührten. Maya öffnete die Lippen, die Lider vor Lust halb gesenkt, während ich sie so sanft und so hart liebte, wie ich konnte.

»Sebastian«, flüsterte sie und krallte die Finger in meine Haare, grub die Nägel tiefer in meine Haut.

Ich beobachtete ihr Gesicht, als sie kam, und hielt mich selbst gerade lange genug zurück, um ihr dabei zuzusehen. Kurz darauf wurde ich stöhnend schneller. Mein Herz raste, alles in mir vibrierte vor Liebe und Verlangen und Sachen, die ich nicht identifizieren konnte, aber nie wieder verlieren wollte.

»Maya.« Ich schloss die Augen, biss die Zähne zusammen und kam hart in ihr, während mir der Schweiß über die Stirn und den Rücken lief.

Ich hatte die Frau aus meiner Vergangenheit zu meiner Zukunft gemacht ... zu meiner Welt. Und ich bereute es kein bisschen.

ACHTZEHN

MAYA

Ein paar Stunden später stiegen Slade und ich schließlich in Iowa aus dem Zug. Seine Hand lag die ganze Zeit an meinem Rücken, und obwohl die Winterluft eiskalt war und ich mit den Krücken auf dem Eis rutschte, fühlte ich mich in seiner Nähe sicher.

Die Überraschung über das, was ich unter seinem Arm entdeckt hatte, hatte mich den Rest der Reise nicht mehr losgelassen. Ich hätte nie im Leben damit gerechnet, dass er sich meine Zeichnung tätowieren lassen würde, vor allem, wenn er mich so sehr gehasst hatte, wie er behauptete. Alles war noch so, wie ich es in Erinnerung hatte, bis hin zu dem Pfeil mit der Feder, der nach Norden zeigte, und den kleinen Worten in der Mitte: »Not all who wander are lost.«

Liebe und Hass entstanden oft aus denselben, tiefsitzenden Gefühlen, und vielleicht war Slades abgrundtiefer Hass auf mich der Grund für das, was aus uns geworden war.

Seit wir aus dem Zug gestiegen waren, hatte er sich mir gegenüber nicht unbedingt distanziert, aber nun schien ihn etwas Neues zu bedrücken. Eine neue Qual, über die ich alles wissen wollte, damit ich seine Schmerzen lindern konnte.

Das zwischen uns fühlte sich beinahe perfekt an, so etwas hatte ich noch nie erlebt. Aber vor Angst, ich könnte ihm nicht genug sein, stellte ich alles, was ich sagte und tat, infrage.

»Ein Freund von Hawk sollte uns abholen«, sagte Slade, als wir uns der Tür zum Parkplatz näherten. »Ein älterer Typ. Summers Grandpa.«

Drinnen wuselten ein paar Leute herum, aber ansonsten war der Bahnhof ruhig und friedlich.

»Okay«, sagte ich und erinnerte mich, dass er das nebenbei erwähnt hatte. »Eine Farm, oder?«

Er nickte, verfiel aber wieder in Schweigen.

Ich runzelte die Stirn und wünschte, ich könnte seine Hand nehmen – ich verfluchte die Krücken, die ich loswerden würde, sobald mir der Arzt sein Okay gab. »Alles in Ordnung?«

Slade blickte noch einmal von einem Ende des Bahnhofs zum anderen, bevor er nach dem Türknauf griff. »Ja. Ich will nur endlich nach Hause.«

Ich beschloss, mir nicht allzu viele Gedanken über seine schlechte Laune zu machen, und redete weiter. »Irgendwie freue ich mich schon. Ich war noch nie auf einer Farm.«

»Wir bleiben nur eine Nacht. Freu dich nicht zu sehr.«

Ich verdrehte die Augen, als er mich zu einer Treppe führte, die draußen auf dem Parkplatz mündete. Es überraschte mich, wie geduldig er meine langsamen Bewegungen hinnahm, während ich mich von Sekunde zu Sekunde mehr über die Krücken ärgerte. In diesem Tempo kam ich mir wie eine alte Frau vor, vor allem, da die Kälte meine Schmerzen verstärkte.

Oben auf der Treppe bemerkte ich ein braunes Auto, das mit laufendem Motor einsam am Straßenrand parkte. Davor stand ein Mann und rauchte eine Zigarette. Der Fremde sah recht harmlos aus, er trug eine dunkle Schiebermütze, eine Khakihose und etwas, das aussah wie ein karierter Pullunder. Er erinnerte mich an die Schnösel auf der Highschool, die ich früher gemieden hatte, nur hatte er einen großen, vorstehenden Bauch.

»Das ist doch nicht unser Wagen, oder?«, fragte ich und war überrascht, wie ruhig es hier war. Die kalte Luft war fast erfrischend, trotz ihrer Auswirkungen auf mein Knie. Gleichzeitig waren die Stille und der Frieden auf dem Parkplatz irgendwie beunruhigend.

»Nein. Wir warten auf einen Truck.«

Der Mann winkte uns zu sich, ließ die Zigarette fallen und trat sie mit der Schuhspitze aus. Als ich losgehen wollte, packte Slade die Lederjacke, den ich immer noch anhatte, und hielt mich zurück. »Geh wieder rein und warte, bis ich das geklärt habe. Irgendetwas kommt mir komisch vor.«

»Auf keinen Fall«, schnaufte ich und machte mich auf den Weg zur Treppe. In meinem Tempo würde ich eine Million Jahre brauchen, bis ich wieder drin war, und ich würde keinen Funken Energie für irgendein komisches Gefühl verschwenden.

Diesmal drückte er meine Schulter und warnte mich leise: »Ich *sagte,* geh wieder rein.«

Ich rollte mit den Augen, ignorierte ihn weiter und arbeitete mich die obersten Stufen hinunter. In der Ruhe lag die Kraft, oder?

»Wer als Erster da ist!«, spottete ich über meine Schulter hinweg.

»Echt jetzt?«, knurrte er zurück.

Trotz meines Spotts war er natürlich schneller da als ich und blieb ein paar Meter vor dem Mann stehen. Der Fahrer lächelte und zeigte Slade etwas auf seinem Handy. Genervt, aber zufrieden drehte Slade sich zu mir um, als ich endlich bei ihnen ankam.

»Was ist los?« Ich blickte zwischen ihm und Fahrer hin und her, nickte dem Fahrer zu, während Slade auf seinem Handy herumtippte. Er bekam eine Nachricht. Ich versuchte, zu sehen, von wem sie war, war aber nicht schnell genug.

Er knurrte leise irgendwas wie *Bullshit,* dann stopfte er das Handy in die Tasche. »Der Typ fährt uns zur Farm.«

Ohne mich anzusehen, öffnete Slade die Hintertür und drängte mich mit einer Hand hinein, dann verstaute er unsere Taschen im Kofferraum. Danach stellte sich Slade neben die Tür und stützte sich mit einem Ellenbogen auf dem Dach ab und beugte sich zu mir.

»Was ist denn?« Ich runzelte die Stirn.

»Ich habe eine Tasche vergessen.« Er schüttelte den Kopf und setzte sich trotzdem neben mich.

»Dann geh und hol sie.« Ich berührte ihn am Arm. »Ich warte hier.«

Er sah zur Bahnhofstür, sagte nicht nein … stimmte mir aber auch nicht zu.

»Entschuldigen Sie bitte?«, fragte ich den Fahrer und nahm die Sache selbst in die Hand. Der Mann schaute mich über die Schulter hinweg an, sein Schnurrbart klebte ihm an den Lippen. »Ja?«

»Können Sie bitte noch ein paar Minuten warten? Mein Freund hat eine Tasche im Zug vergessen.« Aus der Nähe konnte ich die Falten um seine Augen sehen, die ein helles Blau hatten. Außerdem war sein Uber-Ausweis so deutlich zu sehen, dass es mir noch logischer erschien, dass er hier war. Wahrscheinlich schliefen Summers Großeltern, und uns zu dieser nachtschlafenden Zeit abzuholen wäre unglaublich lästig — daher der Fahrer.

»Klar. Nehmen Sie sich Zeit. Ich habe es nicht eilig.« Er schaute Slade an und tippte sich an die Mütze, dann sah er wieder aus dem Fenster.

Ich lächelte Slade beruhigend an. »Siehst du? Geh schon.«

Vorgebeugt und eine Hand auf meinen Oberschenkel gepresst, legte er den Mund an mein Ohr und flüsterte: »Ich schließe die Tür nicht ab. Wenn du ein ungutes Gefühl hast, springst du raus.«

Ich schloss die Augen und nickte, zu abgelenkt von seinem warmen Atem, um die Angst in seinen Worten zu verstehen. Ohne sich umzudrehen, stieg Slade aus und marschierte schnell und zielstrebig zur Treppe des Bahnhofs.

»Sind Sie frisch verheiratet?«, fragte der Fahrer kurz darauf.

»O nein. Wir sind nur Freunde.«

Das alberne Lächeln auf meinem Gesicht wich Verlegenheit, als ich Slade mit einem wahrscheinlich verträumtem Blick die Treppe hinauf folgte.

Da startete der Fahrer den Motor und verschloss gleichzeitig die Türen.

Ich erstarrte. Und ein Schauer lief mir über den Rücken, als er den Motor aufheulen ließ.

Ich zerrte am Türgriff, aber er rührte sich nicht. »Sir, bitte entriegeln Sie die Tür.«

»Du gehst nirgendwohin, Schätzchen.« Der Fahrer legte den Gang ein und trat aufs Gaspedal.

Zu seinem Pech quietschten die Reifen und drehten auf dem Eis durch, sodass der Wagen stehen blieb.

»Aufhören!«, schrie ich.

Er ignorierte mich und trat das Gaspedal noch fester durch und fluchte, weil der Wagen nicht losfahren wollte. Der Geruch von verbranntem Gummi stieg mir in die Nase und ich musste husten und würgen.

»Halt! Lassen Sie mich raus!« Ich riss wieder an der Tür, aber sie bewegte sich nicht.

Panik stieg in mir auf, und ich drehte mich um, sah aus dem Fenster und entdeckte Slade, der zum Auto zurückrannte.

Ich streckte die Hand aus und drückte sie gegen die Scheibe, schlug dagegen. »Slade! Hilf mir!«

Als er an der Tür ankam, lag eine Hälfte seines Gesichts im

Schatten. Er hämmerte mit aller Kraft auf das Glas und schrie: »Öffnen Sie die Scheißtür!«

Der Fahrer knurrte wütend und gab noch mehr Gas, sodass hinter uns eine Rauchwolke aufstieg. Der Wagen rutschte ein wenig vorwärts, aber zum Glück hielten die Reifen dem Schnee und Eis nicht stand.

Trotzdem war ich immer noch mit dem Kerl hier drin eingesperrt, es gab keinen Ausweg. Bei dem Gedanken schlug mir das Herz bis zum Hals, und mir stiegen die Tränen in die Augen. Auf der Suche nach etwas, mit dem ich die Scheibe einschlagen konnte, sah ich mich um. Neben mir lagen meine Krücken. Ich nahm eine und schlug gegen das Fenster, aber nichts passierte.

»Nein, nein, nein!«

»Hör auf, du Schlampe!«, brüllte der Kerl mich an.

»Maya!« Weitere Schläge und noch mehr Gebrüll. Slade sprang auf die Motorhaube und trat gegen die Windschutzscheibe.

Der Fahrer schaltete die Scheibenwischer an und sprühte Flüssigkeit, doch Slade war nicht aufzuhalten – konnte aber auch nichts ausrichten.

Ohne zu zögern, zog ich meine Krücke so weit wie möglich zurück und schlug sie dem Fahrer an die Schläfe. Die Mütze fiel auf die Mittelkonsole, während der Mann sich zusammenkrümmte, sich die Schläfe hielt und kurz wie betäubt wirkte.

Das hielt jedoch nicht lange an.

»Das wirst du mir büßen!«, brüllte er, nahm den Fuß vom Gas und wollte mich, vielleicht auch meine Krücke packen. Bevor er sie erwischen konnte, warf ich sie auf den Boden und drückte mich so weit wie möglich von ihm entfernt an die Tür.

Er hatte die Flucht längst vergessen, stattdessen erkannte ich Rache seinen Augen. Er streckte die Hand aus, schnappte sich etwas vom Beifahrersitz und ließ es aufschnappen. Beim Anblick des Messers, das im Licht aufblitzte, keuchte ich.

»Hätte dich sofort umbringen sollen, als ich dich gesehen habe.« Er wollte auf den Rücksitz klettern, was wegen seines Umfangs aber nur langsam ging. Er grunzte, quetschte sich nach hinten und landete mit einem Stöhnen auf dem Rücksitz. »Scheiß auf die Kohle.«

In weniger als einer Sekunde hatte er sich aufgerichtet und schon zuckte das Messer bedrohlich zwischen uns und reflektierte die Lichter von draußen.

»Bitte nicht!« Ich hob die Arme über mein Gesicht und trat mit meinem gesunden Bein nach ihm. Mein verletztes Knie schmerzte trotzdem und ich rutschte immer weiter runter auf den Rücken. Mein Kopf drückte gegen die Tür, als ich wieder und wieder nach ihm trat.

Stöhnend wehrte er sich gegen meinen Fuß, was mir die Zeit gab, um nach meiner Krücke zu greifen und ihm diesmal direkt auf die Nase zu schlagen. Er schrie wie am Spieß, ließ das Messer fallen und bedeckte das Gesicht mit den Händen. Blut tropfte zwischen seinen Fingern hervor, in der Dunkelheit wirkte es schwarz.

Hinter im krachte es und Glassplitter fielen in den Wagen. Slade würde gleich hereinkommen, aber noch hatte er es nicht geschafft.

Voller Adrenalin suchte ich nach dem Messer, das mein Angreifer fallen gelassen hatte. Im Nu hatte ich es gefunden und griff nach der Klinge auf dem Boden. Sie schnitt mir in die Finger und ich sog die Luft durch die Zähne, aber Entschlossenheit und Überlebenswille trieben mich an.

Noch wütender als zuvor kam der Kerl schließlich wieder zu mir und warf sich mit einem lauten *Uff* auf mich. Als er sich aufsetzte und die kräftigen Hände um meinen Hals legte, würgte und keuchte ich noch mehr. Er drückte zu und schnürte mir die Luft ab.

Als mir alles vor den Augen verschwamm, hätte ich die Klinge beinahe losgelassen.

Meine Lippen öffneten sich zu einem lautlosen Keuchen. Trotzdem hielt ich das Messer mit aller Kraft fest, hob es und rammte es ihm seitlich in den dicken Bauch.

»Ahhhhh!«, schrie er. Sein Griff lockerte sich soweit, dass ich endlich tief Luft holen konnte. Sein Körpergeruch stieg mir in die Nase und mir wurde übel.

Noch mehr Glassplitter flogen in den Wagen. Ich schrie, aber es klang mehr wie ein Stöhnen, denn meine Kehle war durch das Würgen ganz rau.

»Maya!«, brüllte Slade.

Mein Angreifer wollte sich aufsetzen, seine Finger landeten auf meinen Brüsten, an meinem Hals, rissen an meinen Haaren, zerrten ...

Ich schubste ihn, wehrte mich, weinte ... kämpfte mit aller Kraft.

Und dann flog er hoch und aus der Hintertür, als wäre er federleicht, doch ich spürte ihn immer noch.

Überall.

Kampfgeräusche, gefolgt von einem lauten Aufprall, dann wurde es still. Einen Moment lang konnte ich mich nicht bewegen, vor Sorge um Slade war ich wie erstarrt. Dann wurde die Tür weit aufgerissen und ich blinzelte und erkannte ihn. Sein Mund bewegte sich, aber ich verstand kein Wort, bis er da war, über den Rücksitz krabbelte und mich an seine Brust zog.

»Hey, hey, schh. Ich hab dich. Jetzt bist du sicher.«

Mein Gesicht war nass, genau wie meine Augen, aber mein Körper ... war wie betäubt.

Ich weiß nicht mehr, wie lange wir dort saßen. Sekunden, Minuten, Stunden ... Zu lange, nicht lange genug. Die Cops würden bald hier sein, oder?

»Bleib hier«, flüsterte Slade. »Ich muss ihn fesseln und telefonieren.«

Ich nickte, immer noch unfähig zu sprechen. Slade loszulassen war schwer, aber es musste sein. Kurz nachdem er ausgestiegen war, kam er mit einem sauberen Hemd in der Hand zurück. »Zieh das an, okay?«

Ich nickte wie ein Roboter, nahm ihm das Flanellhemd aus der Hand, zog es über und knöpfte es langsam zu, unbewusst, methodisch, emotionslos. Nickend sagte Slade noch etwas, das ich nicht verstand, und stieg wieder aus.

Der Parkplatz war immer noch leer. Wie war das möglich? Das war ein Bahnhof. Wo waren die Menschen? Wieso war es so ruhig? Wieso hatte niemand mitbekommen, was gerade passiert war? Ich legte mir eine Hand an die Kehle, spürte das Blut des Fahrers auf meiner Haut, seine Hände um meinen Hals, wie sie zudrückten.

»Nein, nein, nein.« So schnell ich konnte, wischte ich mir die klebrigen Finger am Sitz ab, dann rutschte ich zur anderen Seite, immer noch völlig außer Atem, und starrte aus dem Fenster auf den fallenden Schnee. Ein rotes Licht leuchtete auf, eine Kamera an einem Pfosten war nur auf das Auto gerichtet. Irgendjemand musste uns sehen. Slade und den Mann, der versucht hatte, mich zu töten, den ich *niedergestochen* hatte ...

Slade hockte über ihm, das Handy am Ohr und sprach schnell und angeregt. Er blickte nach links, nach rechts, dann wieder zu mir, nickte einmal, dann stand er auf und ging auf und ab.

Das machte er fünf Minuten, bis in der Ferne blinkende Lichter auftauchten, die sich langsam näherten. Ich schnappte nach Luft und hielt mir die Hand vor den Mund, als ein Polizeiauto neben Slade anhielt und ein Cop ausstieg. Er griff nicht nach seiner Waffe, und es war auch kein Krankenwagen in Sicht. Stattdessen schüttelten sich die beiden Männer die Hände und trugen gemeinsam den zappelnden Körper in den Kofferraum des Polizeiautos.

Als sie die Klappe zuschlugen, zuckte ich zusammen und atmete zittrig, als Slade auf mich deutete. Der Officer nickte einmal, dann wandte er den Blick ab. Ich konnte mich nicht bewegen. Nicht einmal atmen. Stattdessen saß ich da und zitterte noch heftiger als zuvor, während ich zusah, wie all die Normalität, nach der ich gestrebt hatte, seit ich die Red Dragons verlassen hatte, vor meinen Augen explodierte.

Scheiß auf die Kohle, hatte er gesagt. Ich blinzelte. Was hatte das zu bedeuten?

Bevor ich noch länger darüber nachdenken konnte, kam Slade wieder auf mich zu und riss die Tür auf. Er stand da, sah mich an und wirkte beinahe so hilflos, wie ich mich fühlte. Aber ich schaffte es nicht, zu sprechen, ihm mitzuteilen, was der Mann gesagt hatte, oder mit dem Weinen oder Zittern aufzuhören.

Obwohl ich mit meinem Vater so viel durchgemacht hatte, hatte ich noch nie einen Menschen niederstechen müssen.

»Ist er ...?«, brachte ich heraus, wollte das Wort aber nicht aussprechen.

Slade hockte sich neben mich. »Er wird schon wieder.«

»Er hat gesagt, dass er mich umbringen will und ...« Ich atmete tief durch. »Er hat gesagt *Scheiß auf die Kohle.*« Ich wartete kurz. »Was hat das zu bedeuten?« Meine Zähne klapperten und ich sah ihn an und wartete auf eine Antwort. Als ich nur einen starren Gesichtsausdruck und ein Seufzen bekam, war mir klar, dass er mir nichts sagen würde. Er verbarg etwas. Mehr Geheimnisse. Und wegen der Clubregeln würde ich nie erfahren, was der Typ gemeint hatte – selbst wenn es um mein Überleben ging.

Ich senkte den Kopf und schüttelte ihn. Blickte auf meine immer noch zitternden Hände hinab.

Endlich sagte er: »Ich setze dich vorn neben mich, okay? Wir müssen uns ein neues Auto besorgen. Zeke hat eins für uns bei sich zu Hause.« Er deutete mit dem Daumen zum Polizeiwagen, dessen Bremslichter aufleuchteten.

»O-okay«, brachte ich hervor und nickte ruckartig.

Seine warmen Arme zogen mich vom Rücksitz und ich

klammerte mich an seinen Nacken und zitterte an ihm, als wir aufrecht standen. Ich legte mein Ohr an seine Brust und wünschte, ich könnte seinen Herzschlag durch das T-Shirt hören.

Bevor Slade mich wieder ins Auto setzte, presste er die Lippen an meine Schläfe und entschuldigte sich seufzend ein weiteres Mal. Doch ich hatte nicht die Kraft, seine Entschuldigung zu würdigen.

Er legte mir den Sicherheitsgurt an, sein warmer Körper nah an meinem, als er weitersprach: »Zeke ist ein Kontaktmann der Red Dragons. Er hilft uns.«

Meine Lippen klebten zusammen, als ich durch die Windschutzscheibe starrte.

»Maya.« Er beugte sich zu mir und umarmte mich noch einmal. »Geht es dir gut?«

Ich schüttelte den Kopf. Im Moment ging es mir nicht gut.

Aber das würde es irgendwann.

NEUNZEHN

SLADE

Wir waren fast anderthalb Stunden schweigend gefahren, außer dass ich mit Flick telefoniert hatte. Nachdem ich aufgelegt hatte, hallte seine Stimme noch lange in meinem Kopf nach, und seine Worte verstärkten meine Verwirrung nur noch.

Was zum Teufel hast du dir dabei gedacht, sie so allein zu lassen? Bist du wirklich so ein Idiot?

Es war nicht zu leugnen. Es war meine Schuld. Ich hatte sie verlassen, obwohl ich ein schlechtes Gefühl dabei gehabt hatte. Aber in der Tasche war ihr ganzer Kram, und ich wollte nicht, dass sie die Sachen verlor. Außerdem hatte Hawk mir sofort zurückgeschrieben, nachdem ich ihn nach dem neuen Fahrer gefragt hatte. Er hatte gesagt, der Typ wäre gekommen, weil Summers Großvater krank war. Woher hätte ich wissen sollen, dass seine Nummer gehackt worden war und dass ich nicht mit Hawk geschrieben hatte, sondern mit jemandem, der mit Pops in Verbindung stand? Jemandem, der sogar versucht hatte, Maya zu entführen? Der Typ hatte Geld erwähnt, sie hatte es gehört und danach gefragt. Es würde nicht lange dauern, bis sie herausfand, dass sie direkt bedroht wurde und dass es vielleicht etwas mit ihrem

Vater zu tun hatte. Das bedeutete, dass ich sie nach Hause bringen musste, damit Flick ihr die Wahrheit sagen konnte, wie er es wollte.

Zum Glück würde sich Zeke um den Fahrer kümmern. Ich fragte nicht, was das bedeutete, denn das war nicht nötig. Ich vertraute ihm: Er war einer von Hunderten von Kontakten, die wir im ganzen Land hatten. Die meisten waren korrupte Cops oder Cops, die taten, was sie tun mussten, um den Frieden in ihrer Stadt zu wahren. Zeke war einer der bösen Jungs, die halbwegs gut geworden waren, ein ehemaliges Clubmitglied, das die Liebe unserem Leben vorgezogen hatte. Damals war er noch kein Red Dragon, ich wusste nicht mal, welchem Club er angehört hatte. Aber das war nicht wichtig. Er wusste einfach, dass man sich manchmal um den schlimmsten Scheiß da draußen kümmern musste, ohne das Gesetz einzuschalten.

So oder so kam es mir vor, als würde sich eine Armee versammeln. Dass noch mehr passieren würde. Erst der Tod von Carlos und jetzt das. Egal, was ihre Beweggründe waren, Pops und Mayas Vater hielten sich anscheinend nicht mehr zurück.

Wir überquerten die Grenze von Iowa nach Illinois, die beiden Staaten waren durch eine Brücke über den Mississippi verbunden. Die Sonne ging langsam auf, glänzend über dem eiskalten Wasser darunter. Ich musste irgendwo anhalten und pinkeln gehen. Maya etwas zu essen besorgen. Sie hatte tagelang nur von Crackern gelebt, während ich mich von Bourbon, Whiskey und, na ja, ihr ernährt hatte.

Maya jetzt so zu sehen, als wäre sie ein Zombie, machte mich fertig. Am liebsten hätte ich auf irgendetwas eingeschlagen. Sie hatte überhaupt nicht mitkommen wollen. Trotz des ganzen Dramas und obwohl sie keinen Job hatte, war sie in Kalifornien glücklich. Mit mir zusammen zu sein, zurück zu den Red Dragons zu kommen – das machte sie nicht glücklich. Deshalb würde ich alles in meiner Macht Stehende tun, damit ihr Leben wieder normal wurde, sobald dieser ganze Albtraum vorbei war.

Selbst wenn das bedeutete, sie wegzustoßen und für immer nach San Diego zurückzuschicken.

»Hast du Hunger? Durst?«, fragte ich mit brüchiger Stimme. Ihre Lider flatterten, und sie schlug die Augen auf, erst halb, dann richtig. Entweder war sie gerade aufgewacht oder sie kämpfte darum, wieder einzuschlafen.

»Ein bisschen.« Sie zuckte mit den Schultern, lehnte sich ans Fenster und streckte das verletzte Bein aus. Musste ziemlich ungemütlich sein. Und sie brauchte Eis für ihr Knie.

Das winzige Auto, in dem Zeke uns losgeschickt hatte, war noch kleiner als der Mietwagen. Wäre ich größer, hätte ich gar nicht reingepasst. Immerhin war kein Blut auf dem Rücksitz und kein Fenster eingeschlagen.

Ich wusste nicht, was der Typ mit ihr gemacht hatte, bevor ich reingekommen war und sie ihn niedergestochen hatte, aber ich würde mein Bestes geben, um es rauszufinden.

»Ich muss tanken, dann hole ich uns was.« Ich setzte den Blinker und kreuzte einige Spuren.

Sie nickte und schloss wieder die Augen.

Wie fuhren weiter, bis ich ein Tankstellenschild sah. Ich fuhr von der Interstate ab und folgte der Straße, bis auf der rechten Seite ein 7-Eleven auftauchte, zusammen mit einem Haufen anderer Läden, einem Kino und einem Reifenhändler.

Eine Kleinstadt, soweit ich das beurteilen konnte. Einfach, glücklich und selbstvergessen – so lebten die Menschen hier. Wie es wohl wäre, so zu leben? Ahnungslos und normal zu sein? Hawk probierte selbst beides aus, wegen Summer und so. Ich fragte mich, ob ich das vielleicht auch könnte.

»Ist es okay für dich, hierzubleiben, während ich tanke?«, fragte ich zögernd, die Finger auf dem Türgriff. Das letzte Mal, als ich sie im Auto allein gelassen hatte, hätte ich sie fast verloren.

Sie hatte den Blick abgewandt und sah aus dem Fenster.
»Ja.«

»Ich muss reingehen und bar bezahlen. Ich hole uns ein
paar Flaschen Wasser.«

»Ja«, sagte sie wieder und diesmal sah sie mich an. Ihre
Augen waren groß und schön und funkelnd und ... braun. Bitte
nicht braun. Ich hasste die Farbe in ihren Augen, denn sie
bedeutete, dass sie traurig war. So verdammt traurig.

Als würde ich ein Pflaster abreißen, sprang ich raus und
beeilte mich, die Tür zu verriegeln. Ich bezahlte das Benzin,
das Wasser und ein paar Donuts und sah alle zwei Sekunden
durch die Glastür zum Auto. Es dauerte maximal drei Minuten. Ich war nicht lange weg gewesen. Aber als ich nach
draußen kam, und sie nicht auf dem Beifahrersitz saß, drehte
ich durch.

»Maya?« Ich warf die Sachen auf den Fahrersitz und
knallte die Tür zu. Das Herz schlug mir bis zum Hals und ich
rannte um den Wagen herum zur anderen Seite, aber auch dort
war sie nicht.

»Maya?« Diesmal rief ich lauter.

Da sah ich sie, in einem Feld mit hohem Unkraut am Straßenrand. Bei ihrem Anblick erstarrte ich.

Sie hatte die Hände in den Haaren, den Kopf in den
Nacken gelegt und ein lauter Schrei verließ ihre Lippen, er
klang wie ein Schlachtruf.

»Verdammte Scheiße.« Ich seufzte, lief zu ihr und zuckte
zusammen, als sie noch lauter schrie. Wütender. Alle Augen
auf dem Parkplatz waren auf mich gerichtet, dann auf sie. Ich
ignorierte sie und konzentrierte mich nur auf Maya.

Links neben ihr blieb ich stehen, beobachtete sie und
wartete, bis sie was auch immer es war, herausgebrüllt hatte.

»Hau ab, *Slade*«, schrie sie spöttisch. »Mir geht's gut.«

Ihr ging es nicht gut. Aber darauf würde ich sie nicht
ansprechen. »Tu, was du tun musst. Ich bin hier.«

Ruckartig wandte sie mir den Kopf zu, die Augen aufgerissen, rot ... *wild.* »Ich brauche dich nicht.«

»Ich weiß.« Ich schluckte schwer und wünschte mir, es wäre anders. Dass unsere Leben nicht durch Gefahren und schlechte Erinnerungen verbunden wären. Dass wir nur zwei Menschen wären, die sich in einem Zug gefunden hatten.

»Ich hätte ihn fast umgebracht«, zischte sie und beugte sich vor, um eine ihrer umgefallenen Krücken aufzuheben.

»Hättest du«, stimmte ich achselzuckend zu.

Sie holte aus, schleuderte die Krücke weg und schrie: »Ich *wollte* ihn umbringen!«

Seufzend vergrub ich die Hände in den Hosentaschen. *Ich auch,* wollte ich sagen, ließ es aber.

»Ich hasse das.« Sie drehte sich zu mir um, ihr Humpeln war deutlich zu sehen, doch das hielt sie nicht auf. Ich war mir ziemlich sicher, dass sie nichts aufhalten würde. »Ich hasse deinen blöden Club und den ganzen Scheiß, der damit zusammenhängt.«

Wenn sie das auf diese Art verarbeiten wollte, würde ich sie nicht daran hindern. Sondern ihr *helfen.* Ich beugte mich vor, schnappte mir die zweite Krücke zu ihren Füßen und gab sie ihr.

»Dann zeig mir, wie sehr.«

Sie blinzelte und blickte auf die Krücke in meiner Hand.

»Nimm sie.« Ich streckte sie ihr aufmunternd entgegen. Ihre Finger zitterten, als sie sie nahm und über ihren Kopf hielt. »Wirf sie, Maya. Wirf sie weit weg, denn ich weiß, dass du das gern mit dem Club machen würdest.«

Stöhnend schleuderte sie sie weg, noch weiter als die andere. Als sie fertig war, beugte ich mich hinunter und hob diesmal einen Stein auf. Ich deutete auf ein Schild und sagte: »Und jetzt das.«

Maya stellte keine Fragen. Schnappte sich einfach den Stein und warf ihn. Mit einem »Ping« traf der Stein den

Pfosten und ich bückte mich und nahm mir noch einen, noch einen, und noch einen, bis sie mindestens fünfzehn Steine geworfen hatte, von denen jeder das Schild getroffen hatte.

Sie ließ ihre Wut, all ihre Ängste und Frustrationen heraus und warf die verdammten Steine, als ob ihr Leben davon abhinge.

»Ich hasse meinen Vater.« Ein Stein flog. »Ich hasse seinen Club.« Noch einer. »Ich hasse, was er meiner Mutter angetan hat, und ich hasse diesen Arsch, der dachte, er könnte mich umbringen.«

Als sie fertig war, drehte sie sich zu mir um, ihr Gesicht war rot, und ihr Atem ging schwer. Ihre Augen waren jedoch klarer als zuvor, und ich erkannte Dankbarkeit in ihrem Blick. Aber die hatte ich nicht verdient. Was passiert war, hätte ihr zeigen sollen, dass sie sich besser von mir fernhielt.

»Ich werde nicht lügen und sagen, dass ich nicht zulassen werde, dass dir je wieder etwas zustößt«, sagte ich, denn offensichtlich konnte ich das Schicksal nicht kontrollieren. »Aber eins sage ich dir, My. Was auch immer du durchmachst oder wenn alles den Bach runtergeht, ich werde bei dir sein, okay?«

Langsam nickte sie und blickte mir in die Augen. Keine Ahnung, ob sie mir glaubte oder nicht, aber ich würde es auch nicht infrage stellen. Es war das Ehrlichste, was ich ihr seit unserem Wiedersehen gesagt hatte.

»Bist du bereit?« Ich blickte zu den Krücken hinüber, um sie zu holen.

Maya folgte meinem Blick. Als könnte sie meine Gedanken lesen, nahm sie meine Hand und schüttelte den Kopf. »Ich brauche sie nicht.«

»Du brauchst sie nicht«, sagte ich, nicht sicher, ob ich es glaubte. »Ich hole sie trotzdem.« Möglicherweise klebte Blut daran. Beweise für ein Verbrechen, mit dem sich die Red Dragons und Maya nicht weiter beschäftigen, geschweige denn sich in Erinnerung rufen wollten.

Anscheinend verstand sie es, denn sie wurde ein wenig blass und hinderte mich nicht daran. Ich eilte hinüber, nahm sie an mich und blieb neben ihr stehen.

»Ich trage dich.« Ich klemmte mir die Krücken unter die Arme und packte Maya, um sie hochzuheben.

»Nein«, sagte sie. Dann hob sie ihr Kinn, nahm meinen Arm und zog mich zum Auto.

Ich wehrte mich nicht, obwohl ich es wollte. Mein Herz setzte jedes Mal einen Schlag aus, wenn sie wegen der Schmerzen zischte. Trotzdem führte ich sie zurück und war da, um sie zu stützen, auch wenn sie mich nicht darum bat.

ZWANZIG

MAYA

Anstatt direkt zum Clubhaus der Red Dragons zu fahren, als wir in Rockford ankamen, brachte mich Slade zum Haus meines Onkels. Es befand sich auf demselben Gelände wie das Clubhaus, das wie eine Gated Community für Biker aussah. Aber statt von hohen Backsteinmauern, Teichen oder schicken Häusern umgeben zu sein, wurde sein Haus von einem hässlichen Metallzaun abgeschottet.

Im Gegensatz zu Hawks Haus, das anscheinend neu war und auf dem hinteren Teil des Grundstücks lag, befand sich Flicks winziges Haus vorne, ein Schandfleck, den man zuerst sah, bevor man das hässliche Backstein-Clubhaus direkt dahinter bemerkte. Doch im Vergleich zu dem Gebäude, in dem ich aufgewachsen war, wirkte das Hauptquartier der Red Dragons beinahe nobel.

Meine Mutter war bei Flick. Dort hatte sie die letzten acht Jahre gelebt. Nach allem, was passiert war, konnte ich es kaum erwarten, sie zu sehen und in die Arme zu schließen.

»Du musst nicht mit reinkommen«, sagte ich zu Slade, als er die Einfahrt hochfuhr. Ich wollte nicht von ihm weg, aber eine

Trennung würde uns beiden Klarheit darüber verschaffen, wie es mit uns weitergehen sollte.

Slade stellte den Motor ab und sah mit gerunzelter Stirn erst zu mir und dann zur Haustür. »Ich bringe dich hin, My.«

Ich schaute in die andere Richtung und schluckte den Kloß in meinem Hals hinunter. »Tu, was du für richtig hältst.«

Mit einem tiefen Seufzer stieg er aus und ging zum Kofferraum und ließ mich mit meinen Gedanken allein. Ich vertraute Slade, auch wenn er Geheimnisse vor mir hatte. Seine Stimmungsschwankungen und seine besitzergreifende Art hatten etwas zu bedeuten. Ich wusste nicht, was im Club los war, ob es um Pops ging oder was auch immer. Aber das würde ich noch früh genug rauskriegen. Das musste ich auch, wenn ich nicht durchdrehen wollte.

Ohne auf Slade zu warten, öffnete ich die Tür, um allein auszusteigen.

»Bist du sicher, dass du ohne Krücken klarkommst?«, fragte er und trat an meine Seite.

Ich nickte, hielt mein Kinn hoch und wollte die Krücken auf dem Rücksitz nie wieder anfassen. »Ja. Brauche nur ein bisschen Hilfe auf den Bürgersteig.«

Bevor er meine Hand nehmen konnte, flog die Haustür auf und eine vertraute Stimme rief meinen Namen. Ich sah an Slade vorbei und lächelte, als meine Mutter auf uns zu gerannt kam.

Slades Handy klingelte in seiner Tasche. Er zögerte gerade so lange, dass mir klar wurde, dass der Anruf wichtiger war, als mir zu helfen. Ich mochte die Clubwelt nicht, und doch würde ich sie immer verstehen.

»Kein Ding.« Ich ersparte ihm die Schuldgefühle und nickte in Richtung meiner Mom. »Sie kann mir helfen.« Er biss die Zähne zusammen, doch schließlich trat er zurück und ging zum Clubhaus, das Telefon am Ohr, den Kopf gesenkt. Meine

Kehle brannte vor seltsamen Gefühlen, die ich schnell verdrängte, als meine Mom vor mir stand. »Hey, Mom.«

»Maya!« Sie stürzte vor und umarmte mich, während ich noch im Auto saß. »Ich kann nicht glauben, dass du hier bist.«

Ich lächelte, nickte und mir stiegen die Tränen in die Augen. Tränen, die ich nicht einordnen konnte.

Mom und ich hatten uns nie so nahegestanden, wie ich es mir als Kind gewünscht hatte, aber das lag nur an meinem Vater. Es war schön, ihre Liebe zu spüren, auch wenn ich manchmal nicht das Gefühl hatte, sie zu *kennen*.

Mit feuchten Augen und Wangen sah sie auf mein Knie hinunter. »Schaffst du es ins Haus?«

»Ja. Ich muss nur langsam gehen.« Ich versuchte zu lächeln, so zu tun, als ginge es mir gut. Doch selbst als ich mich auf sie stützte, konnte ich es kaum ertragen, dass ein Teil von mir immer noch hoffte, dass Slade herauskommen und übernehmen würde.

Untergehakt führte Mom mich zum Haus. Und einfach so wurde sie zu meiner behelfsmäßigen Krücke.

Sie fühlte sich stärker an, als ich sie in Erinnerung hatte. Gesünder. Ich hatte sie seit mehreren Monaten nicht mehr gesehen. Nicht seit unserem letzten Skype-Gespräch. Damals hatte sie nicht so gut ausgesehen.

»Hast du Hunger? Bist du müde? Brauchst du Eis?«, fragte sie, während wir die Treppe hinaufstiegen.

»Ich würde gerne duschen«, sagte ich und errötete bei der Erinnerung an die Dusche im Hotel, als ich nicht aus der Wanne herausgekommen war, und an Slades Blick, als er mich nur in den Duschvorhang gewickelt im Bad vorgefunden hatte. Es schien so lange her zu sein, obwohl es erst vor ein paar Tagen gewesen war. »Wegen meinem Knie brauche ich einen Stuhl oder irgendwas, damit ich mich hinsetzen kann.«

Mom nickte. »Klar.« Dann öffnete sie die Tür mit der rechten Hand. »Ich habe einen Termin bei einem Orthopäden für dich vereinbart. Der früheste war morgen Nachmittag. Hoffe, das ist okay.«

»Danke«, sagte ich, überrascht, dass sie plötzlich mich bemutterte, wo ich mich doch so lange um sie gekümmert hatte. »Der Arzt in Colorado hat Röntgenbilder gemacht. Er glaubt, dass etwas gerissen ist.« Ich räusperte mich. »Ist Flick im Club?«

»Nein. Er ist noch etwa eine Stunde südlich, mit Hawk auf dem Rückweg von irgendwoher. Sie mussten irgendwas nachgehen.« Sie schüttelte den Kopf. »In letzter Zeit war es ein bisschen hektisch hier. Hat Slade erwähnt, dass vor etwa drei Wochen ein Bruder getötet wurde? Der Arme war noch so jung. Ihm wurde in den Kopf geschossen, als er unterwegs war, um Motorradteile abzuholen.«

Ich runzelte die Stirn. »Wer denn? Kenne ich ihn?«

»Hat Slade dir nichts gesagt?« Sie warf mir einen Seitenblick zu, als wir in das rechteckige Wohnzimmer gingen. Es hatte einen femininen Touch, den es vor acht Jahren noch nicht gegeben hatte: hellbraune Wände, braune Ledersofas. Das Haus eines Mannes mit der liebevollen Handschrift einer Frau.

»Ähm, wir waren ein bisschen beschäftigt.« Ich zuckte zusammen, als sie mir half, mich auf die Couch zu setzen. Ich streckte das Bein aus, denn es tat weh, weil ich so lange im Auto gesessen hatte.

Mom stand vor mir, die Hände in die Hüften gestemmt. »Es war Slades Prospect.« Sie schüttelte den Kopf und senkte die Stimme. »Laut Flick hatten sie es auf Slade abgesehen, kannst du dir das vorstellen?«

Meine Brust schnürte sich zusammen und mein Gesicht wurde kalt. Bilder einer Leiche blitzten vor meinem inneren Auge auf: dunkle Haare, Grübchen, dunkle Haut, dunkle Augen …

O Gott. Es hätte Slade sein können.

»Er hat mir nichts ...« Ich konnte nicht weitersprechen, meine Kehle war wie zugeschnürt.

War er *deshalb* die ganze Zeit so angespannt gewesen?

»Nimm es ihm nicht übel, Schatz.« Mom setzte sich neben mich auf die Couch und tätschelte mir die Schulter. »Frauen wissen sehr wenig über das, was im Club passiert. Das weißt du doch.«

»Natürlich nicht«, brummte ich, angewidert von dem Sexismus dieses Lebens. Männer durften nichts fühlen, auch keine Schwäche oder Verletzlichkeit zeigen. Und Frauen durften nur sehr wenig über dieses Leben wissen – so viel hatte sich in meiner Abwesenheit doch nicht verändert.

Fünf Minuten später kam Slade ins Zimmer gestapft. Als er mich auf der Couch entdeckte, kam er auf mich zu, warf meiner Mutter einen bösen Blick zu und hob mich dann ohne zu fragen hoch.

»Was soll das?«, zischte ich.

»Ich bringe dich ins Bett.« Er ging den Flur hinunter und ignorierte den Protestlaut meiner Mutter.

»Die Couch war völlig in Ordnung, verdammt.«

Sein Kiefer war angespannt, Beweis dafür, dass etwas anderes nicht stimmte. Das las ich auch in seinen Augen. Doch vor allem spürte ich es an der Art, wie er mich festhielt. Dennoch schaffte er es, mich etwas sanfter auf dem Bett abzusetzen, als er mich hochgehoben hatte. Und sofort wurde mir ganz warm uns Herz, und ich fühlte all das, was ich nicht fühlen sollte, obwohl ich hätte wütend sein sollen, dass er mir nichts verriet.

Blödes Herz. Blöde Hormone.

»Ich hole dir Eis für dein Knie«, sagte er ganz sachlich. »Du brauchst Schlaf.«

»Ich habe in den letzten Tagen nur geschlafen«, widersprach ich, setzte mich auf und schwang die Beine über die Bettkante.

Er verließ das Zimmer trotzdem.

Ich stöhnte, ließ den Kopf zurückfallen und legte beide Hände vor das Gesicht. Was ich brauchte, war eine Dusche. Ich wollte mir so viel Zeit wie möglich nehmen, um meine Hände und Nägel zu schrubben. Allein im Bett würde ich daran denken, was alles passiert war, und das ertrug ich jetzt nicht.

Ich hielt mir die Finger vors Gesicht, betrachtete sie und erwartete fast, dass noch mehr Blut von diesem Mann daran kleben würde. Nachdem wir den Bahnhof verlassen und das neue Auto bekommen hatten, hatte Slade mich zu einer Raststätte gebracht, mich in die Damentoilette getragen und mir geholfen, meine zitternden, blutigen Hände unter dem Wasserhahn zu waschen – beziehungsweise zu verbrühen. Meine Finger brannten wegen der oberflächlichen Schnitte, aber das war nichts im Vergleich zu den Schmerzen an meinem Hals ... und den Verletzungen in meiner Seele.

Es war ein stiller, akribischer Prozess gewesen. Aber genau das hatte ich gebraucht. Und Slade hatte es anscheinend gespürt, denn er hatte nicht gefragt, was mir durch den Kopf ging. Wir hatten uns nur gestritten, als er mich auf den Rücksitz setzen wollte. Er meinte, es wäre besser, damit ich mein Bein ausstrecken könnte. Aber ich hatte mich geweigert und behauptet, die Schmerzmittel würden wirken, obwohl ich in Wahrheit nur nicht zugeben wollte, dass ich mich nie wieder allein auf den Rücksitz setzen würde.

Schnell schüttelte ich den Kopf, um die Erinnerung loszuwerden, da kam Slade schon vollbepackt zurück. »Ich habe Schmerzmittel, Wasser und Eis und deine Mom bringt dir etwas zu essen.« Methodisch. Stoisch. Als wäre ich nur ein Job – was ich vor ein paar Tagen ja auch gewesen war. Aber jetzt, wo ich zu Hause war, hätte er eigentlich mit mir fertig sein müssen. Doch auch wenn er sich weiter um mich kümmerte, war jeder Anflug von Freundlichkeit und Herzlichkeit verschwunden. Vor mir stand ein Red Dragon. In seiner allergrimmigsten Arschlochversion.

»Du musst etwas essen, bevor du die Medikamente nimmst, sonst bekommst du Magenprobleme«, sagte er und deutete darauf.

»Ganz schön herrisch.« Ich verdrehte die Augen.

Er ignorierte mich und setzte sich neben mich aufs Bett. »Dein Termin ist morgen um zwei. Deine Mom muss arbeiten, deshalb fahre ich dich. Ich habe in den nächsten Tagen viel zu tun. Keine Ahnung, wie oft ich vorbeikommen kann, außer um dich zu fahren.«

»Klar. Tu, was du tun musst. Ich halte dich nicht auf.« Trotz der nonchalanten Haltung klopfte mir das Herz bis zum Hals. Es wurde immer deutlicher, dass das zwischen uns nur Sex gewesen war. Ein Bedürfnis, das befriedigt werden musste.

Slade runzelte die Stirn. »Ich muss mich um Clubangelegenheiten kümmern. Sei nicht sauer.«

»Bin ich nicht.« Ich zuckte die Schultern, obwohl ich mindestens irritiert war. Aber ich konnte meine Gefühle genauso gut verbergen wie er.

Slades Antwort war fast ein Knurren. »Das heißt auch, dass ich lange unterwegs sein werde. Deshalb schlafe ich heute Nacht in einem der Zimmer auf dem Gelände.«

Ich war wie gelähmt. Ich wollte Abstand, aber plötzlich fiel mir das Atmen schwer, ich bekam kaum noch Luft. Meine Augen wurden feucht. In jeder anderen Sekunde meines Lebens wäre ich gut ohne ihn klargekommen. Aber ich hatte vergessen, dass es nachts jetzt anders war. Nachdem was passiert war, würden die Albträume bestimmt wiederkommen, mich von der Dämmerung bis zum Morgengrauen heimsuchen, und ich konnte beim besten Willen nicht alleine schlafen.

Himmel, Maya. Hör sofort auf damit.

Slade seufzte schwer, doch ich konnte ihn nicht anschauen, um seinen Gesichtsausdruck zu sehen. Nicht mit den Tränen der Wut, die mir über die Wangen liefen. Jede Art von Schwäche machte das Leben unerträglich, und um die nächsten Monate zu überleben, oder wie lange ich noch hier festsitzen würde, musste ich mich zusammenreißen. Stärker sein. Eine Überlebenskünstlerin. Eine Frau, die nicht auf den Herzschlag eines Mannes angewiesen war, um nicht zusammenzubrechen.

»Maya.« Er hob mein Kinn an, seine Stimme war ein leises Flüstern. Schwielige Finger strichen mir so sanft über die Wangen, sodass ich fast die Beherrschung verloren hätte. »Was ist denn?«

»Nichts. Mir gehts gut.« Ich schüttelte den Kopf und holte tief Luft, denn mir blieb nichts anderes übrig, als damit fertig zu werden. So wie ich es schon vor Jahren hätte tun sollen, als ich hier gewohnt hatte. Wenn nicht, würde ich zu jemandem werden, der ich nicht sein wollte. Und eine von Slade abhängige, schwache Maya würde es *nie wieder* geben.

»Du lügst.« Slade setzte sich neben mich auf das Bett und nahm eine meiner Hände zwischen seine.

Ich erstarrte und wollte ihn immer noch nicht ansehen. »Stimmt gar nicht.«

Er seufzte erneut, aber in seiner Stimme lag eine gewisse Schärfe. Sogar eine gewisse Endgültigkeit. »Gut. Dann bis morgen.« Das Bett quietschte, als er aufstand, und anstatt ihm hinterherzuschauen, sah ich aus dem Fenster.

»Klar. Wie du meinst.«

Schritte hallten auf dem Boden wider. Ich hörte, wie er an der Tür zögerte, leicht mit den Fingerknöcheln an den Rahmen klopfte. Wenn er darauf wartete, dass ich zusammenbrach, ihn anflehte, zurückzukommen, konnte er lange warten.

Schließlich räusperte er sich. »Maya?«

»Hmm?« Ich hielt den Blick auf die Scheibe gerichtet und beobachtete die winzigen Schneeflocken, die zu Boden schwebten. So hübsch und doch so gefährlich. Ich rieb mir das kaputte Knie und hasste den Schnee mehr denn je.

»Ich muss in zwei Tagen weg.« Er räusperte sich noch einmal.

Daraufhin sah ich ihn langsam an und tat so, als ob mich seine Worte nicht so sehr berührten, wie sie es taten – als schnürte es mir nicht sofort die Luft ab und drohte, mich zu Fall zu bringen.

»Oh, wo soll's denn hingehen?« Ich tat lässig und war überrascht, wie ruhig meine Stimme blieb.

Er rieb sich über das stoppelige Kinn. »Ich habe einen Run, aus dem ich nicht herauskomme.«

Ob es dabei wohl um seinen Prospect ging? Offensichtlich hatte er mir nicht ohne Grund verschwiegen, was passiert war, und ich hatte kein Recht, danach zu fragen. Nur weil wir miteinander geschlafen, ein bisschen Zeit zusammen verbracht, und zwei ziemlich krasse Situationen durchgestanden hatten, hieß das nicht, dass wir tatsächlich *zusammen sein* würden. Zu dieser Erkenntnis musste ich zurück, sofort. Schließlich würde ich nicht ewig hierbleiben, ich wollte immer noch mein altes Leben wiederhaben.

»Süden«, sagte er.

Und trotz meiner Gedanken bohrte ich weiter. »Nicht besonders spezifisch.«

»Nur ein paar Clubangelegenheiten, um die ich mich kümmern muss. Nichts, worüber du dir Sorgen machen müsstest.«

»Clubangelegenheiten im Sinne von ...?«

Slade schürzte die Lippen. »Du bist neugierig.«

Ich erstarrte. Dann blinzelte ich. Dann runzelte ich die Stirn, riss den Eisbeutel vom Tisch neben dem Bett und legte ihn mir auf das Knie. »Schon gut. Vergiss, dass ich gefragt habe.«

»My ...«

»Ernsthaft. Geh einfach und mach dein Clubding. Ich werde ganz brav schlafen.« Ich zwang mich zu einem Lächeln, war aber alles andere als fröhlich. Ich war verletzlich, verängstigt und, trotz meiner guten Absichten, auch ein wenig bedürftig. Alle drei fühlten sich fremd an, gefährlich.

Slade stand immer noch in der Tür und sah mich an. Sein Blick brannte förmlich ein Loch in mein Gesicht. Und ehrlich gesagt wollte ich nicht, dass er auf den Run ging. Ich wollte einfach nur mich mit ihm hier im Bett unter der Decke einkuscheln und das Zimmer nie wieder verlassen.

»Maya.«

»Hör auf, meinen Namen zu sagen.« Ich schaute ihm tief in die Augen und tat dann, was ich am besten konnte: Ich log wie gedruckt. »Ich brauche dich nicht. Und jetzt geh und mach deinen Clubkram, damit ich mit meiner Mom abhängen kann und mich nicht mit deiner albernen Überfürsorglichkeit herumschlagen muss.«

Er wartete einen Moment. »Nur damit du es weißt: Das war schon geplant, bevor ich überhaupt losgefahren bin, um dich abzuholen.« Seine dunklen Brauen zogen sich vor Verwirrung, vielleicht auch vor Wut zusammen. Ich war mir nicht sicher, ob er auf mich sauer war. »Es geht nicht anders ...«

»Schon gut. Ehrlich.« Ich verdrehte demonstrativ die Augen. »Ich bin nicht deine Old Lady, du bist mir also keine Rechenschaft schuldig.«

»Aber ...«

»Im Ernst, Slade. Ich bin müde und habe diese Woche die Hölle durchgemacht, deshalb ... möchte ich jetzt einfach nur allein sein.«

Bei meinen Worten zuckte er zusammen, aber bevor er antworten konnte, stand meine Mutter mit einem Tablett in der Tür und drückte sich an ihm vorbei. »Klopf, klopf.«

»Hey«, sagte ich mit einem Lächeln, das ich nicht im Geringsten spürte.

»Ich hab Suppe für dich.« Sie stellte das Tablett auf den Tisch und räumte Wasser und Tabletten, die Slade dort hingelegt hatte, auf die Kommode. Ich konzentrierte mich auf sie und bekam nicht mit, wie Slade ging … Ich hasste es, wie sich mein Magen vor Unsicherheit zusammenzog.

Wahrscheinlich hatte Slade den Club vermisst, während er weg war. Den endlosen Strom von Frauen, Groupies und Bekannten, den ständigen Fluss von Alkohol. Vor allem die Zeit mit seinen *Brüdern*. Aber das alles störte mich nicht annähernd so sehr, wie ich gedacht hätte. Viel mehr machte mir zu schaffen, dass er immer noch Geheimnisse vor mir hatte.

Als Mom gegangen war, nahm ich die Suppe auf den Schoß und schlürfte sie löffelweise, obwohl ich nicht einmal Hunger hatte. Ich war viel zu gehässig und angepisst, um etwas zu essen, und mehr als bereit, so lange zu wüten, bis er mir alle meine Fragen beantwortete: Was war los? Warum war ich überhaupt wieder hier?

Aber wir waren kein Paar und würden wahrscheinlich nie eins sein. Diese Wahrheit würde immer bleiben, egal, wie sehr ich sie verdrängte. Ich war dabei, mich wieder hoffnungslos in ihn zu verlieben.

Einen Biker.

Jetzt musste ich mich zwingen, diese Tatsache zu ignorieren, bis Flick mich gehen ließ und meine Füße wieder die Strände von San Diego berührten.

EINUNDZWANZIG

SLADE

»Du siehst beschissen aus«, sagte Archer, charmant wie immer, als ich vierzig Minuten, nachdem ich Flicks Wohnung verlassen hatte, in den Club kam. Er legte mir lässig den Arm um die Schultern, führte mich zur Bar und bedeutete Tammy mit einem Nicken, uns etwas zu trinken zu machen. Sie war eine der Barkeeperinnen, die Flick eingestellt hatte, ein ehemaliges Groupie.

»Ich bin müde.« Und ich war auch nicht wirklich in der Stimmung zu reden. Ich hatte zwanzig Minuten gebraucht, um aus Flicks Einfahrt zu fahren, und fühlte mich immer noch weit weg von dem, wo ich sein sollte, im Vergleich zu dem, wo ich sein wollte.

Im Club gab es wegen Pops und Mayas altem Herrn jede Menge Stress. Aber ich saß hier und dachte schon wieder nur an Maya – dabei war ich gerade noch bei ihr gewesen. Es wurde zu einer Gewohnheit, die ich nur schwer ablegen konnte. Sie und ihre farbwechselnden Augen, ihr Lächeln und ihre vollen Lippen, für die ich alles getan hätte, um sie noch einmal zu küssen. Trotz ihrer Worte wusste ich, dass sie verletzt war. Nicht nur körperlich, sondern auch seelisch. Wie hätte es auch anders sein sollen, nach dem, was am Bahnhof passiert war?

Ich wollte so gern bei ihr bleiben. Sie festhalten, bis sie einschlief. Selbst wenn das alles war, was ich je bekommen würde. Aber die Pflicht rief und im bevorstehenden Clubtreffen ging es genauso um sie wie um den Club. Ich durfte mich nicht ablenken lassen, doch da ich die letzten Tage ununterbrochen mit ihr zusammen gewesen war, fiel mir das schwer. Und in ihrer Nähe zu sein, bedeutete auch, mich auf einen unvermeidlichen Abschied vorbereiten zu müssen. Etwas, mit dem ich jetzt nicht umgehen konnte – wahrscheinlich nie.

Also würde ich heute Abend, nachdem ich zurück zu Flick gegangen war und nach ihr gesehen hatte, tun, was getan werden musste, selbst wenn es mich umbrachte.

»Ich auch.« Archer setzte sich auf den Hocker neben mir. »Zu viele lange Nächte, um den Wichser zu finden, der Carlos erwischt hat.«

»Gut gemacht.« Ich nickte und mir schnürte sich die Kehle zusammen. »Danke, dass du dich darum gekümmert hast.« Ich war angefressen, weil ich es nicht selbst erledigt hatte, und doch erleichtert, dass Archer es erledigt hatte. Wenn es darum ging, Rache zu üben, war er der Beste.

Er nickte mir zu, das Gesicht ausdruckslos, die Finger an die Theke geklammert. »Wir sind Brüder. Das ist unser Job.«

Ich räusperte mich. »Wo ist eigentlich Flick? Ich dachte, wir hätten ein Clubtreffen.«

»Als ich ihn zuletzt gesehen habe, war er mit ein paar Ladies unterwegs. Meinte, er bräuchte eine Pause, nachdem Hawk ihm den ganzen Tag von Summer erzählt hat.«

Ich schnaubte. Um uns herum brach alles zusammen, aber für Sex hatte unser President immer Zeit.

»Wie geht's Maya?«, fragte Archer und überraschte mich. Ich hätte nicht gedacht, dass er sie überhaupt mochte, geschweige denn, dass er sich genug für sie interessierte, um nach ihr zu fragen. Tammy stellte Drinks vor uns ab, einen Shot für Archer, ein Budweiser für mich. Sie zwinkerte mir zu und wandte sich dann jemand anderem zu.

»Sie hat ein kaputtes Knie und eine ganze Menge Scheiß zu verarbeiten.« Ich nahm einen Schluck von meinem Bier, die Kälte brannte angenehm in der Kehle. »Das passiert, wenn man beinahe jemanden umbringt.«

Arch nickte nachdenklich. »Es war Notwehr.«

Ich wischte mir mit dem Handrücken über die Lippen und sagte: »Ja. Aber es hätte gar nicht erst so weit kommen dürfen. Sie ist keine Red Dragon.«

»Das konntest du nicht wissen.«

»Aber ich hätte es wissen müssen.« Ich hatte einen guten Instinkt. Allerdings nicht, wenn es um Maya ging. Und deshalb würde alles beschissener werden, je länger ich in ihrer Nähe war.

»Du kannst nicht immer der Held sein.« Er trank seinen Shot aus und tippte auf die Bar, damit Tammy ihm noch einen brachte. Sie hielt einen Finger hoch und signalisierte, dass sie gleich käme, wobei ihre Augen zu meinem Gesicht huschten.

Ich zuckte zusammen, denn ich wusste, was sie wollte. Wir hatten immer mal wieder etwas miteinander gehabt – öfter als jeder andere Bruder. Wir wollten nie eine Beziehung, aber aus irgendeinem Grund kamen wir immer wieder zueinander zurück. Aber nicht heute Abend, selbst wenn ich mich nicht an Maya binden wollte.

Ich rieb mir über die Stirn und dachte an etwas anderes. Etwas, woran ich schon lange nicht mehr gedacht hatte. »Weißt du noch, wie es war? Dein erster Mord?«

Ich musste schon so oft den Abzug drücken, dass ich gelernt hatte, meine Gefühle dabei zu betäuben. Wenn ich mich daran erinnerte, konnte ich vielleicht nachempfinden, was My durchmachte, auch wenn sie den Kerl nicht umgebracht hatte.

»Ja«, sagte Archer und strich sich über den Bart. Er blickte hinter die Bar, ohne wirklich etwas zu sehen. »Ich erinnere mich.« Er nahm einen weitern Schnaps von einer anderen Barkeeperin und leerte ihn mit einem lauten Seufzer, noch bevor sie wieder weg war. »Mein alter Herr und ich waren auf einem Run. Ich war sechzehn, verdammt.«

Ich nickte und erinnerte mich selbst nur zu gut an diesen Tag.

»Du?«, fragte er und sah mich wieder an. Ich hatte etwas in meinem besten Freund geweckt. Etwas, an das er sich wohl lieber nicht erinnert hätte. Das konnte ich in seinen glasigen Augen sehen. In ihm brannte ein Feuer, wütender als in jedem von uns. Ich wusste nur nicht, warum.

»Ich war gerade achtzehn geworden. Es war einer von Pops' Dealern, der ihn verarscht hatte.«

Hawk war bei uns gewesen, und als sein Vater ihn aufgefordert hatte, den Kerl zu erschießen, der schon halb tot in einer Gasse der South Side gelegen hatte, hatte Hawk es nicht über sich gebracht. Er ... war einfach erstarrt. Er war zwei Jahre älter als ich, aber er war weich, auch wenn er es nicht zugeben wollte. Das war ungefähr zu der Zeit, als er sich immer mehr gegen seinen Dad gewehrt hatte. Bevor der hirnlose Arsch ihn reingelegt hatte. Ich wollte nicht, dass Pops ihm eins über den Schädel zog oder ihm etwas Schlimmeres antat, also hatte ich meine Waffe genommen und es ihm abgenommen.

Ich weiß noch, dass ich in der Nacht geweint hatte. Und gekotzt. Das war nicht lustig. Nichts von alledem war es. Zumindest nicht, als Pops noch President war. Aber jetzt war alles anders. Jedenfalls gab Flick sich sehr viel Mühe.

Kurz darauf durchbrach eine kehlige, weibliche Stimme die angespannte Stille unserer Gedanken. »Hey, Slade. Schön, dass du wieder da bist. Ohne dich war es einsam hier.« Tammy berührte mich am Handgelenk und strich mit den Nägeln auf und ab.

»Ich freu mich auch, dich zu sehen, Tam.« Ich zog den Arm weg, weil sich ihre Berührung nicht richtig anfühlte.

Sie runzelte kurz die Stirn, dann gurrte sie leise: »In einer Stunde habe ich frei.«

Ich schüttelte den Kopf. »Sorry. Ich habe heute Abend im Club zu tun.«

»Danach?« Sie legte den Kopf schief.

»Nope.« Ich blickte auf die Theke, zu feige, um mir ihre Reaktion anzusehen.

Sie bewegte sich nicht sofort. Und neben mir erstarrte Archer. Wahrscheinlich fragten sich beide, was mir durch den Kopf ging, aber ich hielt den Blick auf mein leeres Glas gerichtet, und wartete darauf, dass der Moment vorbeiging.

Slade wies nie eine Frau ab.

Sebastian hingegen ...

»Na gut. Dann ein andermal.« Tammy seufzte. Ich sah ihr an, dass sie enttäuscht war, aber wie gesagt, wir waren nicht zusammen. Und würden es auch nie sein.

Als sie weg war, räusperte sich Archer. »Ich hätte gedacht, dass du dich nach einer Woche mit dem hochnäsigen Miststück Maya sofort auf Tammy stürzt.«

»Nenn sie nicht Miststück.« Ich biss die Zähne zusammen und sah ihn warnend an.

»Ist sie aber.« Er verengte die Augen. »Miss Ich-bin-zu-gut-für-den-Club und so. Sie war acht Jahre nicht mehr hier und trotzdem heißt es immer nur ›Maya dies‹ und ›Maya das‹ ... Erst geht Hawk wegen ihr, dann will Flick, dass sie zurückkommt, und ausgerechnet du verteidigst sie jetzt.«

Ich hatte vergessen, dass er Bescheid wusste – dass sie mich gebrochen hatte, mich nachts benutzt hatte, auch wenn sie Gründe gehabt hatte, die ich jetzt verstand. Aber Arch würde es nie verstehen, und ich war nicht in der Stimmung, es zu erklären. Trotzdem musste er sich nicht wie ein Arsch verhalten.

»Nach *allem,* was sie dir angetan hat, Mann.«

Unfähig zu sprechen, atmete ich so ruhig wie möglich durch die Nase ein.

»Und was machst du, wenn sie wieder abhaut?« Er warf die Hände in die Luft und ließ sie auf die Theke klatschen. »Denn wer einmal abgehauen ist, macht es wieder. Sowas ändert sich nie.«

»Ach, halt die Klappe.« Ich stand auf, weil ich dringend wegmusste. Sonst würde ich ihm noch eine reinhauen.

Ich ging zum hinteren Flur des Clubhauses, der zu den Schlafzimmern führte. Ich lebte schon seit Jahren hier und nicht mehr bei Flick.

»Ach, so ist das also? Du ignorierst mich? Rennst weg, genau wie sie?«, rief Archer mir hinterher, während seine Schritte auf dem gefliesten Boden widerhallten. Ein paar Prospects und einige der Alteingesessenen beobachteten mich, als ich vorbeikam, aber es war mir scheißegal, was sie gerade dachten.

»Sie ist ein Miststück, Slade«, fuhr er fort, selbst als ich vor meinem Zimmer stand. »Das wissen wir beide.«

»Nein, du Arsch«, zischte ich, legte eine Hand um den Türknauf, ging aber noch nicht hinein. »Sie ist kein Miststück. Sie ist ein guter Mensch, der von vornherein nicht Teil dieser Scheiße sein wollte.« Ich deutete mit der Hand zur Bar und atmete schwer, als ich mich wieder meinem Freund zuwandte. »Dieses Leben führt nie zu etwas Gutem, und deshalb ist es nicht das Richtige für sie.«

Zum ersten Mal seit langer Zeit glaubte ich an meine Worte. Nicht, weil ich nicht Teil dieses Clubs sein wollte, sondern weil ich sicher war, dass es nichts für Maya war. Sie hatte etwas Besseres verdient als dieses Leben, als mich. Sie hatte einen Mann verdient, der sie liebte, Kinder, ein schickes Haus, einen Hund oder eine Katze. Nicht mich, verdammt. Ich war ein Idiot, wenn ich etwas anderes glaubte.

Aber in einer Sache hatte Archer recht: Sie würde gehen, und es war besser, wenn ich mich darauf vorbereitete, als dass ich wie damals wieder daran zerbrach.

Archer ließ den Kopf zurückfallen und stöhnte. »Scheiße, dir ist genau das Gleiche passiert, oder? Das Gleiche wie Hawk.«

Ich runzelte die Stirn und verschränkte die Arme. »Was denn?«

»Du hast dich in eine Frau verliebt, nachdem du unterwegs mit ihr festgesessen hast.« Er schürzte verärgert die Lippen. »Aber weißt du, was der Unterschied ist?« Er schüttelte den Kopf und trat einen Schritt zurück: »Du hast dich in die eine Frau verliebt, in die du dich nicht hättest verlieben sollen.«

Damit lag er nicht falsch. Nicht ganz. Diesmal würde ich nicht wieder in dasselbe Muster verfallen. Wenn überhaupt, würde ich es beenden, bevor es richtig anfing. Aber in puncto Liebe? Da hatte er bestimmt recht.

»Hast du sie gefickt? Hast du Tam deshalb abblitzen lassen? Fühlst du dich Maya gegenüber verpflichtet oder so?«

Ich runzelte die Stirn, mir lag das Nein schon auf der Zunge. Aber aus irgendeinem Grund wollte ich mir noch nicht eingestehen, dass all meine alten Gefühle für sie langsam zurückkamen. Noch nicht. Vielleicht sogar nie.

»Es war ein Bedürfnis, das ich befriedigen musste.« Ich gab mich damit zufrieden, aber die Worte fühlten sich total falsch an in meinem Mund.

»Dann bist du damit jetzt durch?«

»Wird nicht wieder vorkommen.« Es war zwar nicht die Wahrheit, aber auch keine Lüge. Ich würde mein Bestes geben, heute Abend bei Flick die Finger von ihr zu lassen. Ich wollte nach ihr sehen, obwohl sie mir gesagt hatte, dass ich mich von ihr fernhalten sollte.

»Bist du dir da sicher?« Archer schob sich neben mich, eine

Schulter an die Wand gelehnt, und ein Grinsen umspielte seine Lippen.

»Ich bin nicht in sie verliebt, falls du das meinst.« Ich presste die Lüge heraus, schlüpfte in mein kleines Zimmer und machte Archer die Tür vor der Nase zu. Was er nicht wusste, würde ihn auch nicht heißmachen.

Drei Stunden später saß ich geduscht und angezogen in der Versammlung. Der Schuppen hinter dem Clubhaus, der zum Büro umfunktioniert worden war, war komplett aus dunklem Holz. Holzwände, Holzfußboden, Holztisch, Holzschilder an der Wand, die meisten mit den Namen von Brüdern, die im Laufe der Jahre gestorben waren.

Flick war gerade von seiner kleinen Orgie zurückgekommen und saß vorne am rechteckigen Tisch, Chop zu seiner Rechten und Archer zu seiner Linken. Crazy, der seit der Gründung beim Club war, saß ihm am anderen Ende gegenüber. Der Kerl war uralt, aber er wusste mehr als wir alle zusammen. Talker und Mute waren auch da, beide standen; sie waren erst seit kurzem Teil der Versammlung. Gute Kerle. Vertrauenswürdig. Wir brauchten sie auf unserer Seite.

Mein Cousin hingegen war nirgends zu sehen. Was mich nicht überraschte. Dieser Tage kam er nie pünktlich.

»Du hast es also geschafft. Hast mein Mädchen gesund und munter zurückgebracht.« Flick lehnte sich zurück und strich sich über den Bart.

»Was gesund und munter angeht, bin ich mir nicht so sicher.«

»Sie lebt und ist hier. Das ist alles, worum ich gebeten habe.« Flick zuckte mit den Schultern.

»Sie ist traumatisiert und will nicht hier sein, verdammt noch mal«, knurrte ich. »Sobald die Sache mit Pops erledigt ist, fliege ich sie zurück nach San Diego, wo sie hingehört.«

»Nein, wirst du nicht.« Flick grinste.

Ich verengte die Augen. »Was ist dein Problem? Sie wurde fast umgebracht, dann hat sie dieses Arschloch niedergestochen. Wie kannst du da so ruhig bleiben?«

Gott, er war ein guter President, aber manchmal ein echt beschissener Typ.

Sein Kiefer zuckte, und der selbstgefällige Ausdruck auf seinem Gesicht verschwand. »Gut. Ich rede morgen mit ihr.«

»Erzählst du ihr dann von ihrem alten Herrn?«

Er zuckte mit den Schultern. Das war kein Ja. Aber auch kein Nein. Verdammter Mistkerl.

Bevor ich eine richtige Antwort bekam, stürmte Hawk herein. Sein Gesicht war gerötet, die schwarzen Haare unordentlich. Ich wusste sofort, wo er gesteckt hatte. Wir wussten es alle. Nur Flick offensichtlich nicht.

»Und du kommst zu spät, weil?«, fragte er.

»Die Prinzessin hat mich gebraucht.« Hawk zwinkerte.

Archer stöhnte und rieb sich mit beiden Händen über das Gesicht. »Mein Gott, ich habe euch beide verloren.«

Ich trat meinem Kumpel unter dem Tisch gegen das Schienbein, was mir einen bösen Blick einbrachte. Niemand sonst hatte ihn gehört, ich aber schon. Er musste die Klappe halten, bis ich unserem President die jugendfreie Version dessen erzählen konnte, was zwischen mir und seiner Nichte vorgefallen war. Flick dachte, ich liebte sie wie eine Schwester, hatte aber keine Ahnung, dass ich stattdessen mit ihr geschlafen hatte. Wer wusste schon, wie er reagieren würde? Ich konnte es nicht riskieren.

»Sag uns, was wir wissen müssen, Junge.« Flick beugte sich vor, stützte die Ellenbogen auf den rechteckigen Tisch und musterte Chop genau. Er war sozusagen unser Sekretär. Einundzwanzig, war Prospect von Flick, ehemaliger Marinesoldat, durch eine Landmine am Bein verletzt, ein knallharter Typ, wie er im Buche stand. Sein Scharfsinn erinnerte mich an mich selbst.

»Wir wissen, wo sich Pops aufhält.« Chop setzte sich aufrecht hin, er überflog ein Blatt Papier. »Kleine Stadt in New Mexico, Backsteinhaus, keine Tore. Gut bewacht. Bei ihm sind lauter junge Typen. Er hat viel Macht, aber nicht genug Erfahrung.«

»Abgesehen von den Forsaken«, fügte Flick hinzu.

Bei der Erwähnung des Clubs zuckte ich zusammen und fuhr mir mit der Hand durch die Haare, damit sie nicht zitterte.

»Weißt du, seit wann er wieder in den Staaten ist?«, fragte Flick.

»Seit ungefähr einer Woche.« Chop ratterte den Mist auf seinem Blatt herunter: Sichtungen, Städte, Namen.

»Gut. Und Mayas Vater, Satan? Erzähl den Jungs, was wir sonst noch über ihn haben.« Flick deutete auf die anderen Brüder und hielt bei mir an.

Ich spitzte die Ohren. Darauf hatte ich gewartet, das war der Kram, der Maya am meisten treffen würde. Und auch wenn sie hier sicher war, würde ich deshalb meine Pflichten als Bodyguard nicht aufgeben. Nicht nach dem, was wir durchgemacht hatten und was uns vielleicht noch bevorstand.

»Dein Informant sagt, dass er sich seit Wochen nicht aus Phoenix wegbewegt hat.« Chop hielt inne, die Augen auf Flick geheftet. »Bist du sicher, dass er mit Pops zusammenarbeitet?«

Ich biss die Zähne zusammen und knurrte: »Wenn man bedenkt, dass Maya fast gekidnappt wurde, arbeiten die beiden *ganz sicher* zusammen, meinst du nicht?«

Chop zuckte zusammen und senkte den Blick. Im Zimmer wurde es still, alle wussten, dass er sich besser nicht einmischte. Er war neu an diesem Tisch. Ich würde es diesmal auf sich beruhen lassen. Aber wenn er jemals wieder etwas so Wichtiges infrage stellte, würde ich es ihm nicht so leicht durchgehen lassen.

Flick räusperte sich. »Arch und Slade steigen am Freitag in den Flieger. Reisen nach Texas und treffen meinen Informanten, um mehr herauszufinden.«

Ich atmete langsam aus und rieb mir über die Stirn. »Wie lange sind wir unterwegs?«

Flick zuckte mit den Schultern. »Ein oder zwei Tage.«

Ich nickte und ballte die Fäuste unter dem Tisch. Dass ich nicht bei Maya sein würde, machte mich fertig. Aber wenn es einen Ort gab, an dem sie sicher war, dann auf dem Gelände der Red Dragons. Und jetzt, wo ich meinen Job erledigt und sie nach Hause gebracht hatte, würde sich jemand anders um sie kümmern.

Flick stieß sich vom Tisch ab und signalisierte damit das Ende der Versammlung. Doch ich konnte einfach nur dasitzen und auf den Tisch starren, selbst als alle den Raum verließen.

Das war es, was ich tun musste. Was als Road Captain notwendig war. Aber warum zur Hölle fühlte es sich so an, als würde ich einen Riesenfehler machen?

Die Tür schloss sich, doch neben mir erklangen Schritte. Als ich nach rechts schaute, sah ich Flick, der sich mit zusammengekniffenen Augen auf einen Stuhl sinken ließ.

»Willst du mir sagen, was dir gerade durch den Kopf geht, Junge?«

Ich zuckte zusammen und sah auf meinen Schoß. »Lässt du mich in Ruhe, wenn ich Nein sage?«

»Nein.«

Das hatte ich mir gedacht.

»Geht es um meine Nichte?«

Ich zuckte zusammen, brachte aber ein Nicken zustande.

»Du bist in sie verliebt.«

»Wie kommst du darauf?« Ich hob mein Kinn und versuchte, mir nichts anmerken zu lassen.

»Ich bin nicht blöd.«

Ich konnte nur seufzen.

»Wirst du sie für dich beanspruchen?« Er lehnte sich zurück und legte einen Finger an die Lippen. Aber ich konnte sein Gesicht nicht lesen. Konnte ich noch nie.

Sag nein. Sag nein, Arschloch. Doch aus irgendeinem Grund kam mir ein Nein zu endgültig vor, auch wenn ich angefangen hatte, sie loszulassen. »Ich weiß nicht.«

»Du kannst nur mit Ja oder Nein antworten. Entweder machst du sie zu deiner Old Lady oder du gehst. Es gibt nichts dazwischen.«

Da wusste ich, dass ich ihm die Wahrheit sagen musste. Er war der Einzige, dem ich anvertrauen konnte, was wirklich in meinem Kopf vorging. Dieser Mann war das, was einem Vater am nächsten kam.

»Sie lenkt mich ab. Es ist nicht sicher.«

»Das verstehe ich.« Er nickte. »Es braucht schon einen besonderen Mann, um die beiden Welten zu trennen.«

Er räusperte sich und stand auf, den Blick auf das dunkle Fenster gerichtet.

»Hast du jemals ...?« Dieser Scheiß war seltsam. Zu emotional. »Vergiss es.«

»Willst du wissen, ob ich mal eine Old Lady hatte?«

»Ich denke schon.« Ich zuckte mit den Schultern.

»Die Antwort ist ja. Hatte ich. Einmal. Ist nicht gut ausgegangen.«

»Bereust du es?«, fragte ich.

Seine Antwort bestätigte, was ich hören wollte. »Wenn du das Glück hast, so etwas zu finden, dann ist es eine gute Sache. Aber das Gute ist nicht immer das Beste.«

ZWEIUNDZWANZIG

MAYA

Auch wenn das Lachen im Fernsehen im Wohnzimmer meines Onkels widerhallte und Mom sich wie besessen um mich kümmerte, wurde ich das Gefühl der Hände um meinen Hals nicht los. Laut Slade war der Angreifer weggesperrt worden – wer weiß, wo –, aber deshalb waren die Erinnerungen noch lange nicht gelöscht.

»Du hast kaum etwas gegessen.« Mom schaltete den Ton Fernsehers aus.

»Ich hab nicht so viel Hunger.« Ich rührte in der zweiten Schüssel Hühner-Nudelsuppe, die sie mir heute gegeben hatte, und zuckte mit den Schultern.

Fünf Minuten, nachdem Slade gegangen war, hatte ich mich auf den Weg ins Wohnzimmer gemacht. Ich wollte noch nicht ins Bett. Ich hatte geduscht, mir die Haut fast wund geschrubbt, um die Erinnerung an das Blut loszuwerden, und jetzt saß ich hier und bei jedem seltsamen Geräusch und jeder von Moms Bewegungen neben mir auf der Couch drehte ich fast durch.

Mom schaltete den Fernseher aus, nahm unsere Tabletts und brachte sie in die Küche. Obwohl es erst sieben Uhr war,

war es draußen stockdunkel. So ungern ich es auch zugeben wollte, ich vermisste Slade. Dass er nicht hier war, machte mich nervös und ein wenig hibbelig. Aber wir brauchten beide etwas Abstand.

»Okay, zwei riesige Schüsseln mit Cookies and Cream.« Mom lächelte weise, als sie ein paar Minuten später zurückkam. Sie gab mir eine Schale und stellte sich die andere auf den Schoß.

»Immer noch deine Lieblingsgseissorte?« Ich grinste und die Enge in meiner Brust löste sich ein wenig.

Sie nahm einen Löffel, schloss die Augen und sprach mit vollem Mund. »Deine auch?« Ich nickte und führte einen Löffel an die Lippen. Als ich ihn ableckte, schmolz das Eis sofort auf meiner Zunge, und die Aromen rauschten auf die bestmögliche Weise über meine Geschmacksknospen. Das war keine wirkliche Lösung. Aber es war zumindest eine gute Ablenkung. Und jede Zeit, die ich mit meiner Mutter verbringen konnte, war im Moment ein Gewinn.

»Kennst du das alte Sprichwort? Wenn du Eis isst, kannst du nicht traurig sein.« Mom zwinkerte mir zu und setzte sich in den Schneidersitz. »Daran halte ich mich sehr genau.« Sie zuckte mit den Schultern. »Wahrscheinlich ist das der Grund für meine Fettpölsterchen. Aber ich habe im Laufe der Jahre gelernt, dass ein wenig Genuss, und sei es nur eine Kugel Eis am Tag, das zusätzliche Hüftgold wert ist, wenn es dich glücklich macht.«

Ich nickte und fragte mich, wann sie so tiefgründig geworden war. Die Frau, an die ich mich erinnerte, war verschlossen gewesen oder hatte ständig geweint. Nicht diese unkomplizierte, aufrechte Frau, neben der ich jetzt saß. Aber die Mutter, die ich gekannt hatte, hatte mich auch in Bezug auf Slade angelogen.

Bei dem Gedanken runzelte ich die Stirn.

Hin und wieder musterte ich sie und versuchte, den Mut

aufzubringen, sie danach zu fragen. Aber das zwischen uns war so frisch und neu, dass ich die Stimmung nicht verderben wollte. Trotzdem hatte ich ein Recht darauf, zu erfahren, warum sie mich belogen hatte. Und es gab keinen besseren Zeitpunkt als jetzt, um danach zu fragen.

»Mom?« Ich räusperte mich.

Sie legte ihre Hand auf meine, die in meinem Schoß lag. »Was ist denn?«

»Warum hast du mir damals gesagt, dass Slade, ich meine Sebastian, gegangen ist?«

Eine Sekunde verging. Dann zwei. Ich hob den Kopf und in ihrem Gesicht lag Bedauern, dann schließlich Entschlossenheit. »Weil es so war.«

»Nein, das stimmt nicht.« Ich runzelte die Stirn.

»Doch. Sobald du weg warst, sind sozusagen alle Spuren von Sebastian verschwunden.«

»Das verstehe ich nicht. Willst du sagen, dass er sich sofort nach meinem Umzug körperlich verändert hat?«

Sie zögerte und blickte zur Tür, als würde sie jemanden erwarten und wollte nicht erwischt werden.

»Es ist ... kompliziert. Die körperliche Veränderung kam natürlich nicht über Nacht. Aber die emotionale Verhärtung? Das kam sofort.«

Mein Story Boy war über Nacht verschwunden? Das brach mir das Herz.

Mom fuhr fort, nicht ahnend, welchen Schmerz ihr Geständnis in mir auslöste. »Zwei Tage nachdem du nach Kalifornien geflogen bist, hat er Flick gefragt, ob er Prospect werden kann. Er meinte, dass Sebastian gestorben sei und dass niemand seinen Namen je wieder erwähnen dürfe. Später hat er mir unter vier Augen gesagt, dass ich dir genau das sagen soll, falls du nach ihm fragst.«

»Hat er dich bedroht?«

»Nein, Schatz. Er hat sogar geweint. Vielleicht war er in

dich verknallt oder so. Ich bin mir nicht sicher.«

Verknallt. Ich schloss die Augen bei diesem unschuldigen Wort.

Über dieses Stadium waren wir jetzt hinaus, auch wenn ich es Mom gegenüber nicht zugeben würde. Sie würde einen großen Wirbel veranstalten. Sie würde behaupten, dass ich endlich zu Hause sei und endlich die beste Entscheidung meines Lebens treffen würde. Aber ich hatte keinen Plan, was ich morgen, geschweige denn in einer Woche oder einem Monat tun würde. Ich mochte Slade sehr, *sehr* gern. Wahrscheinlich sogar viel mehr als das. Aber Slade war nicht Sebastian. Und ich war nicht mehr nur die naive Tochter des Vice President der Forsaken.

Sicher geschah nichts ohne Grund, doch das bedeutete nicht, dass mir der Grund gefallen musste.

Ich wartete kurz, bis ich den Mut hatte, es laut zuzugeben: »Ich war in ihn verliebt, Mom.«

»Was?« Sie riss die Augen auf.

Von wegen heimliche Freunde in der Nacht. Gott, wie hatte ich nur so egoistisch sein können? »Wir kamen uns … nahe. Er, ähm, kam nachts immer in mein Zimmer.«

»Ihr zwei hattet Sex und ich wusste nichts davon?« Sie schnappte nach Luft und legte eine Hand auf die Brust.

»Guck nicht so empört.« Ich kicherte, und das fühlte sich unglaublich an. »Wir haben uns nicht einmal *geküsst*. Aber er hat mir immer Geschichten erzählt …« Ich lächelte wehmütig und erinnerte mich daran, wie zufrieden ich gewesen war. Wie *verliebt* ich gewesen war, noch bevor ich es mir eingestehen konnte. »Wir waren befreundet. In der Nacht vor meiner Abreise ist mir klar geworden, dass ich mehr wollte, aber er war schon mit einer anderen zusammen.« Eigentlich mit zwei anderen.

»Das wusste ich nicht.« Mom strich mir eine Haarsträhne aus dem Gesicht, ihre Augen waren sanft und voller Bedauern.

»Du hast nur ein einziges Mal nach ihm gefragt, als du weggezogen bist, und ich dachte, du wolltest nur nett sein.«

»Niemand wusste davon.« Ich sah in meinen Schoß und erinnerte mich an die Busfahrt aus der Stadt.

Dass ich so heftig geweint hatte, dass ich kaum Luft bekam.

Dass eine Frau mich angesprochen und gefragt hatte, ob es mir gut ginge.

Dass ich ihr gesagt hatte, dass ich Liebeskummer hatte.

Dass sie sich neben mich gesetzt und gesagt hatte: *Der erste Liebeskummer ist der schlimmste.*

Sie hatte recht gehabt, denn ich war immer noch nicht darüber hinweg. Und das würde ich wahrscheinlich auch nie sein.

Slade und ich hatten viel Zeit verloren, und ein Teil von mir hatte gehofft, dass wir das wieder aufholen könnten. Aber jetzt, wo wir wieder mitten im Geschehen waren, nicht mehr im Zug, war ich mir nicht sicher, ob er das noch wollte – oder was *ich* überhaupt wollte. In der einen Minute wollte er mich, in der nächsten ließ er mich eiskalt abblitzen ... Es war die Art von Zuckerbrot und Peitsche, die am meisten wehtat.

Außerdem könnte er hier eine andere Frau gehabt haben, von der ich nichts wusste. Oder sogar mehrere. Bei dem Gedanken gruben sich meine Nägel in meine Handflächen. Eifersucht hatte in meinem Leben gerade keinen Platz, vor allem, weil ich mir nicht sicher war, wo wir standen oder was ich wirklich wollte.

Ein paar Minuten vergingen schweigend. Wahrscheinlich dachten Mom und ich beide nach, erinnerten uns, durchlebten den ersten Sommer ohne meinen Vater noch einmal.

Damals war Mom genauso verloren gewesen wie ich. Der Unterschied war, dass ich es immer noch war, während sie sich offensichtlich gefunden hatte.

»Willst du darüber reden?«, fragte sie.

»Was genau meinst du mit ›darüber‹?« Ich ließ meinen

Kopf zur Seite fallen und musterte sie. »Im Moment gib es ziemlich viele ›darübers‹.«

»Slade. Du und er, damals zusammen ... Eure Reise ...« Sie zögerte und atmete langsam aus. »Was ist passiert?« Sie streckte ihre Hand aus und strich mit ihren Fingern über meinen roten Zopf – geduldig, traurig.

Zuerst wartete ich, weil ich es für einen Scherz hielt. Dass sie wie früher wieder zumachen, vielleicht sogar einschlafen würde. Aber ich ließ mich darauf ein, erzählte vom Anfang – von unseren Nächten, als ich neunzehn war, bis zu dem Tag, an dem ich weggegangen war, von meiner Zeit in Kalifornien mit meinem Job, meinem beschissenen Chef und meinem Wohnungsproblem. Dann sprang ich zu Slade, der vor meiner Tür aufgetaucht war, und zu dem, was auf unserer Reise passiert war, ohne die Intimität. Sie hörte sich alles an und sah mich dabei unverwandt an. Sie nickte sogar und gab hier und da ihren Senf dazu.

Als ich fertig war, liefen mir die Tränen über das Gesicht, die hässlichen, die ich nur mit Mühe kontrollieren konnte. Aber am meisten überraschte mich, dass ich in den Armen meiner Mutter lag, an ihre Brust gedrückt, während sie mir beruhigend den Hinterkopf streichelte.

»Ist schon gut«, gurrte sie und küsste meine Schläfe. »Lass alles raus, mein Schatz. Ich hab dich.«

Da schluchzte ich heftiger als je zuvor. Nicht nur wegen der Reise und all dem, was passiert war, sondern weil ich hier bei ihr war, und es tat so weh, wie viel Zeit wir verloren hatten. Mom war wie ein weiteres fehlendes Teil eines Puzzles, das ich jahrelang nicht hatte zusammensetzen wollen. Bis jetzt. Bis Slade mich gefunden und nach Hause gebracht hatte. Bis er mir unwissentlich meine Mutter und sein Herz geschenkt hatte – auch wenn ich mir ziemlich sicher war, dass er sich dessen nicht bewusst war.

Vielleicht hatte die Reise ja doch einen Nutzen. Einen, der

über meine und Slades unvollendete Vergangenheit hinausging. Vielleicht hatte ich wegen meiner Mom zurückkommen müssen. Bei dem Gedanken schlang ich die Arme fester um ihre Taille. Und meine pochende Brust entspannte sich auch ein wenig.

»Habe ich dir je erzählt, wie ich deinen Vater kennengelernt habe?«, flüsterte Mom und strich mir langsam mit ihrer weichen Hand über den Hinterkopf.

Ich zuckte zusammen. »Mom, das will ich nicht wissen ...«

»Lass mich, Schatz. Ich muss es dir sagen.«

Also ließ ich es zu – wenn auch nicht besonders gerne. Ein Gespräch, das sich um den guten alten Dad drehte, der in seinem Club passenderweise Satan genannt wurde, endete nie gut.

»Ich war mit ein paar Freunden vom College aus. In einer Bar in der Innenstadt von Phoenix. Drinnen gab es eine riesige Schießerei. Eher ein Massaker.«

Ich schloss die Augen. »Waren es die ...?«

»Forsaken?«

Ich nickte.

»Nein, waren es nicht. Nur ein ausgebranntes College-Kind mit falschen Absichten.«

»Das muss ja schrecklich gewesen sein.«

»Ich werde nie darüber hinwegkommen.« Sie erschauerte, als würde sie den Moment noch einmal durchleben. »Jedenfalls war dein Vater in jener Nacht dort. Es war nicht sein normaler Arbeitsplatz, aber er hatte einen Run im Hinterzimmer gehabt, als die Schüsse fielen. Er kam heraus, entdeckte mich und meine Freundinnen, wie wir uns in der Ecke versteckten, und beschützte uns. Er wurde währenddessen sogar von hinten in die Schulter geschossen.«

Ich hatte keine echten Gefühle für meinen Vater, außer Abscheu oder Hass, aber ohne ihn wäre Mom nicht hier. Und ich auch nicht. Er war ein Samenspender, der meine Mutter anscheinend nur ein einziges Mal beschützt hatte. Deshalb mochte ich ihn nicht mehr, respektierte ihn aber für eine Sekunde. Ein Punkt auf dem Radar all dessen, was er uns angetan hatte.

»Was passierte danach?«, fragte ich.

»Nachdem die Polizei den Schützen niedergeschossen hatte, habe ich deinen Vater in mein Auto gesetzt und ihn ins Krankenhaus gebracht, weil er sich geweigert hatte, mit dem Notarzt mitzufahren.« Sie lachte leise und strich mir weiter über die Haare. »Als er darauf bestand, dass ich ihn anderthalb Stunden weit weg zum Gelände fahre, hätte ich wissen müssen, dass etwas nicht stimmt.« Sie zuckte mit den Schultern. »Aber neun Monate später wurdest du geboren.«

Mom war in der beängstigendsten Nacht ihres Lebens mit mir schwanger geworden? In der ersten Nacht, in der sie meinen Vater kennengelernt hatte? Ich war mir nicht sicher, was ich davon halten sollte.

»Ich will damit sagen, dass wir manchmal einen Sprung ins Ungewisse wagen sollten. Jene Nacht hat mir das schönste Geschenk der Welt gemacht: dich. Und das würde ich auf gar keinen Fall ändern wollen.«

»Was meinst du mit Sprung ins Ungewisse?«, fragte ich, und ein lautes Pochen in meiner Brust sagte mir, dass ich besser nicht weiterfragen sollte.

»Slade ist ein netter Junge. Jetzt, wo ihr beide wieder zu Hause seid und anscheinend auf derselben Seite steht, solltest du ihn nicht wegstoßen, weil du Angst davor hast, was am Ende passieren könnte. Hör auf dein Herz. Es weiß, was es tut.«

Ich schnaubte, nicht, weil ich ihr nicht glaubte, sondern weil es mich überraschte, dass sie ihre Geschichte mit meiner verknüpft hatte. Aber ich war noch nicht bereit, ihr oder sogar mir selbst gegenüber zuzugeben, dass ich den Sprung ins Ungewisse vielleicht doch machen würde, auch wenn er wider besseres Wissen geschah.

»Nach allem, was mein Vater dir angetan hat, meinst du, das war es wert?«

»Klar. Wie könnte ich etwas bereuen, das mir dich geschenkt hat?«

Noch mehr Tränen stiegen mir in die Augen, doch ich unterdrückte sie, weil ich für eine Weile nicht mehr weinen wollte. »Aber das Leben mit Dad war so schrecklich.«

»Das stimmt.« Sie seufzte. »Und jeden Tag, seit wir Arizona verlassen haben, habe ich mir gewünscht, ich hätte dich früher von dort weggeholt.«

»Bei den Red Dragons war es nicht viel besser.« Damals nicht und auch jetzt nicht, mit dem Ärger, den Pops verursachte. Wenigstens schlugen sie keine Frauen und versklavten sie, um sich zu amüsieren.

Das wusste ich.

»Das ist doch lächerlich.« Sie schnaubte. »Die Red Dragons sind ganz anders als die Forsaken. Das Problem ist, dass du ihnen gar keine Chance gegeben hast. Du hast sie so schnell verurteilt, weil ... Wie hast du immer gesagt? Kennste einen, kennste alle?«

Ich blickte in meinen Schoß und versuchte, nicht zusammenzuzucken. Sie hatte recht. Ich hatte sie verurteilt. Aber als wir gegangen waren, war sie so neben der Spur gewesen, dass sie das Schlechte in den Menschen erst gesehen hatte, bevor es zu spät war.

Aber hier war sie nun, gesund und munter und glücklicher als je zuvor. Das musste doch etwas bedeuten.

»Du bist also glücklich hier? Mit dem Leben, das du jetzt führst?«

Sie nickte. »Auf jeden Fall. Aber das heißt nicht, dass es mir nicht genauso ging wie dir.«

»Wie das?«

»Na ja ...« Sie zog das Wort in die Länge. »Mit achtzehn habe ich Flick angefleht, mich aufs College gehen zu lassen. Da unsere Eltern tot waren und er zehn Jahre älter war als ich, war er mein Vormund. Damals hatte er sich gerade mit den Red Dragons eingelassen und war wahrscheinlich froh, dass ich nach Arizona aufs College gehen wollte. Er konnte sein Red-Dragon-Leben führen und musste sich keine Sorgen mehr um seine kleine Schwester machen.«

Flick wirkte nicht wie jemand, der aufgab, was ihm wichtig war. Aber kannte ich ihn wirklich so gut? Nein.

»Doch du bist Teil von etwas viel Schlimmerem geworden.«

»Das kommt vor«, sagte sie traurig und strich mir die Haare hinters Ohr. »Aber mein Leben jetzt? Hier? Die Bruderschaft und Flick und die Red Dragons? Für mich ist es ein gutes Leben. Sie arbeiten daran, bessere Menschen zu werden, auch wenn sie ein wenig rau sind und sich nicht immer an die Gesetze halten.« Über den letzten Teil lachten wir beide. Dann fuhr Mom fort: »Vor allem fühle ich mich hier sicher. Geliebt und beschützt und auch glücklich.«

Ich atmete langsam aus und schlang meine Arme noch fester um ihre Taille. »Es tut mir leid, dass ich dich nicht besucht habe.«

»Schon gut. Du magst dein Leben in Kalifornien, oder?«

»Ja.« Zum ersten Mal hatte ich das Gefühl, in San Diego ein Zuhause zu haben, auch wenn es ein einsames war.

Aber die Dämonen meines Vaters und seines Clubs waren mit dem Abstand zu meiner Mutter nie ganz verschwunden. Und nur das hatte ich je wirklich gewollt. Stattdessen hatte ich Zeit verloren und eine Chance auf Liebe. Eine Erkenntnis, die mir wahrscheinlich acht Jahre zu spät kam.

Der Wunsch, nach San Diego zurückzukehren, war nicht mehr so stark wie noch Tage – oder gar Stunden – zuvor. Tatsächlich wartete in Kalifornien überhaupt nichts auf mich, wenn ich darüber nachdachte. Kein Job, keine Wohnung …

Die Frage war also: Wollte ich in Rockford *bleiben*? Wollte ich ein Leben führen, gegen das ich mich so vehement gewehrt hatte? Ich war mir nicht sicher, wie es mit Slade weiterging oder ob wir überhaupt wieder zueinanderfinden sollten. Möglicherweise war ich dazu bestimmt, hier zu sein, bei meiner Mutter. Vielleicht hasste ich gar nicht das Clubleben, sondern nur meinen Vater.

»Mom?«

»Ja, Schatz?«

Ich holte tief Luft und bereitete die Worte vor, die wir nur selten wechselten, denn ich hatte sie schon viel zu lange für mich behalten. Ich hatte noch Zeit, Entscheidungen zu treffen. Im Moment wollte ich einfach nur bei meiner Mom sein.

»Ich hab dich lieb.«

Sie antwortete nicht sofort. Stattdessen schniefte sie und küsste meinen Kopf, ihre Antwort war so leise, dass ich sie kaum hören konnte. »Ich dich auch, süße Maya. So sehr.«

Irgendwann später in der Nacht glitt ein harter Körper neben mich ins Bett. Da ich wusste, wer es war, bewegte ich mich nicht sofort, aber gleichzeitig konnte ich nicht anders, als zu sprechen.

»Du bist zurückgekommen«, flüsterte ich und schloss die Augen, weil ich mich fragte, ob das ein Traum war.

Mit einem heiseren Flüstern sagte Slade: »Ich möchte gerade nirgendwo anders sein als bei dir.«

Daraufhin drehte ich mich um, sah ihn an und mir wurde warm ums Herz. Nur mit Boxershorts, die Hände im Nacken und mit geschlossenen Augen lag er auf dem Rücken oberhalb der Decke. In diesem Moment wirkte Slade total zerrissen. Und so unglaublich traurig.

Ich legte mir beide Hände unter die Wange und fragte: »Geht es dir gut?«

Er öffnete die Augen und ließ den Kopf zur Seite fallen,

sodass sich unsere Blicke trafen. »Ja. War nur ein langer Abend.«

Ich atmete den Duft von Seife und Bier ein und betrachtete seinen Mund und die Bartstoppeln um seine Lippen, von denen ich mir wünschte, sie lägen auf den meinen. Es war erstaunlich, was Zeit und Raum mit dem Herzen anstellten, wenn es sich nach etwas sehnte, von dem es nicht wusste, dass es es brauchte.

»Hey«, sagte er und drehte sich auf die Seite. Er streckte die Hand aus und strich mir eine Haarsträhne hinters Ohr, dann fuhr er mir mit den Fingerknöcheln über die Wange. »Alles in Ordnung?«

»Ja. Ich glaube schon.« Mein Hals schmerzte noch von den Tränen, die ich vorhin vergossen hatte, aber ansonsten fühlte ich mich ... okay. Müde, aber okay.

In den letzten vier Stunden war ich immer wieder aufgewacht, bevor mich die Albträume heimsuchen konnten. Nächtlicher Selbsterhaltungstrieb. Wer hätte gedacht, dass es so etwas überhaupt gab?

Slade kam noch näher, seine Augen waren dunkel in der Nacht, und legte die Hand auf die Decke auf meine Taille und sagte zögernd: »Tut mir leid, dass ich vorhin so ein Arsch war.«

Als ich nicht sofort antwortete, musterte er mein Gesicht, und seine Entschuldigung anzunehmen war leichter gesagt als getan. Selbst in der Dunkelheit konnte ich ihm von den Augen ablesen, dass er mit sich kämpfte. Er wollte mich näher an sich heranlassen, hatte aber Angst, was ich leicht nachvollziehen konnte. Die Angst vor mehr, und besonders davor, dieses Mehr wieder zu verlieren.

Obwohl ich sauer auf ihn sein wollte, rutschte ich näher und nahm ihm die Entscheidung ab. Trotz der Decke zwischen uns entspannte ich mich sofort, als sich unsere Schenkel berührten.

Slade jedoch nicht.

»Mir tut es auch leid«, flüsterte ich, denn nicht nur er war im Unrecht. Wir hatten uns beide wie Kinder benommen.

Weil ich Hautkontakt brauchte, eine Bestätigung, dass das hier echt war, schlang ich ihm die Arme um den Hals und spürte, wie er sich noch mehr versteifte.

Lass los, Slade. Bitte. Lass dich fallen.

Er atmete tief ein und hielt den Atem an, dann sagte er: »Maya, ich muss dir etwas sagen.« Meine Brust zog sich zusammen und ich wappnete mich für das Schlimmste. »Was denn?«

»Du ...« Er holte noch einmal Luft. »Du jagst mir eine Heidenangst ein.«

Ich schloss die Augen und erinnerte mich an die Worte meiner Mutter über den Sprung ins Ungewisse, das Eingehen von Risiken und dass man nichts bereuen sollte. Vielleicht schürte das das Feuer in meiner Brust und legte mir dieselben Worte in den Mund.

»Du machst mir auch Angst.«

Ein Moment verging. Ich dachte schon, er wäre eingeschlafen. Bis ich ihn leise lachen hörte und spürte, wie er von mir wegrückte, aber nur, um unter die Decke zu kriechen. Und dann drückte er sich an mich und zog mich an ihn heran. Mein Kopf lag auf seiner Brust, sein Arm um meine Taille. An meinem Ohr schlug unaufhörlich sein Herz. Ich wollte nicht enttäuscht sein; das war es, was ich mir insgeheim die ganze Nacht gewünscht hatte. Und trotzdem war ich es. Wenn unsere gemeinsame Zeit begrenzt war, und das war sie bestimmt, wollte ich das Beste daraus machen. Auf jede erdenkliche Weise.

»Was ist so lustig?«, fragte ich, trotz des Pochens in meiner Brust.

Finger strichen über die Stelle unter dem Saum meines T-Shirts und über meine Wirbelsäule, wie um meinen Widerstand zu testen. Innerlich flehte ich nach mehr, aber ich drängte ihn nicht. Die Bewegungen, die Berührungen, das Gefühl waren die beste und die schlimmste Folter zugleich.

Wie konnte es sein, dass er keine Ahnung hatte, was das in mir auslöste? Vielleicht wusste er es doch, war aber selbst nur egoistisch und wollte mich berühren. Das konnte ich nach-vollziehen.

»Erinnerst du dich an die Nacht, als wir Archer und die Frau im Zimmer nebenan gehört haben?« Er wartete kurz, dann klopfte er mit der freien Hand über unseren Köpfen an die Wand. »Ich glaube, es war unsere vierte gemeinsame Nacht.«

Bei der Erinnerung zog ich einen Mundwinkel hoch. Genau wie jetzt hatte ich den Kopf auf seine Brust gelegt und war kurz davor gewesen einzuschlafen, als das Kichern und Stöhnen anfing.

Offenbar war das Gästezimmer meines Onkels der Lieb-lingsplatz für Clubmitglieder, die bei ihren Liebesabenteuern lieber nicht von einer Horde von Bikern beobachtet wurden. Sebastian – Slade – hatte nie dort geschlafen, weil er sich davor ekelte, was in den Laken sein könnte. Die Vorstellung hatte mich angewidert und gleichzeitig zum Lachen gebracht, als er die Worte ausgesprochen hatte. Obwohl es mich ein wenig verunsicherte und verängstigte, dass irgendwelche Männer in dem Haus, in dem ich bleiben sollte, ein- und ausgingen.

Trotzdem hatte ich Story Boy vertraut. Er gab mir ein Gefühl der Sicherheit. Er versicherte mir mit seinen starken Armen, dass es nur Archer war und ich mir keine Sorgen machen musste. Und das stimmte, auch wenn es ein wenig unangenehm war. Damals kannte ich Archer noch nicht, und meine Mom wohnte wie jetzt im Keller, bekam also nichts mit. Aber Story Boy und ich schon.

»Ja.« Ich lächelte und meine Wangen wurden warm. »Ich erinnere mich gut.«

»Sie waren so verdammt laut.« Slade lachte leise.

Rums. Rums. Rums. Rums. Gefolgt von lang gezogenem

Stöhnen und übertriebenem Keuchen, bei dem ich mich gefragt hatte, wie ein Mann *so gut* sein konnte.

»Ich habe mich gefragt, wie eine Frau so viel stöhnen kann, ohne heiser zu werden.« Ich prustete los.

»Ja. Sie kam mir vor wie Mania.«

Bei seiner Analogie machte mein Herz einen Hüpfer. »Du hast mir mal von ihr erzählt.« Ich lächelte und war stolz auf mich, weil ich mich daran erinnerte.

»Ach ja?«

»Ja, wenn ich mich richtig erinnere, ist sie die Göttin des Wahnsinns, der Raserei, der Wut ...« Ich musste passen.

»Der Toten«, beendete er für mich den Satz, und ich konnte das Lächeln in seinen Worten hören.

»Ach, ja.« Ich zog die Lippen zwischen die Zähne und hätte am liebsten gelacht. Nicht, weil es lustig war, sondern weil ich zum ersten Mal seit Jahren pure, unbeschreibliche Freude empfand. Er war noch da drin, mein Story Boy. Unter Slades Machogehabe war er quicklebendig. Trotzdem sprach ich ihn nicht darauf an, weil ich befürchtete, dass dann die Erinnerung, das Glück, das ich gerade erlebte, verschwinden würde.

»Du erinnerst dich noch daran?«

Ich nickte. »Ich erinnere mich an viel mehr, als du denkst.«

Er nickte ebenfalls, wieder wortlos.

In jener Nacht war ich erst etwa eine Woche dort gewesen. Für Slade und mich war das ganze Kuscheln und Kennenlernen neu gewesen. Aber als *das* dann passierte, änderte sich das Spiel für mich. An ihn geschmiegt, mein Bein über sein Bein gelegt, meine Mitte durch die Schlafshorts an seinen Oberschenkel gepresst, während sie immer lauter wurden und das Donnern des Kopfteils an der Wand wie Donnergrollen in einem Gewitter widerhallte ...

Damals wurde mir zum ersten Mal bewusst, dass ich einen Mann tatsächlich *begehren* konnte. Ich hatte mir so sehr gewünscht, genau dasselbe wie diese Frau zu fühlen, und zwar mit dem Jungen, der mich seinem Herzschlag hatte lauschen lassen. Dem Jungen, der mir das Gefühl gegeben hatte, sicher und besonders zu sein.

Wir hatten beide nicht gesprochen oder uns bewegt, während wir ihnen beim Vögeln zugehört hatten. Aber sein Herzschlag hatte sich beschleunigt und sein Atem war heftiger über meine Haare gestrichen. Er war so ein Gentleman gewesen, während ich mir fast lüstern vorgekommen war, weil ich mich nach etwas sehnte, das ich nicht verstand. Aber ich war mir sicher, dass es sich lohnen würde, wenn es geschah.

Doch danach hatte ich mich immer gefragt ...

Ich spielte mit seinem Brusthaar und schloss die Augen, während ich endlich die Frage stellte. »Wenn ich dich damals geküsst hätte, hättest du den Kuss erwidert?«

»Ja«, flüsterte er, ohne zu zögern. »Verdammt, My, ich wollte dich schon küssen, als ich dich zum ersten Mal im Spiegel gesehen habe. Und dann, als du neben mir gelegen hast und wir Arch und dieses Mädchen gehört haben? Gott, ich war so verknallt«, flüsterte er und atmete langsam aus. »So heftig, dass es nicht mehr lustig war.«

Trotz unserer Ängste, vor dem, was kommen könnte, wusste ich, was zu tun war, löste mich von seiner Brust und legte ihm die Hand an die bärtige Wange.

»Slade?«

Er musterte mein Gesicht und antwortete heiser: »Ja?«

»Ich ...« *Ich will dich. Ganz und gar, heute Nacht, jede Nacht oder wie lange ich auch hier bin.*

Aber die Worte kamen mir nicht über die Lippen; meine Zunge war zu sehr mit Ängsten und Was-wäre-wenns beschäftigt. Deshalb tat ich, für heute Nacht und für mein Herz, das, was ich am besten konnte: Ich ließ meinen Körper sprechen.

Ich ignorierte den Schmerz in meinem Knie, kroch über seinen harten Bauch und setzte mich auf ihn.

Die Hände auf meinen nackten Beinen erstarrte er unter

mir. »My«, flüsterte er und betrachtete mich mit hungrigen Augen.

Ich küsste seine Wange, sein Kinn, seinen Hals, an dem ich knabberte, saugte und leckte. Ich zitterte vor Nervosität und ungebändigter Lust, und doch fühlte es sich so richtig an. Jede einzelne Sekunde. Er stöhnte, seine Finger streichelten meinen unteren Rücken und glitten dann unter meinen Seidenslip. Er drückte meinen Po, seine Hüften hoben sich und trafen auf meine, während ich meine Reise über seinen Hals zur Mitte seiner Kehle fortsetzte.

»Maya«, flüsterte er voller Ehrfurcht. »Wir sollten nicht …«

Aber wir wussten beide, dass wir es tun würden.

»Damals wollte ich, dass du mich berührst«, gab ich zu. »Und ich wünsche mir, dass du es jetzt tust, wie du es damals getan hättest, wenn wir nicht so viel Angst gehabt hätten.«

Seine Hände erstarrten. Aber weil ich zu verängstigt war, um mir seinen Gesichtsausdruck anzusehen, glitt ich noch weiter an ihm hinunter und näherte mich der Stelle, von der ich wusste, dass er ihr nicht widerstehen konnte. Ich küsste die Tätowierung auf seiner Brust und streifte mit meiner Zunge auch über seine Brustwarzen. Jeden Zentimeter seiner Haut zu kosten war wie ein Ausflug zu einem Weingut, er schmeckte so unwiderstehlich, dass ich gar nicht mehr aufhören wollte.

Ich kramte in einer Schublade zu meiner Linken herum. Darin lagen Kondome. Eine neue Packung. Da er nicht mehr hier wohnte, hatte ich keine Ahnung, wem sie gehörten, aber als ich mich umgesehen hatte, war ich froh gewesen, sie zu finden. Schicksal.

Ich schnappte mir ein Kondom, legte es auf seiner Brust bereit und setzte meine Reise nach Süden fort, weil ich ihn erst an anderer Stelle probieren musste, bevor ich ihn in mir spüren wollte.

Ich wollte ihm gerade die Boxershorts herunterziehen, da schlossen sich seine Finger um meine Handgelenke und hielten mich fest. Wortlos hielt Slade das Kondom hoch und sah mich darüber hinweg an, als ich den Blick hob. In seinen Augen lag etwas, das ich noch nie gesehen hatte. Eine Art Rätsel: Ehrlichkeit, Besorgnis und Entschlossenheit kämpften um die Kontrolle. Der Anblick machte mir Angst, aber er spornte mich auch an, ihm klarzumachen, dass es richtig war, dass wir beide jetzt hier zusammen waren.

»Maya, das ist keine gute Idee.«

»Bitte.« Denn wenn ich es jetzt nicht tat, würde ich zu viel empfinden, zu verletzt sein, meinen Gedanken freien Lauf lassen. Und das Letzte, was ich jetzt wollte, war zu viel nachzudenken.

Er protestierte nicht weiter, und als ich ihm schließlich die Boxershorts herunterzog, seinen prächtigen Schwanz packte und die Lippen auf die Spitze senkte, hörte er auf, der Gute sein zu wollen, und gab stattdessen seiner Lust nach.

Er beobachtete mich mit halbgeschlossenen Lidern, wie ich mit der Zunge über die Eichel strich, um seinen salzigen Glückstropfen zu kosten. Sein Geschmack gab mir den Mut, weiterzugehen und ihn so tief wie möglich in mich aufzunehmen.

»Maya ...« Er stöhnte, die Finger in meinen Haaren und zog sanft daran, kurz nachdem seine Eichel meine Kehle berührt hatte. Auf und ab, ich ließ mir Zeit, genoss seine Laute, den Moment ... bis er offenbar nach dem letzten Strohhalm griff.

»Stopp.« Die Hände an meine Wangen gelegt, zog er mich weg. Während er auf mich hinabschaute, spiegelte sich in seinen Augen ein innerer Kampf wider – der sich noch verstärkte, als er mit dem quadratischen Päckchen in seinen zitternden Händen spielte.

Dieses Wort konnte man ganz unterschiedlich interpretieren. *Stopp* im Sinne von: Das darf nicht passieren. *Stopp* im Sinne von: Das ist nicht richtig. *Stopp* im Sinne von: Ich will es nicht so.

Die letzte Möglichkeit gefiel mit am besten und ich sah ihn unverwandt an und wartete auf weitere Anweisungen.

Ich dachte schon, ich hätte einen Fehler gemacht, da schob er mir die Hände unter die Arme, zog mich hoch, als wäre ich federleicht, und küsste mich zwischen die Augen.

»Du bist mein Traum.« Er küsste meine Nase, meine Wange, mein Kinn. »Ich möchte nie wieder aufwachen, auch wenn es unvermeidlich ist.«

Bevor ich ihm sagen konnte, dass er sich irrte und der Traum nie enden würde, wenn wir es nicht zuließen, schob er die Hände wieder in meinen Slip, packte meinen Hintern und seine Fingerkuppen gruben sich noch tiefer in meine Haut. So sanft er konnte, spreizte er meine Beine und fuhr mir mit der Kondomverpackung mitten über den Po. Ich erbebte, weil es sich so ungewohnt anfühlte und ich die Intimität nicht gewohnt wahr. Er nahm sich Zeit, schob die andere Hand zwischen uns, umfasste meine Vulva mit der Handfläche, bevor er mich – endlich – auf den Mund küsste.

»So feucht für mich ...« Er leckte mir über die Lippen, ich erschauerte. Er nahm die Hand von meinem Po, riss die Verpackung mithilfe der Zähne auf und flüsterte: »Deine Pussy macht mich wahnsinnig, My.«

Ich stöhnte, die Stirn an seine gelegt. Meine Arme zitterten, während ich mich abstützte.

Mit beiden Händen rollte er das Kondom über und schob meinen Slip zur Seite, damit er in mich eindringen konnte.

»Sebastian«, stöhnte ich laut und erinnerte mich endlich an seine Regel. Wenn wir so wie jetzt zusammen waren, sollte ich ihn bei seinem richtigen Namen nennen.

Meine Augen rollten nach hinten, schon jetzt lief mir eine Schweißperle über die Schläfe. Er knabberte an meinem Hals und entlockte mir ein weiteres Stöhnen. Und bald bewegten wir uns im selben Rhythmus, selbst als er uns drehte und oben war, selbst als seine Hüften heftig gegen meine schlugen. Er küsste mich, spielte auf meinem Körper, als würde er eine Geige stimmen, und bereitete mich auf eine Symphonie zwischen uns vor. Eine Liebkosung seiner Zunge hier, ein Stoß seiner Hüften dort, gefolgt von geflüsterten *Fucks* und *Du bist so nass*. Genau wie im Zug war ich innerhalb von Minuten kurz davor zu kommen. Aber er zog sich zurück, ließ sich Zeit, bevor er wieder in mich eindrang, und ich war mir sicher, dass er selbst nicht mehr lange brauchen würde.

Er betrachtete mein Gesicht unter halbgeschlossenen Lidern, während er mich ritt. »Du bist so schön.« Er schmiegte die Nase an meine Wange und flüsterte die unwahrsten Worte, die ich je gehört hatte. »Ich habe dich nicht verdient.«

Ich schloss die Augen und schüttelte den Kopf, aber bevor ich ihm sagen konnte, dass es genau umgekehrt war, küsste er mich wieder, diesmal heftiger. Und ich ließ ihn, verloren in der Euphorie unserer Körper, die miteinander verbunden waren.

Mit den Fingerspitzen streichelte ich seine Brust, seine Schultern, seine Rippen, und fuhr dann über das Tattoo unter seinem Arm.

Zärtlichkeit folgte auf Verzweiflung, während er mich liebte wie kein anderer Mann vor ihm. Mit jedem meiner Atemzüge küsste er mich leidenschaftlicher. Jedes Mal, wenn ich mich ihm entgegen wölbte, verlangsamte er das Tempo und quälte mich.

»Gott, ich liebe es ...« Ich stöhnte und liebte, wie gut wir zusammenpassten. Liebte ... ihn.

Als ich mir meiner Gefühle bewusst wurde, schlang ich ihm die Arme um die Schultern, weil ich ihm nicht nahe genug sein konnte, und bekam kaum noch Luft. Als würde er spüren, dass mein Herz explodierte, als würde er vielleicht genau dasselbe empfinden, atmete Sebastian geräuschvoll und langsam aus und drang noch tiefer in mich ein.

Das war nicht wie im Zug. Das hier war behutsam, das hier war Liebe machen und daran könnte ich mich gewöhnen, dafür könnte ich den Rest meines Lebens leben. Damit aufzuwachen, damit einzuschlafen ...

Das Bett schaukelte unter uns, das Kopfteil schlug gegen die Wand ...

Ich liebte diesen Mann.

Ich liebte ihn so sehr, dass es wehtat.

»Härter«, stöhnte ich. »Mehr.«

Unsere Haut klatschte aneinander, der Schweiß an meinen Schläfen lief mir in den Nacken.

»Maya«, keuchte er, immer noch sanft, immer noch langsam.

Rumms, rumms, rumms.

»O Gott«, schrie ich mit zitternden Knien.

Und dann kam ich so hart, so laut, dass die ganze Welt mich hören konnte.

Als ich das Kribbeln im Bauch spürte, als sein köstlicher Schwanz mich fast zur Bewusstlosigkeit trieb, wusste ich, dass nichts anderes zählte.

Er und ich. Genau hier und jetzt.

Sebastian richtete sich auf, hielt sich am Kopfteil fest und kam mit einem langen Stöhnen nur weniges Sekunden nach mir. Sein Atem ging schnell, die Haare hingen ihm in die Stirn, die Brust hob und senkte sich, als wäre er einen Marathon gelaufen, anstatt mit mir Liebe zu machen. Ihm zuzusehen war atemberaubend. Das Schönste, was ich je gesehen hatte. Sebastians Augen waren wie Leuchtfeuer in der dunkelsten aller Nächte und er hatte mich gerade nach Hause geführt.

Ich seufzte zufrieden, als ich ihn näher an mich heranzog, und ihn den Kopf auf meine Brust legen ließ, auf mein T-Shirt, das ich noch nicht einmal ausgezogen hatte. Seine Wange lag auf meiner Brust, sein Atem ging schwer.

Mit den Fingern in seinen Haaren streichelte ich ihn und wünschte mir, die Nacht würde nie enden.

DREIUNDZWANZIG

SLADE

Ich hasste mich.

Ich hätte nicht nachgeben und sie vögeln sollen.

Verdammt, ich hätte gestern Abend überhaupt nicht zurückkommen sollen.

Aber selbst wenn ich es versucht hätte, hätte ich mich nicht von ihr fernhalten können.

Doch egal, was ich für sie empfand, ich würde sie nicht wieder an mich ranlassen. Nicht noch einmal. Gestern Nacht war das letzte Mal. Ehrlich. Denn ich hatte mir geschworen, dass ich sie, ohne es zu bedauern, nach Hause bringen würde, wenn das hier alles vorbei war. Und dieses Versprechen würde ich nicht brechen, obwohl ich mir schon überlegte, welchen Ausweg es geben könnte.

Maya hatte etwas Besseres verdient als das, was ich ihr hier bieten konnte.

Und deshalb musste ich sie gehenlassen.

Ich konnte nicht einschlafen. Aber wenigstens Maya konnte es. Und als ich es nicht mehr aushielt, sie an mir zu spüren, kroch ich aus dem Bett, zog nur meine Jeans an und ging in die Küche. Da saß ich also um vier Uhr morgens mit einer Tasse Kaffee am Küchentisch und versuchte, mir über all das klarzuwerden. Ich wollte ihr nicht das Herz brechen, aber ich sah auch keinen anderen Ausweg.

»Slade? Warum bist du denn schon wach?«, fragte eine Stimme hinter mir. Ich drehte mich um und Mayas Mom, June, kam die Kellertreppe rauf.

»Hab heute früh einen Run«, log ich und deutete mit dem Kopf zur Kaffeekanne. »Frisch aufgebrüht, falls du welchen willst.«

»Gerne, danke.« Sie nahm die Kanne, schenkte sich eine Tasse ein und setzte sich mir gegenüber an den Tisch.

»Warum bist du schon auf?«, fragte ich.

»Konnte nicht schlafen.« Sie zuckte mit den Schultern und strich mit einem Finger über den Tassenrand.

Ich fragte mich, ob sie wusste, dass ihr Ex sich gerade gegen sie, ihre Tochter und alle Red Dragons verschwor. Ich würde Flick fragen müssen, falls sie vorhatten, es Maya zu sagen. Ich wartete darauf, dass er es ihr sagte, aber wir waren erst einen Tag hier. Ich würde ihm bis morgen Zeit geben, bevor ich es ihr selbst erzählte.

Eine unangenehme Anspannung erfüllte das dunkle Zimmer. June schürzte die Lippen und setzte die Tasse ab, die Finger immer noch darumgelegt, als sie schließlich das Schweigen brach. »Hör zu, ich will nicht um den heißen Brei herumreden, Slade …«

Ich erstarrte.

»Meine Tochter ist in dich verliebt. Und wenn du ihr wehtust, bringe ich dich um.«

Ich zuckte zusammen, rieb mir den Nacken, und wusste nicht, was mich mehr verwirrte. Dass sie in mich verliebt war oder dass ihre Mutter mir mit dem Tod drohte.

»Liebst *du* sie?« Über den Tassenrand hinweg sah sie mich durchdringend an. »Wenn nicht, musst du das zwischen euch beenden und sie gehenlassen.«

Genau wie sie legte ich die Hände um meine Tasse und drückte zu. Die Antwort war da, die Wahrheit lag mir auf der Zunge. Ich liebte Maya, hatte sie immer geliebt, aber ich würde sie gehenlassen müssen. Es war besser für uns beide. Und wenn ich nicht diesen Schritt machte, würde sie es stattdessen wahrscheinlich tun. So waren wir nun einmal. Zwei verschiedene Menschen. Zwei verschiedene Wege.

»Na?« Sie beugte sich vor, die Ellenbogen auf dem Tisch, und wartete mit verengten Augen.

Ich zuckte mit den Schultern, wusste nicht, was ich sagen sollte, genau wie mit Flick gestern Abend.

June schüttelte den Kopf. »Was immer zwischen euch los ist, das, was sie durchgemacht hat, hat es noch verstärkt. Für Maya bist du jetzt so etwas wie ein Retter. Ein Held. Bei ihrem Vater ging es mir ähnlich, und so viele Jahre später hasse ich mich selbst dafür, dass ich mich darauf eingelassen habe.«

»Es gibt einen verdammt großen Unterschied zwischen mir und Mayas Vater.« Ich schürzte die Lippen. »Ich bin kein *Arsch*.«

»Nein?« Sie klimperte mit den Wimpern. »Du nutzt sie jetzt nicht aus? Nimmst nicht, was du kriegen kannst, nur weil es gerade da ist?«

»Hast du mal daran gedacht, dass sie vielleicht mich ausnutzt?« Genau wie vor all den Jahren. Auch dass sie sich damals in mich verliebt hatte, änderte nichts daran. Sie war gegangen. Ich war zerbrochen. Ende der Geschichte.

»Ich hab das schon mal durchgemacht, Slade Lattimore.« Sie blitzte mich wütend an. »Und selbst wenn du glaubst, dass du sie liebst, falls du dieses Ziehen in der Magengegend spürst, falls du dich nicht ganz auf sie einlassen kannst, tu ihr den Gefallen und geh, bevor es zu spät ist.« Sie schob ihren Stuhl zurück, stand auf, ging wieder nach unten und knallte die Tür hinter sich zu.

Ich seufzte, ließ den Kopf hängen und *wünschte*, es ginge

um die Unfähigkeit, sich zu binden. Denn mit Maya wäre das ehrlich gesagt kein Problem. Verdammt, wenn ich könnte, würde ich sie sofort zu meiner Old Lady machen. Aber sie wollte nicht hier festsitzen. Sie hasste das Gelände, die Leute. Sie wollte ihre Freiheit. Und ich würde sie ihr geben, wenn ich aus Texas zurückkam.

Selbst wenn es mich umbrachte.

Eine Minute später sah ich nach links, weil sich etwas bewegt hatte. Maya stand in der Küchentür, mit einem meiner T-Shirts und einer roten Yogahose.

»Alles okay? Ich habe eine Tür zuschlagen gehört.« Sie schaute zum Keller. »Und ich dachte, ich hätte meine Mom gehört.«

»Stimmt.« Ich blickte beschämt auf den Tisch. »Sie ist wieder ins Bett gegangen.«

»Oh. Also, wenn du nicht schlafen kannst, bleibe ich auch auf.« Maya humpelte zu mir herüber. Ihr kaputtes Knie steckte jetzt in einer Schiene, die June ihr besorgt hatte und die ihr das Laufen etwas erleichterte.

»Nein. Geh wieder ins Bett.« Ich schloss die Augen, bevor sie das Bedauern darin sehen konnte, weil ich jetzt nicht mit ihr darüber sprechen wollte. »Ich muss gleich los.«

Sie runzelte die Stirn und stand zwischen meinen Knien, fuhr mir mit den Fingern durch die Haare. »So früh?«

Ich nickte, packte sie beim Aufstehen an den Hüften und schob sie zur Seite. »Habe heute Morgen einen Run.« Ich wich ihr so gut wie möglich aus und ging zurück ins Schlafzimmer.

So ist es besser. Sie ist sicherer, dir geht es besser. Mach ihr keine falschen Versprechungen. Meine innere Stimme wusste eine Menge, die bei meinem Herzen nicht ankam, so viel war sicher.

»Wo fährst du hin?« Maya folgte mir den Flur entlang, ihre Bewegungen langsam, aber aggressiv.

Ich betrat das Zimmer. »Mach dir darüber keine Gedanken.«

Ich schnappte mir ein frisches T-Shirt aus meiner alten Kommode, weil ich Maya nicht bitten wollte, ihrs auszuziehen.

»Was für ein Run ist es denn?« Sie stand hinter mir an der Tür, immer noch ahnungslos. Als ich nicht antwortete, schnaufte sie. »Sebastian. Ich rede mit dir. Was ist es für ...«

»Slade«, fauchte ich leise. »Ich bin jetzt Slade, kapiert?«

Sie sagte nichts dazu, doch ihr Atem stockte. Ich wollte mich nicht wie ein Arsch verhalten. Aber ich musste die Saat in die Erde bringen.

Als ich mich umdrehte, um zu gehen, rannte ich sie fast um. Sie stand mitten im Zimmer, die Augen zusammengekniffen, und musterte mein Gesicht. »Hat Mom irgendwas gesagt?«

»Nein. Sie hat nichts gesagt.« *Was ich nicht schon wusste.* »Ich muss jetzt los, okay?« Ich ging an ihr vorbei. »Und am Freitag gehe ich auf einen längeren Run, wir werden uns also eine Weile nicht sehen.«

»Oh«, sagte sie und ihre Enttäuschung war nicht zu überhören. »Wie lange bist du weg?«

»Ich weiß es nicht, okay?« Ich fuhr mir durch die Haare, ärgerte mich über mich, über sie.

Vor allem brauchte ich Abstand, damit ich nicht stehenblieb und ihre herrlichen vollen Lippen küsste, deshalb ging ich durch die Tür und den Flur hinunter.

Grummelnd hielt sie mit mir Schritt, ihre Füße trafen dumpf auf den Teppich. Ich blieb stehen, um die Stiefel anzuziehen, aber das reichte ihr, um mich einzuholen und hinter mir an der Haustür stehenzubleiben.

»Wage es *ja* nicht, *Slade Lattimore*.«

Ich zuckte unwillkürlich zusammen. »Was denn?«

Werd sauer auf mich, My. Werd sauer, verdammt. Sag mir, dass ich gehen soll. Dass ich dir aus den Augen gehen soll. Dass du den Gedanken nicht ertragen kannst, mich jemals wieder um dich zu haben.

Bitte. Bitte, lass mich einfach gehen.

Aber das tat sie nicht. Im Gegenteil, sie kam zu mir und sprach mit einer Heftigkeit in der Stimme, die auch die stärksten, mutigsten Idioten erzittern ließe.

»Ich weiß, was ich letzte Nacht empfunden habe.« Sie stach mir ihren Finger in die Schulter. »Verdammt, Slade, ich weiß, was ich gespürt habe, seit du letzten Freitag vor meiner Tür gestanden hast.«

»Du weißt überhaupt nichts.«

»Oh, ich glaube *doch.*« Sie trat vor mich und drängte sich zwischen meine Brust und die Haustür.

Ich schüttelte den Kopf, aber das hielt sie nicht davon ab, mir noch einmal die Hölle heiß zu machen.

»Du empfindest etwas für mich. Sogar eine ganze Menge.« Sie verschränkte die Arme. »Wahrscheinlich genau dasselbe, was ich für dich fühle. Aber aus irgendeinem bescheuerten Grund stößt du mich weg, und ich habe es verdient, zu erfahren, warum.«

»Ich werde den Club nicht verlassen, nur um dich glücklich zu machen, falls du das glaubst.«

Sie warf den Kopf zurück und schürzte die Lippen.

»Das hier ist mein Zuhause, die Männer sind meine Brüder.« Meine Hände zitterten vor Wut. Wut auf mich, weil ich das zugelassen hatte, weil ich mich nicht mehr angestrengt hatte. Aber ich war nur ein Angsthase, der befürchtete, verletzt zu werden, wenn Maya nach San Diego ging, nachdem die Gefahr gebannt war und das Leben für die Red Dragons wieder normal wurde.

»Hat der Run heute mit deinem Prospect zu tun? Dem, der umgebracht wurde? Machst du dir Sorgen, dass mir deinetwegen dasselbe passiert oder so?«

Ich erstarrte, wegen ihrer Frage schwirrte mir der Kopf.
»Woher weißt du von ihm?«

»Meine Mom hat es mir erzählt.« Sie leckte sich die Lippen
und streckte das Kinn vor. »Und im Graben, in Colorado, als du
mir gesagt hast, dass du immer alles versaust. Unachtsam bist.
Ich habe eins und eins zusammengezählt.«

Das war genau der Ausweg, nach dem ich gesucht hatte.
Aber ich wollte meinen toten Prospect nicht als Ausrede benutzen, wenn ich selbst daran schuld war.

»Ich muss gehen.« Ich griff nach dem Türknauf. Aber Maya
legte mir die Finger um das Handgelenk, bevor ich die Tür
öffnen konnte.

»Es war nicht deine Schuld, weißt du.« Ihre Stimme wurde
sanft, als sie es wieder tat. Entschuldigungen für andere Leute
suchte. Für mich. Aber ich würde sie deshalb nicht zur Rede
stellen. Diesmal nicht.

»Der Angriff hatte mir gegolten.« Ich zuckte mit den Schultern und wünschte mir, ich wäre so lässig, wie ich mich anhörte.
»Ich hätte mit den Kugeln im Kopf im Graben liegen sollen.
Carlos war auf *meinem* Bike unterwegs, sein Killer wollte *mich*
umbringen.« Aber ich war dumm gewesen und abgelenkt und
egoistisch und faul und ... leichtsinnig. So. Verdammt. Leichtsinnig, dass ich ihn allein hatte gehen lassen.

»Aber sie haben dich nicht erwischt.« Sie rieb mir mit der
Hand über den Unterarm.

Ich schüttelte den Kopf, egoistischerweise war ich insgeheim froh, dass sie nicht mich getötet hatten. Das zuzugeben
hätte mich zu einem schlechten Bruder gemacht. Und zu einem
noch schlechteren Red Dragon. Insgesamt zu einem beschissenen Mann. Ein weiterer Grund, warum ich es nicht verdient
hatte, dass Maya mich wollte. Ich konnte beschützen *und* auf
Runs gehen. Aber ich konnte nicht gleichzeitig ihr Held sein.

»Ich muss los«, sagte ich und sah überall hin, nur nicht in

ihr Gesicht. »Verlass das Gelände nicht, ohne mir, Hawk oder Flick Bescheid zu sagen, verstanden?«

Sie schüttelte den Kopf, Tränen in den Augen, die Lippen geöffnet ... ihre Antwort war in ihrem Hirn verloren gegangen.

Dann tat ich, was ich mir angewöhnt hatte. Worin ich richtig gut geworden war. Ich ließ es los. Ich ließ *sie* los ... Und dann verpisste ich mich.

VIERUNDZWANZIG

MAYA

Anstatt dass Slade mich wie versprochen am Nachmittag zu meinem Arzttermin brachte, tauchte stattdessen Summer vor der Haustür meines Onkels auf, mit zwei heißen Milchkaffees in der Hand und einem strahlenden Lächeln, das sagte: *Lass uns beste Freundinnen sein.* Ich war mir noch nie so komisch vorgekommen. Aber anstatt darauf zu bestehen, einen Uber zu nehmen, stieg ich in ihren schicken Geländewagen und ließ mich von ihr bis in die Stadt hinein vollquatschen. Wenigstens bekam ich dafür einen anständigen Kaffee. Und Summer? Tja, sie war echt nett. Ich war nur übel drauf.

Ich war mir nicht sicher, ob Summer es bemerkte, aber den ganzen Nachmittag folgten uns zwei Motorradfahrer. Wahrscheinlich Wachhunde, die auf dem Parkplatz der Arztpraxis hockten, während wir drinnen waren. Vielleicht wusste sie es und es war ihr egal. Oder sie war einfach nur total unvorsichtig. Ich fragte mich, wie das wohl sein mochte, so unbekümmert zu sein, sich nicht fortwährend Sorgen machen zu müssen, vor allem aber nicht ständig das Schlimmste von allem und jedem zu erwarten. Sie war letzten Sommer durch die Hölle gegangen, aber das war nur ein Bruchteil dessen, was passieren konnte.

»Ich mache heute Abend Tacos für Emily und mich«, sagte Summer auf dem Weg zurück zum Gelände. Emily war Hawks Schwester und Summers beste Freundin. »Hast du Lust, vorbeizukommen? Auf einen Mädelsabend mit uns?«

Ich wollte Nein sagen und zu Flick zurückfahren. Aber nach meinem Termin und den Ergebnissen meines Scans hatte ich echt miese Laune und keine Lust, allein zu sein. Mom arbeitete eine zweite Schicht, sie würde sowieso spät nach Hause kommen.

Außerdem gefiel mir der Gedanke überhaupt nicht, dort abzuhängen, wo heute Morgen mein Herz zerschmettert worden war.

»Klar.« Ich lächelte und rieb mir mit der Hand über das Knie, immer noch ein wenig schockiert von dem, was mir in einer Woche bevorstand. Eine große Operation wegen eines gerissenen Kreuzbandes, gefolgt von wochenlanger Reha. Ich wäre eh bald ans Haus gefesselt, bis dahin konnte ich noch ein bisschen das Leben genießen.

»Mega.« Summer lächelte so breit und fröhlich, dass ich wegschauen musste. Ihre Fröhlichkeit war überwältigend, und das war milde ausgedrückt. Ich fragte mich immer noch, wie das mit ihr und Hawk funktionierte.

»Wir können Margaritas machen und Liebesfilme gucken, während die Jungs heute Abend ihr Club-Ding machen.«

»Club-Ding?« Ich runzelte die Stirn.

»Hat Slade dir das nicht gesagt?«

»Äh, nein.« Ich lachte, obwohl es überhaupt nicht lustig war. Zu diesem Zeitpunkt konnte ich froh sein, wenn Slade und ich morgen überhaupt noch miteinander redeten.

»Na ja, sie feiern wohl ein paar neue Patch-Ins. Eine Gruppe von Brüdern, die vor einer Weile dem Club beigetreten sind.« Sie runzelte die Stirn. »Niyol meinte, sie hätten noch keine Party gehabt, wegen der ganzen Sache mit seinem Vater und seiner Mutter und dem toten Prospect.« Dass sie so etwas wie *Brüder* und *Patch-ins* sagte, war ... seltsam. Und dass sie Hawk Niyol nannte, war noch seltsamer.

»Du willst nicht hingehen?«, fragte ich.

Sie schüttelte den Kopf. »Ich gehe nicht oft auf Clubpartys. Die sind ...«

»Ekelhaft? Chauvinistisch?«

Ihre Lippen verzogen sich zu einem schiefen Grinsen. »Ha. Ja. Das trifft es ziemlich gut.«

Meine Kehle brannte, als ich schluckte und aus dem Fenster starrte. Beim Gedanken, dass Slade heute Abend im Club sein könnte, juckte mir die Haut. Nahm er ein Groupie mit nach Hause? Eine Frau, mit der er regelmäßig geschlafen hatte, bevor ich wieder hergekommen war? So umwerfend, wie er war, bezweifelte ich nicht, dass er einen ganzen Schwarm von ihnen hatte.

Wenn wir zu Hause sind, werden das ein paar Groupies schon wieder in Ordnung bringen ... Slades Worte im Zug schossen mir wie aus einer Nagelpistole durch den Kopf. Trotzdem wollte ich nicht glauben, dass er so grausam sein könnte, mit einer anderen zu schlafen, wo wir beide doch erst in der Nacht zuvor intim gewesen waren – auch wenn ich keine Ahnung hatte, wo wir standen.

Summer plapperte weiter über irgendetwas, das mit Flick, ihrem Gästezimmer und einer neuen Couch zu tun hatte, die sie gerade für den Keller gekauft hatte.

»Oh! Und ich schicke Niyol zum Laden, damit er uns auch Eiscreme besorgt, wie hört sich das an?«

Ehrlich gesagt, hörte sich das schrecklich an. Doch immer noch besser, als allein zu sein. Ich hätte viel lieber tätowiert oder gezeichnet, aber was soll's. »Klingt gut.«

Fünfzehn Minuten später fuhren wir durch die Tore auf das Gelände der Red Dragons, allerdings nicht zum Clubhaus. Wir kamen jedoch daran vorbei, und ich konnte nicht anders, als in der Reihe der Motorräder auf dem Schotterparkplatz nach Slades Truck Ausschau zu halten. Er hatte mir erzählt, dass er die alte Kiste seines Vaters fuhr, während Archer ihm eine neue Harley zusammenbaute, da seine kaputt war.

»Oh, gut, Niyol ist noch hier.« Summer kreischte fast, als wir uns einem Haus näherten, und sie bekam förmlich Herzchenaugen, als sie auf das ... Ich blinzelte und musterte das Haus vor mir. Wow! Es wirkte wie die Perfektion in einer unperfekten Welt: ihr Zuhause. Etwas Vorortmäßiges, das meine Brust vor Eifersucht schmerzen ließ. So hatte ich mir ihr Haus nicht vorgestellt, dass es echt war und nicht nur ein Hirngespinst.

Summer zeigte auf ein kleineres Gebäude links und nannte es die Schwiegerwohnung. »Da wohnt übrigens Emily. Als sie und ihr Verlobter, Sam, sich im Herbst getrennt haben, habe ich darauf bestanden, dass sie in die Nähe zieht. Und das hat sie überraschenderweise auch gemacht.« Sie ließ die Schultern hängen. »Sie hasst das Clubleben.«

Das konnte ich verstehen.

Als ich ausstieg, mein neues Rezept in der Hand und eine Liste mit Übungen für mein Knie, die ich bis zur Operation machen sollte, kam Hawk mit einem breiten Grinsen aus der Haustür auf Summer zu.

»Hey, Prinzessin«, sagte er mit rauer Stimme. Er schlang ihr die Arme um die Taille und wirbelte sie herum.

Ich verdrehte die Augen, und die Eifersucht stach mir erneut in die Rippen. Natürlich freute ich mich für sie, aber genau das wollte ich auch.

Doch jetzt ...

»Hey, Maya«, sagte Hawk, löste sich und nahm Summers Hand. Sie flüsterte ihm etwas ins Ohr und deutete mit dem Kopf auf mich, bevor sie zu Emilys Haus ging – nein, *hüpfte*.

Mein ältester Freund kam zu mir, mit einem kleineren

Lächeln auf den Lippen als für seine Freundin. Allerdings teilte ich seine Freude nicht, immerhin hatte er ausgeplaudert, dass wir vor langer Zeit miteinander geschlafen hatten.

»Was geht?« Er vergrub die Hände in den Hosentaschen und ermutigte mich, mich einzuhaken. Er wusste, dass ich Hilfe brauchte, sprach mich aber nicht darauf an. Dafür respektierte ich ihn, obwohl ich sauer auf ihn war.

»Schönes Plätzchen habt ihr hier«, sagte ich und meinte es auch so.

Hawk hielt die Tür auf, stolzer, als ich ihn je gesehen hatte. »Danke. Die Jungs haben verdammt gute Arbeit geleistet, was?«

Ich nickte und fragte mich, ob Slade beim Bau geholfen hatte. Dann verfluchte ich mich dafür, dass ich überhaupt an ihn dachte. Schon wieder.

Ich fand es komisch, dass Hawk ein Haus auf dem Gelände gebaut hatte. Und noch komischer, dass mein Onkel es ihm erlaubt hatte. Doch da man vor Pops nirgendwo sicher war, konnte ich es ihm nicht verübeln. Immerhin wurden er und Summer so ständig geschützt, hatten aber auch ihren eigenen Raum, ohne andauernd von den Clubmitgliedern belagert zu werden.

Ich erkannte die Handschrift meines Freundes. Dunkle Holzböden, schwarze Arbeitsplatten in der Küche, cremefarbene Wände und schwarze Ledersofas. Aber auch Summers sonniges Gemüt war sichtbar. Gelbe Akzente, Blumen hier und da. Und Fotos von Hawk und ihr auf seinem Bike, wie sie sich in einem Park küssten. Es war die perfekte Mischung aus knallhart und süß.

Während der gesamten Besichtigung nagte der Neid an mir. Das war viel besser als das winzige Schlafzimmer auf dem Gelände der Forsaken. Schon mit zehn Jahren hatte mich meine Mutter angefleht, ruhig zu sein, wenn wir es nachts nicht nach Hause in unsere beschissene Wohnung die Straße rauf geschafft hatten. Sie rollte sich zum Schlafen auf der Couch zusammen und ich durfte das Bett nehmen. Um ein oder zwei Uhr morgens kam mein Vater mit schweren Schritten ins Zimmer, zwang meine Mutter auf der Couch auf den Bauch, damit er Sachen mit ihr machen konnte, die keine Zehnjährige mitansehen sollte.

Ich schauderte bei der Erinnerung und setzte mich auf die Couch.

»Alles okay?«, fragte Hawk und setzte sich neben mich.

Ich nickte und wünschte, ich müsste nicht lügen. »Ja. Nur müde.« Dann sah ich ihn stirnrunzelnd an, weil mir einfiel, dass ich noch ein Hühnchen mit ihm zu rupfen hatte. »Hey. Warum hast du allen erzählt, dass wir miteinander geschlafen haben, bevor ich damals nach Kalifornien gegangen bin?«

Hawk runzelte die Stirn, sein Ausdruck sagte: *Hä?* »Weil es stimmt.«

Ich verdrehte die Augen und schubste ihn. »Findest du es etwa cool, damit anzugeben, mit wem du geschlafen hast?«

»Mann, Maya. Was denkst du von mir? Ich habe es Archer erzählt. Das ist alles.«

»Slade hat es rausgefunden.« Ich verschränkte die Arme und hob das Kinn.

»Ahhh, verstehe.« Hawk beugte sich vor und stütze sich auf sein Knie, während er grinsend zur Haustür schaute.

»Was soll das denn heißen?«

»Hab mich immer gefragt, warum er irgendwann so scheiße zu mir geworden ist. Jetzt weiß ich es.«

»Und was war der Grund?«

»Er war in dich verliebt.« Er zuckte mit den Schultern. »Wahrscheinlich liebt er dich immer noch und wird auch nie damit aufhören.«

»Oh«, sagte ich und Tränen stiegen mir in die Augen.

Schweigen und eine unangenehme Anspannung breiteten sich zwischen uns aus, die letzten Sommer nicht da gewesen waren. Dann endlich sagte er mir etwas, mit dem ich überhaupt nicht gerechnet hätte und streute damit Salz in meine offene Wunde. »Ich habe Summer gefragt, ob sie mich heiraten will.«

Ich machte große Augen. »Echt? Wann?«

Er lächelte und sein ganzes Gesicht leuchtete. »Neulich abends, als du nach Hause gekommen bist und ich von einem Run zurückgekommen bin.«

Ich drückte ihm die Schulter. »Ich freue mich für dich. So sehr.«

Er rieb sich den Nacken. »Hältst du es für eine blöde Idee?«

Ich ließ die Hand sinken, denn ich war gerade nicht die richtige Ansprechpartnerin für dieses Thema. Aber offensichtlich brauchte er Bestätigung. »Du liebst sie doch, oder?«

Auch wenn Liebe nicht immer genug war.

»Mehr als alles andere.« Er hob das Kinn und weder seine Worte noch seine Augen verrieten auch nur einen Funken Unsicherheit.

Meine Kehle brannte, als ich schluckte, weil ich mir wünschte, dass es zwischen mir und Slade ebenso wäre. Aber ich setzte eine tapfere Miene auf, denn das machte man für Freunde, und sagte: »Dann ist es wohl das Einzige, was du wissen musst.«

Hawk wartete kurz und sah aus dem Fenster. Summer und Emily liefen durch den Garten, die Köpfe zusammengesteckt, lachten sie über irgendwas.

Danach schwiegen wir, aber ich ahnte, dass wir über das Gleiche nachdachten: die Liebe und wie wir unser bestes Leben leben konnten, selbst wenn es nicht traditionell war. Jahrelang hatte ich versucht, mir ein Leben außerhalb eines Motorradclubs aufzubauen, hatte in Kalifornien gelebt, nicht mehr umgeben von Bikern. Doch jetzt war ich wieder hier, zurück am Ausgangspunkt meiner Reise. Nichts fühlte sich richtig an. Und alles tat einfach nur ... *weh*.

Die Haustür öffnete sich und das Lachen der Frauen hallte durch das ganze Haus – ein Zuhause, das echt und voller

Freude war. In gewisser Weise wünschte ich mir, dass Summer und Emily noch ein wenig länger gebraucht hätten, aber nicht, weil ich sie nicht mochte. Die Sache mit Slade hatte mich den ganzen Tag beschäftigt und Hawk war der Erste – und wahrscheinlich der Einzige – der vielleicht wusste, was im Kopf seines Cousins vorging.

Doch wie erwartet, stand Hawk auf und beachtete mich nicht länger, als seine Verlobte seine Welt erleuchtete. Ich verdrehte die Augen, sagte aber nichts dazu, denn es wäre völlig sinnlos gewesen. Ein verliebter Red Dragon war der beeindruckendste Red Dragon, den es gab.

FÜNFUNDZWANZIG

SLADE

Gegen ein Uhr morgens schaffte ich es endlich auf das Gelände zurück. Ich war so ziemlich den ganzen Tag im Truck unterwegs gewesen und sehnte mich nach meinem Bike. Ich vermisste den rauschenden Fahrtwind in meinem Gesicht, das Adrenalin, die Geschwindigkeit und auch die Unebenheiten unter den Reifen ... Natürlich musste ich warten, bis Archer die Harley für mich fertig hatte.

Beim Gedanken daran schüttelte ich den Kopf und fuhr durch das Tor. Ein Prospect ließ mich mit einem Nicken rein, in der Dunkelheit war sein Gesicht kaum zu erkennen. Soweit ich sah, wirkte er eher wie ein Soldat als ein Biker, die Augen weit aufgerissen und wachsam, die Hand an der Waffe an seinem Gürtel.

Den ganzen Tag war ich den Brüdern im Club aus dem Weg gegangen, vor allem der Party im Clubhaus. Doch jetzt gab es kein Entkommen mehr. Nicht, wenn ich heute Nacht wirklich schlafen wollte. Alle feierten die Patch-ins von Mute und Talker. Vor Kalifornien hätte ich dabei Spaß gehabt. Aber jetzt war es der letzte Ort, an dem ich sein wollte.

Die Alternative war jedoch noch schlimmer. Allerdings hatte

Flick mir vor zwei Minuten eine Nachricht geschickt, sodass die Alternative nun zur Pflicht wurde. Ich sollte bei ihm vorbeischauen, bevor ich in den Club ging. June war heute Nacht wohl unterwegs und Flick wollte nicht, dass Maya allein zu Hause war ... Mir gefiel der Gedanke auch nicht, aber ich hatte ihn angefleht, einen der anderen Brüder zu bitten, denn ich wollte noch nicht zugeben, dass ich Abstand zwischen sie und mich gebracht hatte. Anscheinend waren alle anderen entweder schon betrunken oder beschäftigt, denn er meinte, nur ich sei verfügbar.

Ach, Scheiß drauf. Sie war bestimmt eh nicht mehr wach.

Zumindest ... hoffte ich das.

Kurz darauf fuhr ich in seine Einfahrt, parkte, stieg aber nicht aus. Der Gedanke, sie im Bett zu sehen, schlafend und ohne mich, war schon schlimm genug. Ich konnte mir nicht vorstellen, was passieren würde, wenn ich reinging und sie noch wach war, oder schlimmer, einen ihrer Albträume hatte. Aber ich musste stark sein, egal was passierte. Ich würde nach ihr sehen, dann in den Club gehen, mich volllaufen lassen und in meinem Zimmer einschlafen.

Als ich Flicks Haus betrat, lief der Fernseher, aber es war niemand zu sehen, was ich total seltsam fand. Ich schaltete ihn aus und machte mich auf den Weg zu meinem alten Zimmer. Mayas Zimmer.

Mit angehaltenem Atem öffnete ich die Tür, die Scharniere quietschten kaum, und trat ein. Doch ein Blick auf die leere Matratze und meine Welt blieb stehen. Maya war weg.

Ich blinzelte, ging langsam einen Schritt zurück und stieß mir den Ellenbogen am Türrahmen.

Ich hatte ein heftiges Déjà-vu und raufte mir die Haare. Mitten im Flur drehte ich mich um und es kam mir vor, als würde ich halluzinieren. Ich war kaum in der Lage, überhaupt zu atmen.

»Maya?«, schrie ich und rannte ins Badezimmer, während

mein Blick immer wieder von links nach rechts wanderte. Es brannte Licht, aber sie war nicht da. Ich sah im Keller nach, in der Küche, im Garten, doch sie war nirgendwo. Sie war nicht da.

»Mayaaaa?«, brüllte ich lauter, immer noch ohne Antwort. Ich wusste, dass es sinnlos war, aber ich wollte mich nicht noch hilfloser fühlen.

Ich raste aus der Haustür, als würden meine Stiefel brennen, rannte zum Truck, mir war schwindelig vor Sorge, Wahnsinn, Angst und schlechtem Gewissen. Wenn sie abgehauen war, oder schlimmer, wenn ihr etwas passiert war …

»Fuck!« Ich trat gegen einen Reifen, rieb mir mit beiden Händen über das Gesicht und schaltete in den Fluchtmodus. Kurz danach öffnete ich die Tür des Trucks, holte mein Handy heraus und hielt es mir ans Ohr.

»Was?«, knurrte Flick am anderen Ende ein bisschen außer Atem.

»Maya ist weg.« Ich kniff die Augen zusammen, meine Brust brannte, als ich mich auf den Boden hockte. Dort wartete ich auf meinen Auftrag, weil ich wissen musste, was als nächstes zu tun war.

Ordnung und Chaos.

Chaos und Ordnung.

Mein Leben drehte sich um beides. Aber ich musste beides gleichzeitig händeln, wenn es um Maya ging. Die Frau, die ich liebte. Die Frau, die ich weggestoßen hatte. Ich konnte es einfach nicht.

»Fuck, fuck, fuck«, wiederholte ich und fuhr mir durch die Haare, bevor ich wieder aufstand, nur um diesmal gegen die Tür des Trucks zu treten.

Flick sagte irgendetwas zu jemandem am anderen Ende, ein Murmeln. Kurz darauf hörte ich eine Tür zuschlagen, Schritte, dann eine weitere Tür quietschen. »Was ist dein Problem,

Junge?«, fragte er. Ich hörte sein Feuerzeug klicken, die Glut seiner Zigarette knisterte.

Wie zum Teufel konnte er nur so ruhig bleiben?

»Maya ist weg, verdammt!«, brüllte ich. »Sie ist nicht hier. Sie ist weg, Flick.«

Er seufzte. »Ach ja, tut mir leid. Anscheinend bleibt Maya heute Nacht bei Summer und Hawk.«

Ich schloss die Augen, und vor Erleichterung bekam ich weiche Knie, während mein Herz immer noch in meiner Brust hämmerte. »Und warum hast du mich dann nicht angerufen und mir Bescheid gesagt?«

Flick lachte, aber es klang bitter. Sogar sauer. »Mein Gott, Junge. Mir hat gerade eine einen geblasen, als ich es herausgefunden habe. Das Letzte, was ich wollte, war aufzuhören, um dich anzurufen.«

Mit einem weiteren lauten *Fuck* legte ich auf und warf mein Handy zurück in den Truck, bevor ich hineinsprang. Der Kies wurde unter meinen Reifen aufgewirbelt, als ich die einsame Straße zum Clubhaus entlangfuhr.

Auf dem Parkplatz trat ich auf die Bremse, schaltete den Motor aus und schlug nicht einmal, sondern zweimal auf das Lenkrad, während ich immer noch darum kämpfte, wieder zu Atem zu kommen.

Die Musik wurde lauter, selbst im Fahrerhaus, und vermischte sich mit meinen chaotischen Gedanken. Offensichtlich war die Party noch in vollem Gange. Und eigentlich wollte ich überhaupt nicht hier sein. Aber zu Hawk gehen, um Maya zu sehen? Ihr erklären, dass ich ein verdammter Vollidiot war, weil ich solche Angst gehabt hatte, sie zu verlieren? Das war keine Option. Nicht mitten in der Nacht um diese Uhrzeit.

Aber morgen. Dann würde ich es tun. Und diesmal würde ich mein Wort nicht brechen. Ich würde derjenige sein, den sie brauchte, solange sie es wollte. Und selbst wenn es mich am Ende umbringen würde, konnte ich wenigstens sagen, dass ich für kurze Zeit mein bestes Leben gelebt hatte. Ein Leben, das ich mir immer gewünscht hatte.

Nachdem ich die Entscheidung getroffen hatte, sprang ich aus dem Wagen, steckte meine Schlüssel ein und versuchte, das kleine Lächeln auf meinen Lippen zu unterdrücken. Gott, ich war so ein Idiot. Der größte Idiot aller Zeiten. Und selbst wenn ich zu spät war, diesmal würde ich mit der Entscheidung leben können.

»Du kommst gerade rechtzeitig.«

Beim Klang von Archers Stimme runzelte ich die Stirn, als ich die Stufen erreichte, die zur Tür führten. Mit einer Frau in jedem Arm stolperte er vor mir herunter.

»Wovon redest du?« Ich seufzte, denn ich hatte keine Lust auf Drama.

»Deine Frau ist drinnen. Ich glaube, Chop hat ein Auge auf sie geworfen.«

Mir zog sich der Magen zusammen. Bei seinen Worten lief jede Nervenfaser in meinem Körper heiß. Ich knurrte unwillkürlich, ein Beweis dafür, dass ich mich nicht so gut unter Kontrolle hatte wie gedacht.

Ich hörte nicht mehr, was mein bester Freund noch hinzufügte, und rannte die Treppe so schnell hoch, als wären Höllenhunde hinter mir her. Ich riss die Eingangstür des Clubs auf, schaute nach links, dann nach rechts und ... da war sie.

Bei ihrem Anblick stockte mir der Atem. Verdammt, ich konnte nicht wegsehen.

Sie saß an einem Tisch vor der Bar, lächelte, lachte und ... saß direkt neben Chop.

Meine Handflächen wurden feucht, mein Kiefer tat weh, weil ich die Zähne so fest zusammengebissen hatte. Er hatte den Arm um ihre Stuhllehne gelegt, die Finger lagen lässig auf ihrer Schulter. Wenn ich genau hingesehen hätte, wäre mir klar gewesen, dass es völlig harmlos war. Aber da meine Nerven schon blank lagen und Archer draußen betrunken vor sich hingebrabbelt hatte, stürzte ich einen Abgrund hinunter, ohne einen Ast oder ein Seil in Sicht, an das ich mich hätte klammern können.

Ein weiteres unbeabsichtigtes Knurren kam mir über die Lippen, Wut und Gier kämpften um die Kontrolle. Ohne darüber nachzudenken, was ich tun wollte, ohne richtigen Grund außer Eifersucht und dem dringenden Bedürfnis, sie zu erobern, stürmte ich zu ihrem Tisch und blieb direkt hinter Chop stehen, die Fäuste geballt, die Augen verengt. Eine Vision meiner Hände, die sich um seinen Hals legten, kam mir in den Sinn.

Reiß dich zusammen, du Wichser. Sie gehört nicht zu dir.

Aber das würde sie.

Verdammt, sie hatte schon immer zu mir gehört, oder nicht? Und es war an der Zeit, dass es alle wussten.

Ich war so voller Wut, dass ich Hawk erst bemerkte, als er mir zuwinkte. Der selbstgefällige Bastard grinste nur. Summer saß auf seinem Schoß. Der Tisch war von leeren Bierflaschen übersät und vor Maya standen Gläser mir klarer Flüssigkeit und Eis.

»Hey«, blaffte ich, ohne zu wissen, was ich sonst sagen sollte. Wenn ich mich nicht zusammenriss, würde ich gleich durchdrehen.

Kontrolle. Behalt. Die. Kontrolle.

Beim Klang meiner Stimme drehte Maya sich langsam um. Aber anstatt dass Alkohol ihre Augen verschleierte, waren sie völlig ... ausdruckslos. Ein leerer Blick, rotgeränderte Augen, wie tiefe Löcher, nicht wie die Sterne am Nachthimmel. Sie sah schrecklich aus. Immer noch wunderschön, aber ... gebrochen.

Und das war ohne Zweifel meine Schuld.

Kurz schloss ich die Augen, verdrängte die Schuldgefühle und holte den Red Dragon in mir hervor. Er war der Mann, den ich für das, was ich vorhatte, brauchte.

Doch dann hörte ich sogar über die laute Musik hinweg

ihre Stimme und als ich die Augen öffnete, trafen sich unsere Blicke. »Hawk? Bringst du mich bitte nach Hause? Ich fühle mich plötzlich nicht so gut.«

Ich fing an zu zittern, meine Hände, meine Knie, meine ganze Welt erzitterte ...

Nein, formte ich mit den Lippen.

»Tja, da ich nicht deine Old Lady bin, *Slade,* kannst du mir nicht vorschreiben, was ich zu tun habe.« Maya schüttelte höhnisch den Kopf, hob das Glas in ihrer Hand und trank einen Schluck.

»Du willst keine Old Lady sein. Du hasst den Club und die Mitglieder, schon vergessen?« Ich stachelte sie an – definitiv nicht der richtige Weg, um mich bei ihr beliebt zu machen. Aber ich war stinksauer. Nicht auf sie, sondern auf mich. Wenn ich mich nicht wie ein Mistkerl verhalten hätte, hätten wir uns all das sparen können.

Maya zog verächtlich die Oberlippe hoch. »Ach, fick dich doch.« Dann sprang sie auf und stolperte ein wenig. Ich hechtete zu ihr, um sie aufzufangen und sie an mich zu ziehen. Aber Chop war schneller.

»Ich bringe sie nach Hause«, lallte er sturzbesoffen.

»Auf keinen Fall.« Ich atmete zittrig durch die Nase ein und trat noch einen Schritt näher. In diesem Augenblick sah ich nur Maya. Nichts außer ihr war wichtig. »Hände weg, Chop. Sie gehört nicht zu dir.«

Irgendwie musste ich zu ihm durchgedrungen sein, denn er hob entschuldigend die Hände, setzte sich wieder hin und murmelte leise: »Tut mir leid, Mann.«

Maya streckte das Kinn vor und senkte die Stimme, sodass nur ich sie hören konnte. »Ich gehöre zu *niemandem.*«

»Das ist eine Lüge.« Ohne Vorwarnung hob ich sie hoch, drückte sie an meine Brust, wobei das Feuer in mir lichterloh brannte.

»Was soll das?«, keifte sie.

Wir sahen uns immer noch an, kämpften mit der Lust und dem Begehren und dem Hass und den Jahren voller Erlebnisse, die wir scheinbar nicht miteinander in Verbindung bringen konnten. Nicht ohne dabei etwas oder jemanden – einander – zu verletzen.

Damit war jetzt Schluss. Mit all der Qual. All dem Herzschmerz. Es war genug. Ich wollte nicht mehr kämpfen.

»Slade, hör auf. Du bist ja verrückt«, fauchte sie, als ich sie an Chop, Hawk und anderen Tischen voller Prospects und Urgesteinen und allen dazwischen vorbeitrug.

Ich ignorierte ihre Frage und ihre Forderung, atmete ihren Zitronenduft ein, als ich die Lippen an ihr Ohr drückte und selbst eine Frage stellte: »Willst du wirklich eine Old Lady sein, My?«

»Lass mich runter, Slade. Ich schwöre dir, ich werde ...«

»So stur«, spottete ich, obwohl mir bewusst war, dass es falsch war. Dass ich ohne ihr Einverständnis kein Recht hatte, das zu tun, was ich vorhatte. Aber die Wut in mir, die Angst, dass ich nicht gewusst hatte, wo sie heute Abend gewesen war, hielten mich gefangen. Sie dann mit Chop zu sehen, hatte das Fass zum Überlaufen gebracht.

»Du verhältst dich wie ein Arsch.« Sie schüttelte den Kopf und ich senkte den Blick und sah als erstes ihre Brüste.

Kein BH, die Brustwarzen zeichneten sich deutlich unter ihrem pinkfarbenen Kleid ab. Ein pinkfarbenes *Seiden*kleid, verdammte Scheiße. In einem Motorradclub. Meine Nasenflügel bebten und ich drückte sie fester an mich. Sie brachte mich noch ins Grab.

Ich trug sie zur Bar und setzte sie darauf ab, drehte sie zu mir und spreizte ihre Beine, um mich dazwischen zu stellen. Ich schlang ihr die Arme um die Taille, legte meine Lippen wieder an ihr Ohr und flüsterte: »Ich war bei Flick. Du warst nicht da.« Ich holte tief Luft. »Also entschuldige bitte, wenn ich gerade ein bisschen gereizt bin.«

Sie erstarrte, nur ihre Brust hob und senkte sich weiter. »W-wovon redest du? Slade, ich bin nicht abgehauen. Ich habe Flick gesagt, wo ich war und ...«

»Das spielt jetzt keine Rolle mehr.«

»Aber ...«

»Verdammt, ich *dachte*, du wärst wieder abgehauen. Oder dir wäre etwas passiert.« Ich wiederholte meine Befürchtungen und schloss die Augen, als ich fortfuhr. »Aber stattdessen bist du hier und ich ...« Meine Stimme zitterte, als sich meine Anspannung bemerkbar machte. Ich unterdrückte sie, bevor es zu spät war, denn Verletzlichkeit war im Club nicht gern gesehen.

»Ich bin nicht gegangen.« Finger glitten durch meine Haarspitzen und zogen daran. »Ich bin hier.«

»Aber das hast du schon mal gemacht«, fauchte ich, zog mich zurück und sah ihr in die Augen.

Es war mucksmäuschenstill geworden. Alle beobachteten uns, aber niemand sagte etwas. Ich war dankbar dafür, wusste aber auch, dass sie mir den Arsch aufreißen würden, weil ich so ein Weichei war.

Wenn das Schicksal nach all den Jahren das mit uns vorhatte, war es ein echt launisches Miststück.

So war ich nicht. Ich hatte mir geschworen, nie so zu werden wie jemand, der tat, was ich vorhatte. Aber wenn ich nicht durchdrehen wollte, sah ich keine andere Möglichkeit. Ich wollte Maya in Sicherheit wissen.

Ich schob ihr ein paar Haare hinters Ohr und strich ihr mit dem Finger über das Kinn, als ich fortfuhr. »Wir machen es auf die einzige Art, die ich kenne.«

Ich ging einen Schritt zurück, zog ihr das Kleid über die Knie und pfiff auf zwei Fingern.

»Hört mal alle her!«, rief ich, ohne den Blickkontakt mit ihr abzubrechen, während ich mich an die Brüder in der Bar wandte. »Ich habe euch etwas Wichtiges zu sagen.«

»Slade, was hast du vor?«, fragte sie erneut und wurde blass.

Ich setzte mich auf einen Barhocker direkt vor sie, meine Knie waren zu schwach, als dass ich noch hätte stehen können.

Das machte ihre Schönheit mit einem Mann.

»Ich gebe dir nur, was du willst«, sagte ich.

Sie runzelte die Stirn, ihr Gesicht war schmerzerfüllt, aber gleichzeitig voller Hoffnung, die ich nicht verdiente, nicht bei dem, was ich vorhatte.

»Maya Davenport«, rief ich laut genug, dass mich alle hören konnten, sah sie aber weiterhin an.

Sie blinzelte, ihr Atem ging noch schneller, während sie sich an den Saum ihres Kleides klammerte. Falls sie wusste, was passieren würde, versuchte sie kein einziges Mal, mich aufzuhalten.

»Genau hier, vor euch allen ...« Ich holte tief Luft und wartete drauf, dass das Gemurmel wieder abebbte. Hawk rief meinen Namen, vielleicht sogar Chop. Aber selbst wenn ich es versucht hätte, ich konnte nicht aufhören, die Frau anzustarren, die mich für alle anderen Frauen ruiniert hatte.

»Ich beanspruche dich als meine Old Lady.«

Sie erstarrte und ihre Augen weiteten sich vor Entsetzen. Aber jetzt, da ich die Entscheidung getroffen hatte, konnte sie mich nicht mehr stoppen.

»Damit bist du offiziell eine von uns. Eine Red Dragon.«

Mein Grinsen tat weh, die Worte kratzten fast in meinem Hals. Ein paar Jungs pfiffen, hier und da wurde sogar langsam geklatscht, aber der Moment war ganz anders, als er hätte sein sollen. »Genauer gesagt eine Red Dragon Old Lady.«

Maya senkte den Kopf und ließ enttäuscht die Schultern hängen.

»Ich hasse dich«, zischte sie leise, als ich sie von der Theke herunterhob und sie an meine Brust drückte, nachdem die Beifallrufe im Club langsam verebbten.

Ich schluckte schwer, denn vor Emotionen konnte ich kaum

sprechen, führte sie zur Eingangstür des Clubs anstatt zu meinem Zimmer, die Treppen hinunter und zum Truck auf dem Schotterparkplatz.

Als ich neben der Beifahrertür stand und ihre nassen Wangen betrachtete, brachte ich nur ein paar Worte hervor. Die einzigen, die in diesem Moment zählten.

»Ich hasse mich auch.«

Die zweiminütige Fahrt zurück zu Flick verlief ruhig. Ich versuchte nicht, die Anspannung loszuwerden, weil ich nicht bereute, was ich getan hatte. Warum? Weil es eine Menge bedeutete, eine Old Lady zu sein. Aber jetzt gerade waren für mich nur zwei Aspekte davon wichtig. Und da Maya auch in einem Club aufgewachsen war, wusste sie wahrscheinlich genau, welche das waren.

Nummer eins? Niemand außer mir durfte sie berühren.

Und zwei? Wenn ich nicht da war, würde sie immer einen Bodyguard haben. Was bedeutete, dass sie keine Privatsphäre mehr hatte.

In meiner Tasche vibrierte mein Handy, und ich holte es heraus, dankbar für die Ablenkung. Ohne auf das Display zu schauen, hielt ich es ans Ohr. »Ja.«

»Hab gehört, dass ich den ganzen Spaß verpasst hab.«

Es war Flick und ich runzelte die Stirn, denn wenn er mir gesagt hätte, dass sie bei Hawk war, wäre jetzt alles anders. Und trotzdem bereute ich nicht, was passiert war. Wie sollte ich auch, wenn Maya jetzt offiziell zu mir gehörte?

Ich legte eine Hand ans Steuer, während ich mit der anderen das Handy hielt. »Bist du sauer?«

Ich warf einen kurzen Blick auf Maya. Sie sah aus dem Fenster, wahrscheinlich hörte sie mir zu.

»Ne. Ich hatte damit gerechnet. Allerdings nicht damit,

dass du es auf die altmodische Art machen würdest.« Er lachte leise. »Das wird sie dir bis an euer Ende vorhalten.«

»Ja. Ich weiß.« Auch wenn ich nicht plante, sie für den Rest meines Lebens hierzubehalten, aber das wusste er ja nicht.

»Ich komme morgen früh vorbei«, sagte Flick. »Genieß den Abend, Junge.«

Bevor ich etwas erwidern konnte, hatte er aufgelegt.

Ich schluckte schwer und legte das Handy auf die Konsole, als ich in Flicks Einfahrt fuhr. In der Fahrerkabine war es dunkel, aber nicht so dunkel, dass ich ihre gerunzelte Stirn, ihre geschürzten Lippen und ihren wütenden Blick nicht gesehen hätte, während sie geradeaus starrte.

»Willst du die ganze Nacht hier sitzen und mich anstarren?«, fragte sie völlig emotionslos. Als ich keine Antwort herausbrachte, schnaubte sie, schnappte sich den Türgriff und öffnete die Tür. »Ich gehe ins Bett.«

Selbst nachdem sie ausgestiegen und hineingegangen war, wünschte ich mir sehnlichst, sie würde sich umdrehen und mich wenigstens anschreien. Aber den Gefallen tat sie mir nicht.

Ein paar Minuten später stieg ich aus, ging ins Haus und hörte, wie die Tür zu ihrem Zimmer – meinem Zimmer – zugeknallt wurde. Mein Magen verkrampfte sich, während ich in der Küche darauf wartete, dass sie sich bettfertig machte. Fünf Minuten, dann würde ich zu ihr gehen. Mich entschuldigen. Ihr sagen, dass ich sie nie darauf festnageln würde, dass ich nur eifersüchtig und dumm und … besorgt gewesen war. Immer so besorgt. Dass ihr etwas zustieß. Oder sie wieder abhauen würde. Dann würde ich ihr die Wahrheit sagen. Dass ich sie wollte, solange sie mich nehmen würde.

Nach einer Weile klopfte ich ein paarmal an ihre Tür, aber sie antwortete nicht. Ich packte den Knauf und als ich ihn nicht drehen konnte, verspannten sich meine Schultern. Sie hatte mich ausgesperrt.

SECHSUNDZWANZIG

MAYA

Kurz nach Sonnenaufgang am nächsten Morgen stolperte ich in die Küche. Ich hatte mich die ganze Nacht hin und her gewälzt, überlegt, was ich tun sollte, und versucht, einen klaren Kopf zu bekommen.

Deshalb stand ich jetzt am Küchentresen und tat das, worin ich eine absolute Niete war: kochen.

Ich erzielte die besten Ergebnisse, wenn ich zum Telefon griff und mir etwas liefern ließ, etwas von einer Karte bestellte oder zu einem Drive-Thru fuhr. Aber heute musste ich mich ablenken, sowohl meine Hände als auch meinen Geist. Ich sammelte Pfannen und Utensilien zusammen, weil ich Frühstück machen wollte, obwohl niemand da war, um es zu essen. Nachdem ich Slade gestern Abend ausgesperrt hatte, hatte ich nichts mehr von ihm gehört.

Als ich die Zutaten zusammenrührte und anfing, verlor ich mich darin und dachte nichts mehr – genau das war mein Plan gewesen. Anscheinend hatte es etwas Therapeutisches, Essen in eine Schüssel zu geben und umzurühren. Man war nicht immer erfolgreich, aber der Weg dorthin, die Herstellung, ließ mich glauben, dass sogar der schlechteste Koch sein perfektes Rezept finden konnte.

Eier, Zucker, Milch, Zimt. Ich mischte sie und rührte und rührte, bis ich kaum noch geradeaus gucken konnte. Ich war nicht einmal hungrig, aber ich kochte, als wäre es meine einzige Lebensaufgabe. Verdammt, zu diesem Zeitpunkt war es das vielleicht sogar.

Rührei mit Käse, Hashbrowns, French Toast. Ich hätte eine Armee durchfüttern können. Wäre ich nicht so stur gewesen, hätte ich Hawk oder Summer angerufen, vielleicht sogar Emily, und sie gefragt, ob sie rüberkommen und mit mir essen wollten. Wir hätten am Tisch gesessen, gelächelt, gelacht und wären normal gewesen. Eine Gruppe von Freunden. Neue und alte.

Aber Träume waren aus einem bestimmten Grund Träume. Und es war an der Zeit, mich auf die Träume zu konzentrieren, in denen es nicht nur um Slade ging. Er hatte getan, was ich am meisten verachtete, und mich zu seiner Old Lady – quasi zu meiner eigenen Mutter – erklärt.

Irgendwann später hörte ich Schritte, wie die Haustür geöffnet wurde, dann Stimmen. Männer. Zuerst erkannte ich meinen Onkel. Ich war seit zwei Tagen wieder hier und bisher war er nicht einmal vorbeigekommen. Ich hätte enttäuschter sein sollen, als ich es war.

»Na sieh mal einer an, ganz häuslich und so«, sagte Flick von der Küchentür aus. Ich machte mir nicht die Mühe, mich umzudrehen, weil ich zu sehr damit beschäftigt war, das Brot für mein French Toast aus der Eiermasse zu klauben.

»Onkel. Lange nicht gesehen.« Bitterkeit verlieh meinen Worten eine gewisse Schärfe, trotzdem kam er näher, stellte sich neben mich. Offenbar ließ er sich durch nichts beeindrucken.

»Ja. Tut mir leid, dass ich nicht eher vorbeigekommen bin, Mädchen. Hatte zu tun.«

Ich zuckte die Schultern, holte Teller und Besteck hervor.

Ich war kein Mädchen mehr, aber so nannte er alle, die jünger waren als er.

»Hunger?«, fragte ich.

Er räusperte sich. »Nee. Aber die Jungs vielleicht.«

Ich drehte mich um, weil ich ihm sagen wollte, was ich von seinen *Jungs* hielt, aber Flicks blasses Gesicht lenkte mich ab. Genau wie die Hand auf seiner Brust, mit der er sich das Herz rieb. Ich runzelte die Stirn.

»Hör zu, Maya. Tut mir leid, was du durchgemacht hast.«

Mehr besorgt über seinen Zustand als seine halbherzige Entschuldigung, stellte ich die Teller beiseite und richtete meine Aufmerksamkeit auf ihn.

Er zuckte zusammen, sprach aber weiter. »Und ich muss dir etwas sagen. Es geht um deinen alten …«

Bevor mein Onkel den Satz beenden konnte, sank er auf die Knie und sog vor Schmerzen die Luft ein.

»Flick!«, rief ich und riss die Augen auf. Mit zitternden Händen wollte ich mich neben ihn zu Boden gleiten lassen, landete dabei aber auf dem Hintern. Schmerz schoss mir in den Rücken und mein verletztes Knie, aber ich ignorierte ihn, weil ich mir Sorgen um meinen Onkel machte. »Was ist denn? Was ist los?«

»Fuck, tut das weh«, stöhnte er. »Muss mich hinlegen. Hol die Jungs rein.«

Langsam drehte ich ihn auf den Rücken und legte mir seinen Kopf in den Schoß. Er schloss die Augen, die Knie an den Bauch gezogen, stöhnte und verzog das Gesicht.

»Hilfe!«, schrie ich. »Ich brauche Hilfe!«

»Was zum Teufel?« Archer war der Erste, der sich über mich beugte. Seinen Akzent zu hören trieb mir die Tränen der Erleichterung in die Augen. Er kniete sich neben uns und musterte das Gesicht meines Onkels. »Alles in Ordnung, Flick?«

»Hab nur ... Schmerzen«, stieß mein Onkel hervor und fluchte laut.

Ich streichelte seinen Kopf und sagte: »Nicht nur Schmerzen. Ich glaube, du hast einen verdammten Herzinfarkt.«

»Scheiße«, keuchte Archer.

»Was ist los?«, fragte Hawk, der als nächster in die Küche gestürmt kam.

»Ruf den Krankenwagen«, befahl ich.

»Ich rufe unseren Arzt an.« Hawk sah Archer an, der nickte, und beide ignorierten mich.

»Nein«, widersprach ich. »Er muss ins Krankenhaus.«

Hawk ignorierte mich weiter und verließ die Küche, während Archer lachte. »Du stirbst uns doch nicht weg, alter Mann?«

»Vielleicht.« Mein Onkel hustete und atmete geräuschvoll durch die Zähne ein. »Gut, dass ich gestern Nacht noch Spaß hatte, was?«

Ich schaute sie angewidert und verwirrt an. Wie konnten sie nur so ruhig bleiben?

Schritte kamen in die Küche. Ohne hinzusehen, wusste ich, wer es war. Slade kniete sich neben mich. Er roch nach Seife und seine nassen Haare tropften auf meinen Unterarm. Er war barfuß und trug kein T-Shirt. Bei seinem Anblick erstarrte ich. War er gestern Abend doch geblieben?

»Was ist passiert?« Im Gegensatz zu Archer und Hawk fragte er mich und nicht meinen Onkel.

»Ich glaube, er hat einen Herzinfarkt.« Meine Unterlippe zitterte. Genau wie meine Hände. Jedes Mal, wenn ich einatmen wollte, schnürte sich mir die Brust zusammen.

»Maya, hey.« Arme schlangen sich um mich, hielten mich fest, während Archer und Hawk meinen Onkel von meinem Schoß hochhoben und ihn hinaustrugen. »Komm her.«

Ich schüttelte den Kopf, fand mich aber trotz meines Protests auf Slades Schoß wieder.

»Der Arzt ist unterwegs«, sagte Hawk, der kurz darauf um die Ecke lugte und Slade ansah, nicht mich. »Wir bringen ihn ins Clubhaus. Wir treffen uns dort.«

»Nein!«, fauchte ich und wandte mich an Slade. »Er muss ins Krankenhaus.«

»Unser Arzt kümmert sich im Club um ihn«, beharrte Slade. »Alles wird gut, versprochen.« Dann rieb er mir mit beiden Händen über die von Gänsehaut überzogenen Arme, offenbar wollte er mich beruhigen.

Aber ich wollte nicht beruhigt werden. Ich brauchte Abstand und ich wollte bei Flick bleiben und ich musste sie anrufen ... »Mom.« Ich blinzelte und mir ging ein Licht auf. »Ich muss ihr Bescheid sagen.«

»Lass uns warten, bis der Arzt da ist.« Slade schob mir eine Haarsträhne hinter das Ohr. »Wir wollen sie nicht beunruhigen.«

Ich schob seine Hand weg. »Nein. Ich muss sie jetzt anrufen.«

Ich wollte aufstehen, aber es gelang mir nicht, ich rutschte fast auf den Fliesen aus und stieß mit dem gesunden Knie gegen einen offenen Schrank.

»Ich helfe dir, bevor du dir noch das andere Knie versaust.« Slade war im Handumdrehen auf den Beinen und hatte mir die Arme um die Taille gelegt.

»Stopp. Ich schaffe das allein.« Ich kämpfte gegen den Schmerz an, hielt mich am Küchentresen fest und zog mich von ihm weg und stand gleichzeitig auf. Dann verließ ich die Küche, ohne mich noch einmal umzusehen.

»Hawk ruft sie an, okay?« Slade holte mich ein und legte mir von hinten eine Hand auf den Ellenbogen.

Er kapierte es einfach nicht, oder? Ich schüttelte den Kopf und als er vor mich sprang, stieß ich seine Hand weg.

»Verdammt nochmal, Slade. *Ich* rufe sie an, denn sie ist

meine Mutter und das ist *ihr* Bruder. Nicht deine Familie, sondern *meine*.«

Er verzog das Gesicht und zuckte zurück, als hätte ich ihn geschlagen. Ich bekam sofort Schuldgefühle, aber ich schob sie beiseite und erinnerte mich daran, wie sehr er mich in den letzten Tagen verletzt hatte. Normalerweise war es nicht meine Art, es jemandem mit gleicher Münze heimzuzahlen, aber in diesem Fall würde ich damit leben.

SIEBENUNDZWANZIG

SLADE

»Du musst es ihr sagen«, knurrte Flick zwei Stunden später von einem Krankenhausbett in einem der Zimmer im Clubhaus.

Hawk saß auf einem Stuhl, die Augen auf den Boden gerichtet, während Archer am Fenster stand und nach draußen schaute.

Ein Motorradclub musste einen eigenen Arzt und ein Zimmer für kranke Brüder haben. Warum? Weil die Behörden nicht alle Wunden sehen durften. In Fällen wie dem von Flick war es bequem und viel billiger, die Dinge auf diese Weise zu erledigen. Vor allem, weil dem Kerl eigentlich gar nichts fehlte.

»Wem was sagen?«, fragte ich, den Blick auf den Monitor geheftet, während Flicks Herzschlag weiterhin konstant blieb. Er hatte keinen Herzinfarkt, sondern eine Panikattacke gehabt. Der Arzt hatte gesagt, er habe zu viel Stress und brauche Urlaub. Hawk hatte gelacht. Archer und ich hatten den Kopf geschüttelt. Und Flick? Nun, sagen wir einfach, er fand es nicht besonders witzig.

»Maya, du Idiot«, blaffte er mich an, als wäre ich der Feind. Es war das erste Mal seit langem, dass er jemanden anschnauzte.

Meine Wirbelsäule wurde steif, die Luft im Raum dick. »Das war deine Aufgabe.«

»Ich weiß, aber ...« Er zuckte zusammen. »Wenn du es ihr sagst, wird sie es besser verkraften.«

»Du Arsch«, knurrte ich.

Er ignorierte mich und fuhr fort. »Satan hat sich bei meiner Schwester gemeldet.«

Ich erstarrte. »Mayas Vater? *Der* Satan?«

Er nickte. »Genau der.«

»Wann?«

Flick hustete und schloss die Augen. »Gestern.«

»Was hat er gesagt?«

»Dass er reden will.« Er zuckte mit den Schultern. »Mehr weiß ich nicht.«

Ich stützte die Hände auf das Fußende des Bettes und senkte den Kopf, um Luft zu holen. Das war nicht gut.

»Meine blöde Schwester«, fuhr Flick fort. »Stell dir vor, sie hat es mir erst heute Morgen gesagt.« Er schüttelte den Kopf. »Als ich davon gehört habe, habe ich Talker zu ihr geschickt. Ich schwöre, die Frau hat einen Todeswunsch, verdammt.«

Hawk setzte sich aufrecht hin und seine natürliche Autorität wurde deutlich. »Soll ich zusätzliche Patrouillen zusammenstellen? Rausfinden, ob er in der Nähe ist?«

Flick nickte.

Das war mein Job. Aber da ich bald gehen würde ...

Scheiße. Der Trip nach Texas.

»Wir sollten die Reise absagen.« Ich sah Archer an.

Er nickte und fügte hinzu: »Zumindest vorerst.«

»Auf keinen Fall. Mein Kontakt da unten kann Terminverschiebungen nicht leiden. Wenn ihr nicht hinfahrt, ist er beim nächsten Mal, wenn ich Hilfe brauche, nicht so flexibel.« Er ließ den Kopf wieder an die Wand sinken. »Ihr bleibt nur ein paar Tage, keine Woche. Der Typ meine, dass morgen Nachmittag irgendwas ansteht, ihr könnt also sofort loslegen, wenn ihr da seid.«

Es gefiel mir überhaupt nicht, jetzt zu gehen, aber so eine Gelegenheit durfte man sich nicht entgehen lassen. Flick hatte recht.

Alle schwiegen für eine Weile, während wir uns verschiedene Szenarien vorstellten. Die nächsten und die letzten Schritte.

Hawk fuhr sich durch die Haare. »Ich muss los und hole Summer ab. Sie hat den halben Tag frei.«

Wir drei nickten und machten ihm keinen Vorwurf. Die Möglichkeit, dass Mayas alter Herr sich vielleicht irgendwo da draußen herumtrieb – in der Nähe und noch dazu mit Pops –, machte uns alle noch nervöser.

Als er weg war, machte sich auch Archer auf den Weg und versprach, später noch einmal vorbeizukommen, sich zu melden, bevor wir nach Texas aufbrachen, und meinte, er würde mich morgen früh abholen.

Ich wollte auch los, denn ich musste zu Maya, bevor ihre Mutter nach Hause kam, um ihr zu sagen, was Flick offenbar nicht sagen konnte. Trotzdem wollte ich mit meinem President noch über etwas anderes sprechen. Es war eigentlich blöd, aber ich war gerade ziemlich verzweifelt, vor allem nach der letzten Nacht.

Nachdem die Tür hinter Archer zugefallen war, setzte ich mich auf Hawks Stuhl. »Ich hab's versaut, Flick.«

Er lachte. »Hab ich mir schon gedacht, als ich Maya heute Morgen kochen gesehen habe. Was hast du denn angestellt?«

»Abgesehen davon, dass ich sie als meine Old Lady beansprucht habe?« Die Liste war endlos. »So ziemlich alles.«

»Was soll ich denn dazu sagen? Ich bin für Biker zuständig, nicht für Frauen.«

»Sie ist deine Nichte. Kannst du nicht vielleicht ein gutes

Wort für mich einlegen oder so?« Das klang selbst in meinen Ohren bescheuert.

»Wir sind verwandt, klar.« Er zupfte an seinem Bart. »Das heißt aber nichts, denn eigentlich kenne ich sie gar nicht.«

Es war mir unangenehm, dass ich überhaupt gefragt hatte. Ich stand auf und ging zur Tür.

»Hey, Junge?«, rief Flick mir hinterher, kurz bevor ich das Zimmer verließ.

»Ja?«

»Mach einfach nichts, was ich tun würde, okay? Wenn es um Frauen geht, bin ich echt beschissen. Das ist mein Ratschlag.«

Ich klopfte einmal an den Türrahmen und nickte. »Ich würde sagen, das ist der beste Rat, den du mir je gegeben hast, alter Mann.«

Maya saß in Flicks Garten auf einer alten Schaukel, an die ich mich nicht erinnern konnte. Mit ihrem gesunden Bein holte sie Schwung und schaukelte hin und her, und ich musste ihr einfach dabei zusehen. Ihre langen Haare wehten in der kalten Luft hinter ihr her, sodass es aussah, als würde sie ein Superheldencape tragen. Es war unter null Grad, aber überraschenderweise schien sie sich nicht den Arsch abzufrieren.

»Hey«, sagte ich zu ihrem Rücken, während meine Stiefel im eisigen Schnee knirschten, als ich näherkam. Ich beugte mich zu ihr, legte die Hände auf die Schaukelseile, hielt sie fest, fühlte mich aber gleichzeitig weit weg. »Ist dir nicht kalt?«

Sie schüttelte den Kopf, dann stieß sie sich ab und schaukelte wieder hin und her. Ich ließ die Seile los und ließ sie weitermachen.

Als ich bemerkte, dass sie meine Lederjacke trug, schlug mein Herz heftig. Zu einem anderen Zeitpunkt hätte ich sie darauf angesprochen. Ihr gesagt, wie glücklich es mich machte, sie an ihr zu sehen. Aber ich musste mich um andere Sachen kümmern, während Flick sich erholte. Und da ich morgen abreisen würde, war es wahrscheinlich ganz gut, dass Maya über das nachdenken konnte, was gestern Abend passiert war, so würde sie sich vielleicht mit der Idee anfreunden, bis ich wieder zurück war.

»Was willst du, Slade?«, fragte sie, und bremste die Schaukel, ohne mich anzusehen.

»Dir sagen, dass ich morgen fahre.«

»Clubkram, klar. Hast du schon gesagt.«

Ich seufzte und kniff mir in den Nasenrücken. »Maya, ich ...«

»Bitte nicht.« Mithilfe des Seils stand sie auf, drehte sich zu mir und sah mir endlich in die Augen. »Ich hab dir doch heute Morgen schon gesagt, dass ich keinen Bock mehr auf Ausreden und das ganze Hin und Her habe. Mach du dein Ding, ich mach meins.« Sie verzog die Lippen, bevor sie fortfuhr. »Was zwischen uns passiert ist, wird sich nicht wiederholen, wenn du mich dafür hier einsperren willst.«

Ich erstarrte. Dachte sie wirklich so über mich?

»Das würde ich nie tun«, brachte ich mit zugeschnürter Kehle hervor. Ein riesiger Kloß machte es mir fast unmöglich zu sprechen. Ich würde sie nicht einsperren.

»Ich habe keinen Bock mehr, darüber zu reden.« Sie hob die Hand und ging an mir vorbei. Mir wurde ganz flau im Magen, als ich sie dabei beobachtete, und wäre fast zu abgelenkt gewesen, um auszusprechen, was ich sagen wollte.

»Maya, warte.«

Sie blieb stehen, direkt an der Hintertür. Ihre Hand schwebte über dem Knauf, ihre Schultern waren angespannt.

»Da läuft irgendeine Scheiße«, fuhr ich fort. »Richtig fiese Scheiße, von der ich dir erzählen muss.«

Sie zögerte, und ihre Stimme war so angespannt wie ihr Körper, als sie fragte: »Was denn?«

Ich räusperte mich. »Wann hast du das letzte Mal von deinem Vater gehört?«

Sie drehte sich um und sah mich mit verengten Augen an. »Mit zwanzig. Warum?«

»Wir haben Grund zu der Annahme, dass sein Club sich mit Pops verbündet.«

Sie verschränkte die Arme. »Das ist unmöglich. Er will nichts mit ihnen zu tun haben.«

»Nein?« Ich zog eine Augenbraue hoch, weil es mich nervte, wie ahnungslos sie war, wenn es um ihren alten Herrn ging. »Warum hat er dann gestern deine Mom angerufen?«

»I-ich ... Sie hat mir nichts gesagt ...« Sie wurde blass. »Meine Mom würde nicht ...«

»Er hat gestern mit ihr telefoniert, Maya. Meinte, er wollte mit ihr reden. Das haben sie auch. Keine Ahnung, worüber, aber wahrscheinlich heißt das nichts Gutes.«

»Er spielt nur mit ihr.« Sie schüttelte abwehrend den Kopf. »Er wird ihr nichts tun. Er will sie nur einschüchtern. Das macht er so oft.« Sie hob trotzig das Kinn. »Außerdem hat Mom schon vor langer Zeit eine einstweilige Verfügung gegen ihn erwirkt.«

»Und du glaubst, dass ihn das abhält?« Ich schüttelte den Kopf und fragte mich, seit wann sie so sorglos mit diesem Leben umging.

Sie schaute auf ihre Hände, streckte sie wortlos aus, die Handflächen nach oben. Sie wusste, dass ich recht hatte.

»Flick meinte, ein Kumpel von ihm in Texas macht Geschäfte mit den Forsaken. Er hat ihn ein paarmal mit Pops und dessen Abtrünnigen gesehen.«

Ich wartete darauf, dass sie eins und eins zusammenzählte und beobachtete, wie sich die Rädchen in ihrem Kopf drehten. »Ich verstehe das nicht. Warum jetzt? Es ist über acht Jahre her, dass wir ihn verlassen haben.« Sie hielt eine Sekunde inne, dann noch eine. »Zugegeben, er war immer mal wieder im Gefängnis, trotzdem ...«

»Wir wissen nicht, warum es gerade jetzt passiert. Deshalb werde ich morgen mit Arch hinfahren. Alles läuft einfach so ... beschissen.« *Für uns.*

»Ich komme mit.« Maya hielt ihr Kinn noch höher.

»Um was zu tun?«

Sie schluckte, und ihre Hände wurden noch unruhiger, aber ihre Stimme blieb fest, auch wenn Angst und Panik in ihren Augen wuchsen, je länger sie sprach. »Ich rede mit ihm. Sage ihm, dass ...«

»Du bist nicht in der Verfassung, um dich mit dem Scheiß auseinanderzusetzen, nicht mit dem kaputten Knie«, knurrte ich.

»Meinem Knie geht es gut.« Sie verschränkte wieder die Arme, vielleicht weil sie jetzt zitterten. Verdammte My und ihr Scheißbedürfnis, stark zu sein. »Denk einfach drüber nach. Vielleicht hört er zu, wenn ich zu ihm gehe ...«

»Die Antwort ist Nein, Maya. Und jetzt lass es gut sein.«

Sie sah mich eine Weile durchdringend an, dann schüttelte sie den Kopf und wandte sich ab, aber mir war nicht entgangen, dass ihre Augen feucht geworden waren. »Ach, egal.«

Bevor ich sie aufhalten konnte, ging sie ins Haus und ich lief ihr nach wie ein verlorenes Hündchen.

Ich würde Flick umbringen. Warum musste immer ich der Bad Guy sein?

»Soll ich dir was sagen?« Nachdem ich die Tür hinter mir geschlossen hatte, wirbelte sie in der Küche herum.

Ich sagte nichts, sah ihr nur in die Augen und wartete. Es hatte keinen Sinn, Nein zu sagen – und das würde ich sowieso nicht. Sie würde mir immer sagen, was sie auf dem Herzen hatte. Und im Moment war mir ihre feurige Art lieber als ihre Ängste und Sorgen.

»Ich halte es für dumm, dass ihr beide jetzt fahrt. Es ist ein Riesenfehler.«

»Ich auch.« Ich zuckte mit den Schultern. »Aber wenn wir nicht versuchen, rauszukriegen, was los ist, entgeht uns später vielleicht etwas Großes.«

»Dein Ernst?« Sie lachte fast, obwohl es überhaupt nicht witzig war, wenn es um ihren Vater, den Club und vor allem um Pops ging. »Der Club muss das schlauer angehen, Slade. Wenn ihr einfach irgendwen auf die Jagd schickt, sind der restliche Club und die Mitglieder verwundbar, auch ich und meine Mom.«

»Nein. Hier bist du geschützt. Das Gelände ist so sicher wie ein Armeestützpunkt.«

»Ich bleibe nicht die ganze Zeit auf dem bescheuerten Gelände, bis ihr das geklärt habt, hörst du? Ich bin keine Gefangene und meine Mutter auch nicht.«

»My, bitte.« Ich fuhr mir durch die Haare, sauer, dass es nicht einfacher war. »Gib mir etwas Zeit. Wenigstens bis ich zurück bin und helfen kann. Zwei Tage, höchstens. Das ist alles.« Dann würde ich ihr zeigen, wie sehr ich es bedauerte, dass ich sie nicht so geliebt hatte, wie ich es die ganze Zeit über hätte tun sollen. So wie sie es verdiente, von einem Mann geliebt zu werden.

»Du bist nicht mein Bodyguard.« Sie kam einen Schritt auf mich zu. Ich tat es ihr nach. Und schnell standen wir Brust an Brust und ihr Zittern verriet mir, wie wütend sie war.

»Das weiß ich.« Ich fühlte mich stärker denn je zu ihr hingezogen, und mit jeder Sekunde, in der ich sie nicht berührte, wurden meine Knie schwächer. »Aber ich bin jetzt trotzdem für dich verantwortlich.«

»Warum? Wegen der bescheuerten Clubregel?«

»Ja, genau deshalb.« Ich atmete schwer ein und konnte mich nicht davon abhalten, zu lügen. Weil ich mich nicht zurückhalten konnte, streckte ich die Hand aus und berührte ihre Wange mit den Fingern, merkte mir jedes schöne Detail ihres Gesichts.

Ihre traurigen braunen Augen.

Sie blinzelte und eine Träne lief ihr die Wange hinunter und über meinen Finger. »Ich werde dir nie wieder trauen können.«

Beim Schlucken brannte meine Kehle, vor Reue schmerzte meine Brust und ich bekam feuchte Hände. Ich ließ sie sinken und nickte noch einmal, als ich mich entfernte.

»Gut.« Ich würde mir auch nicht trauen.

Im Moment war es besser so.

ACHTUNDZWANZIG

SLADE

Am nächsten Tag kamen wir gegen Mittag auf dem Gelände in Texas an. Als wir durch das Tor traten, hatten Arch und ich das gleiche ungute Gefühl, und wir mussten nur einen Blick wechseln, um zu wissen, dass wir hier nicht so willkommen waren, wie Flick behauptet hatte. Böse Blicke, Leute, die uns vor die Füße spuckten, und eine Gruppe bulliger Arschlöcher, die uns nicht von der Seite wich.

Zehn Minuten nach unserer Ankunft trafen wir Flicks Kontaktmann vor dem Clubhaus. Zehn seiner Leute standen um ihn herum, die meisten schon älter. Ende vierzig, Anfang fünfzig. Aber sie sahen gefährlich aus, und wir hatten nicht die Absicht, sie aufzumischen.

»Morgen, Jungs.« Der Anführer, den wir als Rodent kennengelernt hatten, nahm einen langen Zug von seiner Zigarette. Er sah aus, als käme er geradewegs aus der Hölle. Rotgeränderte schwarze Augen und strähniges, graues Haar, das ihm bis zur Mitte des Rückens reichte. »Hab gehört, ihr seid auf der Suche nach Informationen.«

»Ja«, antwortete Archer. Er führte die Gespräche, während

ich der Beobachter war, der wusste, worauf er achten musste, wenn irgendetwas aus dem Ruder lief.

Rodent bedeutete uns mit einem Winken, ihm ins Clubhaus zu folgen. An der Bar bot er uns Whiskey an, den sogar Archer ablehnte, dann ging er weiter und zog an einem runden Tisch zwei junge Mädchen auf seinen Schoß.

»Hübsche Mädchen habt ihr hier.«

Sobald Archer die Worte ausgesprochen hatte, biss ich die Zähne zusammen, allerdings nicht aus dem Grund, den man annehmen könnte.

»Ja, nicht wahr?« Rodent zwinkerte uns zu, dann packte er beiden Mädchen an den Hintern, woraufhin sie kicherten.

»Bisschen jung für meinen Geschmack.« Archer rieb sich den kurzen Bart.

Im Kopf zählte ich die Frauen im Raum. Soweit ich sehen konnte, waren es fünfzehn, alle nicht älter als achtzehn, wenn überhaupt. Es war wie in einem Bordell mit Minderjährigen und Perversen. Wahrscheinlich hatten die meisten von ihnen gefälschte Ausweise und neue Namen, aber dadurch wurde es natürlich nicht besser.

Hätte Flick es gewusst, hätte er uns sicher nicht hergeschickt. Die Behörden konnten jeden Moment an die Tür klopfen, wenn sie Wind davon bekämen. Vielleicht wusste er es und drückte ein Auge zu. Jedenfalls war es ganz anders als zu Hause. Die Red Dragons waren nicht perfekt, aber im Vergleich zu diesen Typen wirkten wir wie Engel.

»Die Mädchen sind gut.« Rodent zwinkerte wieder.

»Hmm.« Irgendwie gelang es Archer, keine Miene zu verziehen, aber tief in seinen Augen loderte Wut. Ich sah, was niemand sonst sehen konnte: dass er schon überlegte, wie er sie hier rausholen konnte.

»Sind wir soweit?« Ich stellte mich neben meinen Kumpel, die Arme verschränkt. Er kam vom Weg ab und es war meine Aufgabe, ihn an unser Ziel zu erinnern.

Rodent lächelte mich an. »Ich denke schon.« Dann deutete er mit dem Kinn auf einige seiner Brüder.

»Jungs, holt die Motorräder für Flicks Gentlemen hier.«

Zehn Minuten später standen Arch und ich vor zwei neuen Harleys. Chromfelgen, unberührt und frisch vom Parkplatz. Archer sah aus, als würde er beim Anblick in seiner Hose kommen. Clubkrise hin oder her, wenn man ihm eine neue Maschine gab, schnurrte er wie ein Kätzchen.

Rodent stand zwischen uns und winkte ein paar Jungs heran, die wirkten, als kämen sie gerade von der Highschool. Jung und unerfahren, genau wie Carlos.

»Marco und Reggie bringen euch hin. Sie haben eure Leute entdeckt.«

»Nicht *unsere* Leute«, stellte ich klar.

»Meinetwegen.« Rodent verdrehte die Augen und winkte ab.

»Was mein Bruder sagen will«, Archer haute mir auf den Rücken und spielte weiter seine Rolle, »ist, dass wir eure Gastfreundschaft zu schätzen wissen.«

Ja, klar. Unerfahrene Biker, die nicht so wichtig waren wie die anderen. Entbehrlich. Verleiht dem Mistkerl einen Orden.

Rodent grinste noch breiter und verschlang förmlich Archers Worte. »Wenn ihr gefunden habt, wonach ihr sucht, kommt ihr wieder. Wir veranstalten eine kleine Willkommensparty. Wie hört sich das an?« Der schmierige alte Sack zwinkerte Archer zu. »Ich überlasse euch sogar eins meiner Mädchen, wenn ihr wollt.«

Ich konnte gerade noch ein Schaudern unterdrücken, aber Archer nickte. Wenn es ums Lügen ging, war er einfach der Beste. »Klare Sache, Boss«, sagte er zu Rodent, sprang auf eine der Maschinen und sobald er es gestartet hatte, ließ er den Motor aufheulen. Wir würden nicht wiederkommen. Zumin dest nicht länger, als es dauerte, um die Bikes zurückzubringen.

Fünf Minuten später fuhren wir über dünne Schotterstraßen, eine nach der anderen. Wir brauchten nicht lange, um zur Grenze zwischen Texas und New Mexiko zu gelangen – maximal eine Stunde.

Es war ganz anders, als ich es mir vorgestellt hatte. Die beiden Staaten waren durch eine große Brachfläche voneinander getrennt. Wir parkten auf einer Klippe, versteckt vor allem, was darunter lag. Nah genug, dass wir sehen konnten, wenn es losging, aber weit genug entfernt, um selbst entdeckt zu werden. Laut den beiden Jungs, mit denen wir unterwegs waren, trafen sich hier Pops und Satan einmal die Woche. Und heute sollte es wieder soweit sein.

»Wie habt ihr davon erfahren?«, fragte ich. Noch war niemand da, aber ich war kribbelig. Irgendwie fühlte sich das nicht richtig an.

Der Typ rechts von mir antwortete zuerst. Er war der jüngere von beiden. Maximal sechzehn. »Wir machen Geschäfte mit dem Club aus Arizona, um den wir uns hier kümmern. Haben rausgefunden, dass der Austausch stattfindet, und Rodent Bescheid gesagt. Das ist unser Trade Point, sonst hat hier niemand was zu suchen.«

»Und Rodent wusste sofort, dass er unseren President anrufen muss?« Archer klang misstrauisch, aber wir mussten diese Fragen stellen.

»Hab ihre Patches gesehen und es Rodent gesagt. Er wusste sofort, wer sie waren«, sagte der andere Typ. »Rote Drachen bei den Typen hinter dem Zaun in New Mexico. Totenschädel bei denen hier – den Forsaken, mit denen wir Geschäfte machen.«

»Jedenfalls dürfen die Forsaken unsere Grenze ab und zu überschreiten, mit Erlaubnis. Der andere Club nicht«, sagte der Jüngere und deutete mit der Hand zwischen sich und seinem Freund hin und her. »Wenn die Forsaken mit einem anderen

Club zusammenarbeiten und ihm dieselben Sachen wie wir verkaufen, lassen wir das nicht zu. Zu viele Köche verderben den Brei, falls ihr versteht, was ich meine.«

Ich wollte fragen, womit sie handelten, aber Archer unterbrach mich. »Das ist eine Nummer zu groß für uns.« Wir sahen uns an. »Wir müssen eine andere Crew herschicken.«

Ich nickte. Es war ein Fehler gewesen, überhaupt herzukommen, das wussten wir beide, aber wir würden uns nicht gegen Flick stellen. Ein Krieg stand bevor, und wir mussten ihn aufhalten, bevor er uns erreichte. Im Moment zählte nur das. Deshalb würden wir auch schon heute Abend nach Hause fliegen, nicht erst am Samstag.

Ein paar Minuten später fuhren zwei Typen auf Motorrädern zum Zaun, auf jeder Seite einer. Ich verengte die Augen und schaute durch das Fernglas, das Archer mitgebracht hatte. Mir schnürte sich die Brust zusammen. Flick hatte gesagt, ich würde Mayas Vater erkennen. Offenbar sah er genauso aus wie seine Tochter.

Ich stellte das Fernglas scharf und entdeckte nur ein paar jüngere Männer. Die Patches auf der Rückseite ihrer Kutten waren der Beweis, dass es stimmte. Einer hatte einen roten Drachen, der andere einen Totenkopf.

»Hab einen von jeder Seite.« Ich gab Archer das Fernglas und rieb mir mit den Händen über die Oberschenkel, während er sie beobachtete. Ich fand es schrecklich, unsere Patches auf Kutten zu sehen, die sie nicht verdienten. Besonders bei denen von Pops.

»Die großen Jungs kommen zuletzt.« Der Typ neben mir deutete mit dem Kinn ein Stück die Straße hinauf Richtung New Mexico. Da entdeckte ich es. In der Ferne wartete ein Auto. Schwarz mit getönten Scheiben.

Archer sah mich finster an. »Mayas alter Herr?«

»Wahrscheinlich.« Ich schwitzte noch stärker an den Händen.

»Was glaubst du, wie sind er und Pops zusammengekommen?«, fragte Archer.

Ich zuckte die Schultern. »Das wüsste ich auch gern.«

»Seht mal«, sagte der Junge, diesmal zeigte er auf die texanische Seite. Zwei Autos, fünf Motorräder. Vermutlich war mein Onkel in der Mitte.

»Scheiße. Das muss Pops sein, oder?« Archer drückte sich das Fernglas vor die Augen.

Ich runzelte die Stirn und sah in die Richtung, in die Archer zeigte, und ein Mann stieg aus. Lange dunkle Haare, die ihm bis zur Mitte des Rückens reichten, riesige Muskeln, kein T-Shirt, nur seine Kutte. Ich konnte sein Gesicht nicht sehen, um ganz sicher zu sein, aber er hatte Pops' Statur und Haare.

»Verdammt, sieh dir den Scheiß an«, flüsterte Archer und ließ das Fernglas sinken.

Ich folgte seinem Finger, der jetzt auf drei junge Frauen gerichtet war, die alle gefesselt waren und aus dem Auto stiegen, das vermutlich Pops gehörte.

Ich bekam eine Gänsehaut und mein Nacken kribbelte, als würden wir beobachtet. Langsam schaute ich zu den Jungs, mit denen wir hergefahren waren, und verengte ich die Augen. Sie hatten die Gesichter verzogen und wirkten beim Anblick der Mädchen beinahe lüstern. Mädchen im Teenageralter, nicht älter als vierzehn oder fünfzehn, die in die Arme der Forsaken getrieben wurden.

Wichser.

Sie handelte mit minderjährigen Frauen.

Und so wie es aussah, war Pops mit eingestiegen.

Ich sah über die Köpfe der Jungs hinweg zu meinem Freund, der ebenfalls die Teile im Kopf zusammenfügte. Unsere Blicke trafen sich, und ich nickte. Ich hatte beschlossen, mich doch nicht erst um die eine und dann um die andere Sache zu kümmern. Mit einem weiteren Nicken drehten wir uns zu unseren Begleitern um und brachten sie zu Fall – ich mit einem Tritt in den Bauch und Archer mit einem Kinnhaken. Sobald meiner lag, sprang ich auf ihn, schnappte mir seine Waffe und drückte sie ihm an die Kehle.

»Kein Wort«, zischte ich.

Er verengte die Augen, wehrte sich überraschenderweise aber nicht. Er war zu jung. Das waren sie beide. Der Typ neben Archer lag mit dem Gesicht nach unten und stöhnte, bewegte sich aber nicht.

»Willst du ihnen ein paar Kugeln in den Kopf jagen?« Archer grinste irre. »Scheißvergewaltiger.«

Ich schüttelte den Kopf. »Nicht heute.«

»Ich bin der Vice President«, zischte Archer. »Und ich sage, wir erledigen diese Wichser.« Mein bester Freund schäumte vor Wut, seine Hände zitterten, er biss die Zähne zusammen und die blonden Haare hingen ihm in die Augen. Er dachte gerade an Mord, aber es war keine gute Idee, unsere ohnehin schon lange Liste mit Problemen und Feinden noch weiter zu verlängern.

»Lass sie«, sagte ich beschwichtigend. »Ich möchte sie genauso gern unter der Erde sehen wie du, Kumpel, aber wir müssen uns gerade um Wichtigeres kümmern, und sie sind nur Schachfiguren.«

Ich war wohl zu ihm durchgedrungen, denn seine Schultern entspannten sich. Der Typ unter mir machte sich fast in die Hose, als ich ihm die Waffe noch fester an den Hals drückte. »Halt bloß die Klappe, verstanden?«, sagte ich.

Er nickte schnell und seine Augen traten hervor.

Archer und ich bewegten uns synchron, knebelten sie mit ihren T-Shirts, fesselten ihnen die Hände mit Draht und banden sie dann an zwei Bäume. Als ich mit meinem fertig war, rannte ich mit dem Fernglas zurück zum Rand der Klippe und fluchte, als die Autos auf der Seite der abtrünnigen Red Dragons langsam losfuhren. Doch mittendrin stand ein anderer dunkelhaariger Kerl, der mit verengten Augen in meine Richtung sah. Er war um einiges kleiner als Pops, aber extrem muskulös. Und als ich sein Gesicht scharf stellte, drehte ich fast durch, denn der Mann, der durch die Bäume in unsere Richtung schaute und deutete, war das Ebenbild von meinem Mädchen mit den Sternenaugen.

Er konnte mich durch die Bäume vor uns nicht sehen, aber ich vermutete, dass er uns gehört hatte. Wir mussten hier weg. Schnell.

»Wir kriegen gleich Probleme«, sagte ich zu Archer.

»Das habe ich mir schon gedacht. Lass uns bloß abhauen.«

Ich beobachtete, wie Mayas alter Herr in Richtung der Bäume, unsere Richtung, deutete, und das Blut wich mir aus dem Gesicht. Eine Sekunde konnte ich nur dastehen und ihn ansehen, und mir schossen die Erinnerungen an Mayas Geschichten und das, was er ihr und ihrer Mom angetan hatte, durch den Kopf. Erinnerungen, die nicht von mir zu rächen waren.

Maya wollte ihren Vater tot sehen. Das hatte sie mir so oft gesagt, dass ich es nicht mehr zählen konnte. Und jetzt, mit einer Long-Range-Pistole nur wenige Zentimeter hinter mir, konnte ich es für sie erledigen.

Mehr Motorräder dröhnten in der Entfernung. Archer zischte mir zu, ich solle mich bewegen. Er startete sein Bike und brüllte über den Motor hinweg, während ich mich weiter auf Mayas Vater konzentrierte. Er wandte den Blick nicht von den Bäumen ab und ich fragte mich, was er wohl dachte. Wenn er nur wüsste, dass hinter dem dichten Gebüsch der Mann stand, der Mayas Welt wieder in Ordnung bringen würde.

»Slade, komm schon. *Jetzt*.«

Ich schüttelte den Kopf und ignorierte Archers Gebrüll, dann drehte ich mich um, griff nach der Pistole und zielte.

»Verdammt, drück nicht ab. Du bringst uns beide um!«, brüllte Archer, sprang von seinem Motorrad und packte mich an der Kutte. Er zerrte daran, aber ich rührte mich nicht. Ich atmete nicht einmal.

Meine Hand zitterte, sogar meine Finger. Ich drückte leicht auf den Abzug, um meine Kraft zu testen, doch kurz bevor ich tun konnte, was ich nicht tun sollte, fiel ein Schuss und erledigte den Job.

Rauch lag in der Luft, weitere Schüsse erklangen. Links, rechts, links, rechts.

Die Mädchen kreischten, die Männer brüllten, und als sich der Rauch endlich verzogen hatte und die schnellen Schüsse aufhörten, sah ich nur noch Leichen.

Viele Leichen.

Darunter auch Mayas Vater.

NEUNUNDZWANZIG

MAYA

Freitagabend saß ich im Warteraum der demnächst eröffnenden Werkstatt der Red Dragons nur wenige Meilen außerhalb der Innenstadt von Rockford. Flick war hergekommen, um sich mit einigen Jungs wegen ein paar Autoteilen zu treffen. Mom und ich hatten schon seit ein paar Tagen nicht mehr das Gelände verlassen, also hatten wir gedrängelt, mitfahren zu dürfen, und meinen Onkel gebeten, uns danach zum Abendessen einzuladen. Er hatte eingewilligt, solange wir geduldig drinnen warteten, während er fachsimpelte.

Chop war auch da, zusammen mit drei anderen Bikern, die ich zwar nicht persönlich kannte, aber schon im Clubhaus gesehen hatte. Die vier waren irgendwo draußen stationiert, nicht zu sehen, nicht zu hören, aber ständig in unserer Nähe. Wahrscheinlich waren sie unsere Bodyguards.

»Ist er bald fertig?« Ich lehnte mich auf dem Plastikstuhl zurück und mein Magen grummelte. Ich hatte vor ungefähr drei Stunden meine Schmerztabletten genommen, weil ich damit gerechnet hatte, dass ich bald zu Abend essen würde. Jetzt war es fast zehn, ich hatte noch nichts gegessen und das Gefühl, dass mir schlecht werden würde.

Im Gegensatz dazu blätterte Mom links neben mir völlig entspannt in einer Zeitschrift. »Deine Ungeduld hat sich mit dem Alter kein bisschen verändert, was?«

»Wir sitzen hier schon fast zweieinhalb Stunden. Mein Knie tut weh und mein Kopf auch, und ich fürchte, ich muss mich gleich übergeben.« Außerdem war ich gereizt. Wegen der Sache mit meinem Vater. Und weil Slade in Texas war und ich ... hier. Vor allem aber, weil ich nicht wusste, wo wir standen. Ich hatte ihm gesagt, dass ich keinen Bock mehr auf das Hin und Her hatte. Das meinte ich ernst. Und doch war ich immer noch verrückt nach ihm.

»Bist du schwanger?«, fragte Mom, legte die Zeitschrift auf den Schoß und schaute zu mir hoch.

Ich verdrehte die Augen. »Nein, Mutter. Ich bin *nicht* schwanger.«

Sie zuckte mit den Schultern und las weiter, als wäre das total normal. Für sie war es das wahrscheinlich auch. Aber nicht für mich.

Meine Gedanken wanderten wieder zu Slade. Offensichtlich lebte er jetzt rund um die Uhr in meinem Kopf. Ich war immer noch so wütend auf ihn – wütend, dass er mich als seine Old Lady beansprucht hatte und mir trotz allem keine klaren Antworten in Bezug auf uns geben konnte.

Ich war mir ziemlich sicher, dass er trotz unseres Streits gestern auf dem Sofa geschlafen hatte. Mein erster Anhaltspunkt war die zusammengefaltete Decke am Ende der Couch. Zu wissen, dass er geblieben war, obwohl ich ihm gesagt hatte, dass er gehen sollte, hatte mich verwirrt und gleichzeitig war mir warm ums Herz geworden. Wenn mich das zu einer irren Masochistin machte, okay. Ich habe sowieso nie behauptet, normal zu sein.

In der Werkstatt heulte ein Motorradmotor auf, und als kurz darauf gejohlt und gebrüllt wurde, stöhnte ich. *Von wegen*

Teile besorgen. Was veranstalteten die da draußen, eine verdammte Bierparty?

Ich rieb mir das Knie, sah durch die Glastür und runzelte die Stirn.

Chop war nicht begeistert gewesen, dass wir mitkamen. Er hatte Flick gesagt, dass Slade wütend sein würde, und bevor mein Onkel es sich anders überlegen konnte, hatte ich ihn angegrinst und ihn darin bestärkt, uns mitzunehmen. Ich hätte alles getan, nur um Slade eins auszuwischen. Außerdem half mir die Auszeit vom Club dabei, nicht zu viel nachzudenken. Vor allem über meinen Vater und welchen Anteil er an der Sache mit Pops hatte. Mein Samenspender war ein grausamer Mann, und wenn er Slade in die Finger bekam, würde er ihn sicher nicht gehen lassen. Zumindest nicht lebendig.

Die Vorstellung ließ mich schaudern. Das Motorrad heulte wieder auf und meine Gedanken schweiften ab ... bis Mom etwas sagte.

»Also, ich habe gehört, dass dein junger Mann neulich euren Beziehungsstatus klar gemacht hat.«

Ich schlug mir beide Hände vor das Gesicht und stöhnte gequält. »Darüber möchte ich jetzt nicht reden, Mutter.«

Leise kichernd legte Mom mir einen Arm um die Schultern, zog mich an sich und küsste mich auf die Schläfe. »Ja. Hab ich mir gedacht. Aber du musst wissen: Wenn er dich beansprucht, heißt das, dass er dich liebt.«

In einer idealen Welt hätte ich mir das gewünscht, doch bei Slade war es sicher nicht der Fall. Er hatte heute reichlich Gelegenheit gehabt, um reinen Tisch zu machen, doch stattdessen hatte er sich entschieden, über meinen alten Herrn und seine Rolle in all dem zu sprechen. Darüber hatte ich nicht einmal mit meiner Mutter geredet, denn sie hatte mich abgewimmelt und gemeint, es sei ihr *unangenehm*.

Ich lehnte mich an sie, den Kopf an ihrer Schulter, und

fragte mich, ob jetzt ein guter Zeitpunkt wäre, um es noch einmal zu versuchen. »Hat mein Vater dich geliebt?«

»Nein.« Mom schüttelte den Kopf und drückte mich etwas fester an sich. Sein Anruf hatte ihr zugesetzt, so viel war klar. »Dieser Mann ist nicht fähig, zu lieben.«

Ich seufzte. »Ich hasse ihn für das, was er uns angetan hat, Mom.«

»Ich weiß, mein Schatz.« Sie vergrub die Nase in meinen Haaren und fuhr fort. »Aber ich verspreche dir, dass ich nie wieder zulassen werde, dass er dir wehtut, in Ordnung? Wir sind jetzt stärker. Wir stehen das gemeinsam durch.«

Ich lächelte und Tränen stiegen mir in die Augen, aber aus irgendeinem Grund konnte ich ihr noch nicht glauben.

Mein Magen knurrte lauter. Diesmal hatte Mom es offenbar gehört, denn sie sagte: »Ich hole dir etwas aus dem Automaten, Schätzchen.«

»Danke.« Ich lächelte, unsicher, warum ich das nicht selbst getan hatte.

Sie drückte meine Schulter, als sie aufstand, ihr Lächeln war liebevoll und mütterlich. Es wärmte mich von Kopf bis Fuß. Hätte ich gewusst, was als nächstes kam, hätte ich sie niemals gehen lassen.

»Doritos oder Cheez-Its?«, fragte sie und sah mich über die Schulter hinweg an.

»Äh, du kennst die Antwort.«

Sie lachte.

Warf das Geld ein.

Tippte einen Code ein.

Dann, bevor sie sich zu mir umdrehen konnte, explodierte der Putz an der Wand neben ihrem Kopf und eine einzelne Kugel durchschlug ihren Schädel.

Ich kreischte. Aber es war nicht laut genug, denn kurz darauf war der Raum voller Kugeln, die aneinander vorbeiflogen und mir so nah kamen, dass ich sie hören konnte. Ich ließ mich auf den Boden fallen, legte mir die Hände über den Kopf und als ich hervorlugte, sah ich nur noch Moms bewegungslosen Körper, Blut unter ihrem Kopf und eine Tüte Käsecracker in ihren leblosen Händen.

»Mom!«, schrie ich und wollte unbedingt zu ihr. Sie umarmen. Sie in den Armen halten. Ich krabbelte, weinte, kroch weiter, mein Knie pochte und brannte die ganze Zeit.

»Mom!«, brüllte ich wieder, schaffte es an ihre Seite und schüttelte ihre Schulter. »Mom, bitte. Wach auf. Wach auf!«

Ich hörte Schreie, jemand rief meinen Namen. Aber ich sah nur sie.

Tot.

Mein Herz zersprang in meiner Brust, mein Gesicht war tränenüberströmt. »Mom!«, versuchte ich es wieder. »Mom, bitte wach auf.«

Doch sie wachte nicht auf. Ihre Augen waren weit geöffnet, aber ... leer. Und da war so viel Blut.

So.

Viel.

Blut.

Irgendwann hörten die Schüsse auf, aber sie hallten mir noch in den Ohren. Diesmal konnte ich sie nicht retten. Ich hatte es nicht geschafft. Und ich hasste mich dafür. So sehr.

»Mom, es tut mir leid. Es tut mir so leid.«

Die Stimmen um mich herum wurden lauter. Türen wurden geöffnet, Schritte erklangen neben meinem Kopf.

»Maya? Maya! Fuck, bist du verletzt?« Ich sah nicht zu Chop auf. Ich konnte den Blick nicht von meiner Mom abwenden. Als ich ihre Wange berühren wollte, zitterte ich am ganzen Körper.

Sie war schon kalt.

Genau wie ich fror Mom nicht gern. Der Strand hätte ihr gefallen. Sie hätte ihn sehr gemocht.

»O Gott, Mom«, schluchzte ich.

»Sieh nicht hin, Mädchen.« Mein Onkel war da, zog mich hoch. Trug mich. Und ich flippte aus.

Ich schlug auf seine Brust ein, so lange, bis ich sicher war, dass er blaue Flecken bekommen würde. »Lass mich runter, Flick! Lass mich runter! Ich hasse dich. Ich hasse dich so sehr.«

Aber er ließ mich nicht runter. Und er hielt mich auch nicht davon ab, ihn zu schlagen. Er flüsterte nur immer wieder dieselben Worte. *Es tut mir leid. Es tut mir leid. Es tut mir leid.*

»Das ist alles deine Schuld!«, schrie ich und attackierte ihn mit Worten, als ich meine Fäuste nicht mehr heben konnte.

Und als ich vom Schreien ganz heiser war und er mich in ein Auto verfrachtet und sich neben mich auf den Rücksitz gesetzt hatte, kam endlich die Taubheit, nach der ich mich sehnte.

Ich hieß sie mit offenen Armen willkommen und versprach mir, dass es das letzte war, was ich je fühlen würde. Denn der Schmerz ... war einfach zu groß.

DREISSIG

SLADE

Abends stiegen wir gegen elf in O'Hare aus dem Flieger und während wir durch das überfüllte Terminal gingen, schalteten wir beide unsere Handys ein. Der Empfang war beschissen und die Menge an Reisenden ein Albtraum.

»Hast du viele Nachrichten?« Archer sah mich an, als er unsere Taschen vom Gepäckband holte.

Ich nickte und runzelte die Stirn, als Hawk anrief. »Ja, Mann?«

»Bist du schon gelandet?«

»Dir auch Hallo, Cousin.«

Hawk schwieg. Dann sagte er schließlich: »June ist tot.«

Ich erstarrte und dachte, ich hätte mich verhört. »Was hast du gesagt?«

»Heute Abend gab es einen Angriff auf die Werkstatt in der Stadt. Vermutlich Pops' Jungs.«

»Wo ist Maya?« Mir brach der kalte Schweiß aus und ich zitterte.

»Es geht ihr gut. Sie ist im Club.« Er räusperte sich. »Aber sie braucht dich. Die Arme hat alles mitangesehen.«

Mir drehte sich der Kopf. Das konnte nicht wahr sein.

Verdammt, ihre Mom war nicht wirklich tot, oder?

Ohne auf Archer zu warten, machte ich mich auf den Weg aus dem Flughafen, ohne zu wissen, wohin ich wollte, was ich tat. Ich wusste nur, dass ich mich beeilen musste, weil Maya mich brauchte.

»Hey, warte auf mich!« Archer packte mich am Arm und zerrte mich zurück. Er hatte das Handy am Ohr, sein Gesicht war grimmig, während er dem Anrufer zuhörte.

Auch er wusste Bescheid.

»Wir müssen gehen«, sagte ich, als er sein Handy weggesteckt hatte. »Ich muss zu Maya.«

»Ja. Schon klar. Aber einfach so abzuhauen hilft dir auch nicht, Bruder.«

Ich knurrte. »Ich will bloß hier raus, damit ich nach Hause kann.«

»Und ich bringe dich hin, aber du musst mir ein bisschen Zeit geben.«

Meine Brust tat beim Atmen weh. Ich rieb mir die Stelle über dem Herzen und wünschte, ich würde einen Weg finden, dass es aufhörte. Dass das *alles* aufhörte. Wirklich alles. Die Welt und der ganze Scheiß darin wie Tod und Herzschmerz.

Mein alter Herr hatte mir einmal gesagt, dass es keinen einfachen Ausweg aus unserem Leben gab. Und wenn es einen gäbe, hätte er ihn schon vor langer Zeit gefunden – mir zuliebe. Und zum ersten Mal seit Jahren, seit ich die Kutte angezogen hatte, dachte ich über dieses Leben nach. Wie es gewesen wäre, wenn ich kein Clubmitglied geworden wäre. Wenn ich Maya nach Kalifornien gefolgt wäre. Jemand anderes als Slade geworden wäre.

Ich hätte heute Abend bei ihr sein sollen. Aber indem ich gegangen war, auf diesen sinnlosen Run, hätte ich beinahe verloren, was mir am wichtigsten war.

Als wir endlich vor dem Club anhielten, rannte ich die Treppe hoch, noch bevor Archer meinen Pick-up parken konnte. Ich war nicht in der Lage gewesen, selbst zu fahren, denn mir rauchte der Kopf und der Magen hatte sich mir umgedreht.

Ohne zu überlegen, rannte ich zu den Schlafzimmern und riss die Türen auf, aber sie waren alle leer. Maya war nicht da.

Eine Stimme von hinten ließ mich erstarren. Hawk. »Versammlung. Jetzt.«

Ich wirbelte herum. »Wo ist Maya?«

»Sicher zu Hause. Summer und Emily sind bei ihr«, sagte er nur.

»Ich muss sie sehen.«

Ich drehte mich um, um zu Flick zu gehen, aber Hawk blaffte mir hinterher. »Zuerst die Versammlung. Wir müssen erst etwas erledigen.«

»Scheiß drauf, ich muss ...«

»Ich weiß genau, was du denkst, Cousin.« Er legte mir von hinten eine Hand auf die Schulter und drückte sie. »Aber es ist wichtig.« Er holte Luft. »Wir *müssen* das tun.«

Ich rieb mir mit beiden Händen über das Gesicht, atmete tief durch, bis ich Sebastian ein weiteres Mal niedergerungen hatte.

»In Ordnung.« Ich nickte. »Gehen wir.«

Archer kam kurz nach mir ins Zimmer und stellte sich auf meine andere Seite, während Hawk sich an den Tisch setzte. Ich sah mich um und entdeckte Mute und Talker. Und Crazy. Aber Flick war nicht da.

»Wo ist Flick?«, fragte ich.

Chop meldete sich aus der Ecke. Ich hatte ihn bis dahin gar nicht bemerkt. Der Typ sah beschissen aus. Rote Augen, dunkle Augenringe, wilde Haare, die ihm vom Kopf abstanden. »Beim Doc. Er kommt gleich. Wurde von einer Kugel gestreift.« Er deutete mit dem Kinn auf Hawk. »Hawk übernimmt so lange.«

Das war keine Überraschung. Flick hatte gewollt, dass Hawk den Club übernahm, seit er letztes Jahr aus dem Gefängnis gekommen war. Damals hatte Hawk noch nicht gewollt, aber offenbar änderten sich die Dinge nach einer Attacke direkt vor unserer Tür.

»Hast du eine Spur?«, fragte Archer, der die Veränderungen der Rollen auch als Vice President nicht infrage stellte. Er wusste genau wie ich, dass Hawk dazu bestimmt war, den Club zu leiten. Außerdem wollte Arch den Job gar nicht. Er war zufrieden, der Vice President zu sein.

Hawk sah grimmig aus, sein Blick wanderte zu mir, dann wieder zu Arch. »Soweit wir wissen, war das heute Abend schon länger geplant. Die Jungs, die sich mit Flick in der Werkstatt getroffen haben, arbeiten für Pops. Hatten eine Crew, die draußen im Schatten gewartet hat. Wir hatten keine verdammte Ahnung, bis sie einfach über uns hergefallen sind.«

»Verdammte Scheiße«, zischte ich und ließ den Kopf in den Nacken fallen. Wie hatten wir nur so dumm sein können?

»Zum Glück waren es nicht so viele«, fuhr Hawk fort. »Aber sie hatten gute Waffen.«

»Haben sie noch jemanden erwischt?«

Er schüttelte den Kopf. »Nur Streifschüsse. Die Jungs hatten keine Erfahrung mit den Waffen, deshalb haben sie ...«

Deshalb hatten sie June getötet.

Ich blickte Chop finster an. »Was hatten My und ihre Mom überhaupt dort zu suchen, hm?«

»Slade«, knurrten Hawk und Archer gemeinsam und zerrten mich an den Tisch, damit ich mich setzte. Ich wollte den Jungen ja nicht umbringen oder so.

Archer mischte sich ein: »Chop kann nichts dafür. Er wollte sie von vornherein davon abhalten.«

Chop sah zu Boden und wehrte sich nicht einmal mit Worten. Der Scheiß zerriss ihn innerlich. Wenn ich nicht so verdammt sauer auf die Welt gewesen wäre, hätte er mir vielleicht sogar leidgetan.

Hawk erzählte uns weiter, was er wusste, und ging dabei auf und ab. »Mayas Vater und die Geschäfte zwischen Pops' Abtrünnigen und den Clubs aus Texas und Arizona, das war ein Ablenkungsmanöver. Anscheinend war Pops heute Abend hinter Flick her. Stattdessen hat er June bekommen. Dachte, es wäre am besten, unsere Aufmerksamkeit nach Süden zu lenken. Weg von der echten Bedrohung.«

Verdammte Scheiße.

Ich fuhr mir durch die Haare und sah zur Decke. Maya hatte recht gehabt. »Wir hätten heute Morgen nicht fahren sollen«, sagte ich.

»Nicht deine Schuld«, sagte Hawk leise und strahlte eine Autorität aus, die ich lange nicht gehört oder gespürt hatte.

»Da Mayas alter Herr jetzt tot ist, ist Pops wenigstens schwächer«, fügte Archer hinzu.

»Ohne Scheiß?« Chop setzte sich aufrechter hin und die anderen Brüder auch.

Ich nickte und rief mir in Erinnerung, was passiert war. Wie Satan zusammengebrochen war. Wie er leblos auf dem Boden gelegen hatte, während ihm das Blut mitten aus der Stirn gelaufen war ...

So einen Kopfschuss überlebte man nicht.

»Das ist die beste Nachricht, die wir uns im Moment wünschen könnten.« Hawk nickte und strich sich über das Kinn.

»Soweit wir wissen, wollte Satan nur wegen June und My dabei sein. Der Rest der Forsaken war nicht beteiligt«, sagte Archer, lehnte sich zurück, die Füße auf den Tisch gelegt.

»Woher weißt du das?« Hawk verengte die Augen.

Ich zuckte die Schultern. »Keine Ahnung.« Auch wenn ich mir Sorgen hätte machen sollen, im Augenblick fehlte mir die Kraft. Für mich bedeutete Satans Tod nur, dass es in Mayas

Leben ein Stück Scheiße weniger gab. »Aber wir brauchen einen Grund zur Hoffnung, meinst du nicht?«

Ich ließ den Kopf gesenkt, während Pläne geschmiedet und Details für die nächsten Schritte abgesprochen wurden. Ich war nicht in der Stimmung, zuzuhören oder mitzumachen, denn ich wollte nur zu Maya.

Fünf Minuten später öffneten sich die Türen. Als Flick hereinkam, stand ich auf, drehte mich um und ging auf ihn zu. Er sah schlimmer aus als Chop.

Ich konnte nur vermuten, wie es Maya im Moment ging.

Arch und Hawk stellten sich links und rechts hinter mich, aber Flicks Augen klebten an mir. »Geht's dir gut, Junge?«, fragte er mit brüchiger Stimme.

»Und dir?« Ich nickte in Richtung seiner Schulter, der Arm lag in einer Schlinge.

Er winkte ab und hustete. »Warst du schon bei Maya?«

»Ich gehe zu ihr, sobald ich hier fertig bin.«

»Es geht ihr gut. Sie ist ein toughes Mädchen«, sagte Flick.

»Was ist mit dir?« Ich holte Luft, kam näher und senkte die Stimme. »Du hast heute Abend deine Schwester verloren.«

Sein Hals bewegte sich, als er schluckte. Er antwortete nicht. Ich sah meine Brüder an, aber sie schauten alle zu ihm. Ich war mir sicher, dass sie das Gleiche dachten wie ich.

Dir geht es nicht gut. So etwas steckt man nicht so leicht weg.

Doch keiner von uns hatte den Mut, es auszusprechen. Jahrelang hatte Flick für June gelebt. Sich um sie gekümmert. Getan, was sie brauchte. Er wäre für sie gestorben.

Aber jetzt …

»Es ist besser so«, brachte er hervor und sprach aus, was wir vorhin gedacht hatten. »Wenn Satan tot ist, ist das eine Bedrohung weniger.«

Im Raum wurde es wieder still. Wahrscheinlich dachten wir alle das Gleiche. Wir befanden uns jetzt offiziell im Krieg.

Mit dem Angriff hatte Pops seine Karten aufgedeckt. Er würde alles tun, um uns zu Fall zu bringen.

Flick sah jeden von uns an, mich zuletzt. »Wir sagen Maya nichts von ihrem Vater. Nicht heute Nacht. Lass sie um ihre Mom trauern. Sei für sie da.« Er räusperte sich. »Als ihr Mann.«

Ich nickte und hasste es, dass er mich als Mann für seine Nichte akzeptierte, obwohl ich nichts getan hatte, um sie zu beschützen – und ihr sogar wehgetan hatte. Maya war jetzt mehr als je zuvor verletzt, auf so viele Arten. Körperlich, seelisch. Ich würde sterben, um sie zu beschützen.

Selbst wenn sie mich nicht mehr wollte.

EINUNDDREISSIG

MAYA

Vereinzelt fielen Schneeflocken vom Himmel und landeten auf dem schwarzen Sarg vor meinem Stuhl. Es war unmöglich, sich nicht in den Erinnerungen zu verlieren, die meine Mutter und ich einst geteilt hatten, während ich hier saß und um sie trauerte: die schlechten, die guten und jede einzelne dazwischen.

»... aber für diejenigen, die den Herrn kennen, so wie June Davenport, ist es ein freudiges Ereignis, denn sie ist jetzt in Seiner herrlichen Gegenwart ...« Der Prediger sprach Worte, die ich nicht glauben konnte. Und warum? Weil Gott, wenn er gut wäre, meine Mutter beschützt hätte, anstatt sie sterben zu lassen.

Rechts zog eine Bewegung meine Aufmerksamkeit auf sich. Flick. Sein Blick war laserscharf auf den Boden gerichtet, die wütenden Augenbrauen in Hass und Reue zusammengezogen. Beides konnte ich nachempfinden. Abgesehen von meinem Vater – einem Mann, den ich anstelle meiner Mutter gerne unter die Erde gebracht hätte – war Flick alles, was ich an Familie hatte.

Hawk drückte meine Schulter und stand auf, um ihm zu folgen. Slade jedoch legte seine Hand auf mein Knie und ließ sie dort, während er sich zum fünfzehnten Mal in einer Stunde zu mir beugte, um mich auf die Schläfe zu küssen. Er wartete darauf, dass ich zusammenbrach. Es hätte mich verwirren sollen, aber ich brauchte seine Zuwendung zu sehr, um es jetzt infrage zu stellen.

Seit dem Angriff war ich meistens im Bett geblieben und nur aufgestanden, um ins Bad zu gehen, zu duschen und heute hierher zu kommen. Wenn ich nicht schlief, lauschte ich den Stimmen, die in Flicks Haus ein- und ausgingen. Die Wut und die Angst der Red Dragons, die die dünnen Wände nicht verbergen konnten. Im Club stieg die Anspannung. Alles schien sich auf Pops zuzuspitzen.

Gefühllos zu bleiben und so zu tun, als wäre ich zu traumatisiert, fiel mir leichter, als zu sprechen. Also beschloss ich, nichts zu sagen, außer einem gelegentlichen »Ja« oder »Nein« oder »Mir geht es gut«. Normalerweise spielte ich nicht die Schwache, aber manchmal war es einfacher, jemand zu sein, der man nicht sein wollte, als man selbst zu sein und irgendwann zusammenzubrechen.

Ich war die erste, die eine Blume auf den Sarg meiner Mutter legte. Bevor ich die Rose hinlegte, ließ ich die Dornen in meine Hand stechen, bis sie blutete. Im Tod würden Mom und ich nun immer verbunden sein.

Ein paar Leute machten es mir nach, hauptsächlich Frauen. Groupies, Bekannte, wie auch immer sie genannt wurden. Emily und Summer kamen auch. Sie weinten. Ich vergoss keine Träne. Hätte ich geweint, hätte ich nicht wieder aufhören können.

»Mein herzliches Beileid.« Summer umarmte mich, sie roch nach Blumen. Emily tat das Gleiche, sagte aber nichts, sondern wischte sich nur die Tränen ab. Vielleicht dachte sie an ihre eigene Mom.

Ich wandte mich von den anderen ab, die mir ihre *Anteilnahme* aussprechen wollten. Sie verstanden nicht, was ich durchmachte. Was ich in den kommenden Monaten durchmachen würde ... wenn nicht sogar länger.

Slade ließ die ganze Zeit die Hand auf meinem Rücken, als ich zum Sarg ging, nachdem alle anderen die Grabstätte verlassen hatten. Abgesehen von den Clubmitgliedern, die am Rande des Friedhofs standen, rauchten und um meinen Onkel herumstanden, waren wir endlich allein.

»Willst du dich verabschieden?«, fragte er mich, den Mund so nah an meiner Wange, dass mir sein minziger Atem in die Nase stieg.

Ich blinzelte, hob das Kinn, wich seinem Blick aus und starrte stattdessen auf die Rose, die ich auf den Sarg gelegt hatte. »Nein.«

Slade rieb mir mit der Hand über den Rücken und wärmte durch das Kleid hindurch meine kalte Haut. Ich sah zu ihm auf, und durch seine harte und doch sanfte Berührung regten sich die ersten zarten Emotionen in mir. Ich wusste nicht, wo wir standen, aber allein seine *Nähe* ließ mich *alles* fühlen, wo ich doch am liebsten gar nichts gespürt hätte.

»Bist du sicher?«, fragte er und seine schönen dunklen Augen suchten mein Gesicht ab.

Ich nickte.

Er sah mich weiter durch seine dunklen Haare hindurch an, als wäre ich der Grund, warum er lebte. Im Gegenzug sah ich Sebastian Lattimore. Ich sah ihn ganz. Er versteckte Geheimnisse und Traurigkeit, und an beiden wollte ich nicht länger teilhaben. Nicht, weil ich nicht damit umgehen konnte, nicht, weil ich ihn nicht liebte. Aber was auch immer er mir seit seiner Rückkehr aus Texas verheimlichte, ich wusste, dass es nichts Gutes war.

»Können wir jetzt bitte gehen?«, fragte ich.

Er strich sich die Strähnen aus dem Gesicht und nickte.

Als wir gingen, wanderte mein Blick kein einziges Mal zu

dem schwarzen Sarg zurück. Die Frau darin war nicht mehr meine Mom.

Flick starrte mich von der anderen Straßenseite aus an, als wir neben Slades Motorrad auftauchten. Mein Onkel machte Anstalten, auf sein Bike zu steigen, das hinter dem von Crazy stand. Wahrscheinlich wollte er zum Club zurück, damit er sich betrinken und seinen Schmerz mit Sex betäuben konnte.

Bis vor Kurzem war er genauso taub gewesen wie ich. Hatte in einem der Schlafzimmer im Club übernachtet, nicht im Haus. Ich fragte mich, ob er überhaupt zurückkommen würde. Aber ich würde nicht gehen – das hatte ich nicht vor. Es war mehr das Haus meiner Mom als das meines Onkels, und es gefiel mir, nah bei ihrem Geist zu sein, vor allem bei ihren Erinnerungen.

Flick nickte mir kurz zu. Ich schaffte es, zurückzunicken. Irgendwann würden wir über das sprechen, was passiert war, aber noch nicht jetzt.

Mit aller Kraft hievte ich mich hinten auf Slades Motorrad. Ich ignorierte das Glühen seiner Hände an meiner Taille, entschlossener denn je, nicht zuzulassen, dass mich seine Berührung irgendetwas fühlen ließ. Im Moment wollte ich nichts anderes als taub sein.

Meine Operation war in vier Tagen, aber sie konnte nicht schnell genug kommen. Ich war bereit, die Knie-Sache hinter mir zu lassen. Vor allem war ich bereit, zu tun, was ich tun musste, um mein Leben wieder auf Spur zu bringen.

Slade stand vor mir und strich mir die Haare hinter die Ohren, den Helm, den ich getragen hatte, in der Hand. »Alles okay?« Er berührte mein Kinn und hob meinen Kopf an, sodass sich unsere Blicke trafen.

»Mir geht es gut.« Und so war es auch. Oder zumindest würde es so sein. Eines Tages.

Er runzelte die Stirn und musterte mein Gesicht. »Ich würde gern mit dir wohin fahren. Hast du Lust?«

Ein Teil von mir wollte Nein sagen, denn ich wollte nur zurück zu Flicks Haus, in Slades altem Bett liegen und den dumpfen Schmerz wegschlafen, der mich ergriffen hatte, seit ich die Blume auf Moms Sarg gelegt hatte. Aber er sah so hoffnungsvoll aus, seine dunklen Augen bohrten sich tief in meine Seele. Letztendlich konnte ich nicht Nein sagen.

»Klar.«

»Gut.« Er nickte und setzte mir den Helm auf. Ich erschauerte, als seine Finger diesmal über meine Wange strichen und sich unsere Blicke wieder trafen. Es war Tage her, dass wir uns das letzte Mal berührt hatten, und die Nähe erinnerte mich daran, wie gut wir in Sachen Intimität waren. Ich vermisste seine Hände auf meiner Haut, seine Lippen an meinem Hals und vor allem das Gefühl von ihm in mir, wie er an meiner Kehle stöhnte, wenn er kam.

»Bist du sicher?« Er beugte sich näher, seine Nase drückte sich durch den Helm an meine. Sein warmer Atem strich über meinen Mund.

Ich schloss die Augen, denn es würde mir leichtfallen, mich gehen zu lassen, wenn er mich nach Hause zurückbringen und ausziehen würde. Wenn er mich küssen und berühren würde. Aber ich wusste nicht, wo wir standen. Wir hatten uns noch nicht die Zeit genommen, darüber zu sprechen.

»Lass uns fahren, Slade«, murmelte ich und schob ihm eine Hand in den Nacken.

Er musterte mich noch einen Augenblick, sein Puls schlug schneller an meinem Daumen. Dann, bevor ich die Distanz zwischen uns überwinden konnte, schob Slade das Visier meines Helms herunter. Wortlos stieg er vor mir auf, unsere Körper lebendig und elektrisiert, und als ich mich an ihn schmiegte, spürte ich die vertraute Verbindung zwischen uns.

Ich mochte sein neues Motorrad, das Archer für ihn nach dem Tod seines Prospects hergerichtet hatte. Slade gefiel es auch, obwohl er nebenbei bemerkt hatte, dass er sich nur schwer an das Gefühl der neuen Reifen auf der Straße gewöhnen konnte, wo er doch so sehr an das raue Rattern seines alten Bikes gewöhnt war.

Wir verließen den Friedhof in einer Wolke aus Rauch und Schneeflocken, und die unterschwellige sexuelle Spannung verursachte ein Ziehen an der Stelle, an die sich jetzt sein Körper schmiegte. Die Arme um seinen Oberkörper geschlungen, den behelmten Kopf an seinen Rücken gelegt, erinnerte ich mich daran, wie es war, wieder etwas zu spüren. Und zwar mit Slade.

Ich kam nicht dazu, zu fragen, wohin wir fuhren, wollte es auch nicht unbedingt wissen. Stattdessen sah ich einfach zu, wie die Stadt an mir vorbeizog, während wir uns dem Zentrum näherten, und ließ mich auf den Moment ein. Genau das brauchte ich jetzt, denn wer wusste schon, was als nächstes kam?

Die Abgase wurden dichter, je näher wir der Innenstadt kamen. Der Verkehr nahm zu und in der Luft lag ein unterschwelliger Geruch von Motoröl und Fastfood. Das Hupen und Rauschen des innerstädtischen Verkehrs war bei weitem nicht so schlimm wie im Zentrum von Chicago, aber ich spürte die Hektik um mich herum.

In der Ruhe liegt die Kraft, Welt.

Ein Tag nach dem anderen.

Auf dem Motorrad machte mir der Verkehr jedoch nichts aus. Aus irgendeinem Grund fühlte es sich so an, als könnten wir es mit allem aufnehmen, wenn wir zusammen auf Slades Harley saßen. Ich lächelte vor mich hin und dachte an Mom. Sie hatte Motorräder geliebt, aber nur aus der Ferne. Die Angst, herunterzufallen, hatte sie davon abgehalten, je selbst eine Fahrt zu genießen.

Mom hatte nie so losgelassen wie ich. Und dafür gab ich meinem Vater die Schuld. Seit dem Tag, an dem wir aus Arizona geflohen waren, war sie immer angespannt gewesen und war erst ein wenig aus ihrer Deckung gekommen, als es zu spät war.

Bei dem Gedanken schloss ich die Augen und ließ die Tränen fließen, während sich in meinem Kopf mein Bedauern mit meinen Wünschen bekriegte.

Mom würde nicht miterleben, wenn ich heiratete – falls ich mich dazu entscheiden sollte.

Mom würde nie ihre Enkelkinder kennenlernen – falls ich welche bekommen würde.

Sie würde mir nie wieder einen Rat geben. Nie wieder mit mir Eis essen. Sie würde mich nie wieder auf die Schläfe küssen, oder mich an ihre Brust drücken, die Mutter sein, die sie immer hatte sein wollen, aber nie hatte sein können. So wie ich sie mir immer ersehnt hatte. Wir hatten eine gemeinsame Woche gehabt, in der wir endlich wir selbst sein konnten. *Eine Woche*, verdammt. Jede mögliche Zukunft war uns wegen der Red Dragons und ihrem bescheuerten Club und allem, was damit verbunden war, gestohlen worden.

Ich atmete durch die Nase ein und drückte mich zitternd an Slades Rücken, um den Mann, der er heute war, mit dem zu versöhnen, der er mit siebzehn gewesen war. Ich hatte ihn schon damals geliebt. Aber jetzt liebte ich ihn mehr. Doch mit seinem Leben kamen Tod, Zerstörung und Verlust. Alkohol und andere Frauen und eine Menge schrecklicher, schlechter Sachen. Als ich zurückgekommen war, hatte ich zuerst gedacht: *Du bist jetzt anders. Stärker. Wenn du damit umgehen willst, schaffst du es auch.*

Im Moment war ich mir nicht mehr sicher, ob ich es überhaupt noch wollte.

Verdammt, ich wusste noch nicht einmal, ob Slade mich überhaupt wollte oder ob er es nur als seine Pflicht ansah, an meiner Seite zu sein, bis es mir besser ging.

Er spürte, dass ich weinte, denn mit jeder Erschütterung meines Körpers, wurde sein Griff um mein Bein fester, sein

Körper angespannter. Zwanzig Minuten nachdem wir den Friedhof verlassen hatten, kamen wir in einer Gasse an und er parkte bei einer Tür neben einem Müllcontainer.

»Komm her«, sagte er und drehte sich um, damit er mir gegenübersaß. Ohne zu zögern, riss er mir beinahe den Helm vom Kopf, bevor er die Hände in meinen Haaren vergrub.

Meine Unterlippe zitterte, als er mich prüfend ansah. »Es tut weh«, brachte ich hervor.

»Baby«, flüsterte er und sein Blick wirkte gequält. Vor mir saß Sebastian. Oder zumindest ein Teil von ihm.

»Es wird nie wieder gut«, heulte ich und drückte die Stirn an seine Brust.

Er antwortete nicht. Vielleicht, weil er wusste, dass ich recht hatte, und mir nichts Aufmunterndes sagen konnte. Aber das war in Ordnung, denn so war es nun einmal.

Minuten später, als ich mich ausgeweint hatte, zog Slade sich zurück und umfasste mein Gesicht. »Heute bist du meine Artemis«, flüsterte er an meinen Haaren. »Gehst du ein Stück mit mir spazieren?«

Ich war zu durcheinander, um zu fragen, welche Göttin das war, aber mir gelang ein schwaches Nicken. Er beugte sich vor, drückte die Lippen auf meine Stirn, dann zog er sich zurück und glitt vom Motorrad herunter. Einen Arm um meinen Rücken gelegt, half er mir, ebenfalls abzusteigen, und nahm meine Hand auf eine Weise, die sich so natürlich und richtig anfühlte, dass es mir fast das Herz brach. Warum? Weil es mir eher wie ein Ende als wie ein Neuanfang vorkam. Ich wusste nur nicht, warum.

Wir gingen langsam an ein paar Schaufenstern vorbei, wobei Slade mich die ganze Zeit stützte. Familien kamen an uns vorbei, Menschen in Anzügen auf dem Weg von der Arbeit nach Hause, ein Anblick, bei der mir die Brust noch mehr wehtat. Sie wussten nicht, was nur ein paar Kilometer von hier entfernt vor sich ging. Und wenn sie es wussten, sahen sie absichtlich weg.

Nach einer Weile zog Slade mich an sich und setzte mich auf eine kleine Bank auf dem Bürgersteig. Schneeflocken blieben in seinen dunkelbraunen Haaren hängen, als er mich an seinen warmen Körper drückte. Ich sagte nichts. Stattdessen sah ich auf unsere verschränkten Hände und wartete auf das, was er zu sagen hatte.

»Flick wollte nicht, dass ich es dir sage.« Er seufzte.

Ich schluckte und wartete.

»Zumindest noch nicht. Aber du hast ein Recht, es zu erfahren.« Er schüttelte den Kopf und lehnte sich zurück, die Augen wie ich auf unsere Hände gerichtet. Er verstärkte den Griff, als hätte er Angst, meine Finger würden sich auflösen, wenn er wegschaute oder, schlimmer noch, losließ.

Ich schauderte vor Unbehagen und die Gänsehaut, die ich vor Kälte hatte, wurde noch schlimmer. »Sag es mir.«

»Dein Vater …« Er hielt inne und begegnete meinem Blick und seine Augen waren so kalt, dass ich erstarrte. »Er ist tot.«

ZWEIUNDDREISSIG

SLADE

Maya war wie versteinert, ihr Gesicht zeigte keine Regung, als sie den Blick abwandte. Entweder würde sie gleich weglaufen oder weinen. Und das alles nur wegen mir und meiner Unfähigkeit, die Klappe zu halten.

»Fuck. My. Es tut mir so leid.«

Sie antwortete nicht sofort. Und bewegte sich auch kaum. Doch ihre Hand blieb überraschenderweise in meiner. Vielleicht damit sie nicht ausholen und mich schlagen konnte? Hätte mich nicht gewundert. Sie hasste ihren Dad, aber trotzdem ...

Ich war mir nicht sicher, warum ich sie in die Stadt gebracht hatte, um es ihr zu sagen. Um ehrlich zu sein, warum ich es ihr hier gesagt hatte. Aber etwas an den Menschen mit ihren normalen Leben um uns herum machte es einfacher, ihr die Wahrheit zu verraten. Ich wollte ihr zeigen, dass sie jetzt eine Wahl hatte. Mich oder die Normalität.

Mit ihrem Schweigen konnte ich allerdings nicht umgehen. Vielleicht rächte sich das Schicksal dafür, dass ich in den letzten Wochen genauso mit ihr umgegangen war.

»Rede mit mir«, flüsterte ich und strich ihr mit der freien Hand eine Haarsträhne hinter das Ohr.

Sie schüttelte den Kopf, ihre Stimme klang leblos: »Ich bin nicht sauer.«

Aus irgendeinem Grund fühlte ich mich gleichzeitig besser und schlechter.

»Magst du mir wenigstens sagen, was du denkst?«

Sie zuckte mit den Schultern. »E-ehrlich gesagt weiß ich das nicht mehr.«

Mir wurde eng um die Brust und zusammen mit dem Wind machte es mir das verdammt schwer zu atmen.

»Wie?«, fragte sie, ihre Worte waren ausdruckslos. »Wie ist er gestorben?«, präzisierte sie.

»Pops' Abtrünnige.« Flick würde mich umbringen, wenn er wüsste, dass ich Geheimnisse verriet. Aber das war mir egal. Maya war jetzt wichtig. Sonst nichts. »Es war wohl ein Ablenkungsmanöver. Die Sache in Texas war eine Falle. Um uns hier zu schwächen.« Ich biss die Zähne zusammen, Hass brannte mir in den Adern, mehr noch als Blut. Selbst außerhalb des Clubs versuchte Pops immer noch, die Dinge hier zu kontrollieren. Und wir hatten es zugelassen, dass er mit uns spielte.

»Genau, wie ich gesagt habe ...« Sie blinzelte, sah aber zu Boden, anstatt zu mir.

Meine Kehle brannte beim Schlucken. »Ja. Genau wie du gesagt hast.«

»Hmm.«

Ein paar Minuten vergingen. Bald zitterte Maya so sehr, dass sie mit den Zähnen klapperte. Ich musste sie nach Hause bringen. Und zurück zum Club. Eine Versammlung stand bevor. Irgendeine große Ankündigung von Flick. Trotzdem würde ich warten, bis sie mir sagte, dass sie bereit war.

Und es dauerte nicht lange, bis es so weit war.

»Ich würde gerne zurück zu Flicks Haus, bitte.«

Tot. Sie klang beinahe tot.

Der Gedanke, dass ich vielleicht der Grund dafür war, zerriss mich innerlich. Jetzt wollte ich ihr erst recht sagen, dass sie das nicht allein durchstehen musste. Dass ich da war und nirgendwo hingehen würde. Aber das konnte ich noch nicht aussprechen.

»In Ordnung.« Ich zog sie hoch und sie hielt immer noch meine Hand. Als wir diesmal wieder auf das Motorrad stiegen, war die Energie der Hinfahrt nicht mehr da.

Und tief im Inneren ahnte ich, dass sie mit mir fertig war.

»Wo ist meine Nichte?«, fragte Flick, als ich abends zur Versammlung kam.

»Mit Summer bei dir im Haus.« Zum ersten Mal, seit Hawk seine Frau in unsere Welt gebracht hatte, war ich dankbar, dass sie da war. Nichts gegen sie, ich hatte nur nie verstanden, wie sie hierher passte. Aber jetzt wusste ich es. Sie würde Mayas Freundin sein. Und das war das Beste, was sie in meinen Augen sein konnte.

Flick nickte, dann sah er zu Hawk. »Willst du es ihnen sagen oder soll ich?«

Mein Cousin beugte sich vor und schüttelte den Kopf, hielt ihn gesenkt, als er die Ellenbogen auf den Tisch stützte. »Flick nimmt sich eine Auszeit«, sagte er. »Heißt, ich werde die Rolle des President übernehmen, bis er zurückkommt.«

Ich erstarrte. Wie alle anderen im Raum. Der Einzige, der außer Hawk etwas sagte, war Archer. Und ich war mir ziemlich sicher, dass er für uns alle sprach.

»Du gehst nirgendwohin, du Flachwichser.«

Auf einmal redeten alle durcheinander, alle, außer mir und Hawk. Stattdessen starrten wir uns über den Tisch hinweg an, die Brüder, die die Wahrheit verstanden. Flick wollte gehen, weil er Pops tot sehen wollte, mehr als jeder andere von uns. Und deshalb hatte er selbst auch einen Todeswunsch.

»Ich gehe nach Texas.« Flick beugte sich vor und stützte sich auf den Tisch. »Bleibe eine Weile bei Rodent.«

»Alter, das ist ein Drecksloch«, zischte Archer.

»Ja, ich weiß.« Flick nickte. »Aber wir wollen Rodent nicht gegen uns haben, und nach dem, was du und Slade mit seinen Jungs angestellt habt, habe ich einiges wiedergutzumachen.«

»Scheißvergewaltiger«, knurrte Archer.

»Darum kümmern wir uns, wenn das mit Pops erledigt ist. Aber ich muss zu ihm. Es mit eigenen Augen sehen.« Flick steckte sich eine Zigarette zwischen die Lippen und zündete sie an.

»Und was zur Hölle heißt das für uns?«, blaffte Chop, stand auf und ging auf und ab.

»Das bedeutet, dass ihr ohne mich besser dran seid.« Flick zuckte mit den Schultern und blies Rauch aus. »Ich werde Nachforschungen anstellen. Rodent und seine Jungs auf unsere Seite bringen. Uns auch eine Armee zusammenstellen.«

»Wir brauchen sie nicht«, sagte Archer finster. »Wir haben meinen Stiefbruder in Vegas. Er wird mit uns zusammenarbeiten.«

»Wir brauchen sie. Für den Moment.« Flick runzelte die Stirn. »Sogar zwielichtige Verbündete können gut sein.«

»Sie handeln mit Mädchen«, brüllte Archer. »*Minderjährigen!*«

Hier und da knurrte jemand. Wütendes Gemurmel und Gezische, das sich zu Gebrüll steigerte.

»Damit sind wir ab sofort an der Situation beteiligt.« Hawk zuckte mit den Schultern. »Wir kümmern uns um Pops, dann sehen wir weiter. Hört auf Flick. Er weiß, was am besten ist.«

Ich nickte, dann sah ich Archer an. »Eins nach dem anderen, Bruder, erinnerst du dich?«

Er sah mich grimmig an, widersprach aber nicht. Warum? Weil er genau wusste, dass wir noch nicht groß genug waren, um das Imperium jetzt schon zu Fall zu bringen.

Hawk ergriff wieder das Wort. »Mein erster Befehl als neuer President lautet: Wir machen keine Runs mehr. Wir arbeiten, kümmern uns um unsere Männer und Familien und wir beschützen den Club. Alles andere ist unwichtig. Wir bleiben in der Defensive. Wenn die Zeit kommt, uns gegen Pops zu verteidigen, machen wir es in *unserem* Revier, auf unsere Art.«

Ich nickte und ließ seine Worte auf mich wirken. Genau wie alle anderen im Raum. Hawk als President wäre das Beste, was dem Club je passieren würde.

Flick mischte sich wieder ein. »Hawk wird etwas Gutes aus dem Club machen. Ihr gehört alle zu den Guten. Pops kann euch das nicht nehmen, nicht mehr.« Seine Stimme brach, seine Worte waren voller Emotionen. Er hatte seine Schwester verloren, war dabei angeschossen worden. Wenn er emotional werden wollte, dann bitte. Ich würde nicht auf ihn herabsehen. Das würde keiner der Brüder.

»Wir werden das für June in Ordnung bringen.« Hawk nickte. »Und für unsere Frauen und Brüder und ...« Er hielt kurz inne, atmete aus und fügte dann hinzu: »Und auch für unsere zukünftigen Kinder.«

Ich runzelte die Stirn und sah meinen Cousin mit verengten Augen an. »Kinder?«

Er nickte und rieb sich grinsend über den Mund.

Verdammte Scheiße. Mein Cousin würde Vater werden?

»Babys?«, fragte auch Archer, aber im Gegensatz zu mir lag in seiner Stimme keine Ehrfurcht. Für ihn war der Club nicht mehr als das, wofür er ihn nutzte. Bruderschaft, Sex und Alkohol. Bei mir war es genauso gewesen.

Bis Maya zurückgekommen war.

Bei dem Gedanken an sie hüpfte mein dummes Herz in meiner Brust. Wie überraschend. Gerade als das Leben mich hart getroffen hatte, als ich dachte, dass aus uns vielleicht doch etwas werden könnte, hatte sie beschlossen, mich wegzustoßen.

Wenn sie das wollte, würde ich sie lassen. Und ich würde es ihr auch nicht verübeln. Warum? Weil ich sie so sehr liebte.

»Wir sind eine Familie, verdammt«, knurrte Flick und stand auf, »und eine Familie kann man nicht auseinanderreißen, hab ich recht?«

»Hört, hört«, sagte Crazy nickend.

Mute und Talker nickten ebenfalls. Chop sah immer noch aus, als könnte er Flick nicht glauben; Archer eigentlich auch nicht. Aber wir würden sie dazu bringen, und wenn es das Letzte wäre, was wir taten.

Mehr Pläne wurden geschmiedet. Wir würden mehr Prospects aufnehmen. Und auch mehr Mitglieder. Schutz war jetzt das oberste Gebot. Wir würden uns nicht noch einmal hereinlegen lassen.

Flick würde in vier Tagen – am Morgen von Mayas Operation – von Chicago abfliegen. Aus irgendeinem Grund wollte er, dass ich ihn zum Flughafen brachte. Das war Flick, der ehemals beste Freund meines Vaters. Der wie ein Vater für mich gewesen war, als sich niemand sonst um mich gekümmert hatte, also würde ich ihn fahren, auch wenn ein Teil von mir Nein sagen wollte. Ich würde an ihrem Operationstag nicht bei Maya sein. Andererseits hatte sie mich nicht darum gebeten. Ich würde ihr also den Freiraum geben, den sie brauchte, bis ich es nicht mehr konnte.

»Passt auf euch auf, Brüder«, sagte Flick und entließ alle bis auf mich. »Slade, bleib noch kurz. Wir müssen reden.«

Ich nickte, wollte aber unbedingt zu ihm nach Hause. Ich schlief auf der Couch und wartete auf Mayas Schreie in der Nacht. Schreie, die nicht mehr kamen. Bei dem Gedanken erfüllte ein anderer Schmerz meine Brust. Was, wenn sie mich nicht mehr brauchte?

»Was ist los?«, fragte ich und schüttelte die Gedanken ab.

»Du bist alles, was sie noch hat.« Er stand vor mir. »Maya. Wenn ich gehe, bleibst nur du.«

»Stimmt nicht.« Ich schüttelte den Kopf.

»Doch.« Er sah mich durchdringend an. »Wir wissen beide, dass sie keine Freunde hat und du ihre Welt bist. Sei nicht so dumm und stoße sie weg.«

»Werde ich nicht.«

»Gut.« Er nickte. »Denn inzwischen weiß man nie, wann es für immer vorbei sein wird.«

DREIUNDDREISSIG

MAYA

Tage nach Moms Beerdigung spürte ich immer noch den Schmerz ihrer Abwesenheit. Er war wie Smog in der Luft. Dick und schmerzhaft, wenn ich einatmete. So nah, dass man ihn beinahe anfassen konnte, doch wenn man es versuchte, war er nicht greifbar. Gott, ich vermisste sie. So sehr, dass ich kaum noch Luft bekam.

Und Slade ... ich hasste ihn und liebte ihn mit jedem Atemzug mehr. Er war für mich da, so wie es ein Mann sein sollte. Stärker als je zuvor, fast so, als würde er wirklich mit mir zusammen sein wollen. Nur diesmal war ich diejenige, die ihn wegstieß, die Distanz schuf, denn in Wahrheit war es so: Ich musste erst heilen, bevor ich mich darauf konzentrieren konnte, was ich von ihm wollte.

Selbst wenn es am Ende zu spät sein sollte.

Ich weinte immer noch in den meisten Nächten – wachte aus elenden Albträumen auf, in denen mein toter Vater wieder lebendig wurde. Der einzige Unterschied war, dass ich meine Schreie im Kissen erstickte, damit Slade mich nicht hörte. Damit er sich nicht schuldig fühlte und in ein Zimmer kam, um mein Retter zu sein. Ich war entschlossen, mich selbst zu retten.

Als ich fünfundvierzig Minuten nach meiner Ankunft im Krankenhaus, nur wenige Tage nach der Beerdigung meiner Mutter, an eine Transfusion angeschlossen wurde, hatte ich einen Geistesblitz.

Es war völlig sinnlos, nach Kalifornien zurückzugehen. Wie ich schon einmal gedacht hatte, hatte ich keinen Job, keine Wohnung, in der ich wohnen konnte, und in dem kleinen Lagerraum lagerten materielle Dinge, dich ich nicht mehr brauchte. Ein Bett, ein Sofa und ein Küchentisch. Nichts, was mir wirklich etwas bedeutete. Nichts, was mich an den Staat fesselte, abgesehen von meiner Liebe für das Meer und den Strand.

»Ich gebe Ihnen jetzt etwas in den Tropf, damit Sie einschlafen.«

Ich nickte und beobachtete die Anästhesistin und fragte mich – seltsamerweise – ob sie glücklich war. Mit ihrem Leben, mit ihrem Job.

Bei meiner Arbeit in den verschiedenen Studios war ich immer glücklich gewesen. Nicht, weil ich die Leute oder das Studio mochte, sondern weil ich meine Arbeit liebte, die Kunst, die ich schuf, das Lächeln auf den Gesichtern der Kunden, wenn ich fertig war. Mir gefiel, wie beschäftigt ich war, wie sehr ich mich konzentrieren musste, um jemandem das perfekte Tattoo zu schenken. Und obwohl ich, wenn ich einen Job in der Nähe bekäme, irgendwie immer mit den Red Dragons verbunden sein würde, erschien mir das nicht mehr so schlimm wie früher. Wenn meine Mom das Gute in ihrer Welt hatte sehen können, obwohl es sie am Ende das Leben gekostet hatte, vielleicht war es dann mein Schicksal, auch das Gute darin zu sehen.

Ich würde mich ebenfalls damit abfinden, dass alles, was zwischen mir und Slade passiert war, nicht unsere Zukunft bestimmte. Und auch wenn ich damals vor ihm und den Red Dragons davongelaufen war, würde ich es nicht noch einmal tun, weil ich jetzt stärker war. Bereit, das Beste aus beiden Welten zu haben, auch wenn es mir immer noch eine Heidenangst einjagte.

Wenn ich wollte, könnte ich Flicks Haus auf dem Gelände ganz für mich allein haben, auch wenn die geisterhaften Erinnerungen an meine Mutter mich dort immer verfolgen würden. Aber das bedeutete, dass ich irgendwo in der Nähe arbeiten konnte, um Geld für mein eigenes Studio zu sparen.

»Das ist der Plan«, sagte ich zu mir, meine Augen wurden schwer und fielen zu.

Ich würde mich auf meine Zukunft konzentrieren ... sobald ich mich von meiner Operation erholt hatte, natürlich. Geld sparen, neu anfangen, für Mom, und sehen, wohin es mich am Ende führte.

Zum ersten Mal seit Moms Tod lächelte ich aufrichtig, gerade als die Medikamente mich in die Tiefe zogen.

Irgendwann in der Nacht, zu Hause im Bett, weckte mich die quietschende Tür. Ich gähnte und streckte die Arme aus, weil ich dachte, es sei Summer. Seit ich aus dem Krankenhaus gekommen war, war sie bei mir gewesen und hatte immer wieder ins Bad rennen müssen, um sich zu übergeben. Die Arme war ganz grün im Gesicht, und ihren Virus wollte ich lieber nicht bekommen.

Aber egal wie oft ich ihr sagte, sie solle nach Hause gehen und schlafen, sie weigerte sich und brachte mir noch mehr Essen, Medizin, Filme, Zeitschriften. Alles, was ich nicht wollte, aber insgeheim zu schätzen wusste.

»Mensch, Summer. Geh nach Hause, ja? Ich hab dir doch gesagt, es geht mir gut.«

Aber Summer antwortete nicht. Stattdessen erklangen laute Schritte auf dem Boden. Stiefel, um genau zu sein. Ich öffnete die Augen und blinzelte in die Dunkelheit und erkannte Slade

Er war zurück.

Ich träumte. So musste es sein. Nie hatte ich etwas Schöneres gesehen. Er sah so dunkel und perfekt aus. So ... mein, wenn ich ihn wollte.

»Hey«, flüsterte ich, die Emotionen waren schwer in meiner Kehle.

Er lächelte mich nicht an oder fragte, ob es mir gut ging. Aber das, was er sagte, traf mich direkt in meinem gebrochenem Herzen.

»Ist in dem Bett Platz für zwei?«

VIERUNDDREISSIG

SLADE

Ich liebe dich. Es tut mir leid. Ich brauche dich. Für immer. Das lag mir auf der Zunge, doch ich bekam es nicht heraus, nicht weil ich es nicht sagen wollte, sondern weil Maya mir den Atem raubte. Wie immer machte sie mich wuschig vor Begehren und Lust – verloren in meinen Gefühlen, eingesperrt in meinem Kopf.

Ich schloss die Augen, wartete darauf, dass sie Nein oder Ja sagte und kniete mich neben ihr Bett. Meine Hände waren zusammengepresst, als wollte ich ein Gebet sprechen. Verdammt, an diesem Punkt hätte ich zu jedem Gott oder jeder Göttin gebetet, nur damit sie Ja sagte.

Aber sie sagte nicht sofort etwas. Stattdessen streiften ihre Finger die Rückseite meiner Arme, zaghaft ... und dann gar nicht mehr so zaghaft.

Mehr brauchte es nicht, bevor ich von meinen Gefühlen überwältigt wurde. Es war, als ob sie sagte *Endlich,* und ich sagte *Es tut mir leid, dass es so lange gedauert hat.*

Ich seufzte, legte den Kopf neben ihrem Arm auf das Bett, atmete die Nervosität weg und nahm ihre Hand in meine beiden.

Finger strichen über meine Haare, spielten mit den Strähnen. Ich schüttelte den Kopf, weil ich gar nicht verdient hatte, dass sie mich akzeptierte. Vor allem, dass sie mir verzieh. Ein Augenblick verging, bis sie mich schließlich flüsternd erlöste.

»Ich glaube, ich könnte dir Platz machen.«

Ohne zu zögern, kletterte ich über sie, wobei ich auf ihr hochgelegtes Knie achtgab, dann stieß ich einen zittrigen Seufzer aus und diesmal legte ich mein Ohr über ihr Herz. Mit geschlossenen Augen hörte ich den gleichmäßigen Schlägen zu, ließ mich von ihnen trösten, beruhigen. Da kamen die Worte.

»Kann ich dir eine Geschichte erzählen?«

Ihr stockte der Atem, dann legte sie ihre Hand auf meine auf ihrem Bauch. »Ja, das würde mir gefallen.«

Erleichterung durchströmte mich, und ich schloss die Augen und sagte, was ich als Slade nicht konnte – und überließ Sebastian ein letztes Mal die Kontrolle.

»Es war einmal ein Gott namens Hades. Er verliebte sich Hals über Kopf in eine Frau, die zu gut für ihn war.«

»Das war Persephone, oder?«

Ich nickte. »Es ist so, Hades war ein fieser Typ. Der Gott der Unterwelt. Abgeschieden und grausam. Egoistisch. Er hatte Persephone nicht verdient und das wusste er auch. Aber er wollte sie unbedingt haben, also hat er sie entführt und monatelang festgehalten und sie gezwungen, seine Frau zu werden.«

»Aber von allen Göttern«, flüsterte sie, »waren die beiden die einzigen, die einander nie betrogen haben, oder? Ob Hades es nun wusste oder nicht, Persephone hat ihn auch geliebt.«

Ich lächelte, stolz, dass sie sich daran erinnerte. Aber das änderte nichts an der Wahrheit der Geschichte. »Sie war ein dummes Mädchen und hätte es viel besser treffen können.«

»Stimmt nicht. Er hat sie angebetet. Und manchmal ist das alles, was zählt.«

Ich schloss die Augen und beschloss, ihr endlich zu sagen, was ich schon die ganze Zeit hatte sagen wollen. »Es tut mir leid, Maya. Es tut mir so leid, dass ich mich wie ein Idiot verhalten habe. Dass ich dich weggestoßen habe. Aber ... ich will nicht, dass das hier endet. Ich will dich und uns. All das, von dem ich dir gesagt habe, dass wir es nicht haben können. All das, was ich nicht verdient habe, nachdem ich mich wie ein Riesenarschloch verhalten habe.«

Fünf Sekunden vergingen, dann zehn. Dann dreißig. Ich zählte im Kopf mit, sicher, dass sie ihre Meinung geändert hatte. Aber ich konnte mich nicht losreißen, stattdessen drückte ich mich so eng an sie, wie ich konnte, nahm, was sie mir anbot, bis sie mich wegschickte.

Ich war zu egoistisch, um jetzt noch zu gehen.

»Du bist zu gut für mich, My«, fuhr ich fort. »Aber du sollst wissen, dass ich dir *nie wieder* wehtun werde, wenn du mir eine zweite Chance gibst. Ich werde dich und dein Herz beschützen, bis zu meinem Tod, und nichts wird je wieder zwischen uns stehen. Nicht einmal der Club. Versprochen.«

»Du hast mir wehgetan«, flüsterte sie.

Ich nickte, meine Kehle brannte wie Feuer. »Deshalb werde ich auch gehen, wenn du mich darum bittest.«

Weitere zehn Sekunden vergingen, dann fragte sie: »Woher weiß ich, dass es nicht wieder passiert?«

»Das kannst du nicht wissen, ich kann es dir nur versprechen«, stieß ich hervor. »Du hast keinen Grund, mir zu vertrauen.« Aber ich wünschte es mir so sehr, verdammt. Ich wollte, dass sie mich genauso wollte wie ich sie. *Immer. Für immer.*

Sie atmete aus und ich spürte ihren Atem in meinen Haaren. »Es tut mir leid, dass ich damals einfach so gegangen bin.«

Ich schüttelte den Kopf und hob das Kinn, um ihr in die Augen zu sehen. »Dafür musst du dich nicht entschuldigen. Wir waren beide jung und stur.«

»Ich will nur ... dass du weißt, dass ich dich auch nicht verlassen werde. Ich werde nicht zurück nach Kalifornien gehen, wenn sich alles beruhigt hat. Ich habe sogar schon Pläne. Arbeitspläne. *Lebens*pläne.«

»Ja?«, flüsterte ich und strich ihr eine Haarsträhne aus den Augen und hinter das Ohr. Allein ihr Lächeln zu sehen und ihre Aufregung zu spüren, ließ mich vergessen, dass in der Welt der Red Dragons nichts in Ordnung war. Dass uns ein Krieg bevorstand und hinter jeder Ecke Feinde lauerten, die nur darauf warteten, den Club zu zerstören. Maya gab mir das Gefühl, dass das Leben weiterging, und anzuhalten, um uns zu wehren, war nur ein kleiner Stein auf dem Weg, der vor uns lag.

»Ja.« Sie lächelte. »Ich suche mir ein Studio, in dem ich arbeiten kann, bis ich es mir leisten kann, meinen eigenen Laden zu eröffnen. Solange Flick weg ist, bleibe ich hier und spare Geld dafür.«

Ich tippte ihr ans Kinn, hielt es zwischen Daumen und Zeigefinger. »Die Idee gefällt mir.«

Sie nickte lächelnd, offensichtlich erfreut über meine Antwort.

»Willst du mein erster Kunde sein?«, fragte sie und ihre Stimme wurde leiser – ein schläfriges Brummen. »Es wird auch besser als der Kompass.«

»Ich würde mich freuen, von dir tätowiert zu werden.« Ich sah sie mit verengten Augen an. »Aber wage es ja nicht, das tolle Werk unter meinem Arm herunterzumachen, verstanden?«

Sie lachte. »Okay, werde ich nicht.«

Ich legte den Kopf wieder auf ihre Brust und musste an Flicks Worte auf der Fahrt heute denken. *June hat Geld gespart.* Er hatte mir einen Schlüssel gegeben und irgendwas von einem Schließfach oder so in einer Bank in der Stadt gesagt. *Gib du es ihr.*

Aus irgendeinem Grund war ich nervös und räusperte mich. »Ich, äh, ich glaube, das könntest du vielleicht auch schneller umsetzen. Wenn du willst.«

Ihr Herz klopfte schneller an meinem Ohr. »Wie meinst du das?«

Ich schluckte und setzte mich auf. Als sie sich ebenfalls aufsetzen wollte, schüttelte ich den Kopf. »Bleib liegen.« Ich berührte ihre Hand, drückte sie und atmete heftig aus, als sie unsere Finger ineinander verschränkte.

»Slade. Rede mit mir.« Beim Versuch, sich zu bewegen, zuckte sie zusammen, offensichtlich hatte sie noch Schmerzen von der Operation. Vielleicht hätte ich bis morgen warten sollen. »Bitte, sag mir, was los ist.«

Ihr standen Tränen in den Augen, und das gefiel mir überhaupt nicht. »Nicht weinen.« Ich lächelte. »Es ist etwas Gutes. Von deiner Mom.«

»Meiner Mom?«, flüsterte sie und beobachtete, wie ich den Schlüssel aus der Tasche zog. Als ich ihn ihr auf die Brust legte, nahm sie ihn nicht sofort. »Wofür ist der?«

»Der ist für ein Bankschließfach. Deine Mom hat dir etwas hinterlassen. Ich glaube Bargeld.« Ich fuhr mir mit der Hand durch die Haare. »Offenbar eine ganze Menge. Genug für einen Kredit für dein eigenes Studio.«

Sie machte große Augen. »Du verarschst mich doch.«

Ich schüttelte den Kopf. »Würde mir nicht im Traum einfallen.«

Daraufhin hob sie den Kopf, lächelte mich an und gleichzeitig liefen ihr Tränen über die Wangen. Sie wischte sie nicht weg. Und ich tat es auch nicht. Es bedeutete, dass sie glücklich war. Ich konnte es in ihren jetzt funkelnden Augen sehen. Ich hätte wetten können, dass sie in diesem Moment grün waren. Grüne Augen bedeuteten glücklich.

»Aus wortgewandten Jungs werden harte Männer.« Sie grinste breiter und musterte mein Gesicht.

»Hä?« Verwirrt zog ich eine Augenbraue hoch.

»Das bist du. Der eloquente Junge mit den sanften Worten

und Geschichten. Du bist ein harter Mann geworden, aber es ist leicht, dich zu lieben.«

»Du liebst mich noch?«

»Ich habe nie aufgehört.«

Da schloss ich die Augen, legte mich einfach auf sie, vorsichtig, dass ich ihr Knie nicht berührte. »Maya, Gott ...« Ich küsste sie auf die Lippen, nur einmal. Ich liebte ihre Finger in meinen Haaren – sie zogen mit einer Heftigkeit daran, die sagte: *Meiner*.

»Ich liebe dich so sehr.« Ich teilte ihre Lippen mit der Zunge und erschauerte, als sie mir die andere Hand um den Rücken legte und am Saum meines T-Shirts zog.

»Zeig mir wie sehr«, sagte sie.

Ich lachte. »Ja, nein. Du solltest dich ausruhen. Wir haben Zeit.«

»Nein. Zeit ist etwas, was wir vielleicht nicht haben werden.«

Meine Kehle brannte, als ich schlucken wollte, denn ich wusste genau, was sie meinte.

Sie hatte recht. Wir hatten nicht unendlich Zeit. Niemand war sicher. Aber ich würde dafür sorgen, dass unsere gemeinsame Zeit die beste war.

Mit zitternden Händen zog sie mein T-Shirt hoch. Ich ließ sie und grinste, als sie kurzen Prozess damit machte. Danach öffnete sie die Knöpfe meiner Jeans und ich zog sie vorsichtig zusammen mit meiner Boxershorts aus.

Ein bisschen verrückt und hastig griff ich nach ihrem T-Shirt. Doch selbst als sie nackt unter mir lag, musste ich sie fragen. »Willst du das wirklich?«

»Es würde mir mehr wehtun, wenn wir es nicht tun würden.«

Ich eroberte wieder ihren Mund, sanft, vorsichtig, unsere Zungen tanzten miteinander und wir streichelten uns. Ich nahm mir Zeit, um ihr nicht wieder wehzutun, auch wenn ihre

Nägel sich in meinen Rücken gruben und ihre Hüften sich meinem Schwanz entgegen wölbten. Selbst in der Dunkelheit war sie wunderschön und perfekt. Perfekte Brüste, pinkfarbene Brustwarzen, hart und bereit für meine Zunge. Ich nahm eine in den Mund und stöhnte, während ich daran saugte und genoss, wie sie anerkennend die Luft einsog. Ich schob die Finger meiner anderen Hand unter den Bund ihres Slips.

»Sebastian«, seufzte sie und erbebte, als ich einen Finger zwischen die Lippen ihrer Vulva schob. »Fühlt sich so gut an.«

Langsam strich ich mit dem Finger über ihre nasse und geschwollene Klit, neckte, zwickte, streichelte ... Sie erschauerte und ich wurde noch härter.

»Ich brauche dich«, flehte sie und ließ den Kopf zur Seite fallen, damit ich ihren Hals küssen konnte. Währenddessen holte sie ein Kondom aus der Schublade des Nachttisches.

Meine Lippen zuckten. »Ich dachte, die hätten wir aufgebraucht.«

»Ich hab neue besorgt.«

Grinsend zog ich mich zurück. »Unersättlich.«

Sie nickte. »Bei dir werde ich das immer sein.«

Gott, ich hatte sie nicht verdient. Das würde ich auch nie. Aber für sie würde ich der beste Mann sein, der ich sein konnte. Für immer. Ich riss die Kondomverpackung mithilfe der Zähne auf, zog es mir über den Schwanz, wobei ich darauf achtete, mich nicht zu sehr auf sie zu stützen.

Dann drängte ich mich zwischen ihre Beine und spreizte nur ihr unverletztes zu einer Seite ab.

»Sebastian«, stöhnte sie und vergrub die Finger in meinen Haaren, spielte mit ihnen. »Ich werde heute Nacht wohl noch nicht so aktiv sein können.«

»Das ist okay.« Ich küsste die Stelle links neben ihrem Mund und flüsterte: »Ich werde dich genug für uns beide lieben.«

Sie erbebte, nickte und dann leckte ich ihren Hals, knabberte daran, und stützte mich mit beiden Händen neben ihrem Kopf auf dem Kissen ab, als ich in sie eindrang.

Ich erstarrte, meine Brust hob und senkte sich, und die Welt um mich drehte sich.

»Fuck, das habe ich vermisst.« Ich küsste ihre Nase, ihre Augen, jeden Zentimeter ihres Gesichts. »Ich habe dich vermisst.«

Sie legte die Arme um mich und fuhr mit den Fingerspitzen meinen Rücken hinunter, über meine Wirbelsäule bis ihre Handflächen auf meinem Hintern landeten und sie mich noch tiefer in sich zog.

»Ich habe dich auch vermisst.« Ein Kuss auf mein Kinn, meinen Hals, meine Pulsader. »So sehr.«

Bei ihren Worten zitterte ich unter ihren Lippen und stupste sie am Kinn an, um ihren Blick wieder zu meinen Augen zu lenken. »Gehörst du zu mir, My?«

»Hmm«, murmelte sie. »Ich habe immer zu dir gehört.«

Ich lächelte und drückte meine Stirn an ihre und genoss den Moment. Es fühlte sich so gut an, wie sie mich umarmte, und ich bewahrte ihre Worte ganz tief in meiner Seele auf.

Ich fing an, mich langsam und gleichmäßig zu bewegen, der Schweiß lief über unsere Haut, meinen Rücken hinunter. Immer wieder traf unsere Haut aufeinander. Ihre Finger gruben sich in meinen nackten Hintern, in meine Haare, in meinen Rücken.

Mit einem Bein auf dem Boden stieß ich in sie, langsam und sanft, und gab ihr doch alles, was ich hatte. Schenkte ihr nicht nur meinen Körper, sondern auch mein Herz, meine Welt.

Ich gehörte zu ihr.

Sie gehörte zu mir.

Miteinander verbunden, eins, waren wir das Einzige, das zählte.

»Ich bin kurz davor ...« Sie keuchte noch heftiger.

Mir ging es genauso. »Lass los, Baby.«

Mit geöffneten Lippen warf sie den Kopf zurück, der Anblick war so schön, dass ich nichts anderes sah. Und dann stöhnte sie und ein Zittern durchfuhr sie, als sie meinen Namen schrie, und dann schrie sie ihn noch einmal und kam.

Ich kam kurz nach ihr, mein Schwanz pulsierte, warmes Sperma ergoss sich in ihr, als ich die Zähne zusammenbiss und mit einem letzten Stöhnen kam.

Bewegen war unmöglich. Ich war müde. Verschwitzt. Und vor allem total befriedigt.

Maya seufzte, fühlte sich entspannt an unter mir, auf eine Art erfüllt, die keiner Worte bedurfte.

»Bleib bei mir«, murmelte sie, und damit meinte sie mehr als nur heute Nacht.

Und als ich »immer«, sagte, wollte ich eigentlich sagen: *Für immer.*

EPILOG

MAYA

»Halt still. Ich bin fast fertig.«

Slade stöhnte, legte das Gesicht auf die Lehne der Tattooliege und kleine Schweißperlen sammelten sich an seiner Schläfe. Bei seinem Anblick musste ich grinsen, achtete aber darauf, mir das Kichern zu verkneifen.

Mein großer, tougher Story Boy zeigte offiziell seine empfindliche Seite.

Er knurrte, und klopfte mir mit einer Hand auf den Oberschenkel, als ich auf seiner Hüfte ein bisschen nach oben rutschte, und mich mal hier, mal dort abstützte, um die Schattierungen fertigzumachen. »Der Scheiß tut weh.«

Ich verdrehte die Augen und beugte mich über ihn, um an seinen Brustkorb heranzukommen und ihm einen kleinen Kuss neben den Umriss des letzten Sterns zu geben. »Da. Schon besser.«

Zur Antwort brummte er. Und diesmal konnte ich das Kichern nicht unterdrücken.

Ich hätte nie gedacht, dass er mich darum bitten würde, ihm ausgerechnet drei Sterne in langweiligen Farben zu tätowieren. Der erste war in einem gedämpften Gold, was nicht so schlimm war, aber der zweite war dunkelbraun. Langweilig. Wie Schlamm. Der letzte, den ich gerade ausfüllen wollte, war grün. Er wollte unbedingt, dass er denselben Farbton wie Gras hatte, und war so genau, dass er mir ein Beispiel auf seinem Handy gezeigt hatte. Ich hatte keine Ahnung, welche Bedeutung seine neuen Tattoos hatten, aber ich fragte nicht nach, sondern freute mich einfach über die Leinwand, auf der ich arbeiten konnte – und zwar nicht nur, weil sie wahnsinnig sexy war. Sondern weil es Slade war und er zu mir gehörte.

Das Gebäude war jetzt leer, bis auf uns beide. Das war schon seit zwei Stunden so. Der Rest der Jungs, die den ganzen Tag beim Aufbau des Ladens geholfen hatten, war zum Gelände zurückgefahren. Sogar meine neuen, mir persönlich zugeteilten Bodyguards, Talker und sein Bruder Mute, waren gegangen – natürlich auf Drängen von Slade. Wahrscheinlich dachte er, wir würden die Tattooliege anders einweihen, aber ich wollte noch keine Körperflüssigkeiten auf meinen nagelneuen Möbeln.

»Bleibst du heute Nacht bei mir?«, fragte ich, um ihn abzulenken, während die Maschine summend über seine Haut glitt.

Er sog scharf die Luft ein, nickte aber, beide Augen zusammengekniffen, während ich weitermachte.

»Ich verstehe nicht, warum du mich nicht bei dir einziehen lässt«, zischte er. »Ich bin sowieso jede Nacht da.«

Ich lächelte und schüttelte den Kopf. »Weil ich nicht will, dass es komisch wird, wenn Flick zurückkommt.«

»Dann lass mich etwas bauen – autsch, verdammt. Bist du dir sicher, dass du für den Scheiß qualifiziert bist?«

»Was hast du gesagt?« Ich hörte auf zu tätowieren und ließ die Hand in den Schoß fallen.

»Ich habe gefragt, ob du für den Tattookram qualifiziert bist.«

»Nein.« Ich schluckte und konnte mein Herzrasen nicht ignorieren. »Davor.«

Er verengte die Augen und verdrehte seltsam den Kopf, damit er mich ansehen konnte. »Was, dass ich etwas bauen will?«

»Ja«, sagte ich ein wenig atemlos. »Das.«

»Ich sagte, dass ich etwas für uns bauen will. Wie Hawk es für Summer gemacht hat.«

»Ach ja?« Ich blinzelte und Tränen stiegen mir in die Augen. »Wie ein richtiges Zuhause?«

Er grinste und hob einen Mundwinkel höher als den anderen. »Mit schalldichten Wänden.«

»Slade ...« Ich presste die Lippen fest aufeinander, um mein aufgeregtes Schluchzen zu unterdrücken. Er wollte mir ein Haus bauen. Ein richtiges *Zuhause*. Für uns.

»Du wärst also damit einverstanden?«

Ob ich damit einverstanden war? Ich war *mehr* als einverstanden. Ich fand es *großartig*. Ich war bereit für einen Schritt, der über das hinausging, was ich mir erträumt hatte.

»Wäre ich.«

»Gut.« Er streckte die Hand aus, schnappte sich meinen Arm mit der Tattoogun und führte ihn an seine Rippen. »Mach das erst fertig. Einen Schritt nach dem anderen.«

Und einfach so würde er mir ein Haus bauen. Zugegeben, es war auf dem Gelände, aber ... ein Haus. Ein echtes Zuhause mit Garten und schalldichten Wänden.

»Kann ich eine Badewanne mit Löwenfüßen haben?« Ich lächelte und drückte die Nadel wieder auf seine Haut. »Mom hat sich immer so eine gewünscht.«

Er zuckte kaum merklich zusammen, seine Stimme wurde ein wenig kontrollierter. »Ja, was immer du willst. Ich tue es, My.«

Ich senkte den Kopf, um ihm einen Kuss zwischen die Schultern zu geben, und genoss jede perfekte Sekunde, die wir gemeinsam verbrachten. Das mit dem Haus würde nicht sofort passieren; das wussten wir beide. Es ging gerade so viel im Club und mit Pops vor sich, dass es im Moment Wichtigeres zu erledigen gab. Da Flick noch einen Monat lang in Texas war, was auch immer er dort machte, ging es den Jungs vor allem darum, ihre Homebase zu schützen. Die Menschen dort.

Zuerst hatte mich die Idee, so schnell nach dem Angriff auf die Werkstatt und Moms Tod ein eigenes Studio zu kaufen und zu eröffnen, nervös gemacht. Aber Slade hatte mir versichert, dass alles gut werden würde. Dass wir weiterleben müssten, auch wenn die Angst es uns schwer machte. Alle anderen mochten ihm glauben, aber ich kannte Slade gut genug, um zu wissen, dass er wahrscheinlich mehr Angst vor dem hatte, was uns bevorstand, als ich. Tief im Inneren wollte er einfach so tun, als könnte für mich alles normal sein, so wie ich es mir immer gewünscht hatte. Aber ich war zu dem Schluss gekommen, dass es in der Welt eines Motorradclubs keine Sicherheit, keinen Frieden und keine Normalität geben würden. Und zum ersten Mal seit vielen Jahren fing ich an, das zu akzeptieren.

Zum Glück hatte es seit etwa sechs Wochen keinen weiteren Angriff auf jemanden aus dem Club oder auf das Clubgelände gegeben.

Aber es schien uns allen die Ruhe vor dem Sturm zu sein.

»Okay. Ich bin fast fertig.« Ich tauchte die Nadel in die grüne Tinte und rührte um, bevor ich sie wieder auf seine Haut drückte. Mit der linken Hand strich ich sanft in einer Linie über seinen Rücken. Mein Drang, ihn zu berühren, war stärker als je zuvor – selbst wenn es nicht ganz der richtige Zeitpunkt war. In Bezug auf Slade hatte ich zu viele Jahre vergeudet und nicht das getan, was ich wollte.

»Alles klar da unten?« Ich lächelte.

»Hmm«, sagte er, griff nach hinten und rieb mir wieder über das nackte Bein. Ich hatte für die Eröffnung einen Rock gewählt, weil ich es toll fand, dass die Aprilluft nicht mehr so bitterkalt war. Außerdem war die Narbe an meinem Knie unglaublich gut verheilt, sodass ich mich wieder wohl damit fühlte, etwas Haut zu zeigen.

Als sein streichelnder Finger ein wenig näher zur Innenseite meines Oberschenkels wanderte, hielt ich inne. »Wenn du so weitermachst, versaue ich noch dein Tattoo.« So wie ich auf seinem Bein saß, würde es nicht mehr lange dauern, bis mein Slip seine Jeans durchnässte.

Gott, was dieser Mann mit seinen Fingern anstellen konnte.

»Tut mir leid.« Er grinste, und es tat ihm *überhaupt nicht* leid. Er legte den Kopf gerade so weit zurück, dass er mir in die Augen sehen konnte, und ich musste einfach seine Lippen anschauen. So voll, so pink. So ... zum Küssen.

»Tut es gar nicht.« Ich schüttelte den Kopf und mit einem letzten Surren der Maschine war der grüne Stern offiziell fertig.

Ich beugte mich zu dem Tablett, auf dem ich meine Ausrüstung aufbewahrte, und nahm mir ein Tuch, um ihn zu säubern, sowie die Second Skin, damit es besser abheilte. »Du solltest es trocken halten.«

Er drehte sich auf den Rücken und packte unter dem Rock meine Hüften. »Ich weiß. Das ist nicht mein erstes Mal, Baby.«

Ich zog eine Augenbraue hoch. »So, wie du gejammert hast, hätte ich das nicht gedacht.«

Er zog mich auf sich, die Finger in meinen Haaren. »Da«, flüsterte er und musterte meine Augen. »Das ist die Farbe, die ich wollte.«

Verwirrt zog ich die Augenbrauen zusammen, als sich unsere Nasen berührten. »Welche Farbe?«, fragte ich.

»Das Grün in deinen Augen.«

»Hä?« Ich zog die Nase kraus, aber er zog nur meinen Mund zu sich.

Bevor er mich mit seiner sanften Zunge kostete, raubten mir langsame Küsse den Atem. Vielleicht war ich ja doch bereit für ein bisschen Spaß auf der Liege.

Er hob meinen Kopf mit beiden Händen und sah mir wie so

oft prüfend in die Augen. So, als würde er darin nach Antworten auf all seine Fragen suchen.

»Was guckst du so?«, fragte ich, schmiegte mich an ihn, die Stirn an seiner.

»Die Tattoos stehen für deine Augen«, flüsterte er und küsste mich noch einmal.

Mein Magen zog sich zusammen und kleine Schmetterlinge flatterten darin. »Oh.«

Er lächelte, setzte sich auf und hielt mich auf seinem Schoß, während er mir mit den Händen die Oberschenkel hinauf strich, unter meinem Rock, gefährlich nahe an meinem Slip.

»Deine Augen sind meine Sterne, Maya. Funkelnde Sternenaugen. Manchmal golden, aber auch grün, und manchmal braun.«

Ich blinzelte. »Wie die Farben deiner Tattoos.«

Er errötete, nickte aber, ohne den Blick von mir abzuwenden. »Ja. Wie meine Tattoos.«

Atemlos schlang ich ihm die Arme um den Nacken und wünschte mir, dass er meine Liebe spürte. Ich gehörte ihm ganz und gar, alles, was zerbrochen und kaputtgegangen war, genau wie alles, was wieder repariert oder noch unberührt war.

»Ich liebe dich.« Ich küsste sein Ohr und Tränen liefen mir über die Wangen. »Danke, dass du mir das gesagt hast.«

Er streichelte mir in langen Strichen den Rücken hinauf und hinunter, über die Wirbelsäule und zurück zu meinem Nacken. »Ich liebe dich auch, Maya«, sagte er an meinem Ohr und drückte mich fest an sich.

Wer hätte gedacht, dass die beste Geschichte, die Story Boy mir je erzählt hatte, tatsächlich wahr werden würde?

MEHR VON BOOKOUTURE DEUTSCHLAND

Für mehr Infos rund um Bookouture Deutschland und unsere
Bücher melde dich für unseren Newsletter an:

deutschland.bookouture.com/subscribe/

Oder folge uns auf Social Media:

 facebook.com/bookouturedeutschland

 twitter.com/bookouturede

 instagram.com/bookouturedeutschland

EIN BRIEF VON HEATHER

Während ich diesen Brief schreibe, habe ich einen dicken Kloß im Hals. Und warum? Weil ihr alle an diesen Punkt gelangt seid und dieses Buch gelesen habt. Ob es euch nun gefallen hat oder nicht, ich möchte euch dafür danken, dass ihr Slade und Maya eine Chance gegeben habt. Ich schreibe keine traditionellen MC-Geschichten, aber ich schreibe mit dem Herzen. Und dieses Buch? Es hat mich fast umgehauen, als ich meine Finger auf die Tastatur gelegt habe – aber auf die bestmögliche Art und Weise.

Wenn euch *Rough Ride* gefallen hat, wäre ich euch SEHR dankbar, wenn ihr irgendwo im Universum eine Rezension hinterlassen würdet. Und wenn ihr als Erste von meinen kommenden Büchern erfahren möchten, meldet euch hier für meinen Newsletter an:

deutschland.bookouture.com/subscribe/

Eure E-Mail-Adresse wird niemals weitergegeben und ihr könnt euch jederzeit abmelden.

Danke

Heather

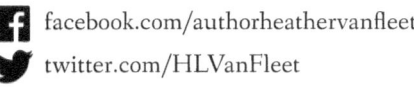

facebook.com/authorheathervanfleet
twitter.com/HLVanFleet

www.ingramcontent.com/pod-product-compliance
Lightning Source LLC
Chambersburg PA
CBHW032145190726
48290CB00005BB/1422